JN017868

完全版 十字路が見える Ⅳ 北斗に誓えば

完全版

十字路が見える

IV

北方謙三

目次

第二部　いつか人生の十字路で……147

装丁　水戸部　功

第一部　されど光は耀く

地図になく頭の中にある場所

地図の上で、よく旅をした。

地図というものを知ってから、ずっとそうだったような気がする。教科書に混じって地図帳があり、それだけがボロボロになった。

私が旅をするのは日本だけでなく、地球上のすべてだったが、実際には国内の旅からはじめた。

全部を歩くというわけにはいかないので、鉄道の路線を辿る。小さな駅まで知りたくなり、時刻表を買う。すると、列車に乗ってしまい、午後二時三十六分にある駅で下車し、それから二時間歩いて、そこでテントを張る。飯盒のめしと鯨肉の缶詰を食い、寝袋で寝る。朝眼醒めると雨が降っていて、火は使えず、前日の残りのめしを、塩と一緒に腹に入れ、二時間かけて駅へ戻る。

これは想像上の旅だが、実際に旅をはじめたら、やり方そのものは同じなのに、まるで違う場所に迷いこんだ気分になる。あたり前の話だが、想像と現実のギャップを、私は愉(たの)しんでいたのだと思う。日本の地図は、等高線の入った縮尺の小さなものが手に入り、集落がそれほど遠くなく、林の中で、というように野営の場所を選んだ。

等高線のある地図を見て、なによりもリアルに女体のイメージが湧くという強者がいて、私は微妙だがその男に敬意を払っていた。いまは等高線が混み合った山地で、のんびり暮している。つまり女体の中で暮しているようなものだろう。羨ましい。

どんなところで野営しても、昔は咎められることがなかった。

勿論、人家の前とか畠の中とかにテントを張ったりはしない。ひっそり慎ましやかにやり、小さな焚火でめしなどを炊いていると、おかずにしなよと、卵を一個貰ったりしたものだ。鷹揚だったし、めずらしがられたりしたのだな。

私はずいぶんと、地図の上の旅と現実の旅を重ね、それは海外にまで及び、いまでも時には続けているかもしれない。かなり昔だが、タシュケントからサマルカンドまで、車で走りたいと思った。この場合私は、街の名に気持を惹かれ、地図上の旅をしたのであった。しかし、いま書いている作品の取材で行くと、車で走る道は立派で、新幹線のような鉄道が、両都市を結んでいたのであった。

四輪駆動車による移動などを考えていた私は、現在の情況を調べた時から、拍子抜けしていた。私が想像していた土地は、ブハラという街から北東にむかって、ようやく前方に現われてきた。土漠が、消滅しかかったアラル海まで続くということだろう。

なぜ、地図で想像上の旅をするようになったのか、このところよく考える。どうやら、絵本の影響があるようだ。

私は、幼くてまだ字が読めないころ、親父に連れられて横浜の書店へ行き、児童書のコーナーにしばし放置された。親父が自分の本を買って戻ってくると、私が選んでいた絵本も買ってくれるのである。父は外国航路の船長で、横浜に船が入ると、私は母親と一緒に九州から会いに行っていたのだ。

字が読めない時に開く絵本というのは、多分、不思議な世界だったのだろう。描かれている顔だけを見て、それがどういう少年か少女なのか想像する。多分、人生まで、その言葉を知らないまま、思い浮かべた。場所を旅するのではなく、物語の旅になった。小説はまだ、遥か彼方だったがね。

君はこんなふうに、頭の中だけで旅をしたことがあるか。いまでも私は時々やるが、悪いものではないぞ。

この地図の話は、前にも書いたような気がするが、何度書いても、私はいい話だと思うよ。

海図というものがある。これは地図とはちょっと違って、海を安全に航行するためのものだ。つまり、なにもないところが一番安全なのだ。だから、旅をするためのイメージは、まったく浮かばない。岸に近づけば、さまざまに地名が書きこまれているが、できるだけ遠ざかる方がいいのだ。

それでも、海図を見て、旅をしようと思ったことがある。私が、歴史小説のために調べていた瀬戸内海で、梶取ノ鼻という名を見つけたのである。私が書こうとしていた時代は、ただ内海と言ったが、今も昔も、名とは裏腹に、潮流はかなり強いのである。梶取ノ鼻は、絶対にそこで舵を切らなければならない、難所なのだろう。瀬戸内海は、岬のようなところを、崎と言わず、鼻と呼ぶことが、ほかの土地より多い気がする。

　私はまず船で、そこへ行った。小さな漁船を傭ったのだが、しっかりしたエンジンを載せていて、難なく梶取ノ鼻をかわした。

　潮流と風によっては、帆船は大変だったのだろう、と想像だけはできた。

　ただ、半島が海に細長く突き出していて、先端に灯台があった。その地形がなんとなく魅力的に思えて、陸からも行ってみることにした。車が擦(す)れ違えないほどの狭い道が続いたが、一台も行き合うことはなかった。道は灯台までしかなく、かろうじて車を回せるほどの余地があった。

　半島はまだ先に続いていたが、下り斜面になっている。下の海が見えなかったので、私はちょっとその斜面を降りた。足もとは岩ではなく土で、雑木林だった。ふりむくと、思いのほか灯台は高いところにあり、見あげなければならなかった。この先は崖というところまで行き、私は引き返した。

　数歩登ったところで、足が滑った。斜面を滑りそうになったが、そばにあった木の幹を摑んだ。摑まったまま立ちあがろうとすると、木がメリメリと音をたてた。私はもう少し太い木を摑み、体勢を立て直すと、慎重に斜面を登っていった。

　灯台の真下まで登った時、私は汗をかいていた。秋のはじめで、枯葉が風に舞っていた。実はいまでもよく考えるのだが、あそこから落ちていたら、どうなったのだろう。真っ逆様に落ちるほど切り立っていなくて、途中の岩にひっかかっただろう。しかし骨折かなにかで動けず、思い切り舵を切っている船にむかって、助けを求める。

　いや、落ちていれば助からなかった。君も、そう思うだろう。運だけで、私は生かされている。

戻ってくるもののいとおしさを知れ

日本語は素晴しい、と前に書いた。

特に、漢字と平仮名の組み合わせは、絶妙であると私は言った。海図の話をしたので、これも前に書いたが、もう一度書いておく。海の基地の近くに灯台がある岬がある。たとえば、剣崎とか観音崎とかである。普通の地図を見ると、そう書いてあるはずだが、海図を見ると剣埼、観音埼となっている。これは、崎は面を表わし、埼は点を表わすということなのだ。海図では、灯台の位置を書き、これは点である。地図は岬一帯を表わすので、面なのである。

やはり、漢字というのもすごいものだ。河を歩いてわたる時は、渉る、と書く。渉と書いて、あるきわたる、などとルビがふられている歴史書などがある。最初に私がそのルビを見つけたのは、漢書という、漢代の歴史を書いた書物であった。

中には、漢字が入れ替ってしまったとしか思えないものもあり、晒すと泊る、がそんな気がする。日が西に傾いてとまり、水にさらして白くなる。わかりにくかったら、自分で字を書いて考えてみてくれ。納豆と豆腐。これも入れ替ってはいないか。

まあ、伝承の段階で、そんなことは起きてしまうのだろう。

間違いを修正しろ、などと言う気はない。第一、正しいかどうか、ほざいている私にも確信と確証はないのだからな。漢字を開いて平仮名表記にするのは、明確に文化に対する罪である、と私は考えている。ナンセンスという言葉、そこにぴったり当て嵌るよな。

また漢字の話か、と君はうんざりしているだろうが、実は違うのである。きわめて、現在進行形的な話なのだ。いまSNSがどうしたとか、そこでなにかよからぬことが起きてしまったとか、ひどい目に遭ったとか、いろいろニュースで話題になっている。ふむふむと私は呟(つぶや)きながら聞いている。私はそれを遣いはじめて相当の年数が経過しているが、何事も起きたことがない。

こんなに問題が起きるとは、世の中の人間はなんと愚かなのか。問題どころか、私は時間の無駄をしたことさえ、まったくないぞ。快適に、便利に遣っている。結局、機械とはそんなものなのだよ。余計なことをするから、問題が発生する。

それでもな、なんでこんなに便利なのだろう。それに私は、実に簡単に扱っているではないか。どこか変だ。こんなことがあってもいいのか。

私はいつもやっているようにスマホを取りあげ、メール代りにSNSを送ろうとした。指を近づけた時、ふと気づいた。SMS。む、そうだったのか。Mだったのか。

事務所の女の子に訊いた。Nですよ、SNS。SMSはショートメールのことです。

なんだと。私はSNSだと思っていたのは、ただのショートメールだったというのか。怒りはじめた私に、事務所の女の子たちは呆れ顔であった。もういい、SNSがなんなのかまたわからなくなったが、そういうものとは無縁で、私は生きる。ツイッターとかフェイスブックとかラインとかも、私は無縁である。それで不便だったことは一度もない。原稿だって、万年筆で書いているのだ。

それにしても、なんでこんなに紛わしいことをやるのだ。ひと時でも、SNSを駆使していると考えてしまった自分が、かわいそうでいとおしい。誰もがやっていることがわからなければ、小説家は駄目だよと言った友人がいた。ほんとにそうか。いま盛んに遣われているものは、あっという間に古くなるぞ。ポケベルなんてものが最新機器として登場し、一時は流行ったようだ。私は、物を見たことはあるが、すぐに世の中から消え、知っている人さえいなくなるのも遠くないだろう。

どんなことでも、古くなるのだ。最新のことを書けば書くほど、古くなるのも早い。だから私は書かない、というのではない。小説家は、古くならないものを見つめ、いつも新鮮さとともに、それを表現すればいいのだ。なにが古くならないのか、君はわかるよな。人の、心さ。

まあ、こんなふうに利いたふうなことを言っても、私は、SMSをSNSだと思いこみ、そのあまりの簡単さに、世間を甘く見るようになった自分に、うちひしがれているのである。

この歳になってそんな目に遭うことなど、私の人生の予測にはなかったな。

もっと謙虚になろうと思ったところで、私はもともと謙虚である。ただ、小説を書いていない時は、かなり騒がしいかもしれない。書いている時は、無言である。言葉は、指先から万年筆を通して、原稿用紙にこぼれるように、あるいはつっかえながら、無言で出てくる。頭の中は言葉の洪水であっても、出てくるのはわずかだ。

そんなふうに仕事をしている人間が、傲慢になりようがない、と私は思う。いやそんなことを考えるのが、傲慢というやつなのか。

大袈裟に書いていませんか、と時々言われる。私はほんとうに、自分がSNSをやっていると、数日前まで信じていたのだ。その間抜けさ加減が、大袈裟に見えるのかもしれない。失敗したら劇的に書いてしまって、それで忘れようとするのだが、ことさらの自虐ネタと受け取られるのか。ほんとうに、失敗が多いのである。小説家でなかったら、多分、やっていけていないタイプの人間だ。

くそっ、漢字の話がこんなところへ来てしまったな。漢字ネタを、もうひとつ垂れ流してやる。私は長い間、もどる、という字を戻る、と書いてきた。校正者の指摘がなくても、それは、戻る、と直されている。時々、間違いですよ、と直す校正者もいるが、間違いとは、必ずしも言えないのである。戾が旧字で、戻はその省略形らしいのだ。ならば、旧字だっていいではないか。戾るは、家が大きい、と私は解釈している。家が大きいから、もどるのかよ。旧字は、家に犬がもどる、ということではないか。

国語等に詳しい友人は、もっと違う解析をしなければならないと言い張るのだが、犬は家に戻ってくる、でいいではないか。犬は、ほんとうに戻ってくるのだよ。それは正しいし、文句は言わせない。

死んだことがある人はいないものな

食事の時から屈託ありげだった友人が、酒を飲みはじめると、本格的に憂鬱顔になった。

かなり前に大会社を定年で辞め、それでも小さな会社の役員として迎えられ、いまもそれなりに仕事をしている男である。その会社も、ついに辞めることになったのか、と私はなんとなく考えた。同窓会などに行くと、悠々自適と静かに現在の自分を説明する友人が、少なくないのである。

おまえ、会社を辞めるのか。私はそう訊いた。それがまったくおかしくない年齢なので、言ったところで、傷つけるようなことにはならない。辞めたいよな、もう。辞めさせてくれないけど。いつまで働かせる気だろう。

優秀な男であったことを、思い出した。学生時代にそれを感じたのではなく、卒業してかなり経ってから、そういう噂を何度か聞いたのだ。会社員で優秀というのがどういうことか、会社勤めをしたことがない私には、よくわからない。友人の浮かない顔には、別の理由があるようだったが、わざわざ訊こうという気も起きなかった。

三軒目に、女の子もいない静かなバーに行った。安楽死、もしくは尊厳死について、どう思う。ふと思いついたという感じで、友人は言った。おまえ、まさか。私が言うと、しばらく考えてから、友人が笑った。まさかだよ、まさか。まさか、俺がそんなことを考えるとは思えないだろう。考えたのかよ。自分のこととして、考えたわけではないさ。

奥さんの親父さんが、相当高齢だが、生きていた。その親父さんにまつわる話なのかもしれない、と私は思ったが、黙っていた。酔って話すようなことではない。友人もそう思ったらしく、小説の話などをはじめた。

私とは同級生で、私の作品はすべて読んでいるが、それ以外は純文学の読者なのである。時々、それで言い争いになる。友人があげた二本の作品を、私は読んでいなかった。

まあ、書く側だからな。読んでないことで、友人が私を責めたことはない。それでも、なんとなく気後れのようなものを感じる。私は、映画の話をはじめた。友人は、私が面白いと言った映画の三本のうちの一本ぐらいを観る。そして短い感想を述べて、終る。本に対する時ほど、言葉を多く持っていないのだ。

思いついて、私は安楽死を扱った映画の話をはじめた。『海を飛ぶ夢』。これには、ハビエル・バルデムが出ている。『ハモンハモン』で脳天気な役をやっていたが、この作品はシリアスである。首から下は動かない役だから、演技も相当に難しいだろう。しかし私は、なんとなくこれが嫌いである。とても評価の高い作品だから、いいと思う人は多いのだろうが、設定が好きになれなかった、という気がする。ハビエル・バルデムは好演だが、死の解釈が観念的だった、という感じもあった。

その俳優、知らないな、と友人が言った。世界的な名声を持っている俳優なのだが、まあ仕方がない。『ノーカントリー』では、暴力的な役をやっていて、安楽死とはかけ離れているが、あの映画、トミー・リー・ジョーンズが出ている。だから私は好きと自分に言い聞かせるが、コーエン兄弟のものはいつもなんとなく合わない。どこがどうと具体的に言えないので、書くべきではないのかもしれないが、あの兄弟の名声があれば、悪口も御愛敬だろう。

君にも、そんな監督とか俳優とかいないか。私の小説が嫌いだ、という人もいる。読んでくれているから嫌いと言えるわけで、私は感謝するよ。

友人は映画には興味を示し、メモなどをしていたので、私の記憶は刺激され、『ハッピーエンドの選び方』という作品を思い出した。

これはちょっと戯画化しているところがあるので、私はそれほど不快にならずに観たような気がするが、面白いという分類の中には入っていない。安楽死装置を発明したら、それに人がたかってくる、というような話だった。

それにしても、面白いと思っていない映画について、二本も語るというのは、私はなにかに絶望でもしているのだろうか。絶望ついでに、安楽死物をもう一本思い出した。『92歳のパリジェンヌ』である。フランスでは評判がよかったようだが、老いらくの恋を扱ったものだろうと思って観た私は、ただの愚か者か。九十二歳になった母親が、自分で死ぬからと言って、家族をふり回す。楽に死ねる薬があるのである。

考えてみれば、安楽死というのは、自分で死ななければならず、要するに自殺ということである。自分で時機を選び、苦痛なく自殺するのだ。そのためには、便利な薬が必要になってくる。いや、躰が動くのなら、薬がなくてもいいのか。

耐えきれないほどの痛みや苦しみがあって、それが死ぬまで解消されることがない、という状態になっても、死ぬまで痛がったり苦しがったりしなければならないのか。それを中途で断ち切ることはできないのか。安楽死の概念というのは、それなのだろう。苦痛は、人に幸福を与えない。しかしそれは多分ということで、絶対にそうであるとは言い切れないのが、人間の複雑なところである。

私は、安楽死について深く考えたことはなく、この年齢までいい加減に生きてきた。命のありようについて、切実に考えてもこなかった。しかし、心臓が動いている人間は、ほんとうに死がさし迫ってくるまで、そんなことは考えないのだろうとも思う。さし迫ってくるとそれどころではなく、ただ死を受け入れる。死が、はじめて真実になるのだ。

アンドレ・マルローの、なんという作品だったか、死はない、という登場人物の言葉があった。ただ俺が死ぬだけだ、と続く。

これは、いくら考えても、死は観念にすぎず、さし迫ってきて受け入れる時は、観念などなくなって、真実でしかなくなる、というふうに書かれたのだ、と高校生のころの私は、思ったことがある。どの作品かは、思い出せない。

誰か、マルローを読んで、どの作品だったのか、教えてくれないかな。

勝利宣言は孤独ではならない

マスクをしている人が多い。

この季節はそうだったなと思っても、ほとんど全員がしている。つまり、新型肺炎に対する感染防止の行為なのだろう。私も、マスクなどをしてみるが、途中で頭が痛くなり、咳きこむ時だけ、慌ててマスクをするようにしている。

花粉は舞っている。しかし、何十年にもわたる私の花粉戦争は、私の勝利で終結しつつある。勝利宣言を出す、というところまではまだ行っていないのだが。

花粉の飛散が非常に多い、という予報が出たある日、私は三発ぐらい連続でくしゃみをし、鼻を一度かんだ。それが花粉のせいだったのかどうかは、まだわからない。

飛散が少ないという日、私はやはり三、四度のくしゃみをし、鼻をかんだ。それぐらいのことは、花粉の季節でなくてもやっているような気がするが、記録しているわけではないので、よくわからない。

眼が、痒いような、痛いような感じになった。うわっ、と私は思った。花粉との激戦中には、眼が痒くてたまらず、眼球を外に引っ張り出して、思う存分掻きむしり、塩水で洗って戻したい、などと言っていた。

しかし、おかしい。左眼だけなのだ。鏡を見ると、左眼は赤く充血していた。眼やにも多かった。これは、結膜炎ではないか。

私は時々結膜炎を起こすことがあるので、抗菌眼薬を常備している。それをさすと、充血は二日で引いた。うむ、さまざまな攪乱状態が起きているぞ。騙されて、薬などを飲んだら負けである。冷静に観察していれば、大したことがないとわかる。第一、外を歩いて顔がヒリヒリしないのだ。激戦中は、それも耐え難いほどだった。

三連発、四連発のくしゃみが、一時間に二度起きた。書斎の中である。

私はレモンとトロ助を連れ出し、並木のある用水路のそばを歩いた。例年、私はその場で痛撃を受け、くしゃみで呼吸困難になりそうだったのだ。

マスクをしている人を見ながら、私はマスクなしで歩いた。マスクをしている人が、明らかに花粉症と思えるくしゃみを、連発していた。そういう人を、三人見た。

私は、静かに供を連れて歩いていただけである。戻ってきてからも、ごく普通であった。私はいつものように仕事をし、食事をし、読書をし、ベッドに入るまで、くしゃみが襲ってくるのを待った。いつの間にか、眠っていたのである。

しかし私は、まだ油断していない。昨年も、高笑いをしていたら、くしゃみに襲われ、その日一日、顔じゅうぐしょぐしょにして、結局、薬を服用するしかなかった。

そういう日が、三日ぐらいあった。どういう塩梅でそうなるのか、わかりようもないが、少なくとも三日間、私は花粉症の患者だった。それが続けて三日ではなく、点々としてあったのも不思議なことだ。

桜が散るだけでなく、八重桜が完全に散るまで、私はすべてを超越し、時が過ぎるのを心静かに待つのである。

それにしても、熱帯か南半球に逃げるしかない、と思っていた私の花粉症は、ずいぶんと穏当なものになった。花見もできるかもしれないのだ。

私の花粉症療法は、腸内環境と免疫である。ラクトフェリンというサプリ、これは必ず腸にまで届く、優秀なものでなければならず、その方面に詳しい友人に手に入れて貰っている。これによって、腸内環境は整う。

そしてビタミンＤ３を大容量服用する。免疫力が向上する。この二つで、私は花粉と闘っているのだ。

そんなことで、と君は言うかもしれない。去年の私の文章を読んだ知人が、同じようにやってみたが、まったく駄目だったという話も聞いた。しかし、詳しく聞いてみれば、安物を遣ったのだ。高価なものを遣わなければ駄目だと言うと、サプリメントにそんな金はかけられない、と答えた。ふん、それなら洟（はな）を垂らしていろ。

高価なものがいい、という考えを私は持っているわけではない。いいと言われたものが高価で、私はうなだれながら買ったのだ。そして私には、効いているという感じがある。しかしすべての人に効くのかと問われると、そこは確信が持てない。それほど普遍性のある療法ではないかもしれないのだ。

この療法をきわめて、すべての花粉症に悩む人の福音たらんと考えた私は、自分だけが寛解し、やがて治療してしまうのだろうか。孤独な勝利宣言になりかねない。いやだな、勝利宣言を出すの。かといって、これだけ書いているのだから、黙っているわけにもいかない。まあ、八重桜が散るまで、考えるよ。

ところで、私はある文学賞の選考委員をしていて、五木寛之先生と同席させていただいているのである。毎年、洟を啜って涙を流し、時に盛大なくしゃみを連発していた私は、花粉症などという軟弱なものにかかって、とよく嗤（わら）われたものだ。

五木先生が、たらりと洟を垂らしたのは、昨年の選考会である。これは花粉症であると確信した私は、落ちているものを拾って食った体験があっても、花粉症にはかかるのです、とここで書いた。

今年も、私は五木先生とむかい合わせの席であった。私は注意深く、すべてを見逃さず、じっと、じっと五木先生を観察していた。

むっ、水洟ではないか。そう思った瞬間、五木先生は鞄からポケットティッシュを出して、鼻をかまれたのである。先生、それ花粉症です、と勢いこんで言った私に、鼻風邪なんかな、ビタミンCを大量に飲んで治すのだよ、と言われたのだ。

先生、花粉症は、ビタミンCでは治らんのです。そして、毎年毎年、症状はひどくなるのですよ。私がそう言っても、先生はなにを言っている、と横をむかれただけである。

五木先生の花粉症説は、私が流している噂であるが、決してデマゴギーではない。君も、信じるだろう。信じてくれよ。私はいつか、五木先生に相談に乗れ、と言われたいのだ。

バーがあって君が飲んでいて

おしぼりを差し出した彼は、ちょっと勿体ぶった表情をしているように見えた。

最初の挨拶をしたあと、眼を合わせようともしない。眼が合わないので、私は註文もしなかった。カウンターだけの店内には、男女の客がひと組いるだけだ。明るくも暗くもできる照明が、今夜はいくらか明るいような気がした。

ＢＧＭはいつも小さくかかっていて、音楽が前に出てくることはない。私はカウンターに肘をついて、彼を見つめた。ウイスキーなんですけど。うつむいたまま、彼が言う。めずらしいのを手に入れたんですが、飲んでみますか。当然、なんというウイスキーか訊く。べらぼうな値のものもあって、ショットで数万円したりする。ごくめずらしいものが、オークションに出たりしているのだ。

ただ、そんなものに関心を持つバーマンではなく、ごくまっとうな、酒に対する興味の持ち方をしている。めずらしい、と言ったな。アムルットです。聞いたことはあるが、飲んだことはない。確か、インドのウイスキーだ。めずらしいと言っても、売れていないから数が少ないという場合もある。それを飲ませて、どうしようってんだ。実は、ノンチルフィルタードなんです。ふうん。日本語に直すと、冷却濾過なしということになる。

ウイスキーは、ボトリングする時、冷却して濾過をする場合が多い。樽の中の不純物や酒そのものが持っている余分なものを、冷却して表に出し、濾過する。そういうことになっているのだが、微妙な濁りを取って、製品として完成させるという意味合いの方が強いかもしれない。

同時にそこで、味に深みを与える樽の成分とか、ウイスキーの持つうまみ成分とか、そんなものも濾過してしまっているのだ、と私は思っている。

つまり、ノンチルフィルタードは、製品としては完成していないのかもしれない。冷却という工程が、ひとつ抜けているのだ。

しかし、深い味わいがある。妙な癖がある。どこか不良のうまさとでもいうものがある。私が飲んだノンチルフィルタードは、そう感じた。

インドのウイスキーか。私は呟いた。おまけにノンチルフィルタードだ。すごく深い味になっているかもしれず、雑味が混交しているかもしれない。ショットの値を訊くと、それほどのものではなかった。それに、このバーマンが勿体ぶっているのだ。

ストレートで一杯。言うと、バーマンはにこりと笑った。

ショットグラスに注がれた酒は、思ったほど濁ってはいなかった。完全に透明ではない、という程度だ。樽の香りがする。匂いを嗅ぐとかなんとか、一応私はやってみたが、すぐに口に入れたくなった。口に入れると、舌の上で転がった。悪くない、と私は思った。ちょっと変ってはいるが、飲み心地はよく、これまでのウイスキーの概念をはずしたところに、存在感とも言うべきものがあった。

飲むか、とバーマンに言うと、新しいショットグラスに控え目に注いだ。なかなかのもんじゃないか。バーマンが頭を下げる。二人で、飲み干した。うまいウイスキーの飲み方はそうなのだと、私は勝手に信じている。胸が灼けるのを感じる前に、チェイサーを口に入れる。

どうということはない。インドのめずらしいウイスキーをバーマンが見つけてきた。飲んでみたら、意外にうまかった。それだけのことである。飲み歩いていたら、しばしばそういう場には行き合う。わざわざこれを書いたのは、私がドアを押して眼を合わせた時の、バーマンの全身が喜びで光を放っていたからだ。私を見て喜んだと考えるとかなり腰が引けてしまうが、なにか、共有しようよというような喜びだと感じた。

君も、そんな経験を持っていないか。ラグビーのチームが勝って、喜びを共有しよう、というのとはかなり違う、秘密の匂いのするようなものなのだ。

このバーマンは、ほんとうにウイスキーを愛しているのだった。私は、ただ酔うために飲んでいるようなところがあるが、こういう男を前にすると、ふと味の方にむかってしまう。そして、うまいと一緒に喜ぶ。こういうの、人生にあると気分として豊かじゃないか。

私はそのバーでボトルごと買い、酒棚に置いてあるそれに関心を示した人に、ハーフショット百円、一杯限定で飲ませてやれ、と言った。百円はつまり、一応は売ったというかたちである。そんなお大尽のようなことを、私は稀にやるのである。ハーフショットというのがいくらかかせこいが。

次に行った時、ウイスキーはちょっとだけ減っていた。二人の客が、関心を示したらしい。ハーフショット百円には苦笑が返ってきたという。お返しだと言って、高い酒を奢ってくれたそうだ。

そんなバーの客は、めずらしくはない。実は、酔っ払いの客の方が少ないのだ。なにを愉しみに来ているかはそれぞれ違うが、自分流の飲み方を持っていて、かなり頑にそれを守る。人に、干渉はしない。飲んでいる酒をちらりと見ると、好みが同じだったりする。それでも、お互いに言葉を交わすことなど、ほとんどないのだ。

バーマンがいる。ほどよく喋り、黙る時は黙る。シェーカーを振ったり、バースプーンを回したりするのは、当たり前でさりげなく、バーマンの質は、その喋りにあるのだ。そんな店が、実は少なくない。そういう店が、生き残るということかもしれない。

自らをお喋りと称しているバーマンに会ったことがあるが、オカマバーのママであった。あの方面のバーのトークは、決してめげないものだが、そのバーマンは極端な突っこみを入れられると、めげて黙ってしまうのである。それはそれでバーの姿で、いまもあるのかもしれないな。

カウンターの中に女性がいると、客の飲み方は突然変わり、大声を出しはじめる。まったく、男ってやつは始末におえんな。

静かな、しかし淋しくないバーで、軽く喋りながら、君と飲もうか。

男は、自分のバーを持っているものだぞ。

自分の脚がないわけではないのに

地図の上の旅の話を書いたら、私は不意に映画を一本思い出した。

『ライオン　25年目のただいま』である。この映画については、前に一度触れた。しかしあの時、私はこの衝撃性にはあまり思い到らず、ふうんという気分だったと思う。五歳の時に迷子になり、孤児となって孤児院で養父母に引きとられ、生まれ故郷とはなにもかも違う、別の国の人間として育った主人公が、グーグルアースなるものを駆使し、記憶の断片を結びつけながら、ついには故郷の家族を見つけ出すという、実話に基づいた話だった。

まあ、こんなこともできるんだろうな、と私は考えた。しかしそれが、リアリティを持って迫ってくることはなかった。グーグルアースというのが、映画の小道具のようにも思えて、あまりに便利すぎるのも反則だろう、と思ったりしたのだ。

私は、友人の漁師の船に乗っていて、魚群探知機が、海底の形状を立体的に映し出しているのを見て、仰天した。これは魚探ではない、と私は思った。基本的な原理は頭に入っているが、その原理だけで海底が立体的に映し出されることはない。そしてそれを眺めながら、私はグーグルアースを思い浮かべたのである。グーグルアースというのは、地上がこんなふうに映し出されるのだろうか。

おい、これはグーグルアースか、と訊くと、友人の漁師は、違う、ただの魚探と言って別の画面に切り替えてしまった。ただの魚探のわけねえだろうと言ったが、勿体ぶる気配で教えてくれない。私も意地になって、しつこく訊こうとはしなかった。

それにしても、海の底か。深海釣りのポイント捜しをしていた時だから、水深は三百メートルほどあり、海草類はない。岩の連なりが、なんとなく街角の様子に見えた。

街をそんなふうに映し出すと思ったが、もっと精密で、ストリートビューまでしっかり見られるのだそうだ。なんのためにそんなものまで見るのだ、と私などは思う。映画の主人公には、生まれ故郷を探すという、内的必然性があったのだが、普通の人間にどういう必然性があるのだろう。好奇心だけと言うなら、世界じゅうのストリートビューを眺めて、一生を過ごせばいい。必然性がなければ、すぐに飽きる馬鹿馬鹿しいことか。

海の底だってそうさ。海底の大まかな形状と、魚がいるということを探り当てるだけで、かなりアンフェアである。ほんとうなら、データと勘で勝負すべきなのだ。

君も、魚の気持になって考えてみろ。かなり理不尽だぞ。まあ、釣りに漁労以外のものを求めている、私のような道楽者の意見にすぎないのだが。

私は、酒を飲みながら、あの映画の弱いところはどこだろう、などと考えはじめた。ルーニー・マーラには『ドラゴン・タトゥーの女』の強烈さも、『キャロル』の可憐さもない。ちょっと病弱な養母を演じる、ニコール・キッドマンはさすがであった。いや、こんな役者がどうという話ではないな、私が感じる不満は。評判の高い映画だから、泣かせるものも持っている。

主人公には、兄がいた。見知らぬ街へ行き、絶対にここを動くな、と弟に強く言って、兄は用事を済ませにいく。その間に動き、停車している列車に乗って居眠りしていたら、列車が走りはじめていたのである。客車は無人の列車だったから、主人公はかわいそうであるが、もっとかわいそうなのが、戻ってみたら弟が消えていて、必死に駈け回って捜し、交通事故で死んでしまう兄である。驚愕と絶望の中で、死んでしまうではないか。

実話だというから、実際に兄の方はそうやって死んだのだろう。

しかし、映画でそのまま描けばいいのか。なにかを、放棄していないか。私が映画の要素の中で、大切だと感じているもののひとつを、放棄しているという気がする。救えよ。弟は頑張って自分を救うのだから、それによって兄も救ってやれよ。実話に縛られた映画というのは、だから私の好みではないのだ。映画の中には、実話を超える救いとか祈りとかいうものが、あって欲しいのである。

　何年も前に観た映画なので、細かいところは忘れてしまっているが、最後に幻で出てくる兄の笑顔は、いまも憶えている。兄にあんな笑顔をさせて、観客を泣かせて、それでもやはり救いをひとつ見落としているよ。

　それにしても、この映画は実話に基づくものです、というようなのが、多すぎはしないかな。映画のリアリティと現実のリアリティは、違うのではないだろうか。小説と現実は、間違いなく違うぞ。そして、現実にはないリアリティを見せてくれるのが、創造物なのである。まさかこんな、と思っても、救われるかもしれない。人間としての普遍的な祈りを、強く感じさせてくれることもある。創造物は現実を超越するというのは、本質のひとつだと私は信じているよ。

　しかし、グーグルアースというやつは、現実でもなければ虚構でもない、と私は思う。行ったこともない小さな街の、ストリートビューまで見られるというのは、ほとんど旅が意味を失っている。あなたは長い旅をしていたのね、と主人公が恋人に言われ、それは確かに故郷捜しの旅なのだが、主人公の内部に限定された旅である。私は、長いどころかまったく旅をしなかったよ。それでも凡百の映画より観応えがあるのは、正面から人を描こうという姿勢があるからなのか。

　君はグーグルアースで、最近どこへ行ったかな。素敵な旅だったかい。私はグーグルアースで旅をしている自分を想像して、ちょっと違う人間になれた気がした。なりたくもなかった自分だがね。もはや頭も体力も遣う必要はなく、感動的な風景などが映像で浮かんできて、現地で見るものよりよほど精密なものを次々に見る。だからそれを観て、実際にそこへ行ってみようなどとは思わないだろう。新鮮さなど、もうどこにもないのだからな。

　そして、語るのである。あの国の、あの小さな街の情緒はさ、石の建物だよなどと。君は、そうやって語りたいか。私はやめておくが、やはり君もやめろ。

草原を求めて駈け回ってみたが

象牙海岸国(コートジボワール)の海岸から北へむかって車を走らせると、すぐに熱帯雨林になる。

深い静かな森で、ところどころに村がある。街道に沿った村では、薪を束にして道路際に積みあげている。それは燃料として売れ、小型のトラックが回収に来る。

私はその熱帯雨林を、村の少年に丸一日かけて案内して貰った。

どこかへ行きたいというのではなく、ただ歩いてみたかったので、明け方に出発し、日暮には村に戻ってきたのである。平和な森だ、と思った。獰猛そうな動物は見かけず、鳥の姿が多かった。少年はネックレスのように首からパチンコをぶらさげていて、小鳥を見かけたら撃つが、一発も当たらなかった。

直射日光の下に出ると、気を失ってしまいそうなほど暑かったが、森の中はどこかひんやりとしている。それでも私は汗まみれだったが、少年はほとんど汗をかいていない。汗腺そのものが、少ないのである。

結局、これといったものはなにも見ず、出会(でくわ)した人々が私を見て驚きの声をあげただけである。夕方、村へ帰ると、若い娘などを被写体に撮影していたカメラマンが、親指をぐいと立てたので、私は一日の時間を、村にいることに使うべきだった、と後悔した。

案内してくれた少年が、首からパチンコをはずし、なんのつもりなのか私にくれた。アビジャンの市場などでは、大量に売っているものだったが、少年は申し訳ないというつもりで、それをくれたのかもしれない。森を歩いている間、私は日本語で自分を罵っていたのである。

時々、言葉が通じないと思ったら、私はこれをやる。ストレス解消のためと言うにはちょっと重たいが、特別に罵らなければならない自分がいるわけではない。おかしな癖だな、まったく。

少年は、私がつまらないと怒っている、と受け取ったのかもしれない。いいんだ、と日本語で言ったが、少年はパチンコを押しつけてくる。私が、ポケットに入れておいた小さなナイフを差し出し、交換だという仕草をすると、少年は驚いて身を硬くした。それでも、交換した。

泊めて貰っていた族長の家にいると、少年の父親がナイフを返しに来た。よく見ると、少年も闇の中に立っていた。パチンコと交換したのだ、と私は通訳に言って貰った。父親は、そうかと言ったようだ。笑った顔の中で、歯だけが白かった。そして、少年の肩を抱いて闇の中に消えていった。

翌朝、また北へむかって出発した。物見高い子供たちは村のはずれにいて、その中に少年もいたので、私は手を振った。

半日ほどで、森が途切れ、サバンナになる。私は勝手にサバンナだと思っていたが、灌木がちらほらあり、草が地を覆っている。つまりそれは草原だが、私の頭の中では、草原イコール、サバンナ、ではない。さらに北へ行くと土漠のようになり、草は地を這っていて、時々バオバブという大木が現われる。土漠が尽きると、本格的な砂漠である。

なぜこんなことを書いているかというと、いま私の頭の中には、草原のイメージが常に拡がっているからである。

象牙海岸国からさらに北へ行くとブルキナ・ファソで、そのさらに北がマリである。北へ縦走することで見られる気候や地形の変化は、かなり多彩だと私は思っている。これが南米あたりだと、いつまでも熱帯雨林だったりするのだ。

私はいま、頭に浮かんでいる草原が、サバンナとは違うということに、なんとなく気づいている。ならば、ステップか。これは、私のイメージに近い。ウクライナあたりの草原は、どこまでも平らで、緑が続き、時々、小さな森もある。ステップというのは、私の概念では、温帯の草原である。温帯というのは、あまり乾燥していなくて、木立になることが多いが、ステップはいくらか乾燥気味なのだ。あくまで、私の感覚だぞ。

樹木がなく、どこまでも続く緑。これは凍土(ツンドラ)の夏である。地衣が地表を覆い、ヘラ鹿などは夏の間にそれを食ってうまくなる。しかし、草原ではない。私の頭に拡がる草原は、ステップでもサバンナでも、まして凍土でもないのだ。毎年、春に草が芽吹く。どこも同じ草というわけではなく、種類はさまざまにあるようだが、場所によっては腹から胸のあたりまでのびる。風が吹くと、それが揺れる。

私はよく海に出て、時化(しけ)の前の海面を眺めた時、風の吹く草原のようだ、と思ったものだ。草原にいる時は、時化の前の海のようだ、と思う。

しかし、草の大部分は、羊群が食い尽して、すぐに短くなる。草ならどれでもいいというわけではなく、羊にも食する順番があるらしく、秋の終りにかけて、すべてを食い尽すのである。

私の頭に浮かんでいるのは、若き日のチンギス・カンが駈けた、モンゴルの大草原である。あれがサバンナなのかステップなのか考えはじめたので、象牙海岸国まで行ってしまった。サバンナでも、ステップでもないいな。強いて言えば、アルゼンチンあたりの草原に似ているが、あちらはモンゴル高原ほど乾いてはいない。

それにしても、象牙海岸国を、よく思い出したものだ。アビジャンという最大の都市を歩いていると、マルか、とよく訊かれた。日本のマグロ漁船には、必ず船名に丸がついているので、日本人かというぐらいの意味である。

アビジャンから高速道路で北へ行くと、ヤムスクロという首都に到着する。まだ森の中で、不意に異次元の世界が現われたように思える。ヤムスクロは、当時の大統領の故郷で、小さな村をいきなり首都にしてしまったのだと、自嘲して言う新聞記者がいたな。

それにしても、あの一帯は旅行しにくくなった。エボラ出血熱があり、宗教紛争があり、過激派もかなり生まれているようだ。好きな地帯のひとつだから、草原というキーワードで最初に思い出したのだが、もう旅は難しい。

いつか安全に行けるようになったら、君を案内してもいいいぜ。

便利なのはグッズだけではなかった

魚を釣ると、刺身で食らう場合が多いが、中落ちや頭は煮付けにする。この煮付けの煮汁のレシピには凝っていて、魚ごとにそれぞれ違う。料理人に話しても、そんなことになんの意味があるの、と呆れられるが、煮汁はすべて同じレシピと考えている料理人の方に、私は呆れる。

メバルとカサゴでは、肉質も脂ののり方も違うから、煮汁も違うのである。これを言うと、やはり嗤われる。放っておいてくれ。自分で釣った魚を、自分で料理しているのだ。いや、やはり変かな。別の魚の煮汁レシピで煮ても、気がつかなかったりするのだ。

しかし、ノドグロを煮付けた時は、みんな抜群の煮汁だという。特別に明かすと、濃口醤油4、酒4、みりん1、酢1なのである。これでノドグロを煮あげると、さらに煮汁を煮つめて、なみなみとかけるのである。黒い煮汁に、うまそうな脂が浮いている。わが黄金比率、君も試してみろ。煮魚の味の深さがわかるぞ。

煮物をする時、必要になるのが、落とし蓋である。蛸を茹でる時は、古い安物の皿を逆様にして代用する。鍋の大きさによっては、木製の落とし蓋を持っているが、鍋の種類が多すぎて、すべてに遣えるというわけではない。

私は、アルミホイルを円形にして、うまくできたと悦に入ったことがある。しかし、アルミホイルでは、微妙に重さが足りないのである。鍋ごとに落とし蓋を作ろうか、と本気で考えたこともある。しかし、適当な材料が見つからない。真面目に探さなかった、というところもあるが。

ある時、別の道具の部品を探しに、ホームセンターへ行った。それはすぐに見つかり、ついでになんとなく商品の見物をしていた。すると、丸い円盤状のものが眼に入ったのだ。なんだろうと思って手に取ると、円盤の大きさは自在に変えられ、適当な蒸気抜きの穴もある、落とし蓋なのであった。ステンレス製で、重さもいい感じだった。

勿論私は買ったが、その値が二百円だったのである。二千円ではないぞ。にわかに、遣いものにならないのではないか、と不安に襲われた。早速試してみたが、豚の角煮をやわらかく押さえ、対流で肉が動き回らない程度の重さがあるのだった。

私は、感動した。いずれどこか欠陥が出たら、また買えばいい。なにしろ、二百円だ。それが、まったく不都合が出ることはなく、いまも買った時と同じ状態で遣えているのである。

落とし蓋にさまざま工夫をし、これも料理のうちだと呟いていた私は、なんだったのだろうか。私が持っている、最大の鍋にまで対応できるのである。大蛸を茹でる時も、八本の足を微妙なバランスで押さえている。なんというすぐれ物だろうか。

料理グッズで、私がこれはすぐれ物だと感嘆したものに、骨抜き名人、というやつがあった。私はそれを、合羽橋（かっぱばし）で見つけた。

魚を三枚に下し、骨を抜く。鯖程度なら、普通の毛抜きで大して苦労はしないが、マゴチなどになると大変である。これまで、骨抜きに失敗して、どれほど身を崩してしまったことか。それが、ほぼ失敗なく抜けるのである。プロの料理人も、マゴチの骨抜きはいやだという。それを手に入れてから、私は口笛でも吹くような感じで、抜いている。マゴチの骨さえ抜ければ、ほかのどんな魚でも抜ける、と私は思っている。

白身の刺身では、私はマゴチが一番好きなのである。骨を抜くことによって、薄く削ぎ切りをして、ポン酢と紅葉卸しで食らうこともできるようになった。私は、幸福であった。こんなことで、私の眼尻は下がってしまうのである。

ただし、いまは問題がひとつある、と思っている。なんと、この骨抜き名人は、七、八千円の値段がするのだ。すぐれ物だが、二百円の落とし蓋と較べると、優秀さ加減が色褪せてしまうほど、高価である。

私はホームセンターを探し回って、せいぜい五百円程度の品物を見つけようとしたが、なかった。煮こみをする人は多いが、骨を抜く人は少ない、ということだろうか。

海の基地のキッチンに、骨抜き名人と落とし蓋を並べて眺めてみる。料理をしていると、実にさまざまなことに出会うものだ。私の料理は、完成までに三日や四日かかることはざらで、自宅のキッチンを遣うことは許して貰えない。まあ、当たり前だ。海の基地のキッチンで、たとえ冷凍食品を食い続けながらでも、気が済むまで料理を続ける。

ここで、うまそうなものを作ったなどと自慢しているが、実は成功例は五割というところなのだ。失敗は、ほとんどいじりすぎである。まともな食材を遣っているのに、奇怪な料理ができあがっていたりするのだ。奇怪なものの味というのもまたあるのだが、言ったら負け惜しみになるだけだろう。

たとえ冷凍食品を食い続けても、と私は書いた。実は三十年近く前、山小屋に十数日籠り、仕事をしていた。食事を作る時間もなく、えんえんと冷凍食品を食い続けたのである。あれで、冷凍食品はもういい、と感覚にしみこませたところがあった。

数年前、三日以上キッチンを遣えない時、外へ食事に行くのも面倒で、貰った冷凍食品を食ってみたことがある。

説明書きの通りにやると、これがちょっとびっくりするほどうまかったのだ。餃子であった。間違いだろう、と私は思った。翌日、別のものを食ってみたら、それもうまかった。

カタログを手に入れ、数種類取り寄せてみたが、はずれなくうまかったのである。冷凍のコロッケなど、と思いながら、電子レンジの後にオーブントースターを遣うと、箸を入れた音が、さくさくと聞えてきそうであった。種類は、実に豊富である。私は常に、冷凍庫にいくつか備えているようになった。

かけた鍋の中では、煮こみ野菜、じっくりと焼いた牛肉のブロックを入れる。皿には、湯煎したハンバーグ。実におかしな光景であるが、私はそれを愉しんでいる。

時には、三分ものに、三日ものが負ける。信じられるか、君よ。

ただ静かに待つだけでいいのだ

ずっと前から、なぜだろうと思っていたことがある。あまりに馬鹿馬鹿しいので、人に訊くことはできなかった。胃袋は、なぜ自分を消化してしまわないのか、ということである。笑うなよ。ある日、疑問を感じたら、気になって仕方がない。

たとえば焼肉屋に行くと、ミノなどという胃袋もあって、それを生で食ったとしても、私の胃は消化する。いや人間の胃か。なのに、なぜ自分の胃袋を消化しないのか。極論で生々しいたとえになるが、君の胃袋を取り出して生で食ったとしても、人間の胃は多分、消化するぞ。

馬鹿馬鹿しくて、相手にしたくないか。しかし、疑問は疑問なのだ。私は理由を聞いて納得し、積年の疑問のひとつを解消して、快感に包まれたいのである。ま、一瞬の快感なのだろうが。

抗生物質でなぜウイルスを殺せないのか、というのも積年の疑問なのだが、こちらは医学的な説明がきちんとなされていると思うので、どうしても解答を、という気分にもならない。

旅で水にあたると、水を飲んでウイルスを流す。それはひとつの知恵で、私は二度、そういう経験をした。同行者がそうなったことは、数えきれないほどある。水を飲み続けるという知識を持っている者はいたが、ただ水だけを飲み続けると、脱水症状になるというパラドックスのようなものがあり、実際にそうなった人の話を聞いたこともある。これも、医学的には説明できるのだろう。

私ははじめから、塩をひとつまみ入れる、というやり方を知っていた。それは正しいことらしく、それも医学的には説明できるのだろう。

ウイルスは、殺せないので、水で体外に流すのだろうか。いやウイルスについて、殺す、殺せない、などという言い方が正しいのだろうか。インフルエンザはウイルスで、流行すると、私は小まめに水を飲むようにしている。水で流すことで逃れたことがあるからだ。しかし、それは正しいのか。

新型コロナ肺炎が、とんでもないことになっている。薬がない。こんなに科学や医学が発達しているのに、なぜ薬がないのかの説明は、毎日のようにテレビでやっているが、私には理解できない難しい問題があるようだ。

感染者何名などとニュースでやっていると、まるでパニック映画ではないかと思うが、紛れもない現実である。

その現実を、どうやって受けとめればいいのか、わからない。感染しそうなところには、行かない。そうやって、防御につとめても、ある日、自分が感染させる側に回っているかもしれないのだ。潜伏期間が、なにかを狂わせるのだな。

君は、なにか防御をしているか。若い者は、軽い症状で済むらしいな。私のような老人は、かかったら、ああ自分のところに来たのか、と思うしかない。

こういうものが襲ってきた時、私はなにも積極的なことをしてこなかった。通り過ぎるのを、静かに待つ。たとえば台風で、海の基地にいた時は、対岸にはいくらか被害が出たようだが、私はやるべきことをすべてやると、建物の中で音楽をかけていた。相当な台風で、桟橋やポンツーンが心配になったが、外へは出なかった。停電が起こり得るので、その準備だけはしっかりして、あとは成行に任せようと思った。

台風の波もすごいもので、眺めていると恐ろしくなる。それでも、昼間はまだいい。夜の不安は、相当なものである。海の基地が吹き飛ばされると感じたら、私は背後の崖を攀じのぼり、崖の上に伏せて、自分の命だけは守ろうと思った。

幸い、海の基地は無事で、風の音が収ってから、私はベッドに入って眠った。眼醒め、建物の周囲を歩くと、さまざまなものが落ちていた。一番恐ろしいのは、背後の崖が崩れて落ちてくる岩である。ひとつだけ、人間の頭ほどのものがあり、あとは拳ほどの石ばかりだった。

台風についての対策は、昔もいまも変っていないという気がする。私が子供のころは、水害に遭った人が、避難してきたなどという話がよくあったが、やがて水害という言葉を聞かなくなった。

それが最近では、しばしば、水害という言葉を聞く。河の氾濫で洪水が起きる、などという心配はあまりしなかったのにな。地震についてはみんな警戒し、準備をしているだろう。

疫病については、どうだったのだろうか。そういうものを、人類は克服した、という気がどこかにある。身近に起きなかったら、人とはそういうものだろう。エボラ出血熱など、限定された地域に起きている、遠い出来事という気分が、どうしても拭えなかった。私は、西アフリカが大好きなので、心を痛めはしたが、それだけだった。

ウイルスについても、大事になる前に制圧できる、という気がどこかにあった。実際、これまでそうだったのだろう。

大人しそうに思え、そんな見解も出されていたウイルスが、不意に怪物化し、感染が拡がり、手に負えなくなった。このウイルスのいやなところは、ごく軽症の人や、感染に気づかないまま治ってしまう人がいる一方、重篤な症状で、死に到る人もいる、ということである。

老人が死ぬ確率が高いというのも、私などには深刻だ。しかしそんなことより、人類はいま、どうなっているのだろうか。

疫病を、克服できない。今度のウイルスをやがて克服したとしても、さらなる新型が現われる。ウイルス全般に効く特効薬はできず、新型でなく、まったく別なウイルスが出現するかもしれない。

そして人類は、いつかそれを克服できずに、滅びるのである。人の生命とは、その程度にはかないものだろう。

地球よ、怒っているのだな。人間が、大人しやかに生きるだけでなく、発展というものをしたために、傷つけた。

そうだよな。そして、人間を滅ぼすぐらいの力は、いくらでも持っている、ということだよな。

どこも地球の上で同じだと思おう

空を眺めていた。

海の基地のテラスの、ボンボンベッドに寝そべると、視界に入ってくるのは空だけなのだ。ところが、おかしなものが視界をよぎった。躰を起こして、その正体を確めようとした。トンビと烏が、空中でもつれ合っているのだった。しかも烏の方が攻撃しているようで、いくらか異様な緊迫感が漂っている。

私とトンビ烏連合は、交戦状態であった。もう、闘いをはじめて、かなり長くなる。私が船をポンツーンに繋ぎ、水洗いできれいにすると、見計ったようにどちらかが爆撃を加えてくるのである。白い船体に鳥特有の糞を落とされると、もう一度洗わなければならない。放置すると、しみのように残り、それを消すために散々手間がかかる。

きれい好きのボースンは、腰に拳銃をぶらさげて、水洗いに入る。どうも気配を感じるようで、ふりむきざまの抜き撃ちで、数発食らわせたりする。鳥はそういうことを憶えていて、ボースンの背中が見えると近づいてこない。

私の場合もそうで、テラスのボンボンベッドに寝転ぶと、トンビも烏も、射程距離の中には決して入ってこない。銃を遣うのは卑怯ではないだろうか、と時々自問する。飛び道具だからな。しかし、敵はもともと飛んでいるのだ。手の届かないところから、爆撃を加えてくる。こちらはエコＢＢ弾である。地面に落ちると、土に還るというやつだ。

エアガンの威力では怪我はせず、痛い思いをするだけだ。以前、日光かどこかの土産物屋のおばあちゃんが、商品の菓子を奪りに来る猿を、エアガンで撃退しているニュースを見た。猿だって、痛いのはいやだからね、というコメントを残していた。おばあちゃんは、商品の菓子を奪られて、ずいぶんとくやしい思いをしたのであろう。

しかし、頭上で格闘しているトンビと烏は、エアガンの脅威などものともしていない。私のすぐ近くでも、逆様になった烏がトンビを攻撃している。トンビは、脚に黒く長いものを掴んでいて、それは巣であるところまで育った、烏の子のようだった。烏の母親は、それを取り返そうとしているのだろう。烏は攻撃を続け、脚で掴んだものを放さないので動きを制限されたトンビが、逃げ回っている。烏優勢で格闘は展開しているようだった。

ところが、トンビの反撃が一発どこかに入ったのか、烏が宙で動きを止めたようになった。それからふらふらとし、まともに飛べるようになるまでに、しばらく時を要した。

トンビは、遥か上空に飛び去った。飛び回り、悲鳴としか思えない啼声をあげている烏は、見ていてちょっと同情したくなるほどだった。しばらくの間、烏は空にむかって啼声をあげ続けていた。

子を奪われた母親は、どこまでも悲痛なものだな。『最愛の子』という、中国映画を思い出したよ。

食材の買い足しに街へ出れば、新型肺炎のために、どこもここも閉っていた。情報どおりスーパーはやっていたが、人は少ない。品物が不足しているという気配は見えず、ただなぜか、スパゲティの棚だけが、見事になにもないのだった。

君は、新型肺炎から、どうやって身を守っている。私は、とりあえず、できるかぎり人に会わない、ということにしている。手洗いとうがい、それ以上、ほかにやりようはない。海の基地の前は、人っ子ひとり通らないので、その面では、きわめて安全である。基地にはテレビがないので、切迫したニュースもあまり伝わってこない。しかし、地方の小さなこの街でも、数人の感染者が出たのだという。

海のそばでウイルスを避けていると、しばしば『ベニスに死す』という映画を思い出した。蔓延した疫病が迫ってくるベニスに、主人公はある理由で居続けるのである。そして、滅びる。ベニスの街を消毒する光景など、感染者が出た場所を消毒している、いまの情景にも似ているのかもしれない。

ウイルスの蔓延でこわいのは、絶対安全な居場所がない、ということだ。感染者の少ない地域に避難する。やれることはそれぐらいしかなく、海の基地がある街でも、いきなり東京ナンバーの車が増えた。都会と較べると、感染者は少ないのである。ホテルなどは閉っていても、泊まれるリゾートマンションのようなものは、少なくない。

そしてこの街でも、一名の感染者の情報が、驚きをもって伝えられ、数日後にはそれが数名になった。さらに十名になり十五名になったところで、大部分はデマだろうと私は思った。

発表されないのでよくわからないが、数名というところまでが、事実であろう。それにしても、流言飛語の拡がり方の早さというのは、ちょっと啞然としてしまうほどである。具体的な場所まで、特定されて追いかけてくるから厄介である。

私は、そういう噂の類いを、一切耳に入れないようにした。防御だけは徹底して、あとは忘れていることだ、と思った。気にするから、噂をあえて探してしまう。すべてがデマかもしれないのに、どれかひとつはほんとうだろうと考えてしまう。

どうせ本格的にウイルスが襲ってきたら、感染を防ぐのは難しい。発症すれば、年齢的には、重症化の可能性が非常に高い。

私は、魚を釣ってきては、それを煮つけて食うようになった。あるいは、干物にして長保ちさせる。野菜は、根菜を中心に買い集めておく。缶詰の類いも、かなり備蓄している。もともと、大地震などを想定して、買い集めてあったものだ。ツナ缶と大根で、和え物を作る。蕪と人参の酢の物。これはあまりうまくいかなかった。

とりあえず、そんなことで気を紛わせるのである。あとはひたすら、映画を観て、音楽を聴く。

鳥がトンビに子を奪われた日の夜、雷雨になった。窓ガラスがビリビリとふるえるほど、雷は近い。海の上の稲妻は鮮やかで、私はそれを眺めながら、酒を飲んだ。

地球よ、おまえは怒っているのか。

そう呟く。返事のように、稲妻が空を二つに割る。

病気なのか病気でないのかどっちだ

下半身が、痛い。

下半身全部が痛いのではなく、下半身のどこかが、うっ、と顔をしかめるほど痛いのである。

歩こうと思えば、歩ける。根性だ。そう思って歩くのだが、なんと数百メートル歩くと耐え難く、しゃがみこんでしまう。数キロを歩こうと思えば、数えきれないほどしゃがみこむので、一キロほどの犬の散歩にした。そして、これは病気なのだ、と思った。

椎間板ヘルニアで、痛い痛いと腰をさすっていたのは、数カ月前である。それは一応治ったと思えるほどだったが、今度は脚が痛いのである。ふくらはぎが痛いと思えば、腿の外側が痛いと感じる。右脚の中を、痛みの小鼠が駈け回っている、と感じてしまうほどになった。

病気である。私は近所の整形外科医院に出かけて行った。

ＭＲＩの結果、脊柱管狭窄症で、椎間板ヘルニアも併発している、ということであった。正式に病名がついたので、私はほっとした。

鎮痛剤などを大量に貰い、いざという時のために、座薬も加えられた。しかし、鎮痛剤の効き方は、全面的ではなかった。ひどくなくても痛みは続いていて、薬が切れると痛みはひどい。痛てえ、痛てえ、と叫びながら、朝など起きるのである。

困ったのは、仕事に身が入らないことだ。ほんとうに痛くなってくると、集中力がズタズタになり、時には砕け散ってしまう。

その間に、脊柱管狭窄症の患者を何人も治したという鍼灸師のもとにも通った。緩んできた、大丈夫です、もう治ります、私の手の中ではもう治ってます。そんな言葉を貰ったが、症状が軽快することはなかった。

痛みは、ほんとうに小鼠のようで、右脚が主に痛いのだが、時に左脚が痛くなり、その間は右脚はまったく痛くない、という奇妙な状態になるのである。なんだったんだよ、あの痛さは。呟きながら私は右脚に触れてみる。普通の脚が、あるだけである。そして痛みはまた、右脚に戻ってくる。

鎮痛剤の種類はいろいろ変ったが、痛みは変らない。ブロック注射というものを勧められ、私は入院して数回受けた。注射のあと、少しいいような気がする。しかし痛いのは痛い。退院して、レモンとトロ助を連れて歩いてみたが、私は以前休んでいたベンチなども横眼で見て通りすぎた。

結局、休むことなく帰宅できて、二日目、三日目と距離をのばしていったが、変りはなく、ついにいつもの散歩コースを歩ききった。治癒したわけではないのは、椅子に腰を降ろしたら痛いということで、はっきりしていた。

私は、以前よりはいくらか軽減された痛みにつき合って、日々を送ることになった。うっとうしい気分だが、どこかに馴れもある。一番痛かったころと較べると、相当楽である。しかし、駈け出すことができない、病人でもある。

君は、病に臥したことはあるか。私にはない。十八歳のころ、相当ひどい肺結核にかかり、入院手術の適応例だと言われたが、断固手術は拒否し、化学療法を続けた。およそ三年半にわたる療法で、躰はすっかり抗生物質漬けになった。これなど、ストレプトマイシンがなければ、病臥していただろうが、普通に生活していたのである。

いまは、部分的病臥状態である。ほんとうに痛い時は、寝たりしているのだ。それでも、脊柱管狭窄症は、死に到る病ではない。肺結核の方は、完全に死に到る病で、ストレプトマイシンが国家の補助で安価に手に入るようになるまでは、買えずに亡くなってしまう人も多かった。

うむ、それでも、咳をして血が少し出るのと較べると、脚の痛みの方が私はいやな気がするな。死に到らない分だけ、小煩いのである。俺を殺せもせずに、なんだおまえは、と言ってみたくなる。

あっ、そんなことを言うと、小鼠のやつは意地悪をして、もっと駈け回るかもしれない。これ以上痛くなりたくないので、撤回である。小鼠くんは、そのうち飽きて、居眠りなどしてくれるかもしれない。仲よくやろうぜ。

　ストレプトマイシンを打ちながら、咳をして痰に血が混じり続けた時、また強く手術を勧められた。私は自分の命に妙なこだわりを持ち、手術を拒否し続けたのである。

　三年半も化学療法をやるなら、手術が正解だったのだろう。それでも私は、三年半、重病人の気分でいられた、と思っている。血の混じった痰などを友人に見せると、顔をそむけられたものだ。

　脊柱管狭窄症は、はっきり言って、恰好が悪い。どこか、情ない。本人は痛いのだが、切れて血が流れているわけでもないから、痛いと無様に叫ぶだけなのだ。

　医師は、手術については、グレーゾーンだと言った。どういう意味かと言うと、たとえば癌など、それは切除しなければならない。脊柱管狭窄症は、似たようなＭＲＩの画像でも、耐えられない痛みを訴える人もいれば、普通に日常生活を送っている人もいる。つまり、当人次第なのである。きわめてグレーなゾーンで、手術が行われることになる。

　私は、どうか。転げ回りたくなるような痛みは、数カ月でなくなった。ただ、薬に頼ってである。以前は薬を飲んでも痛かったから、いくらか正常な方へ傾いているのかもしれない。薬をまったく飲まなくなったらどうか、実験しようと思えばできるが、その気はない。

　いまは新型肺炎で、医療現場は大変なのである。実験してみたら痛くなり、直りませんなどという患者は、受け入れたくはないであろう。それこそ、死なないから我慢をして、と言われそうである。

　まったくなあ。私は柔道などをやっていたから、恒常的に腰に負担をかけていたのだろうか。私の得意技は、払腰であったし。

　とにかくいまは、新型肺炎の方が、私の腰より大事である。

　ウイルスよ。怒っている地球が、人のもとに送りこんできたのが、おまえなのか。

眠れなくても眠っているのだよ

寝てばかりいる。

それも、実に細切れに。多分、十数回だろう。私は明け方に寝て、午より一時間前に起きる習慣を持っている。起きる時間さえ決して動かさないと定めれば、外が明るくなるころ、自然に眠くなる。それがいま、起床時間の三時間前にベッドに入っても、平気なのである。つまり、頻繁に眠っているのが、しっかりと睡眠時間に組みこまれている感じなのだ。

しばしば眠るのは、鬱という状態なのかもしれない、と私は思った。なにかやろうと思いながら、そのままうとうとする。頭の中では、やろうと思ったことをやっている。現実と夢が繋がっている感じなのだ。眼を醒すと、やろうと思ったことがやっていないのを発見し、ちょっと憮然としてしまう。

これは鬱なのではないか。以前から、似たような状態に襲われていて、最近は頻度があがったということなのだが、気にしすぎているのだろうか。

こういう時は、ひと晩、外で飲んで喋り続けたりすると、解消したものだ。

いまは外出がままならず、自宅か海の基地に籠りっ放しになっている。せいぜい、犬の散歩に出るぐらいだ。レモンは歳の割りには元気で、トロ助は好奇心が強くて気を散らし、要するに二頭とも活発なので、私も適度に運動をすることになる。

ところが脊柱管狭窄症で動けなくなり、それと新型肺炎の蔓延のはじまりが重なったのだ。歩くのに、足を引き摺らなければならない。それも家の中で、外へ出るなどということは、ちょっと考えられなかった。朝、起きた時、痛みで転げ回るというほどで、痛み止めの薬もあまり効かず、私はついに入院して、ブロック注射を数回受けることになった。

それもあまり効かず、退院しても、散歩は無理であった。百メートルおきに、休まなければならない、という感じなのだ。

時間になると、二頭が階段の下で並んで待っている。上をむいた恰好で、置物のようにじっとして動かないのだ。痛みなど根性で克服してやると私は立ちあがり、散歩の支度をするが、そこで潰えて、腹這いで唸り声をあげることになる。根性などと叫ぶ男は相当時代遅れらしく、周囲の誰もが蔑みの視線をむけてくるだけである。

しかし、三カ月ほどで、なぜか歩けるようになった。はじめは綿の上でも歩いているような感じだったが、足の裏で地面を摑むという、自分が勝手にいいと思っている歩き方が、できるようになった。犬たちは喜んでいる。しかし、私の外出は、それ一度きりである。そして、なにかやろうとしても、うとうととしてしまうのだ。

こんなでは、コロナ鬱とでも言いたくなるよな。原稿用紙にむかっている時だけは、快調なのである。だから、どこか切迫した感じが出てこない。原稿を書かなければならない時、私が居眠りばかりしていたら、事務所の女の子たちも編集者も慌てるであろう。眠ったふりをしてやろうと思ったが、原稿を書きはじめると、思いがけないアイデアなどが浮かんできて、とても遊んでいる暇はなくなる。

鬱病ということについて、私はほとんど知らない。だから鬱だ鬱だと言っているのは、いまの状態をどう言っていいかわからないからである。まさか、躁ではないよな。

病気の自覚が強くあるわけではないので、私はどこかで、自分の状態を愉しんでいるかもしれない。長く長く、不眠症であり続けている私は、いま、失われた睡眠を取り返しているという気分にもなれるのである。

君は、眠れているか。何日も眠れない時、私は眠れるやつがうらめしくなってくるな。原稿はきちんとあがるので、誰も私の異変に気づかないのである。鬱気味だ、などと言っている友人もいるが、私もなんとなくその中のひとりになった。

それにしても、うとうととしてしまうのが異変だと私は書いたが、ただ単に加齢現象だということはないのか。もしそうだとしたら、滑稽な話ではないか。

このところ、私は年齢を意識してしまうシーンが、結構ある。孫たちが、見る間に大きく育ってきた。寝技になれば、まだ袈裟固めの人参潰しが有効なのだが、立技できれいに投げ飛ばそうとしても、やわらかい躰でするりと逃げられたりする。こちらの躰の固さと子供たちの躰のやわらかさは、較べることもできないほどで、そこにあるのはただ悲しみだけだ、という気がする。

耄碌爺と言われ、捕まえて締めあげ、家の前の道に正座させて、チョークで耄碌という字を書かせたのは、ついこの間ではなかったか。そのころ私は、兄弟を追いかけ、弟の方を捕まえると、逆吊りにして、兄を呼んだ。弟がやられているのに、逃げるのは卑怯なのである。どちらかを捕まえると、諦めて制裁を受けに来る。

しかし、もう追えない。まず、息があがってしまうな。捕まえても、投げられはしないにしても、投げ飛ばすのは難しい。

踏みこんで乾坤一擲の大技にはまだ自信があるが、それは孫と爺さんの闘いではなくなってしまう。あるルールのもとでやる取っ組み合いに、私はとうとう耐えられなくなった。

こんなこと、鬱とは関係ないか。それにしても、鬱と加齢現象と、どちらがいいか。二つ一緒というのが一番嫌だが、選べと言われたら選びたくない。

私はそういうものには無縁で過ごし、最強無敵のクソ爺として突っ走り、そのまま死ぬはずであった。それが鬱だの加齢現象だのと考えたりする。考えながら、うとうとしている。うむ、まったく予測をはずれているぞ。

人生の予測など、無駄なものだ。だから真剣にやったわけではないが、なんとなく思い描く姿というものはあり、それから徐々にはずれていくのが、私にとっての老いなのであろう。

君が加齢を意識するころ、私はなにも言ってやれないだろうが、老いるのもいいなどと、気軽に言えないというのが、いまの気持だ。

座ればそれだけでいいわけはない

腰掛けている。眼の前には、白い原稿用紙がある。私は腰掛けて、仕事をしようとしている。眼の前には、三行だけ書いた原稿用紙がある。しつこいようだが、私は腰掛けている。

椅子の話をしたい。私にとって椅子は大事なものだ。人生の半分は、椅子に腰掛けていた、と思いたくなるほどだ。したがって椅子は、器具ではなく友だちのようなものだった。

それでも、工場で作られて入荷されたものを、家具売場で買うわけだから、否応なく出自は器具なのである。私の思い入れは、いささかセンチメンタルでさえある。

三十数年遣っていた椅子が、壊れた。どこかがとれてしまったとか、革が破れてしまった、というようなものではない。がっしりした、いい椅子なのだ。ただ、私が腰掛けると、少しずつ下がって、やがて一番低い位置にまで降りてしまう。それで、立って上へ引きあげ、また下がる。仕事をしていると、苛立つことこの上ない。私は、座面が下がらないためになにかできるのではないか、と椅子を逆さにしてずいぶんと検分したが、結局、方法を見つけられなかった。

古い椅子には引退して貰って、新しいのを買おうか、と思った。三十年間で椅子も進歩しているのかもしれない、と思った。製造元に電話をして、同じ型の物を頼んだが、さすがにそれはなく、同レベルのバージョン違いのものになった。ラインナップの中では、最高機種である。大きな文房具メーカーでもあるし、私は信用してそれを頼んだ。註文生産なので、多少の時間を要した。

届いた新しい椅子は、端正な姿をしていた。座り心地は、普通というところだろうか。遣い続ければいい椅子になると私は信じていた。ところが、座り続けていると、腿の裏側が痛くなってくる。おかしいのだ。指先で探ると、横に線があるような気がした。三時間座っていると、そうなる。

私は悲しくなった。しかし、ほんとうにこんなことが起きるのか。数人に座って貰ったが、誰も異常があるとは言わなかった。私も、三時間座っていなければわからないのに、せいぜい一分座っていたぐらいで、感じられるわけはないのだった。

私は、長い時は十五時間以上、椅子に座っている。三時間で座れなくなると、大問題なのである。メーカーにクレームを言って、来て貰った。なぜか営業の人が来て、座面のすべてに掌を当てて体重をかけ、私がおかしいと感じているところが、確かにおかしい、と言ったのである。預けて、修理して貰った。座面に、かなりの段差があった、と工場の技師さんらしい人の図解入りの説明がついて戻ってきた。座ってみると、私の腿の内側を刺激していた段差はなくなっていたが、座面がいくらか前のめりの感じがあった。

いやなことを言うが、椅子には金を惜しむつもりはなかったので、かなり高額であり、座り心地は値段に見合ってはいなかった。新旧と、私は併用して遣った。その上で、私は新しい椅子を捜しはじめた。日本屈指の文具メーカーのものはやめ、オカムラという、機能的な椅子を作っているメーカーを教えて貰い、ショールームに、実際に腰掛けに行ってきた。

実際に座っているので、私は安心して届けられたものに腰掛けた。その時点で、古い椅子を手放した。オカムラの人なのかどうか、運んできた人は回収する古い椅子を見て、おうおうおうと三度声をあげ、嬉しそうに笑った。いま考えると、座面の低下は修理できたのかもしれない。

文具メーカーの椅子は、ホテルの仕事部屋に運んだ。ある時、背もたれに寄りかかった瞬間、ばんという大きな音がして、私は後ろに倒れそうになった。背もたれと座面を繋いでいる太いベルトのようなものが見事に切れていた。結果として、この最高機種は粗悪品であったが、ベルトが切れ、全体が緩んだようになると、それはそれで、楽に座っていられるようになったのだ。遣い続けている。

書斎の新しい椅子は、座り心地は悪くないと感じたので、三年ほど前に、もうひとつ似たものを註文し、海の基地の椅子とした。

　ある時、海の基地の椅子が、フリーズしてしまったのである。座面が上下動をせず、回ることもない。椅子全体の弾力のようなものがなくなって、死後硬直の屍体のようなものになった。オカムラに問い合わせると、修理ができるという。難しい修理ではないようだったが、私が自分でやるのは、まったく無理だった。座面の下の柱の一部が、ブラックボックスになっていて、それを交換したのである。部品の費用、出張の費用も含めると、かなりの額になった。それで、椅子は前と同じ状態になった。機能的で好きな椅子であり、遣い続けるつもりだ。

　しかし、海の基地にいた一週間ほど、私は仕事ができなかったのである。こら、オカムラ。三年でフリーズする椅子など売るな。

　自宅の書斎で遣っている同じ型の椅子は、もっと年月が経っているのに、なんの異常もない。

　とにかく、椅子は私の生命線のひとつである。一日、十数時間座っているヘビーユーザーであるが、前の古い椅子は、三十年以上保ったのである。あいつ、どこへ行ったのだろうか。椅子全体がフリーズしたわけでなく、私の体重を支えきれずに下がっただけだ。ブラックボックスで直るなら、私はそうするべきだった。なにしろ、いま座っている椅子と較べても、貫禄が違ったな。

　あいつ、ばらばらに分解されて、棄てられたのだろうか。それとも、まだ存在価値を認めた誰かが、修理して座っているのだろうか。仕事にならないので私は手放したが、もっと粘り強く、修理の方法を捜すべきではなかったのか。

　君は、どんな椅子に座っている。椅子は、大事だぞ。机など、私はただの板でもいいのである。

　新型肺炎で書斎に籠りきりになると、さまざまな思いがこみあげてくるが、三十年私の尻を載せていた椅子のことは、何度も思い出した。思えば、座面に私の尻のかたちがくっきりとつき、革は違うもののように光を放っていた。あれを、存在感と言うのだ。

削ってみても見えるのは木目だけ

仕事をし、本を読み、それ以上やることがなくなった。ふだんなら、音楽を聴いたり映画を観たりするのだが、気分が乗らないこともある。昨日も、その前の日も、音楽と映画だったのである。

私は、ナイフを出し、木を削りはじめた。木といっても特殊なものの、しかも根で、日本に自生してはいない。白ヒースという、砂地に生える灌木で、百年ほど経ったものの根は、子供の頭ほどの大きさにもなるのである。はじめから硬いのだろうが、それを何日か煮つめて、アクのようなものを出しきるらしい。それから長期間陰干しにするという。つまり乾燥しきって、木の根であって、そうではないもののようになっている。

それを機械でいくつかのブロックに分け、さらに旋盤で構造的なものに細工をし、売られているのだ。ブライアと言って、パイプの原材料になる。

私は木目の見当をつけて気に入ったものを、かつてはたえずいくつか持っていた。時々、それを削り出して、パイプを作る。作ったものを集めて置いておく趣味はなく、人にあげてしまう。貰う方も迷惑かもしれないが、一応は笑ってくれていた。そんなことをやっていたのも、三十年ぐらい前までで、私は久しぶりに書斎に転がっていたブライアを見つけて、削りはじめたのである。いつもそうだったが、誰かにあげようという予定などない。

削っていると、ナイフの切れ味がかなり悪いことに気づいた。粗く削る部分は、本格的な鑿などを遣っていたが、見つからない。本格的な大工道具など、日曜大工をやる人間がいなくなったら不要で、どこかに収いこまれたのかもしれない。

私は、ナイフ二本を、中砥と仕上げ砥で研ぎあげた。その段階で、自分がなにをやっているのかわからなくなる。私は汗を拭い、手を休めてしばらく研ぎあげた刃を眺めていた。いくらか集中力が落ちてくると、パイプを削り出そうとしていたのだ、と思い到った。

集中力が出ていれば、すべてこんなふうというわけではないぞ。原稿などを書いていると、些細なことで集中力は途切れる。刃物を研いでいる時だけ、私は異常な集中力の中にいるのである。庖丁以外を研ぐことはあまりないので、それでいいのだ。料理の時に、庖丁が切れる。意図せず、そうなっている。

君は、どういう時に、刃物を研いでみようと思う。いや、そもそも研いだことはあるか。簡便な庖丁研ぎで、ごしごしやるのを、私は研ぐとは言わない。

私は、またブライアを削りはじめた。ナイフの切れ味によって、疲労度はずいぶんと違う。疲労などしていないと思っても、手もとにそれが出る。丁寧に作ろうと思っているから、一ミリの何十分の一かの薄さで削っていく。削りかすをつまんで光に翳すと、むこう側が見えるほどである。そういう薄さで削れるのは、ナイフが切れるだけでなく、集中力も高まっているからだ。

長時間は無理で、私は二本のナイフを革の鞘に収うと、ブライアをちょっと舐めた。味がするわけではない。

濡れると木目が浮き出して見えるのである。ストレイト・グレインとか、バーズ・ネストとか、バーズ・アイとか、木目にはいろいろとある。いま浮き出しているのは、ストレイト・グレインである。しかし、削っていくと、木目がそのままということは少ない。変幻なのである。木目ばかりを探っていくと、パイプのかたちがどこか歪んだものになる。

しかし私は、なぜこんなことをはじめたのであろうか。そうか、外出しないからだ。外出しない日々が続くと、やれることがずいぶんとあるぞ。パイプ作りなど、三十年ぶりだ。

作ったパイプは、遣わずに人にあげる。ボウルと呼ばれる、煙草の葉をつめる部分は、ブライアそのままである。持主は、まずそこに焦げを作り、それから一ミリ程度のカーボンをつけるという、いささか長い作業に入る。私のやり方は、ボウルの内側に、薄く薄く蜂蜜など糖のあるものを塗り、それから煙草をつめて火をつけるのである。

拡げていた新聞に、ＪＲの新駅ができたという記事が出ていた。私はふんと鼻を鳴らし、横をむいた。高輪ゲッタウェイだと。駅名など、ぱっと見る。読みはしない。

レモンとトロ助がやってきて、私のそばに座る。散歩の時間で、こいつらの体内時計は実に正確である。そして散歩はこいつらの権利であるから、ちょっと遅れると不平を漏らす。

うるさい、おまえら犬だろう。怒鳴ったところで、効果はない。本気で怒鳴っているかどうかも、こいつらは実に敏感に感じ取る。本気で怒鳴った時の慌てぶりを、君に見せてやりたいよ。

私は、二人を、いや二頭を連れ、マスクをして出かける。レモンは軽やかにとことこと歩くが、トロ助は、ういっ、散歩だぜい、という感じでのしのしと歩く。おかしな引っ張り方をしたら蹴飛ばすが、こたえはしない。

私が散歩をさせられている。まさしくそういうことだな。足が痛くて散歩がままならなかった時が嘘のように、いまは速やかに歩くことができる。まだ、スピードが足りないか。歩いている人に、私は追い越されたことがなかったのである。

戻ってくると、筋トレをやり、シャワーを遣う。それから、食事を挟んで仕事である。食事の時、酒を飲むと君は思っているだろうが、酔うと仕事にならないので、飲まない。飲むのは、外食の時だけである。それ以後、数軒の酒場を回るのが恒例だから、はじめから仕事をするのは諦めているのだ。

明け方、私は仕事を終え、酒を飲みはじめる。すぐに眠ることなど、とてもできないからだ。私の不眠症は相変らず続いていて、酒なしではとても眠れない。

音楽を聴く。寝る前は、ロックである。妙な緊張感を、打ち砕いてくれるのだ。ロックンロールでちょっと膝を動かしながら、私は削りかけのブライアを見つめる。

こいつを削りあげるころ、新型肺炎はどこかに行っているのだろうか。

記憶の果てに青春の翳があった

自慢するわけではないが、私は記憶力がいい、らしい。

十数年前のことで、その場にいた人間たちと私の明瞭な記憶について語ると、誰ひとり憶えていなくて、ほんとうにあったことかどうか、疑うような気分に襲われた。妄想だったら、それを人前で喋る自分は、ちょっと考えなければならないのではないか、という思いに駆られて調べてみると、ほんとうにあったことで、胸を撫でおろしたりする。

その名前についても、そうであった。私は、四十年ぶりぐらいに、本を見て名前を思い出した。私が訊いた編集者たちは、みんな二十代後半か三十代だったので、彼らが生まれる前のことになってしまう。憶えていようもないことだ。ただ、文芸編集者なら、一度ぐらい名前を頭に入れておいて欲しかった。

第三回の、『すばる文学賞』の受賞者である。私はそのころ無職で肉体労働などをやり、いささか知的な仕事として、『すばる文学賞』の候補作の下読みをしていた。当時はまだ、全作が原稿用紙に書かれ、それがつまった段ボールを二つ渡されると、運ぶのに難渋したものである。ついに私は、候補作を渡す編集者に、二度に分けて運んでいいか、と尋ねた。タクシー遣ってなかったの、というのが彼の反応であった。肉体労働で日銭を稼いでいた私に、タクシーなどという発想はあろうはずもなく、汗にまみれて段ボールを担いだのである。

領収証を貰っておけば、精算するから。はじめから言って欲しかったな。第一回、第二回の分は、どうなるのだ。思ったが、言わなかった。馘にされたら、それまでである。

ただ、作家になって多少本が売れるようになった時、その編集者にいじわるをしてやった。私の復讐が彼には理解できず、機嫌を損じたと思ったようだ。私は、これで相当執念深いのである。

というわけで、第三回の『すばる文学賞』は私にとって印象深く、ついでと言ってはなんだが、受賞者の名も、異様に長いと感じたタイトルも、憶えていたのである。

本を手にとった時は、同姓同名だと思った。なにしろ、四十年以上前の受賞作家である。その前年が、森瑤子お姉さまで、とても魅力的な人だったが、かなり前に亡くなってしまった。その次の年の受賞者、四十年前、二つ合わせると同姓同名としか思えない。しかし、当人であった。松原好之。四十年間、名を聞かなかったので、とうに別の世界で生きているもの、と私は思っていた。実際そうで、立派な成功を収められたようだが、四十年後に長篇を上梓したことになる。これは快挙か執念か人生の残滓か。

読んでみると、文体は意外に若々しく、小説を書き続けることで、否応なく磨耗したものは感じられなかった。七〇年代の、過激派の内ゲバと、三里塚闘争が描かれている。

私は、それらの少し前に学生だったが、内ゲバに関心はなく、その必然性もなかった。私の中では終ってしまっていることだったが、まったく無縁というわけではなく、榛名山における連合赤軍のリンチ事件で、命を落とした寺岡恒一は、中学高校時代の同級生であった。親しかった友人たちが、命日には墓参りに行っているが、私は行ったことがない。

この作家を評価するためには、あと二本は長篇を読まなければ、私には無理である。

それにしても、昔、読んで、おう、これはと思った作家が、それ以来沈黙を続けている例を、調べなくても私はいくつかあげることができる。外岡秀俊という人は『北帰行』という作品で文藝賞を受賞したが、以後作品はなく、朝日新聞のお偉いさんとして、時折、その名に触れた。

十七歳の私に衝撃を与えた人として、藤澤成光がいる。『羞恥に満ちた苦笑』という作品が『文學界』に掲載され、日本のラディゲと称されて大きな話題になったが、私はラディゲそのものを知らなかったのだった。私と同年の高校生が、寵児として出現した、不思議な感じがする出来事だった。

　この出来事は、私にとってはそれだけでは終らない。私の学校で文化祭が行われていた時、藤澤成光の同級生だという人が、文芸部の展示場に現われ、『やまなみ』という雑誌を二百円で買ってくれ、と言ったのだ。私は、こちらで出している雑誌と交換しよう、と言った。粗末な雑誌を一瞥して、なにしろこれには新進作家の作品が掲載されているので、そんなものとは替えられない、というようなことを言ったのだ。

　これが柔道部的な対応なら、じゃ雑誌を持って帰れ、それともやるか、となるのだが、ちょっと首を突っこんでいた、文芸部の対応をしなければならない。『やまなみ』は、分厚い、こちらを圧倒するような雑誌であった。私は、なんとなく二百円出し、それを買ってしまった。しかも家へ持ち帰り、最初から最後まで、舐めるように読んでしまったのだ。藤澤作品は、『文學界』に転載されたものをすでに読んでいたが、もう一度読むということになり、数日、傷ついた自尊心が、私をうつむかせていた。

　さらに少し時が経ってからだと思うが、藤澤成光の同級生である氏原工作という人の、『きみの問はなにか』という二百枚ほどの作品が『新潮』に掲載され、二十歳の天才というような扱いをされていた。『やまなみ』という同人雑誌は、同期で二名の天才と呼ばれる作家を出したので、優秀な雑誌だったのだろう。二百円で買った雑誌に、氏原工作の作品があったのかどうか、憶えていない。二人とも、それ以後、名前を見ることはなかった。

　しかし、松原好之の例もある。私と同年の二人だが、まだ長篇の二本や三本は書けるのではないのか。

松原好之の本を手にし、さまざまなことを思い出した。意外に記憶がしっかりしていることに、自分でも驚いたが、それだけ私の気持を刺激した出来事だったのだろう。

　家に籠っていると、思いがけないことをしたりするものだ。君も同じように籠っていただろうが、なにかやったか。

　いつか、それについて語ろうか。

いい加減もう自由にしてくれないか

昔は、ずいぶんと本を読んだ。

いまは、数えてみると、月に五、六冊しか読んでいない。それが、二十冊ぐらいは読んでいたのだ。多い時は、軽く三十冊を突破していただろう。数時間で読めるようなものだけでなく、哲学書や評論集なども読んだ。最も時間がかかったのが、詩集だった。文字数は少ないが、言葉が言葉でなくなる世界に入りこむと、容易に脱け出せないことがあった。

ちなみに、そういう詩集を書庫から探し出してきて開いてみたが、なぜか数頁を読んだだけで、放り出してしまった。難解なことと、理解できないことはまるで違っていて、私の詩を受け入れる感性は、閉じてしまっているようだった。

相当な量の本が、どれだけ頭に残っているかと考えると、これはもう無惨なほどなにも残っていないのだった。愛読と言うが、愛したわずかな量の本だけが、色濃く残っている。量を読めばいいというものではなく、しかし量を読まなければ、愛する本を見つけられない。まこと、読書というのは、業に似ている。

だから、自分の読書遍歴など、私には書けないだろう。忘れてしまっているものが、信じられないほど多いからだ。

書庫の本は全部読み、読んでいない本は別の保管してあるので、機械的に読んだものをなぞることはできる。半分近くが見知らぬ本で、タイトルが記憶にあるだけというものも、相当な数にのぼる。

それでも、時間を無駄にしたとはどうしても思えないのが、読書の不思議なところである。これは映画にも言えて、はじめてのものだと信じこんで観ていて、実はＤＶＤがすでにあることにあとで気づき、愕然としたことは一再ではないのだ。

映画についての記憶もそんなものだが、実は何度も観る映画もある。俳優を気にすることはあまりないのだが、監督が気になったり、映像が気になったりするのである。

たとえば、ラース・フォン・トリアーというデンマークの監督が気になる。デンマークには、マッツ・ミケルセンという、日本でも人気のある俳優がいるが、二人は合わないだろうなあ。

ラース・フォン・トリアーを考える時、『奇跡の海』と『ダンサー・イン・ザ・ダーク』を観る。両方とも、かなりやり切れない映画である。少なくとも私にとっては、求めている映画の愉しみはない。エミリー・ワトソンとビョークという二人の女優は、どこか存在感が似ていて、観る者の気持の中に、いつの間にかという感じで、入りこんでいるのだ。

私は、表現という行為は、自己表現、つまり根底にいつも自分があるのだ、と考えているのだが、二人の女優に設定された精神や肉体の欠損は、監督のなにを表現しているのだろうと、いつも思ってしまうのだ。

それが私が監督について考える理由だが、これだけでもこむずかしい。映画一本に、なぜこんな、と時々は思ってしまう。

フェリーニやゴダールの映像を観る時、ある観念性を感じてしまうのだが、もっと直接的に、ラース・フォン・トリアーは不穏なものを感じさせる。うむ、これぐらいしか書けないので、私はもっとこの監督のものを観続けていくのだろうか。

監督で言えば、デビッド・リンチを難解だと思ったことはない。『マルホランド・ドライブ』を、難解さのきわみの映画と言う人もいるが、私はそちらの方に首を傾げる。

アスガー・ファルハディというイランの監督は、世界的な名声を得ているが、評価の高い『別離』という映画など、人物描写が実は単純すぎる、と私は感じてしまう。この意見を開陳したら、映画好きから滅多打ちを食らったものだった。打たれ弱い私は、それからあまり言っていないが、この間、観る機会があり、私の意見はやはり変らなかった。それでも、この作品についての議論は、もうたくさんである。

君は、映画を観て、人と議論したことはあるか。したとしても、大した収穫はない。それぞれの意見を、変える必要はないことだからだ。せいぜい、相手の性格がいままでよりはっきり見えて、それがよかったり悪かったりする。

監督を気にしたり、映像を掘り下げたりするのもいいが、俳優を見て、見とれてしまうのもいい。私の場合は、特に女優である。『プロフェッショナル』という、古い映画があり、筋立てについてはいまもよくわかっていないのだが、クラウディア・カルディナーレに見とれていた。二度観たのである。あの映画にかぎって言えば、クラウディア・カルディナーレは最高の女優である。スクリーンの中に飛びこんで、自己紹介をしたいぐらいだ。

彼女はほかにもさまざまな映画に出ていて、この作品などあまり口端にのぼったことなどないが、この作品だけは私にとっては別格なのである。こう書いている間にも、また観たくなっている。

そんなことばかり言うからだろうが、ある時、強烈なおばあちゃんの写真を見せられた。

知らないなと言うと、クラウディア・カルディナーレだという。それって、反則だろう。誰だって、歳を取るのだ。私が口をあんぐりと開けるか、たとえ閉じていても涎をたらりと流すのは、ただひとつの作品だけなのだ。

ほかにも、あるよ。アンナ・カリーナは、『女と男のいる舗道』はいい。映画全体はどうでもよく、ただひたすら彼女がいい。そんな観方は最悪だと責められたことがあるが、私の勝手だろう。それに、アンナ・カリーナのものだって、一本だけなのだぞ。

私はここで、映画についていろいろ書くが、実はどう観ようと勝手なのだ。愉しめばいい。そのあとで、意見があれば言えばいい。

しかし、この間、最悪の情況に陥ったことがある。友人が、DVDを二本貸してくれた。『アウトブレイク』を観て私はのけ反り、もう一本、ビスコンティの『ベニスに死す』を観て、落ちこんだ。くそっ、これらは決して観てはいけないぞ。君は、観てしまったのか。

でも、思い出すなよ。

仕事以外にもやることはあるのだ

釣りに行く時は、なにを狙うか一応は決めている。一応と言うのは、実際にやってみて釣れなければ、対象を変えることなどよくあるからだ。鮃（ひらめ）を狙っていたが、カサゴに変更、マゴチが釣れず、もっと深場の甘鯛に変更。まあ、そんな具合で、表層をキャスティングで狙ったりと、釣りの方法を変えることもある。

狙いとは違うものが釣れた時は、外道などとひどいことを言うが、外道の方がうまい魚である場合も少なくない。

私はあまり硬直せずに、うまい魚、うまくはないが食える魚、食えない魚というふうに大雑把に分け、当然ながらうまい魚をいつも狙っている。

いま湾には、カタクチイワシの群がよく入ってくる。私は、それを釣ろうと思った。食うためではない。釣りの餌にするのである。ボートを出し、サビキと言われる道具で釣ると、入れるたびに四、五匹がキラキラと輝きながらあがってくる。それを二、三十匹溜め、船の生け簀に入れる。それで、釣りの準備は完了である。

船を出す。周囲にあまり邪魔なものがないところで、船を潮流と風に任せて流す。流しながら、鰯をつけた仕掛けを海底に落とすのである。つまり、フィッシュイーターと呼ばれる魚を狙っているのだ。フィッシュイーターの種類は多く、食物連鎖で鰯の上にいるものはほとんどそうだと言えるが、食ってまずいやつもいる。

私は、鰯を三十匹ほど用意していたが、その日はエソばかりが釣れるのだった。エソは、練り物の材料ぐらいにしかならず、普通に食おうと思うと、小骨が多すぎるのだ。つまりリリースするしかない魚なのである。

私はエソを摑み、鉤（はり）をはずしながら、俺の顔をよく覚えておけ、おまえを助けたのは俺だからな、と言って海に戻してやる。

しかし、五匹、六匹とエソが続くと、さすがに焦りが出てくる。エソは躰の割りに口が極端に大きく、いかにも食い意地が張っているという感じなのだ。エソがいるところには、鮃やマゴチもいる。しかしエソばかり来ると、餌の方が心配になってくる。餌取りもうまい魚なので、船の生け簀の餌は半分ほどに減っている。

私は、いくらか浅いところで、底が砂地ではない海域へ行った。岩が多いところなので、下手をすると根がかりをする。地球を釣っちまったなどと私は言っているが、仕掛けをなくすことが多いので、できるかぎり避ける。おもりが着底したら、すかさず数メートル巻きあげる。

カサゴが釣れるかもしれないし、ハタなどといううまい魚が来ることもある。まあ、鮃、マゴチはいない。

私は、なけなしの餌をつけて、待った。釣りというのは浅ましいもので、そうやって待つ間は、想像の中でさまざまな魚が釣れるのである。それがフグなどがあがってくると、口ではさまざまなことを言いながら、心の中では殺してやろうかなどと思っている。食う以外の殺生はできるかぎりしない、というのが人に言う私の主義だから、睨みつけても放してやる。

そんなふうにして終る一日も、またあるのだ。残っている餌が三匹ほどになると、半分諦め、半分祈っている。諦めも祈りも、釣りでは邪魔なものだから、ほとんど死に体なのである。それがわかっていても、餌がなくなるまで、釣りはやめられない。特に、買った餌ではなく、自分で釣ってきた鰯なのだ。

最後まで、これだけはやっていようと、私は竿を抱き続けていた。釣りでは、なにが起きるかわからない、というのも経験則のひとつであり、竿を納めるまでは自分の手に持っているのである。

餌が、残り二匹になった。そのうちの一匹に鉤をかけ、海底に降ろし、すぐに三メートルほど底を切った。竿には、餌の鰯が懸命に泳いでいる動きが、かすかに伝わってくる。

いきなり、私の躰は前のめりになった。竿が曲がり、竿先が水面に引きこまれている。こんな場合、なにが来ているのかなど、ほとんど考えない。なんであろうと、とにかく上げることだ。

暴れ方は、強烈だった。私の手に余るというほどの力ではなかったが、竿やラインの耐性は明らかに超えている。

リールにドラッグというものがついていて、それを締めたり緩めたりすることで、限界までラインに負担がかかるのを防ぐ。私は、巻きながらそれをいじった。場合によっては、巻いているはずのラインが、引き出されていったりする。そういう時、ドラッグを締めると、ラインブレイクの可能性が高くなる。

やり取りが、十分に及んだ。相手が疲れてきたのが、はっきりとわかった。海面まで、ようやく巻きあげた。魚体が赤いのが、ぼんやりと見えた。引き寄せ、引き寄せ、タイミングを測って攩網(たも)を入れ掬(すく)いあげた。

三キロほどの、真鯛である。よく竿やラインが保ったものだと、血を抜きながら私は思った。普通真鯛を釣るなら、ショックコードというゴムの丈夫な紐をつけて、衝撃をやわらげるのがやり方なのである。竿のやわらかさが、多少はショックコードの代りになったのか。

それにしても、なぜこんなところに真鯛がいるのだ。たいした潮流もなく、動く人の姿がはっきりと見えるほど、陸に近いところなのである。なにが起きるかわからないと言っても、真鯛が私の鰯を食ったのか。

以前、この海域で、五キロほどのカンパチを釣ったことがある。二メートルの赤矢柄も釣った。ともにここでは釣れそうもない魚である。この海域を釣りのポイントのひとつにして、十年ほどが経過している。十年で三度目の椿事ということか。

私は、空を見上げた。晴れた日である。くっきりとかたちを持った雲が、二つ浮いていた。なにをやっているのだろう、とふと自問した。社会は、疫病で大変なことになっている。それが暢気に釣りか。思ったのは、多分、釣れたからだ。次に浮かんだのは、うまそうだということだった。

君は私を嗤(わら)うか。嗤われても、うまいものは食っていたい。

光と影が表現の本質である

原稿を書く時間が、たっぷりとある。

それで原稿をたっぷり書けるかというと、そんなに都合よくはいかない。むしろ一行一行に滞り、枚数が書けない時の方が多い。言葉の選択に、時間がかけられるのだ。そうするとそれがペースになり、急がなければならない情況になっても、細かい言葉を選び続けて、原稿がいっこうに進まない、ということになる。その時作ったペースを変えるというのは、またかなりのエネルギーが必要なのだ。

そんなわけだから、私はすべてのものを、締切ぎりぎりで書くようにしている。ただ、一回が百枚を超える連載など、どこがぎりぎりの限界か読めず、途中で楽勝とわかると、本を読んだり映画を観たりする日々になり、ほんとうにさし迫ってから、眠らずに書く、ということになったりする。

まったく懲りないやつなのである、私は。それでも、きちんと予定を立てて、着実に仕事をこなす、というやり方も私はできるのである。ところが、出来あがったものが、きわめてつまらない。なにかが弾けて、思いがけないものが書けてしまった、というようなところがない。読む方にとっては、面白味に欠けるものになっているだろうし、書く方にとっては、きちんと書いたのに不完全燃焼感が残るということになる。

書くという行為はまったく不思議なもので、プロの看板をあげて四十年になるのに、いまだ制御などとはほど遠いのである。

私はいま、『ヘンリー・ライクロフトの私記』という本を読んでいる。この本については前にも書き、私の愛読書のひとつなのである。ストーリーもなにもなく、日常の暮らしにはなに不自由ない作家の日々を、ただ淡々と書いてある。ストーリーがないので、どこから読んでも構わないし、どこでやめても心情的に持ち越すものはない。それがよくわかっていて読みはじめたのだが、やめられなくなっている。

なんのことはない、日々の描写である。朝、小鳥の啼声とともに眼醒め、コーヒーかなにかを飲み、質素だが温かい食事をとる。

それから、散歩に出る。道端の植物が、きのうは蕾だったものが、開きかけの花になっている。それを見た、あるかなきかの情動が描かれる。細部にわたって、実に綿密なのである。

作家は、丘の上の小さいが清潔な家に住んでいて、日々の暮らしは、村から通ってくる女性が見てくれる。もともとは貧乏だったが、思いがけない遺産が入ってきて、晩年にそういう生活を手に入れたのだ。

なぜか、切迫したようなリアリティを感じる。一行一行が、緊密で、しかし破綻が一点もない。なんという暮らしであろうか。できることなら、私もそういう暮らしが欲しい。

緊張感に満ちているといっても、甘美である。その甘美さは、この作品のなんとも言えない魅力になっている。ヘンリー・ライクロフトが、書くという行為そのものが、日常の中で描かれることがない。当たり前だろう。この作品そのものが、書かれているのである。

作者は、ギッシングという英国人である。私ははじめ、この作品はギッシングの自伝であると思って、疑っていなかった。しかし、なんという緊迫感のある自伝なのだ。ギッシング当人を調べてみると、貧困と病苦の中で、若くして生涯を終るのである。その最晩年に書かれたのが、『ヘンリー・ライクロフトの私記』である。

つまりヘンリー・ライクロフトは、ギッシングの夢想の中の作家であり、描かれている日々の暮らしは、すべてギッシングの希望、いや渇望と言うべきものだった。

それで、静謐の中に漂う緊迫感の正体が、私にはわかった。渇望は、リアリティを生むのである。それも、切ないほど生々しいリアリティである。

いま、私はなぜこの本を読み返しているのだろうか。表面的に、日々は静穏である。外出から戻ると、手洗いとうがいが必須になっている。日々の変化といえばそれぐらいで、テレビをほとんど観ない私にとっては、社会の一喜一憂も遠い。

私はなにを求めて、原稿が押し詰まったいま、この本をとり出し、読みはじめたのだろうか。しばし考え、すぐに私は、自分が望んでいるものの姿を見た。それこそまさに、ヘンリー・ライクロフトの日常生活なのである。

そこには、外からのプレッシャーの要因がまったくない。書かなければならないものはなく、書きたいものだけを書く。つまり、内からのプレッシャーの要因もない。

私のいまの静穏な生活は、外からも内からもプレッシャーがかかり、まさしく爆発寸前なのである。だから、爆発寸前の緊張感で書こうと思っている。

時々、ラース・フォン・トリアーの『ダンサー・イン・ザ・ダーク』などという映画を思い出す。そういう時は、トム・ジョーンズが唄う『思い出のグリーングラス』を聴く。この歌は、日本では明るい望郷の歌として唄われ、フォークとかカントリーとかに分類されていたような気がする。

原詞では、相当趣きが違う。これは、死刑執行の朝を迎える死刑囚が、その人生で最後に見た、故郷の夢なのである。青く輝く草原の中、父と母、恋人、そして古い街。子供のころ遊んだ樫の木は、いまもそのままある。

実に魅力的であるが、最後のフレーズで、四方をコンクリートに囲まれて眼醒めた男の独白になる。まさに光と影の交錯。刑の執行による死というインパクトが、緑の草原をさらに切なく悲しく明るいものにするのである。日本語の歌詞も悪くはないが、ただ光に満ちて、都会の疲れを癒してくれる故郷という感じなのだ。

世界中の、名だたる歌手がカバーしたのも、やはりその光と影に魅せられたからではないのか。そういう点で私が挙げた映画は、光が足りない。『ヘンリー・ライクロフトの私記』も光に満ちているわけではないが、作者の実情を知ると、細かい描写のひとつひとつまで、不意に光を帯びてくるのである。

君、歌を聴きながら、本を読んでみろよ。

ひとりでやれることは集団でやるな

用事があって、いつも散歩する道を、夜に歩いた。八時ぐらいなので、人通りは絶えていない。それどころか、集団がいくつかいた。歩いているのではなく、屯(たむろ)している。中学生ぐらいに見えた。

全員がスマホを持ち、自転車で来たらしい。スマホの照明で照らし出された顔が、それだけ別のもののように闇に浮いている。いささか、異様な光景だった。私は通りすぎただけなので、その七、八人の集団がなにをしていたのか、はっきりはわからない。

しかし、同じ光景を何年も前から、よく見かけたものだった。冬、散歩の時間がわずかに遅くなると、闇に漂う顔を見た。同じ時間だと夏は明るいので、ただスマホを見ている少年たちである。しかし、屯してなにをやっているのか。

ポケモン、とかいうやつだろう。実際にスマホに表示されているのを、私は見たことがない。やっている連中が、話をするのを聞いたことはある。犬たちの散歩をしていて、薄暗くなってきた時に、女の子がひとりでスマホをいじっていて、すぐそばに父親らしい人が立っているのも見たことがある。

最近ではあまりないが、私の散歩コースは、ポケモンをやっている連中の、人気スポットだったらしいのだ。前ほどではなくても、いまもいるな。そのスポットがなんなのか、私は知る気もない。

緊急事態宣言が出されてから、私の散歩コースの人は増えた。矛盾するようだが、自宅で仕事をしている人たちが、夕方ちょっと出てきて、歩いたり走ったりしていたのだろう。宣言が解除されても、あまり変らない。

先日、私の家に来ていた孫を、散歩に連れ出した。話をしながら私は歩いたが、ある場所で孫は立ち止まり、遅れた。なにをやっているのだと引き返すと、スマホをいじっていた。自分では持っていないので、母親のものを借りてきたのだろう。

私は首根っこを押さえ、スマホを取りあげた。なにすんだ、爺ちゃん、と孫は怒った。張り倒されたいのか。なんでやっちゃいけないんだよ、その理由を言えよ。

小学校の四年になった。反論も一応論理立っているが、私は一切の論理を排除して、爺ちゃんが嫌いだからだ。文句があるなら爺ちゃんと勝負するか、と言う。なんだよ、勝負なんてやめてよ。なんでやっちゃいけないか、説明してくれ。それは、爺ちゃんが嫌いだからだ。

孫は、ごろりと路上を転がって起きあがり、足を踏み鳴らした。私は無視して、すでに歩いていた。俺の爺ちゃんは、どうしてこうなんだよ。追いかけてきて言う。帰るからな、俺。やかましい、帰りたけりゃ、帰れ。

それでも孫は、いまなにをやってもいい時間で、だからスマホを借りてきたのだ、と言いながら、そばを歩いている。

わあ、いやだいやだ、もういやだ、と嘆きはじめたので、私は尻を蹴りあげた。

私の家に来た時は、散歩についてくる。あたり前のことになっていた。私はそこで、お話をするのである。好きな女の子がいるなら、一日一回、耳もとで好きと言え。でなけりゃ軟派野郎に出し抜かれるぞ、とは幼稚園の時から言っている。

そんなことをした方が軟派野郎だろう、と反論するようになった。なにを言ってる。軟派野郎は、五人の女に同じことを言うのだ。そんなことを言うと、横をむいて離れていく。

幼稚園に入る前から、爺ちゃんは孫に妥協しなかった。さまざまなことをやるが、ひとつのことをはじめたら、それに集中する、ということになっていた。映画を観ている時に、ほかのことをしない。勉強している時に、無駄な声をあげない、釣りの時は、あたりに集中する。余計な理屈を並べない。時間と約束は守る。卑怯なことはしない。

爺ちゃんと一緒だと、面倒なことがいろいろある。そんなものを頑固に守ってきたので、爺ちゃんの人生はいま自由になった。

言ってもわかりはしないが、それでも私は言い続ける。なにかが残ればいい。残らなくてもいい。爺ちゃんがいたということぐらい憶えているだろう。

とにかく、孫といま闘っても、勝てるかどうか覚束ないのである。私は、部屋に置いてあるダンベルを、持ちあげて動かしたりすることで、かろうじて有利を保っているぐらいだ。ダンベルを水平に持たせ、ストップウォッチを押す。これなど、私の方がはるかによくできる。

爺ちゃんには権威などなくてもいいから、信念がなければならない。孫は人間で、たとえ成長過程であっても、意識としては対等の男なのだ。さまざま、小さいところでは勝ったり負けたりでも、お互いに認めあえるかどうか。

スマホを取りあげて帰宅し、しばらくしたら孫は私の書斎にやってくる。爺ちゃん、『史記』って書いたかよ。うむ、『史記　武帝紀』だな。それ読みたい。難しいかもしれんぞ、おまえは小学四年生だし。

それでも読みたがるので、一冊やった。しばらくして、衛青と嬴政って読み方が同じだが、同じ人か、と言ってきた。うむ、違う人だ。そもそも生きた時代が違う。

孫たちは、原泰久氏の『キングダム』に夢中なのである。とにかく、ひとりの人間の性格や人生を語れたりするのだ。原さんは、爺ちゃんの友達なのだ、ということぐらいしか自慢になるものがない。何年か前に、ハワイかどこかのお土産です、と亀のきれいな置物を貰った。それだけを、孫の兄弟は、原先生が下さったのだ、と敬語を遣って言い交わしたりしている。

それどころか、一番下の孫娘は、今年幼稚園に入ったぐらいだが、私の書斎に来て、置いてある色紙を指さして、あっ、信だ、と叫んだりする。以前に色紙を頂戴したのである。

ふむ、爺ちゃんは、まだ若い原泰久氏に押され気味である。

ポケモンの話だったな。脱線した。君が今度、ひそかにポケモンを教えてくれ。

なんでもたやすくできるわけがない

この季節になると、海の基地の前を、サップ・ボードが毎日のように通り過ぎる。

内湾になっているから、時化(しけ)の日でもなんとか乗れるようだ。カヌーも多いから、その手の遊びの名所になっているのかもしれない。

ある日私は、知り合いのサップ・ボードを借りて、乗ってみることにした。乗り方については、なんの知識もない。パドルがあるので、それで方向を操作すればいいと思った。

ところが、まずたやすく乗れない。やっと乗って立ちあがろうとして、三度ぐらいは落ちた。情ないものである。

しかしこういう乗り物は、自転車と同じで、乗れるようになると、今度は倒れるのが難しいというほどになる。四度目に、私は立ちあがった。パドルを遣う。しかし、思うように操れない。手漕ぎのボートもカヌーもシーカヤックも、オールで、パドルで操作するではないか。右を漕いだら左へ行くはずだが、なぜか真っ直ぐにしか行かなかったりするのだ。

避けようと思ったものにぶつかりそうになって、私は二度飛びこんだ。そして考えた。これは、パドルで操作するのではなさそうだ。それにしても、基地の前を通り過ぎて行く小僧や小娘は、実にうまく乗っているではないか。

三度目、私はボードに這い上がり、左だけをパドルで漕ぎながら、左右に体重移動をしてみた。すると、たやすく方向を変えられるのである。なるほど。ボートの概念ではないのだな。ボートもカヌーもカヤックも、みんな座っているので、体重移動は難しい。

こんなこと、はじめに習えば、なんでもないことだった。海の基地にいても、サーフィンをやることはない。波が来ないのである。あれはパドルもないから、体重移動をしながらバランスを取り、ボードをうまく操るのだろう。サーファーの友人は多くいるが、やってみようと思ったことはなかった。

重心の移動に関して、ボートでは難しそうだが、ひとりが漕いでいて、前か後ろに立てばたやすくできる。オールで操作する方が簡単だから、やらないだけの話だ。

私はある時、ちょっと大き目のボートで、夜間、三人で床ぶしを獲りに出かけた。夜の方がいそうな気がするし、マリーナの防潮堤に張りついたやつを獲るので、スタッフがいない時がいいのだ。マリーナの防潮堤は釣りが禁止で、だから魚影は濃い。床ぶしも、壁に張りついている。

海の基地の真向いだから、漕いでも大した距離ではない。防潮堤の壁を手で支えられるところまで来て、三人の役割を決めた。ひとりは懐中電灯で海の中を照らし、もうひとりはボートのバランスをとるために、重しとして反対側にいる。そして、見つけたら私が手を突っこんで獲る。

はじめは、散々だった。懐中電灯に照らし出されて、床ぶしが見える。おっ、いたっ。叫んで手を突っこもうとすると、重しで反対側にいたやつが、えっ、どこ、と声をあげてこちら側に来る。三人の体重が全部片側にかかるわけだから、ボートは転覆する。そうならなかったのは、防潮堤の壁で、傾くボートを両手で支えられたからだ。

重しは興奮しているようで、おまえは重しだから反対側にいろと言っても、叫ぶたびにこちら側に来る。私は、黙って素速く手を突っこんで獲った。

結局、十個ぐらいの床ぶしを獲り、基地に戻ってくると、建物に入らず、外で床ぶしの身をナイフで剝がし、そのまま食らった。

おおっ、ワイルドだな、と重しは叫んで、私がはずした床ぶしの身を口に入れる。おい、こんなの、ワイルドと言うんじゃないぞ。いえ、ワイルドです。遭難しかかったし。重しが重しをやらないから、ボートが転覆しそうになっただけだろう。たとえ転覆しても、俺は泳いで帰るね。

重しが、うなだれている。おまえ、もしかすると泳げないのか。重しは、うつむいたまま頷いた。なら、ワイルドだよな。いや、ほとんど冒険ではないか。

　冒険といえば、湾全体の防潮堤があり、外海に面した方には、テトラポッドが入れられている。凪の日、防潮堤にいると、水位があがっては下がるだけで、そんなに水流があるとは思えない。そして水中を覗きこむと、鮑（あわび）がいくつも張りついているのが見える。

　ちょっと潜ると獲れるが、それは禁忌なのである。波の満ち退きは、テトラポッドの中では相当の水流になり、潜れば吸いこまれて、戻ってくることができない。

　こわいなあ、死んじまうんだぞ。鮑を食いたけりゃ、金を払って寿司屋で食うさ。高いと思っても、死ぬことと引き換えだと思うと、かなり安い。それでも、見えている鮑がどう考えても勿体なくて、私は棒で突っついたりしている。

　無理だな。そんなことで剝がれるほど、俺はヤワじゃないぜ、といつも鮑が言っている。人生じゃ、未練は禁物だ。

　ところが、それをたやすく獲るやつがいる。人間ではない。蛸である。鮑の殻には、穴がいくつかあいている。あれはただの穴ではなく、呼吸器の入口なのである。蛸は岩に張りついている鮑を全身で包みこみ、穴を塞いで窒息させる。気絶した鮑は岩からぽとりと落ちるのである。人間の力では、絶対に剝がせないやつだぞ。

　鮑といえば、思い出すなあ。数年前、まだ母が存命であったころ、海の基地で鮑が食べたい、と言われた。私は水産物市場まで行って鮑をいくつか買ってきて、母が来るのを待つ間、私の生簀に入れておいた。その生簀は鮃（ひらめ）の餌にする鰯を入れておいたり、捕まえた蛸を放りこんでおいたりする。母が来て鮑を出そうとした。ちょうど蛸も入っているところで、そしていくつかの鮑は全部蛸に食われてしまっていたのである。

　油断したなあ。こんなところで、蛸にまだ食欲があるなどとは、考えなかった。

　茹でた蛸を出した私を見て、母がしみじみと言ったものだ。おまえは、蛸よりも頭が悪い。

君は、どう思う。私は、蛸よりも馬鹿なのだろうか。

懺悔はどこか自己満足に似て

ウェットスーツを着ていると、冬でも海に潜ることができる。もっとも、私は素潜りしかやらないので、器材は必要なく、腰にウェイトを巻くだけである。

それにしても、まるで潜れなくなった。三メートルほどの深さの海底から、貝殻を採ろうと思って潜ると、なかなか行き着かず、手で掻いて息があがってしまう。貝を持って水を蹴りながらあがっても、水面の明りは遠く、永遠に出られないのではないか、という恐怖に襲われる。

以前は七、八メートル潜れたので、もう潜らない方がましだろう。心肺に負担をかけるので、死んでしまう危険もある。

昔できたことが、そうやってできなくなっていくのだな。私は最近は、大体それを受け入れることができる。受け入れないと危険な年齢になった、という自覚もある。

私が潜れなくなった原因は、全身が遣えなくなったからである。全身を大きく波打たせて、それで潜っていく。手足を遣えば、早く息があがるのだ。躰が柔軟性を失い、役立たずの袋のようになっている。海底に横たわったままになって、誰かに引き上げられるというのは、ごめんである。引き上げられる時は、勿論、屍体なのだから。

それでも私は、シュノーケルで冬でも海底の点検をやる。屍体を捜しているのではないぞ。海藻類がなくなり、まるで砂漠のように見える海底なのだ。以前は、藻が豊かだった。鱚（きす）の産卵場があったし、メゴチなどもよく釣れた。それが、底で棲息する魚が、姿を消してしまったのだ。中層の魚はいるので、私は水中銃を持っている。黒鯛などと出会（でくわ）したら、撃ってしまおうと思っているのだ。黒鯛はポンツーンの下などに、佃煮にしたくなるほどいるが、こちらが殺気を見せると、いなくなる。

私は、なにも持っていないつもりで、水中銃を静かに構え、フィンをつけた足をゆっくりと動かす。海底には棘の長いウニが多くいて、これが藻類を食ってしまうのだ。海がそうなったのには、なにかわけがあって、逆らってもむなしい気もするが、あまりに増えすぎたら、駆除する。

簎（やす）で、一度突くのである。それでウニはたやすく死ぬので、繊細な生きものかとも思える。潮流や波の強い外海では、棘が折れて死ぬ。

ウニを駆除すると、藻類が姿を見せはじめるが、やがてどこからかウニが現われ、元の木阿弥なのである。賽の河原ではないか、という気もするな。

ウニだったら食ってしまえばいい、と君は思うだろうが、棘が長いだけで身は小さく、食用にならないから、誰もが放ったままなのである。

シュノーケルでゆっくり流しているところでは、ウニを突くのは難しく、船のボースンが柄の長い簎を作ったので、それが必要になり、うまく扱うためにはボートに乗っていた方がいい。

ある時、五十センチほどの大型のボラが眼の前を横切ったので、水中銃の引金を引いたが、かすりもしなかった。私の水中銃は、強力なゴムの二本掛けなので、リセットにはいささか手間取る。水中銃など持っていてもなあ、とも思う。黒鯛がいて、ちょっと潜れば突けそうだが、ウェイトをつけていないので、うまく潜れはしないのだ。

それでも、なにが現われるかわからないという気があり、武装して海に入っている。武器に頼っているのかな。鳶（とんび）や烏との戦争のために、エアガンも備えていて、日本刀も何振りかあり、海の基地は武器庫ふうでもある。

それにしても、海はおかしい。二十年前と較べると、相当水位があがった。そういう気がするというのではなく、満潮でも水が達することがなかったところが、水中にあるのを見るのだ。すべて地球温暖化のせいだと言われるが、地球が勝手に暖かくなったわけではない。人間が、長い時間をかけて、暖めてきたのだ。そして、地球が怒りはじめている。その怒りに対して、私はもうどうしようもない。

温暖化の原因となった人間の生活の中に、私は長きにわたっていたのだ。私自身が、温暖化の原因とも言える。

　せいぜい、流れついたゴミを集めるぐらいか。それにしても、いまだにペットボトルや瓶やビニール袋を、捨てるやつがいるのだな。岸ではなく沖でも、よく見かける。流れているビニール袋を、海亀が餌のクラゲと間違えて食い、死ぬという映像が流れていたが、人がビニール袋を食ったという話は聞かない。

　私は、命に対して、傲慢な態度で、暮らしてきたのだろうか。しかも無意識の傲慢さだから始末に悪く、いまさら懺悔をしたところで、なんの意味もない。

　なにを話しても、暗くなってしまうなあ。ほんとうにひどい状態になった時、私は死んでいるからいいよ、などと言う人間にだけはなりたくない。

　なおさら暗い気分になるので、私は音楽を聴くことにした。私の、暗い気分からの脱出方法は、音楽を聴くこと、映画を観ることなのである。映画の場合は慎重に選ばなければ、二時間かけて暗い気分が増長されてしまうということがあるが、音楽の場合は、選ぶバンドを間違えなければ、高揚感は得られる。

　私は、『ザ・クロマニヨンズ』をかけた。いいぞ、いいぞ、私の暗い気分を打ち砕いて、明るい光を垣間見させてくれ。『ザ・ブルーハーツ』のころより、なにか整ってるよ。しかし端正ではない。どこかに、爆発物を仕こんでいるな。光など、もともとなかったものだ、などと思いはじめた私の気分を、ごんごんと打ち砕いていくぞ。そうだ、私は打ち砕かれ、素になって光を感じよう。

　こんな具合に、私は暗さから脱出する。ほんとうに脱出しているかどうかはわからないが、小説を書こうという気持になる。小説で闇の片隅を、少しでも照らすことができたら、私も生きている価値が多少はあるかもしれない。光だよ、光。

　これは船上から見たのだが、二メートルほどのハンマーヘッド・シャークが、湾の中をふらふら泳いでいた。

　あいつ、ビニール袋を餌と間違えて食ったのか。

迫害の歴史がなにを教えてくれるか

東京五輪を観た。

そのころ私は高校生で、陸上部の同級生が聖火リレーに参加するというので、沿道に見物に行った。聖火の後方に四、五十人が走っていて、その中のひとりに、さながら野次のような声援を送った。

ほかにスポーツ以外の思い出と言えば、学校のむかい側に大きなホテルができて、開業記念かなにかでサルバドール・ダリ展をやり、それを観に行ったことだ。美術の先生と出会(でくわ)してしまい、叱られるだろうなと思ったが、おっ、偉いぞとほめられたりした。

下校時に、そういうところに寄るのは禁止されていたので、私は渋谷あたりまで行って映画を観たりしていたが、ホテルは真向いであり、間には公園の樹木しかなかった。

思い返すと、そういうものを観に来ている生徒を、頭ごなしに叱るほど野暮な学校でもなかった。受験校と言われていたが、いい大学に行きたければ勉強しろ、という程度の風潮で、きわめて大らかでもあった。

五輪だが、私の関心は柔道にあり、ヘーシンクという強敵がいた。彼ひとりを倒せるかという問題がすべてで、日本は軽量級から重量級までたやすく勝って金メダルだったが、ほんとうの実力が問われると思っていた無差別級では負けた。体格からして違う、という感じがしたな。

そのほかに私が夢中でテレビを見入ったのが、男女の体操競技だった。特に、女子の体操で、チェコスロバキア代表の、ベラ・チャスラフスカの平均台や、段違い平行棒など、いまでも鮮やかに思い出せるほどだ。美人であった。あまり笑わなかったような印象がある。孤高という言い方が、ぴったりくるのかもしれない。

ベラ・チャスラフスカは、次のメキシコ五輪でも、東京以上の金メダルを獲った。しかしそれよりも、出場そのものが危ぶまれていたのである。プラハの春がソ連の戦車によって圧殺され、出国が困難な情況になっていたのだ。なんとか出国し、競技に参加できたことで、観る側はほっとしてしまった、というところがあるかもしれない。

メキシコよりも東京の方が、チャスラフスカは大人っぽく私には見えた。メキシコで、金メダルをいくつも首からさげて帰国すれば、当然英雄であるが、彼女の場合、そうはならなかったようだ。ある事情から、当局の迫害を受けることになったのだ。

その迫害は徹底したもので、『存在の耐えられない軽さ』という映画にも、実に細かく描かれている。権力という、顔のない力が行使する理不尽は、無気味で、絶望しか人の心に残さない、というところがある。

権力の迫害は映画を観て貰うことにして、ベラ・チャスラフスカのすぐれた評伝は日本で書かれている。『桜色の魂』という長田渚左の労作である。日本との深い関り合いも克明に書かれているので、二度目の東京五輪に合わせて、是非もう一度読みたい本のひとつであった。

書庫を捜すのは大変であるので、文庫になっているものを読もうと思ったが、見つからない。結局、書庫に潜りこんで捜し出したが、文庫はどこが出しているのだ。

新型肺炎で延期になり、さまざまな障壁を前にしている、二度目の東京五輪は、理不尽な権力に追いつめられたチャスラフスカの人生とも重なる。いまこそ、読むべき本だと、再読して私は思った。

プラハの春を圧殺されたチェコスロバキアは、二十年以上にわたって、暗い社会を余儀なくされた。私は八〇年代の中ごろ、チェコスロバキアを旅行したが、どこへ行っても暗い街があり、プラハやブラチスラバには、やたらに闇ドル買いが多かった。

数年後に訪れた時、プラハはやはり暗かったが、外を歩いている青年の数が多かった。そしてある日、デモではないが明らかに人が集結し、どこからか広場に戦車が曳き出されてくると、横転させられた。人は多いが、組織立ったものは感じられなかった。砲門に、白いカーネーションが一輪挿されているのが、印象的であった。

その一年後が、無血で民主化が達成された、ビロード革命である。迫害を受けていた栄光の金メダリストは、ここでようやく復権した。

『存在の耐えられない軽さ』はミラン・クンデラの小説で、それがアメリカで映画化されたのも、ビロード革命の前である。

だからプラハの春とそれ以後の迫害だけが題材になっている。映画はとても長いが、観てみるといいよ。悪くはない。

そう言えば、映画の主演女優は、ジュリエット・ビノシュである。間違ってはいないが、身勝手な思いで男を振り回し、本人がどうだかは知らないが、その役柄があまりに合いすぎていたという気がする。『ポンヌフの恋人』がそうであるし、『ダメージ』などになると最悪の女であり、五、六年前の『アクトレス　女たちの舞台』で、若手に追い越される役をやり、やっと普通の顔に見えたと私は感じた。

映画賞女優でもあり、名優という称賛を浴び続けている人でもある。

相手役は、あのダニエル・デイ＝ルイスだから、カウンター・パートと言えばそうである。なにしろ、その役になるために、二、三年その役柄になって暮らすという、極端とも思える役者である。その演技は圧倒的で、確かアカデミー賞の主演男優賞を、三度獲っているのではなかったかな。それでも老いるもので、数年前の『ファントム・スレッド』では、こんなものかと私は思った。観る前に、構えすぎていたのかもしれない。

それにしても、オリンピックはどうなってしまうのだろう。いや、新型肺炎は、どこまで拡がるのか。疫病というものを、人類はずいぶん昔に克服していると思ったが、ワクチンを作るのに一年以上かかり、その間に実に多くの命が失われてしまうのである。

人間は脆弱な生きものなのだろうが、文明の発達に守られて、最強であることを疑ってはいなかった。それは間違いないことだとしても、なにか大事なことを忘れているような気がするな。

君は、ウイルスに気をつけるのだぞ。

食ってうまいものばかりではない

的鯛(まとう)の燻製を食った。

かなり前に釣って、ゴーちゃんレストランに持ちこんでいたものである。フレンチによく使う魚だから、フレンチ系のゴーちゃんならぴったりだ、と思ったのだ。

大抵は、ムニエルかなにかだなあ。ところがゴーちゃんは、それを薄造りにしてスモークをかけ、冷凍で保存していたのである。肝も一緒であった。カルパッチョふうに仕立てて出されたそれは、なかなかのものである。釣った人間の取り分として、残しておいてくれたのだろう。

それにしても、ゴーちゃんは魚の捌き方がうまい。カワハギなどを持ちこむと、あっという間に薄造りの肝醤油である。私は、肉よりも魚の方が好きなのだろう、と睨んでいる。マゴチの骨の抜き方を見れば、それははっきりする。たっぷりした身の薄造りを、紅葉卸しにポン酢で食う。考えただけで唾が出てくるが、まずはマゴチを釣らなければならないのだな。

的鯛を食いながら、私は自分が燻製を作っていたころを思い出した。猪肉の燻製である。いまも猪肉は充分にあるが、燻製にするには、下処理が三日、煙を当てはじめると八時間つきっきりである。よほど覚悟をしなければ、その時間は取れない。

猪肉は、九州の幼馴染が、自分で撃ったものを送ってくれる。弾の数だけ猪を倒した、つまり一発必中だというのが、友人の自慢である。

山から降りてきて畠を荒らす猪を、夜中に待ち伏せして撃つらしい。狩であるが、駆除の意味もあるようだ。これでもかという分量を送ってくるので、余りそうなものを燻製にしていた。いまはそのために買った高性能のスライサーで全部スライスし、鍋にしてひたすら食い続ける。

猪の脂は独特で、燻製にするとそれが際立つ。豚肉で同じことをやれば、脂は溶けて原形を留めなくなる。

なにがどう違うのかはわからないが、煙を入れるのに八時間かかるのである。冷燻でも熱燻でもない、温燻というやつで、スモーカーの中の温度は、ほぼ七十度というところだ。

　ある時、私は脂と身のバランスがいいところを選んで、一キロほどのブロックを四つ作り、下処理をした。ジビエなので、七十度で二十分熱を通す。それからちょっと塩を当てて干し、香味野菜を入れたワインに浸けこむ。それで数日置き、出したものをまた半日ほど干す。それでようやく煙を当てるのである。私の手製のスモーカーは、ひと抱えあるドラム缶である。

　煙を当てている間、私は温度と煙を調整するためにそばにいるので、着ている服や髪だけでなく、肉体全部が燻製になった気分になる。

　スライスして食えるかもしれない、と君は思ったな。駄目さ。私の場合、脂の質が悪すぎて、ただまずいだけだ。

　スモーカーのそばの椅子に腰を降ろし、私は本を読んでいる。耳にはイヤホーンで、大抵はロックンロールである。時々、立ちあがって、踊り、跳ねたりする。本の内容にはまってしまうと、声をあげて泣く。深く考えなくても、はたから見ると異常者である。しかしそこで生み出したステップもあり、私はそれをスモーキング・ウォークと名づけたが、みんな歩き煙草としか思わないのだった。

　煙というのは不思議な力を持っていて、ちょっと当てただけでも、味に深みが出たりするのだ。一時期、私はなんにでも煙を当てていた。味がえぐいとしか感じられないものもあれば、これだと膝を打って、夢中で食らっているものもある。

　魚では、脂の乗った鯖のスモークが出色である。また、三分ほど浅く茹でて、まだ生っぽい蛸を、二時間ほど煙に晒す。これは、異次元と言ってもいい。海の基地に来た孫たちは、足一本を貪り食って、もう一本くれと言う。まあそこでやっても四本で、残りの四本は私が食らう。

　この孫たちは、蛸を殺（し）めるのである。私がやるところを見ていて、いつかできるようになった。頭をひっくり返す。それで蛸はあまり動かなくなる。頭と見えるのは実は胴体で、内臓が露出しているので、それを取る。蛸を殺めるのは眼と眼の間を刺せばいい、などと講釈っぽく言うやつもいるが、それではなかなかうまくいかず、蛸が穴だらけになる。

猪のスモークの話だったな。四つのブロックが、実にいい色に仕上がった。煙の威力は絶大である。ヒッコリー、橅、楢などのチップを遣い、最終の一、二時間は、桜のチップである。深い理由はない。私は、余熱を取るために、大きな竹編みの丸皿にブロックを並べ、スモーカーの脇の椅子に置いた。

五メートルと離れていなかった。眼を離したのは、三十秒ぐらいのものだ。

四つあったブロックが、三つになっていた。走り去る猫が見えた。私は、鰹を一尾くわえて逃げる猫を見たことがあるが、あれと較べるとかなり軽いだろう。

しかもである。次の猫がこちらにむかってこようとしていて、さらにその後方にもう一匹いた。

私は逆上し、近くに転がっていたものを摑んで投げ、エアガンを二挺腰に差し、海の基地のまわりを歩いた。猫が数匹いた。私は二挺のエアガンを抜くと、連射した。二匹が跳びあがったので、当たったのだろう。猫の皮は厚いので、ちょっと痛かっただけだろう。それで気持は収まらず、逃げずにいた一匹を追いかけ、足を踏みはずして海に落ちた。

それを船で通りかかった友人の漁師に見られた。あとで電話があったので、私は事情を説明した。友人はひとしきり大笑いをすると、猫はいまごろ猪祭りじゃねえか、と言った。

私は、残った燻製を、いくら頼まれても食わせてやらない、と言った。痛風だから、もともとそんなものは食えないのだ、とまた嗤われた。

なにかなあ。ひとつ失敗すると、次々にやってしまうな。下処理に三日、スモークに八時間かけたのである。私は、見えるところに現われた猫は絶対に許さないと心に誓ったが、それだけだった。

あれからもう、一年は経っているのか。くやしさだけが、生々しい。

若き友がきももう中年なのだな

人の相談に乗れるような人間ではない、と若いころからほとんど確信していた。

友人たちと話をしていても、主観的過ぎるのだという、強い自覚はあった。そういう自覚があるのは客観的ではないか、と自分を誤魔化していたが、人の相談に乗ろうなどとはまったく思わなかった。いや、友人も、親しければ親しいほど、私に相談はしてこなかったな。

その私が、雑誌の人生相談を引き受けてしまったことがある。多分にはずみというところがあるが、義理などもかなり絡んでいて、半年の連載を私は肯んじたのだ。

雑誌は青年誌で、月二回の発行であった。十六歳で読みはじめ十九歳で卒業していく。まあそんな感じで、高校の先生のようなものだ、と私は思った。

半年の約束で、ちょっと面白いのでもう半年続けてくれ、と編集長に言われた。つまらなくはないので、それぐらいはいいかと私は承知した。そして気づくと、その期限を過ぎていたのである。

おい、と私は編集長に言った。すると彼は、紙袋をひとつ持ってきた。中身はすべて、相談の手紙で、ひと月分でこんなにあるのだ、と言った。私が読んで解答していた相談は、編集者がかなり厳しく選別したものだった。

これだけ手紙が来ているので、このコーナーはエンドレス、ということになりました。平然と編集長は言い、私は手紙の量に唖然としながら、エンドレスを突っ撥ねる気力を急速に萎えさせていた。絶妙なタイミングで、手紙の束を出されたのである。

ほんとうに、高校の先生になった気分だった。一定数が卒業していくと、ほぼ同数が新しく入ってきたという実感があったのである。月に二回、私は生徒たちの前に出る。解答する悩み事はひとりのものでも、その背後に読者がいるのである。

それでも私は、教壇に立っているという気分が、微塵もなかった。若い友人とむき合って、夜っぴて語り明かす。そういう表現がぴったりであったろう。気分を充実させる。といって、勝負の緊張感はない。どこか、愉しみでもあった。

手紙の内容は多様をきわめたが、恋愛や性や進路、そして人生についての悩みなどが多かった。大雑把に言えばそういうことだが、手紙を読んでいて、人の心はなんと様々なのだ、と感動に近いような気分になった。

そのころから、私は三十通ぐらいの手紙を読み、その中から四、五通、誌面に採用するものを選んだのである。採用しなかったものが、むしろ面白かった。採用しなかったのは、葉書ではなく封書が、しかも便箋十枚を超えてしまったりしていたからだ。

どの相談に対しても、上からものを言ったことはない、と自分では思っている。愚か者、などと罵ったのは一再ではなかったが、友人の胸ぐらを摑むような気分で、怒りも憤りも悲しみも、生々しいものだった。

雑誌を介しての出合いなので、直接的なものにはならず、だからすべての若き友に語っている、という思いも強くあった。

雑誌の人気コーナーになり、もういいだろうと言ってやめるまで、実に十六年間も続いたのである。冒頭の一ページが、私の写真と短いエッセイで、そこで私は絶え間なく挑発を続けた。俺は、なんでも持っている。この国ではめずらしい外国車を常に二台所有しているし、船を持っているし、山小屋もある。現在進行形の女性の数は、いつも片手に余るほどであり、逢瀬の時間をひねり出すのに、かなり苦労している。どうだ、羨しいか。しかしな、小僧ども、俺はもう一番欲しいものを、持ってはいないのだよ。そしておまえらは、いやになるほどそれを持っている。わかるか、若さというやつだよ。

こんな書き方をすると、相当の反撥が来た。なに様だと思っている。俗物の小説家が。貴様に会ったら、絶対に一発食らわしてやるからな。お願いだから、そんな自慢などしないでくれ。尊敬していたのに、失望した。

いまでも、そんな手紙を思い出す。若さがないと言いながら、私は彼らと同じ年齢になりたかった。

連載の十六年間、私は齢を重ねながら、同じ年齢であり続ける彼らと対話を続けた。若い感性を自分の中に取りこみ続けていたのだと、やめてからはっきり理解した。三年か四年、読者を続けてから去っていった彼らは、次のステップに進んだということか。どれほどの人数がいたのだろうか。

いまも、読んでいましたとしばしば言われ、それが小説ではないことにいささか落胆しながらも、たまには小説も読むのだぞ、などと言って握手を交わす。

連載をやめてほっとしたところもあるが、微妙な不安もこみあげてきた。若い感性に触れることが、ほとんどなくなってしまったのだ。私は、還暦を前にしたオヤジになっていた。やがて、若い連中のことはなにもわからなくなるだろう、と思った。その気分は、日常に空いた穴のようなもので、なんとか私はその空隙を埋めようとした。

これまで自宅で聴いていたロックンロールなどを、ライブ会場に出かけて聴くようになった。若い恰好をして、若い連中と同じように跳ねたりした。しかし私にとって、ライブの熱狂は、作るものではなく、与えられるものだった。

落ちつけよ、と自分に言い聞かせたのは、還暦をいくつも過ぎてからだ。ライブに出かけようという気があるだけ、ましではないか。

若い連中が作った映画は、可能なかぎり観ているし、芝居などにも出かける。自分が、二十歳の青年を主人公に、小説を書かなければならないかもしれない、という強迫観念は、いまでは相当薄まっているだろう。

それにしても、若い恰好をして街を歩いたりするのは、なかなかつらいものである。もともと歩くスピードは速く、それは老人離れをしているらしい。あとは姿勢である。猫背になり、路面に眼を落として歩いている自分に気づいてから、視線を水平に保った。

君は、こんな思いをしている私を、無様だと思うか。私は、自分の姿を受け入れているよ。

一度でも責任をとったことがあるか

帰宅すると、手を洗う。うがいをする。

それに近いぐらいの習慣はあったが、それ以上の強制力を感じて、小学生のようにやっている。体温も、朝夕、測るようになった。

自宅にいる時は、犬の散歩ぐらいしか外に行かず、しばしばマスクを忘れたりする。外出するのは特別なことで、財布とマスクは忘れない。もっとも、いま財布の遣いようなどほとんどない。レストランに行くこともないし、銀座のクラブ活動からは、何カ月も遠ざかっている。映画館も、遠いところへ去った。ライブなど、どこをむいてもやっていない。

酒を飲む店が、これからやっていけるのか。これからとは、疫病が一応終熄した後のことである。劇場など、小さなところはなくなってしまっていないか。要するに、そんな話がいやになるぐらい耳に入ってくるわけで、私は酒場も劇場もなくならないと思っている。どんな情況であろうと酒を飲みたいやつはいるだろうし、劇場など心の中にあればいい、とさえ思える。

建物は、ただの容器にすぎないではないか。劇場がなくなることと、演劇精神や表現の自由が消えてしまうこととは、いくらか、しかし確かに違うような気がする。すべては人間なのだから、死なずにいようという呼びかけは、妙に単純で説得力がある。

そんなに単純化してなんの意味がある、という意見もあるだろうな。

えっ、あの会社が、というような誰でも知っているところが、これから倒産しはじめる、と私の友人がやけに確信ありげに、電話で言った。友人たちとの会話は大部分は、電話である。お互いの顔が見えるという電話が、このところやたら流行しているような感じだが、勿論、私はそういうことはできないので、普通のやつだ。そのうち、普通のやつが普通でなくなるようで、ちょっとこわい。

会社の経営者である学生時代の友人は、話題の半分が経済のことである。残りの半分が面白いので、この年齢まで友人でいられた。私は、どこがどう潰れようと、決して潰れないところがある、と教えてやった。

そこでは、誰よりも真剣にこの国の未来について話をし、世間でマスクが不足して法外な値がついている時、多分、全員がマスクをしていた。用心深いのである。自分が疫病に感染したら、国の運命に関ると思っているのか、感染の例は聞かない。

いいのだ、それぐらいやってくれて。毎日、議論しなければならないのだから、爆発的な感染が起きると大変である。選良と呼ばれる人たちだから、喋っている内容は、私など想像もできない、難しいことだろう。暑いのに、頭が下がることである。

つまり国会のことだが、夏休みになっているのだという。いいなあ、そんなのどかさは。国会が悲壮感に満ちていたら、国が暗くなってしまうものな。みんな、自分が選ばれた選挙区に帰り、その地で感染拡大を食い止めるべく、命がけで闘っているのだろう。

この国は、国民は一流だが政治家は三流だというのは、その友人が日頃言っていることだった。一流の国民が選んだ政治家なら、一流に決まっているではないか。私がそんなことを言い募ると、さすがに友人は呆れたような声を出し、いい小説を書けよ、などと見当違いのことを言った。言われなくても、そうしている。いいか悪いかは別としてもな。社員は一流だが社長は三流などとほざいて、高笑いなどするな。私は、社員で社長なのだ。書くことをやめれば、それで終りだ。

政治家は、責任を取るためにいる、と私は言っていたことがある。さまざまなことで、責任の所在はほぼ確定されるが、誰も責任を取らないことがある。取りようがないのだ。そういう時は、政治家が責任を取るのである。

暑すぎる、という責任を取る。雨が三日続いた、台風が上陸した、地震が来た、火山が噴火した、という責任を取る。そんなことは誰もやりたくないのに、あえて手を挙げてやっているので、新幹線に乗っても無料なのだ。いろいろと無料になるぐらいでは合わないので、かなりの高給を貰う。それでも合わないが、国民の尊敬を得られるということで、すべての帳尻は合うのだ。

しかしなあ、疫病の責任を取れとは言わないぞ。言い掛りをつけるな、と本気で怒りそうだものな。責任などありはしないが、疫病を真剣に見つめ続ける義務はある。

友人はさらに呆れているが、呆れ果てるということはなく、私の言うことを、半分は面白がって聞いていた。私は途中で言い募るのに疲れてきて、釣りの成果などを訊いた。友人と私の共通点のひとつに、釣りがあるのだ。しかし友人は、暗い声で、もう何カ月も行っていない、と言った。うむ、こんな時に、私は自分がデリカシーに欠けた人間なのだと、痛感してしまうな。

私の生活は、自宅とホテルの仕事場と海の基地の、三カ所で構成されている。それが疫病の流行で、都会にあるホテルの仕事場に行くのがこわくなり、海の基地にいたりする日々が、長くなっているのだ。当然、釣りにもしばしば出かける。友人は、そういうことが許されない環境にいるのだろう。そのうちに一緒に行こう、と私は取り繕うように言い、話を終りにした。

ホテルの仕事場に、まったく行かないわけではない。オフィシャルな用事が、いくらかあるからな。通常の半分以下になっている、ということだよ。ホテルにいる時は、当然外食になる。連れて行かれることもあれば、親しくしている店に、ちょっと顔を出すということもある。

体温を。そう言って、顔に拳銃のようなものをつきつけられる。体温計だというが、私の知っている体温計は、脇の下に挟むもので、武器のようなかたちはしていない。アルコールで手を消毒することも勧められる。まあそんなこと、私は大人しく従うよ。席に着いても、酒が運ばれてくるまで、マスクははずさない。面白いよな。それをやるだけで、良識的な人間になったような気分なのだ。

君は、当然、外ではマスクをしているよな。話す時は、囁くような声だよな。いつまで、こんなふうに静かなのだろうな。

記憶はどこに宿っているのだろうか

肉じゃがを作る時、じゃが芋の質にこだわる男がいた。

なにこだわっているのかわからないのだが、原始的なものに近いじゃが芋を求めている、と言った。じゃが芋もさまざまに品種改良され、しかしじゃが芋はじゃが芋で、煮こんだ時にかたちが崩れなければいい、と私は思っている。原始に近いというのが、どの程度のことなのかわからないが、見せられたじゃが芋は、ほんとうに凸凹で、ご丁寧にも庖丁で皮を剝くのである。

とにかく、じゃが芋を貴重品として扱い、手間と時間をかけた肉じゃがを、私は二度振舞われたことがある。普通の肉じゃがであった。じゃが芋がすぐに崩れ、かたちをなくし、スープになってしまう。スプーンで食うのだが、それはうまかった。

わざわざ崩すのではなく、翌日も三日目も火を入れて、スプーンでスープのごとく食らうと言うのだ。そこまで行くと、もううまいかどうかの問題ではなく、友人の気に入ったやり方なのだろう、と思うしかなかった。

日本海にそれほど遠くないところの高原にある、友人の山小屋で、二度泊めて貰ったのだが、二日目のスープは食さなかった。

不意にこんなことを思い出したのは、その友人の訃報が届いたからだ。ほかにも思い出はかなりあるが、肉じゃがの印象が一番強かったのだろうか。食ったのはもう三十年以上も前の話だが、この三十年間に、友人は論文を数本書き、歴史を読物のように砕いて書いた書物を、四、五冊出したのか。売れたという話は聞かなかった。悠々と学究の生活ができた経済的な基盤がなんだったのか、訊かないまま終った。

じゃが芋と言えば、私にも思い出がある。まだ中学生ぐらいの時、都下の山中の小屋をアトリエにしていた、叔父のところによく遊びに行った。公募展などには何度か入選した画家の叔父は、貧乏であった。金は絵具代が優先で、食いものなどにはあまり回らなかった。じゃが芋を大量に買ってきて、それを鍋で茹でて、数日かけて食うのである。それでも、なにを食わせるのだ、とは思わなかった。私は近所の池へ行き、そこで鮒（ふな）などを釣ってくると、焼いておかずにした。

じゃが芋は皮つきで、なんで皮を剝かないのか訊くと、皮に身がいくらかついてしまうからだ、と叔父は言い、なんとなく私は納得した。様子を見に来た母が、鍋のじゃが芋を見て泣いたこともある。叔父は母の弟で、ひとり息子で、製菓会社を継ぐはずだったらしいが、画家になった。捨てなければならないものが大きかったのかどうか、私にはわからない。没落した家系の最後の徒花は芸術家である、というトーマス・マンの言葉が好きで、やがて小説家になった私も、その徒花にされた。

叔父は飢えに近いところにいたが、まったくそういう気配はなかった。いま思い出しても、あれは爽快な体験だった。人は簡単に飢えたりしないのだと、身をもってわかったような気分になった。食べ物を犠牲にしてでも、やりたいと思うことがある、というのが青春なのだ。それが、そばで見ていて実感ができた。私にとっては大きなことで、小説家が貧乏であることなどあたり前だ、とかなり長い期間、思っていることができた。

私はいまでも、叔父のアトリエの近所の池で鮒を釣った時の感触を思い出せる。おかずだ、と思いながら、引き寄せた。二匹目まではそうだったが、三匹目の時はごちそうだと思い、記録では一日十二匹というのがあり、塩をして干物にした。それは丸ごと主食のじゃが芋と絶妙に合った。叔父は、よくやったと褒めてくれて、私は得意だった。

それからしばらくして、叔父は多摩山中のアトリエを引き払い、街の近くに移った。じゃが芋もそれでなくなり、遊びに行くと、ステーキを焼いてくれたりするようになった。

君は、じゃが芋を食ってひと夏を生き延びる、という覚悟をしたことはないだろうな。結局、私の母からの差し入れなどがあり、赤貧の、しかしかぎりなくうまい食事は、十日ほどでかなり豪華なものになったが、私はひと夏、そのメニューで生きるのだ、と本気で覚悟したものだった。

じゃが芋だけの食事というと、『ニーチェの馬』という映画の父娘の食卓である。その映画を観た時、私は叔父とのひと夏の生活を思い出し、単調で難解な映像を、愉(たの)しいとさえ感じたのである。

一番じゃが芋らしいかたちのものを買ってきて、私は友人がやっていた通りに、海の基地で肉じゃがを作った。一日目、じゃが芋はまだかたちを保っていた。二日目に火を入れた時、かなり崩れ、スープを飲むのに近い状態になった。じゃが芋は十個ほど、玉ネギ三個、人参二本、しらたきが二袋、そして八百グラムの和牛の切り落とし。

大鍋に溢れんばかりであった。私はそれを、五回に分けて食い終えた。最後は、肉の味が濃厚なじゃが芋のスープに、人参のかけらや玉ネギがばらけて一枚ずつになったもの、そしてしらたきが混じっているのであった。肉じゃがという感じがしなくなり、スープに浮いた脂が、じゃが芋を別のものに見せているようだった。

そして、結構いけるのだ。最後に鍋を浚った時が、一番うまかった。まだ続けたいと思った時、大鍋一杯の肉じゃがは私の胃袋に消えたのである。

これを、友人がどんなふうに感じながら食っていたのか、もっとよく聞いておけばよかった。原始に近いじゃが芋の意味も、深いものがあったのかもしれないのだ。

原始のじゃが芋ではないが、毒を持ったじゃが芋を見たことがある。ペルーの、アヤクチョという山中の街からさらに数日登った、標高四千メートルほどの村であった。じゃが芋しか穫れず、しかも毒を持ってしまう。それを何昼夜も外に転がしておく。昼間は紫外線が強く四十数度、夜は零下二十度。凍ったり解けたりしてぶよぶよのじゃが芋を踏んで、水分を出す。すると煎餅状のそれは、どんなふうにも料理して食えるのだ。君と、食いに行こう。

なにを観るのかいつも考えてきた

いまも昔も、周囲に映画好きの友人は多くいた。当然、映画について、飽きるほど語り続けてきた。映画論は監督論に集約されている感があり、それでも私は、あまり監督の名前を気にせずに、面白そうなものを選んで観ることが多かった。

監督の名前を気にしはじめると、面白さに対する触角が、どこかで歪められるような気がした。それは多分、私だけのことで、監督の名前に弱いのだ、と自分では思っていた。ミケランジェロ・アントニオーニは、よくわからなくても讃美しなければならないという気分があったし、ルイス・ブニュエルは感性の肌が合わず嫌いだから認めない、などと生意気なことを言っていた。

あの世代の監督は、フェリーニやロッセリーニなどにはあまり魅かれず、ビスコンティが好きであった。『山猫』と『若者のすべて』は、特に何度か観た映画である。ビスコンティの世界は、妙な言い方になるが、虚仮威しのような金は遣われておらず、しかし必要な金はすべて遣われている、と感じられる映像で組み立てられていた。抑制と、思い切りのよさが同時にある映像で、予算の遣い方を知っていた人ではないか、と思う。

まあそんな話を、二人の友人を前にして語ったら、それのどこが映画の論評なのだ、と滅多打ちを食らった。

当然なのかなあ。構図がどうのとか、私にはよくわからなかったのだ。その二人は、ひと世代あとの監督と言えば、ゴダールがすべてであった。私はゴダールは好きではなく、ロマン・ポランスキーが好きだった。

そこでも激論になるが、人間的には反撥し合っていないのか、四十五年近いつき合いである。最近の監督については、私の方がずっと詳しくなった。観ている映画の数もまるで違う、という状態になり、会って酒などを飲んでいると、お勧めの映画を訊かれたりする。

ゴダールが好きだった彼らは、ともに、いまゴダールを観て、なににあれほど感動していたのか、と思うのだそうだ。おい、よせよ。あの多作のゴダールは、まだ生きていて、新作を撮るかもしれないぞ。九十歳前後ではないのかな。クリント・イーストウッドだって『運び屋』という新作を撮ったではないか。あれっ、次にもう一作あったかな。爺さんは、とにかく元気がいいよ。ポランスキーだって、また撮るかもしれない。

君には、こういう映画監督たちが、どれほどの存在たり得ているのだろうか。若い連中でも、監督の名は気にせず、ただ面白い映画を求めている、という昔の私のような人がいる。そうかと思うと、新人監督の試写会に人が集まっていたりもする。

要するに、正しい映画の観賞法などひとつもなく、逆に言えば、すべてが正しいということになる。観賞法などと言うのが、ナンセンスなのだ。観る人間の自由だ。そういう広さがあるから、自主制作の映画でも、なにか独特なものを持っていれば、大型の商業映画と伍していける。

昔、自主制作の低額予算の映画が、話題になって大ヒットというようなことが、どれほどあったのか、私は知らない。あるにはあったが、まだ土俵に上がってきていない、という扱われ方をされていたような気がする。土俵になり得た映画祭など、まだこれほどの数はなかったしな。

君は、どういうきっかけで、映画を観るのかな。小屋の前を通りかかって、ポスターなどを眼にする。どこかで、予告編を観る。口コミの情報が入ってくる。それから、映画評を読む。そんなところか。私もほぼそうだが、たまに、眼をつぶったように、なにも考えず、眼の前の小屋に入ることがある。はじめから、はずれの覚悟はしているので、損をしたとは一切思わない。いくらかでも見るべきものがあれば、それはすべてプラス要素になるのだ。小屋を出ても、プラスになったものだけを思い浮かべる。

新聞などに、映画欄があり、評価が星の数で表わしてあったりする。そこで満点である五つの星を見つけると、とりあえず私は観に行っていた。なんだこれは、と思う部分があり、そのたびに星半分ずつ削っていったら、星二つになるなどということは、めずらしくもなかった。

私が高校生のころ、『市民ケーン』という映画があり、全国紙の映画評で絶賛の五つ星であった。あの時は表記は星ではなく、兎の姿だったような記憶がある。私は観に行き、兎の仕草を少しずつ削り、結局、星三つに相当するものになった。

悪い映画ではないが、日本公開時点で、四半世紀ほど前の古い映画であったのだ。それでもよしとしたのだろうが、わざわざ映画評などいらないよ。参考記事のようなもので沢山だ。

なにを頼りに映画を観ればいいのか、と思い惑った時、出てきたのが監督で選ぶというものだった。それはうまくいきそうに思えたが、よく考えると、ひとりの監督が撮る写真は、多くても二年に一本ぐらいなのだ。つまり決定的に本数が不足して、やはり偶然の出会いを求めて、無作為に観続けることになった。結局は、そんなふうにして映画を観ていくのだ。そして、いい作品とは縁のようなもので結ばれる、と思うしかなかった。

海の基地で、一日二本を観るのをペースにすると、どう選んでも半分はつまらないものになる。それでも観続けるなら、つまらないものの中の面白さを捜すしかない。それと、古い映画を観直すことである。

先日、『穴』という作品を観た。六〇年ごろのフランス映画で、脱獄ものである。原作がジョゼ・ジョバンニなので、この映画については、前に書いたかもしれない。

ジョバンニは好きな作家で、映画祭で来日した時に、本にサインをして貰ったことがある。『穴』は、男たちの行為が、自由の希求というものに昇華されていて、暗く重い雰囲気は、たとえば『ショーシャンクの空に』のような脱獄ものの名品にある、突き抜けた明るさとはまったく無縁である。それでも、愉しめたな。細かいところで忘れているものがあり、それを見つけては興奮した。

観る映画、無限にあるじゃないか。

ブルースの旅はレコードでやろう

高校のころ、現代音楽研究会というサークルがあって、そこの連中は放課後、いつもジャズを聴いていた。

私がジャズを聴いたのは、もっと幼いころで、家にレコードがあったのだと思う。船乗りだった親父は、音楽ならなんでも好きで、自分が唄うのも好きだった。日本の歌謡曲のシングル盤も、かなりあった。ジャズはそんなふうなものの中に紛れていて、それがジャズであるという認識はなかった。ただ、ビリー・ホリデイが好きだった。そんな話をしたら、サークルに入らないかと誘われたのである。

柔道部にいて、文芸部と弁論部に足を突っこんでいた私は、それ以上部活動を増やすという情況にはなかった。

誘った同級生の家へ行って、彼の親父のコレクションを聴かせて貰うぐらいだった。いわゆる、ジャズのマニアだったのだと思う。揃っているレコードは、その種のものばかりだった。

そして友人の親父は、休日などに遭遇すると、音楽ではなく話を聴かせたがった。その話の中で、ジャズとかブルースとか、言葉で知ったような気がする。違いも説明されたが、よくわからなかった。いまも、ほんとうはわかっていないのかもしれない。

後年、アメリカ大陸を旅行したりしたが、なんでも聴いてしまうという感じで、カントリー・アンド・ウエスタンなども大好きであった。

旅そのものが面白く、音楽は聴こえてきたものを聴くというだけだった。

ブルースに惹かれたのは、テネシー州メンフィスで、チャーリー・パットンのレコードを手に入れてからだった。なんとなく、私はジャケットが気に入ったのだ。ジャズやブルースは、黒人の顔の大写しが、ジャケットに遣われていることが多かった。チャーリー・パットンの写真は小さく、しかもブルースなのに白人かよ、と思ってしまうような写真なのだった。人種についてはいまも謎なのだと思うが、ネイティブ・アメリカン説とか、クオーター・ブラックの説とか、それらが全部入り混じっているとか、要するになにがなんだかわからないのであった。

チャーリー・パットンは、白人の音楽と相互に影響し合うようなブルースの前の、ミシシッピ・デルタを感じさせる音楽だった。やがて知識を求め、デルタブルースという言葉に行き当たり、その元祖のような存在であったことがわかった。あの時、ジャケットが気に入って手に入れたレコードは、いまも大事に持っている。聴きたければ、聴かせてやるぞ。

レコードで、もう一枚気に入っているものがある。チャーリー・パットンよりかなり後年に手に入れたのだが、ソニーボーイ・ウィリアムソンのジャケットである。あまり知る人はいないが、亡くなった私の友人のミュージシャン、柳ジョージはブルース・ハープの名手だ、と知っていた。

この男の墓が見つからないと友人の写真家の長濱治氏が言い、では捜してみようと、ミシシッピ州まで出かけていったのである。

いささか手間はかかったが、墓はちゃんと見つかった。

廃屋になった教会の建物の裏に、それはあった。藪になっていた。蛇が出るから気をつけろ、と注意され、蛇とはガラガラ蛇のことだろうと思った。それでも藪をかき分けていくと、墓は見つかった。

彼は、ソニーボーイ・ウィリアムソンとして、ブルース・ハープで人を愉しませた。そんな墓碑銘が刻まれていた。なんとなく、本名は別にあるという感じだったが、世に知られた名がソニーボーイなのだろうと思った。それが、もう三十年昔になるのか。

最近、読者から資料が送られてきた。ソニーボーイ・ウィリアムソンは二人いて、二人目の方が有名なのだという。うむ、そうか。二人いたのか。それなら、墓も二つあるはずだな。

私が考えたのはそこまでで、長濱治氏に連絡して、もうひとりの墓も捜そう、ということにはならなかった。かなり昔の、情熱のかけらが、ちらちらと見え隠れしただけだ。

昔は、墓ひとつ捜すのを、旅の目的にできた。それで気軽に腰をあげ、気づくとミシシッピ・デルタを駈け回っていた。そんなふうにして、ここは地の果てかと思うような辺境で、肉の塊を貪るように食っていたこともある。

もう、そんなふうに躰が動かなくなったのかな。躰が動かないというのは、心が動かないということだ。

いまは新型肺炎で、海外の旅行がままならない。いや国内の旅行も、いくらかやりにくくなっているのか。それでも、くそっ、という気分にはならない。ステイ・ホームなどと言われても、ずっとステイ・ホームさと呟いてみるだけだ。

持病のある人間は、重症化しやすい、らしい。高齢者もだ。重症化の要素を全身にぶらさげている私は、それでもマスクを忘れてばかりで、自己防衛の意志が薄弱なのだと非難される。なぜ、一度はずしたマスクを忘れてきてしまうか、と言えば、まずだらしがないからだろう。そして、なにがなんでも生き延びたい、と思っていないからなのかもしれない。

生き延びたいが、それになにがなんでもがつくかどうか、微妙なのである。すべて死生観なのだろうが、生きるという方向に、無理矢理むけようという気持が、私にはない。死ぬ時は、死ぬ。死なない時は、死なない。

私の場合、小説の神さまがそれを決める、と思っている。書くものが、もうつまらなくなった。それは、死ぬ時である。小説の神さまが、もういいとか、もう少し頑張れとか言ってくれるのである。

いかん、ジャズとブルースの話だったか。とにかく熱心な読者が資料を送ってくれたので、私はまた若いころを思い出した。それにしても彼は、どこでそんなものを捜してくるのだろうか。新しいバンドをいくつか教えてくれたし、本についても詳しいようだ。

ソニーボーイ・ウィリアムソンは二人いたなどと、あまり役に立たない情報が、また痺れるな。小説は、役に立たない情報から生まれることが少なくない。

小説家も、役には立たんがね。

平和で安全ならすべていいのか

避難という意識が強くあるわけではないが、海の基地にいる日数が多くなった。

私の生活は三点展開で、自宅、仕事場のホテル、海の基地と、それぞれ十日が通常であった。それが、ホテルが少なくなり、海の基地が増えた。ホテルでは、人に会う仕事をこなすことが多かったが、そういう雰囲気ではなくなってきたのだ。会わずに済ませようとみんなが考えるようになり、実際それで仕事ができてしまうので、これまでスケジュールをやりくりして会っていたのはなんだったのだ、ということになってしまった。

ホテルにいる日数は、半分ぐらいになったな。そして自宅は、私ひとりではなく家族のペースもあり、これまでと変らない。つまり私は、月の半分ぐらいを、海の基地で過すようになったのだ。

最初に驚いたのは、金がかからない、ということであった。財布の中身が、いつまで経っても減らない。食材は大量に買い、冷蔵庫と冷凍庫は満杯にする。それでも、遣う金は高が知れている。ホテルにいて外食をし、ついでに数軒の酒場を飲み歩く。それをやめただけで、私の財布はこれほど安定して、減らないものなのか。

時々、野菜を仕入れに行く。それでもひとりで食う量はわずかである。あまりに人を見ないのもよくないと思い、三日に一度ぐらい出かけるのだ。サラダ用の葉物野菜が多い。大きな鍋にシチューが作ってあり、カレーがあり、肉じゃがなどがある。それらは、腐るのを防止するために、一日に一度、火を入れる。手間などかかりはしないのだ。冷蔵庫にも、豚の角煮などが入れてあり、そういう作りおきの料理を食えば、金などもうかからない。ほんとうに忙しい時は、冷凍食品がある。私はかなり強く拒んでいたが、実際に食してみると、結構いけるのである。

そのほかに、蕎麦を食ったりパスタを食ったりする。

とにかく、栄養のバランスは考えて作る。半月などあっという間で、その間に、釣りの獲物なども入ってくる。

海の基地の前は、ほとんど誰も通らないので、完璧に近い平和と安全がある。

朝、起きると、実はそれは正午より少し前なのだが、トースト、豆乳、卵焼、チーズ、グリーンサラダの食事である。これは、ほとんど変ることはない。

午後から、釣りに出かけることが、しばしばある。うまい魚が釣れる。ノドグロと呼ばれる赤ムツ、甘鯛、マゴチ、鯖。これは、ひとりでは食い切れず、干物にすることも多い。とにかく刺身を作り、味噌汁を作り、野菜のおひたしを作り、ノンアルコールのビールでゆっくり食う。私がベッドに入るのは、明け方の五時か六時で、この時間からアルコールを躰に入れることなどできないのだ。

夜中の一時過ぎに、そうめん、チーズとクラッカー、などを食う。これで、三食である。

午前四時を回ってくると、私はウイスキーを飲みはじめる。同時に、かなりの音響で音楽をかける。四時までは仕事に集中していることも多いので、眠れないことが多い。酒で眠れるかというとそうでもなく、私はただ好きで飲んでいるのである。

ボリュームをあげて、ロックなどを聴く。かたまった脳ミソが、少しずつ緩むような感じがあり、酔いも心地よくなってくる。

五時半か六時、この季節ならすでに明るくなっているが、私はベッドに潜りこむ。不眠症は、子供のころからであった。幼いころ、家族旅行をして、みんなが寝ているのにひとりだけ眠れず、泣きたくなったことがある。

小学生のころの林間学校や、中学生になってからの臨海学校でも、最初の一日はまったく眠れない。修学旅行でもそうであった。二日目か三日目、疲れ果てて眠るのである。眠れるからいいと思え、とやはり不眠症に苦しむ友人に言われたことがある。確かにな。三日目には、二、三時間だが眠っている。

私は不眠症で、二時間とか三時間しか眠っていないと思っているが、ほんとうにそうなのだろうか。

　本を読んでいて、猛烈に眠くなる。それでベッドに入ると、もう眼が冴えてしまう。眠れたためしがないのだ。だから、本を持ったまま眼を閉じる。時間が、二十分か三十分、飛んでしまう。手から本が落ちそうな気配で、眼が醒める。私は多分、そこでごく短時間、眠っている。それを集積すると、二時間ぐらいにはなるのか。私は、普通の睡眠時間をとっているのかもしれない。

　海の基地では、明け方ベッドに入ると、十一時ぐらいまで眠っている。だから、平和で安全で、そして健康的なのだ。

　仕事をしている以外に、なにをしているのか。まず、釣りに行く。船を出して、狙った海域で、狙った魚を、かなり高い確率で釣りあげる。私が狙うのは、ほとんどが食ってうまい魚である。それの調理に、いささか時間をかけることもある。

　映画は、毎日、二本は大抵観る。当然だが、面白いものもつまらないものもある。海の基地は、ホームシアター状態にしてあるので、でかいスクリーンで観るのである。小屋と同じかというと、そうでもない。用を足したくなったら、一時停止にしてしまうのだ。どうも、わがままな観方をしているようだ。

　ほかに、音楽を聴く。ジャンルは問わない。快適であれば、それでいいと思っている。愉しくなければ、すぐに別のものに替える。

　洗濯はするし、三日に一度、掃除もする。よく庖丁を研ぐ。日本刀で、巻藁（まきわら）を斬る。ほかに、なにをやっているかなあ。

　とにかく、海の基地での暮らしは、静穏そのものである。テレビを置いていないので、コロナや台風のニュースも、いくらか遅れて入ってくる。それぐらいでいいだろう、と私は思っている。感染者が何名かは、すぐ知りたいが、知ったからどうだ、とも思ってしまう。ニュースの速報など、人のなにを満たすのだろうか。

　君は、どんなふうにして、ウイルスから逃れている。単純に、走れば逃げられるならいいのだがな。

海のそばで日々は静かに流れる

私の生活が、昼夜逆転していると指摘されると、確かにそうだと思わざるを得ない。

なにしろ、ベッドに入るのが、朝の五時か六時なのである。それは、自宅であろうとホテルであろうと海の基地であろうと、まったく変りはない。

そして、ベッドから出るのが、十一時なのである。寝る時間はまちまちだが、この起床時間は、なにがあっても変えない。それによって、昼夜逆転のようであって、実は規則正しい部分がある私の生活は、なんとか維持されているのだ。

自慢にもならないよな。海の基地にいると、早出の遊漁船が、朝の光を浴びて出航していくのが見える。夏場は、四時ごろから、湾内には動きが出てくるな。小さな漁船が、網を曳いたりしているのだ。それから、はじめに蟬が鳴く。そして鳥が飛びはじめる。魚も動いているらしく、海猫が群をなして海面に突っこんでいる。

私は、湾内の朝の光景を眺めながら、酒を飲んでいる。いつものことになると、見慣れたものがいくつかあり、それが見えない時は、気になってしまう。

たとえば、すっかり明るくなったころ、鳶(とんび)や烏や海猫に混じって、鷺が飛んでくる。その飛び方は、ほかの鳥よりゆったりしていて、当然のようにポンツーンに降りてくると、ぺたぺたと歩き、端に立つ。その姿が、なんとも言えない。

歩いている時は、首の長い鳥なのだが、ポンツーンの端に立つと、首と背中を一直線にして直角の姿勢をとるのだ。

以前、レッサーパンダで、見事に直角に立つものがいて話題になり、風太などという名がついていた。つまり直角に立つと、かなり人間的な感じになるのだ。鷺はレッサーパンダほどではないが、どこか鳥離れしていて、ちょっと声でもかけてみたい雰囲気がある。

毎朝、ほぼ同じ時刻に、ポンツーンの端に立って、三十分ほどじっとしているのである。湾を睥睨するという感じではなく、ただ立っているようでもなく、気になるものをじっと見つめている、というふうなのだ。

私はその鷺に、観察者ゴンという名をつけた。観察者ゴンが姿を見せないのは、雨の時、強風の時ぐらいのものである。なにを見てるんだよ、と訊きたくなるぐらいである。

海の基地の背後の森には鳥の巣が多くあり、そこで雛がかえると、鳶が狙って大変な騒ぎになる。ほんとうに雛鳥を獲られると、鳥の追いかけ方は尋常ではない。

そんな騒ぎにも超然として、観察者ゴンはじっと海面の一点に眼を注いでいる。三十分ほどじっとしてから、首をぐにゃりと曲げ、鳥らしい恰好になって、なぜかポンツーンをペタペタと歩いて反対側の端まで行き、飛び立つのである。

佇む場所は、毎日同じで、印でもつけてあるのではないか、と思いたくなるほどだ。

ほかにも、名をつけたやつがいる。三浦サーカスの輪太。これは栗鼠（りす）で、毎朝、決まった時間に、基地の前の電線を、左から右へ駈けていく。その日の気分なのか、スピードがいつも違い、じっとしていることもあれば、眼にもとまらぬ速さのこともある。背の高いフェニックスを、垂直に駈け降りるのも見た。輪太はなぜか朝だけ、電線の綱渡りをやるのだ。

基地の背後の崖は樹木で覆われているので、わざわざ電線を駈ける理由はなにかあるはずだ。輪太に訊いてみたい。

それから、狸のお内儀さん。これは子供を連れて歩いていたこともあるらしいが、私は見ていない。本人とは、しばしば出会（でくわ）して、眼が合ったりする。

鳶と鳥と猫は敵なので、名はつけてやらない。

基地の背後の森は、大きな森に繋がっていて、河の源流から河口まで、まったく手つかずに残って森の中を流れている。首都圏では稀有なものらしく、保護のやり方も半端ではない。

その河は、基地の前の湾に流れこんでいるので、微生物が豊かな河口からはじまり、かなりの食物連鎖が湾内にある。

河の途中に畠があると、農薬が微生物の発生を妨げ、活発な食物連鎖は生まれないのである。高が小さな湾の中のことだ、とは言うまい。食物連鎖がきちんと成立していないと、その頂点にいる人間は、やがて飢えるのではないだろうか。

海岸には、夥しい死も散らばっている。魚が打ちあげられているのは日常茶飯事だが、魚ではない海洋生物が打ちあげられていることもある。それも、一週間から十日で、痕跡もなくなる。いっそすがすがしく、生命はそんなふうでいいのだ、と思う。

私が死んだら、魚が私の肉を食らい、波で打ちあげられると、余分なものを赤手蟹が食う。ちなみに赤手蟹の産卵は、森の中で行われ、その時期になると、大挙して森に入って行く姿が目撃される。

私の屍体であるが、骨だけになっても、船虫などが、それさえも消してくれる。

砂漠では、よく死んだ動物の古い骨などに出会うが、海は徹底していて、骨さえも消してくれる。船虫がたかりはじめると、つまりは生きていた痕跡さえ消えるということなのだ。

その船虫だが、海岸ならどこにでもいる。昔は一、二メートルの帯をなしていて走り、岩全体が動いているように見えたものだ。

いまは、それほど多くはない。それでも群れでいるな。群れからはぐれたやつが、なぜか海の基地の中に入ってきて、のそのそと歩いていたりする。ここ、どこなんでしょうか、という感じである。なぜか、家の中では素速くないので、すぐに捕まえられる。掌に乗せていると、ここはどこと呟くように、指の間を渡り歩く。はじめは、すぐに海の方へ逃がしてやっていたが、いまはちょっとお説教をする。

俺は蟋蟀(こおろぎ)をフライにして食ったことが、何度もある。おまえ、うまそうじゃないか。仲間を十匹連れてきたら、フライにしてやる。

説教とは言えないな。恫喝か。逃がしてやろう。

君は、虫などを食ったりするか。なかなかいける場合もあるぞ。

ここにいると叫ぶよりただ上を見る

学生のころ、フラッグという渾名を持つ主人公の小説を書いた。

なにか意味があるわけではなく、みんなにそう呼ばれている、というだけのことだった。読んだ人間は、当然のことながら、どんな意味を持たせているのか、と訊いてきた。

読む人間の解釈次第だと、私は逃げを打っていたが、根本的には正しいことを言っていたような気がする。すべてについて説明してある作品など、冗長で読めたものではあるまい。説明不足と言われる部分があっても構わないのだ、と私は思っている。

由来よりもなによりも、私は旗が好きだった。コードネームというのかなんというのか、そういうものをつけなければならない時、私はよくフラッグとしていた。いまは、もう遣っていない。

旗とはなんなのだろうか。人が集まると、旗が作られる。そしてそこに、なにか拠りどころを求めたりする。まあ、人間の心理と旗との関係の解析など、誰かにやって貰うとして、私はいまでも、旗が好きなのである。

風にはためく旗などを見かけると、立ち止まってしばらく見入るほどだ。

自分に関係あるところには、旗を作ってそれを掲げたいと思う。しかし、自由に旗を掲げられるところなど、滅多にない。海の基地を手に入れた時、私が最初にやったのは、フラッグポールを立てることであった。しっかりしたものを立てた。旗は、最初は私の好きな色だけだった。旗にこだわっていると、地元の友人が、大漁旗を作ってくれた。これは私の概念からすれば大きすぎる旗で、帰港直前に掲げる祭りの合図のようなものである。

ただ、意外にたやすく文字などを入れられることを、それで知った。私は『水滸伝』という長尺物の小説を書いていたので、それに関係する文字を、次々に旗に入れた。色と文字の組み合わせの旗は、いまも続いている。

フラッグポールは桟橋の先端の、ポンツーンとの間に立ててあるので、完全に海上である。風は陸上の比ではない。私が海の基地にいる間は、旗は常に掲げてある。どんなに風が強くても、降ろすことはしない。当然、旗は傷むのである。かなり強い布地で作ってあるが、まず端の方の糸がほつれてくる。そして少しずつなくなっていき、字にまでかかってくるとお役目終了で、新しい旗に替える。およそ一年ぐらいで、そうなってしまう。

消耗品に近かった。ただ、いろいろな文字を遣えるという利点もある。

その文字が、風にはためいて躍るのを見るのが、好きである。いま掲げている文字は、『飛』である。これは、『水滸伝』の中に、『岳飛伝』があり、そこから文字を取っている。

ただの『飛』の字ではない。象形文字で、ほとんど鳥のようなかたちに見える。はじめから、象形文字を思いついたわけではない。中国の開封府という城郭で、路傍で印石を売っている男がいた。私は落款ふうに、岳飛の印を作ろうと思ったのである。円柱になった印石を選んだ。

男は、二日後に来てくれと言った。二日後に行くと、新聞紙に包んだ、『飛』の象形文字が出されたのである。泊まっているホテルにも印章屋が入っていて、ごく普通の落款で、値は五倍以上した。

開封府は、宋代の都である。宋は、官から民へ、さまざまな権利が移った時代であった。それまで実業をなしていた役人は、許認可の権限だけを持つようになり、そこに当然のように賄賂がはびこることになった。文化は発展したが、不正もまた横行し、政情不安を招いた。『水滸伝』は、不正の象徴としての宋朝廷に、立ちむかった男たちの物語である。

私は帰国すると、早速、飛の象形文字を旗に写した。色も何種類か揃え、いまも遣っている。岳飛の飛だったものが、いまは飛躍の飛である。開封府の路傍の印章師のことは、しばしば思い出す。極端に安い値を言われたと思ったが、払えるかと訊かれた。わずかだが、私はチップを上乗せした。

十一時に起床すると、私は外へ出て桟橋を歩き、フラッグポールの下に立つ。

まず空を見、風の強さと方向を、旗で測る。私の観天望気には、旗も重要な役目を持っているのである。

海にいれば、観天望気は習慣で、言い伝えのようなものもかなり混じっている。たとえば、見えていなかった伊豆大島が不意に見えると、すぐに強い南風が吹く。富士山も同じで、西風になる。風がどちらから吹いてくるかは、波がどの方向から来るかということで、船に乗っていればとても重要なことだ。

晴れていても、海と空の一カ所、クリアでないところを見つける。双眼鏡で観察していると、それが大きくなり、近づいてくるのがわかる。その海域だけ雨が降っている、ということなのだ。強い雨なら、レーダーにもはっきりと映る。

観天望気を済ませると、私は鳥を捜す。私が名づけた、観察者ゴンという鷺はもうポンツーンにはいないから、どこかを飛んでいるか、泊まっているかしているだろうと、捜してみるのである。鷺を見つけることはあるが、それが観察者ゴンであるかどうかはわからない。代りに、近くでボラが跳ねたかと思うと、水中からいきなり鳥が飛び出してくる。海鵜である。

鳶（とんび）や烏は、私が出て行くと、遠ざかる。武装している、と思っているのだ。鳶と烏とは交戦状態が続いていて、相変らず爆撃を受け、ＢＢ弾の銃撃で応戦する。猫は時々通りかかるが、私を見ると逃げる。猫が捜しているのは、拳銃を腰に差した私ではなく、釣人である。彼らは、外道が釣れると、岩の上に放り出す。それを猫が食うのである。釣人にとっては狙っていない外道でも、猫にとっては御馳走ということもあるのだろう。

どんな時も、私の頭上では風に靡いた旗が音をたてている。

旗はいいなあ。どんな時でも、私がここにいるということを、周囲に、いやこの世に教えてくれるのだ。

君も、自分の旗を持ってみるか。

友はいつも犬のような顔をして

私の花粉症の避難地は、ある時から石垣島になった。場合によっては、西表島ということもあった。しかし私は忙しさにかまけ、薬で抑えて避難を怠るということが、近年続いていた。

そして、ラクトフェリンとビタミンDで、私の花粉症は劇的に解消し、避難そのものが必要でなくなった。私は、この二つが効いたと思っているが、私だけのことである。

今年の花粉症の時季は、新型肺炎が急速に拡大しはじめたのと重なっていて、くしゃみも冷たい眼で見られそうだった。自己防衛で、鼻水もくしゃみも止まったのかもしれない。とにかく、私は治った。

それでかつての避難地の話だが、西表島のことを思い出した。海の基地の近くに湧水があり、そこで蛍を見たのがきっかけだった。点々と蛍はいるが、それほどの数ではない。私が西表島で見たのは、斜面のくぼ地を流れてくる光の帯であった。河のようで、私が見ている場所に達すると、そこで散り広い範囲に拡がった。一匹一匹が点滅するので、さらに幻想的だった。公共放送のテレビが取材に来た時も、これほどの群流には出会わなかった、と友人は言った。あの光景は、いまだに脳裡に残っている。

その友人は、西表島では洒落た、ペンションふうの宿をやっていて、ニューファンドランドという大型犬を飼っていた。

もともとは黒い毛並みが、亜熱帯の紫外線と海水で、金髪のようになっていた。やさしい犬で、しかしカヤックなどにも喜々として乗りこんでくる。人と一緒に冒険する、という感じもあるのだ。

ニューファンドランドは、小説の主人公の名がついていた。やがてその犬が死に、新しい犬が飼われた。友人はどうやら、その犬の名をケンゾーとしたらしい。たまたま西表島へ行ってそのペンションに泊った編集者がいて、教えてくれた。

私はケンゾーに会いに行こうと思ったが、いまはやめておかれた方がいいと思います、と止められた。つまりケンゾーは躾の期間で、ごんごんとやられているということだろう。

健気な、いい犬になっただろう。名は体を表す、というではないか。

いま私の家にいるトロ助も、やはり名は体を表わしている。というより、どこかトロいのでその名になった。下顎が短く、うまくやらないとドッグフードがぽろぽろとこぼれてしまう。尻尾が蚊取線香のようにぐるぐると巻き、固着して動かず、後脚の関節にやや難がある。

もう老嬢になったレモンは、すべてがよくできていた。気高いところもあり、人にあまり親しまない。運動能力は抜群であった。

トロ助は、レモンの若いころのように、疾く走ることはできない。体力があまりなく、すぐにへばってしまう。運動能力は本人が思っているほどよくはなく、腰かけた私の膝に跳び乗ろうとして、よく落ちる。なにか失敗を見られたら、横をむきどこかへ行ってしまうレモンと較べると、何度も同じ失敗をしてもめげず、見かねた私が手を出して抱きあげると、嬉しそうに尻を動かす。振ろうにも、尻尾は固着して動かないのだ。

おまえは不屈だな、と言ってやる。不屈という言葉を私に遣わせるために、失敗をくり返している、と思えるほどだ。やがて私の膝で眠りはじめる。下顎が短いので、すぐに舌を出す。

欠点が少なくない犬だが、人が好きで好かれ、すべてが愛敬になってしまう。レモンとの間には微妙な緊張関係はなく、私はいつも笑っている。

やんちゃだが従順で、命令はよく聞く。たとえば、三十メートル離れたところから座れと言って、きちんと座る。頭がいいのかどうかは、しばしば考えるが、よくわからない。

レモンは、明確に頭がいいと感じる。レモンの先住犬であったラブラドール・レトリバーの小政は、人間が毛皮を被(かぶ)っているのではないか、と思うほどだった。

レモンも小政も、朝、私を起こしに来ると、起きるまで鼻で突っついたり、手で掻いたりした。トロ助は、私が起きないと見ると、躰をぴったりくっつけて自分も寝てしまう。

レモンや小政に、私はよく愚痴をこぼした。そうさせるようななにかが、あるような気がした。私の言うことを、二人ともじっと私を見つめて聞いている。そのうち、照れ臭くなって、やめるのだ。

トロ助には、なぜか自慢をしている。俺は強いんだぞ。見ろ、うまいもんだろう。俺はおまえと違って、人間なんだからな。

そんな他愛ない自慢ばかりだが、ちょっと眼をむけるだけで、聞いていないかもしれない、とよく思う。それでも、愚痴をこぼす相手ではないという気がする。

遊ぼうぜ、キーちゃんを連れてこい。キーちゃんというのは、黄色いぬいぐるみである。ぬいぐるみはいくつか与えられているが、キーちゃんは私とトロ助が二人で鍛え、立派なぬいぐるみに育てあげたことになっている。

ほかのぬいぐるみにやるように、牙を立てたり、振り回したりすることはない。連れてくる時も、そっとくわえてくるのだ。そしてやるのは、かくれんぼである。私の罠に二度嵌ることはないから、もしかすると頭がいいか。

犬自慢をしている、と君は思っているよな。確かにそうだろうが、身近な生き物である。私の心理状態を、照らし出すところがある。

私がいま気にしているのは、十六歳になったレモンが、あとどれぐらい元気でいてくれるかである。小政も、大型犬であるにもかかわらず、十四年生きてくれた。いまの二人はジャック・ラッセル・テリアで、寿命は長いはずだが、十六歳は充分に老いている。

子供のころから、私は犬と一緒に過ごしてきた。犬は、死がなにか伝えるために、先に死ぬのだ、と小政が死んだ時に私は書いた。そう考えなければ、人間との寿命の違いを受け入れ難い。

レモンは、トロ助が来てから、元気になり食欲も旺盛になった。私はそれでも、覚悟だけはしている。

香りに凝った時期もその昔あったな

日常的に、コーヒーは飲んでいる。

日常的であるから、大して凝りはしない。せいぜい、豆をいろいろと変えてみるぐらいである。私がコーヒーに求めているのは、まず眠気への抵抗の武器の要素と言っていいだろうか。

私は不眠症で、しかしだからといって、眠気に襲われないわけではない。

かなり強烈な眠気と闘い、時にはペンを持ったまま、束の間、眠ることもある。それが不愉快で、できるかぎり眼を醒していたい。座ったまま眠りかかっても、ベッドに入ると眼が冴えてしまう。それも不愉快だが、それ以上なのが、ペンが動いているということだ。座ったまま眠ったとして、私は好調に原稿を書き進めているのだ。

結構、この描写はいいぞ、と思いながら書いていたりする。しかし、覚醒して原稿用紙を見れば、一字も書いていないのだ。書いたと錯覚した文章を、私はなんとか思い出そうとする。消えてしまったと言うか、もともとなかったと言うか、その文章は会心のものなのだ。

一節ぐらい思い出せそうだが、なにも出てこない。自らの才能の貧困さを呪いながら、私は書きはじめる。ありもしない文章を書いていた私は、実際に原稿用紙を一字一字埋めている私と較べて、豊かな才能に溢れている。

そういうことも含めて、もろもろ不愉快だから、眠気を遠くに押しやりたい。コーヒーメーカーで、五、六杯分作り、適宜それを飲む。コーヒーを飲むのに、なぜ適宜などという言葉を遣うのか。適宜に飲めないからである。私のコーヒーメーカーは、放っておくと冷めてしまい、ボタンを押して温め直さなければならない。

ボタンはわずかな動作で押せるが、熱くなるまで、当然、時間がかかる。その間仕事をしていると、ボタンを押したことを忘れてしまうのだ。気づいた時は、熱くなったものが、また冷めかけている。そんなことを何度かくり返すと、香りもなにも飛んでしまった、まずいコーヒーになるのだ。それを我慢して飲むのさえ、日常的になってしまっているというのは、情けない話である。

コーヒーに凝っていた時期がある。豆にも凝り、淹れ方にも凝った。最後は、フィルターペーパーに行き着いた。

ペーパーの中に、円錐形に挽きたての粉を盛る。ヤカンの湯を円錐の頂点に垂らす。ほとんど糸のように細く、湯を垂らしていく。カップ一杯分でも、時間と集中力が必要になる。一杯分落とした時は、冷めかけているので、ちょっとだけ温め、飲む。

さまざまな試みをやって、それが一番香りが高かった。自分で開発したと思っているが、あたり前の方法としてそれがあるのだろうか。誰も、特異な淹れ方だと認めてくれなかった。

手間をかけて香り立つコーヒーを淹れたら、どれが好みかは、あとは主観の問題だ、という気がする。淹れ方のブラインド・テイストなどがあったとして、私には当てる自信はない。ネルの質にまでこだわるという人がいたが、試飲する機会はなかった。

凝っていたのは短い期間で、いつか香りも飛んでしまったまずいコーヒーを、飲んでいる期間の方が長くなった。高がコーヒーだが、されどという言葉を、私はいつかなくしていた。なくしたのは、コーヒーについてだけだ、と思いたい。

貴重なコーヒーというのは、飲んだことがある。ブルーマウンテン百パーセント。これは前に、自慢話として書いた。ジャマイカのブルーマウンテンに、クレイトン・ハウスという、コーヒー園経営者だったクレイトン氏の館があり、私が訪ねた時は、日本のコーヒー屋さんの持ち物になっていた。

そこで出されたのが、ブルーマウンテン百パーセントのコーヒーであった。香りに圧倒され、どんな淹れ方をするのか、私は訊くのを忘れていた。塩をひとつまみ入れて、そのコーヒーを飲むのである。これは語り草になるコーヒーだ、と私は思っていたような気がする。実は、味をよく思い出せないのだ。

君は、どんなコーヒーの飲み方をしているかな。

私が一番うまいと思ったのは、ラオス北部の山岳地帯を旅行し、それからジャール平原を回り、もうコーヒーなどという言葉も忘れそうな時、ルアンパバーンという古い街に入り、そこのホテルで飲んだものだった。鼻を近づけた瞬間、めまいがして、口に入れると全身がふるえた。

しかし翌日そこで飲むと、きちんとしているが、ごく普通のコーヒーだと感じた。

そんなものなのだよな、多分。だから、生きていることは、面白い。

学生のころは、コーヒーに砂糖を入れていた。あなた、二つよね。そんなことを言いながら、デートの相手である女の子が、スプーン二杯の砂糖を入れ、掻き回してくれる。二つという言葉が、甘い響きを持って、老いた私の中にまだ残っている。

おい、つまらないことに、こだわれよ。こだわればこだわるほど、つまらなくないものになっていく。これは私がいま、自分に言い聞かせたことである。まずいまずいコーヒーも、温め直し三回と五回では、まずさが違うかもしれない。その差をえんえんと解析している間に、コーヒーは別の味を持ち、場合によっては、とてつもなく貴重なものになったりするのだ。

学生のころ、神保町のカレーが有名だった店に、吉田健一という英文学者であり評論家である先生が入ってこられた。註文は、カップ半分のコーヒーであった。なぜ半分なのだと、カレーを食いながら私は思った。

運ばれてきたコーヒーに、吉田健一氏はスキットボトルを出して、ウイスキーを注がれた。量的に、コーヒーとウイスキーのハーフ・アンド・ハーフであった。

私がびっくりして見ていると、氏は眼を合わせ、にこりと笑われた。

後日、真似をしてみたのは言うまでもないが、気づくとコーヒーカップでウイスキーだけ飲んでいた。

君も、一度やってみるといい。

いつも正しき天の下にいるから

旅行していて、最初に憶える言葉は、トイレはどこですか、である。

人によって違い、勘定をしてください、というのもある。まあ、金を払うのは、むこうが取ろうと思っているのだから、たとえ仕草でも通じる、という気がする。

トイレの場所がわかっても、入るのに一瞬たじろいでしまうことが、海外ではよくある。切迫しているのだから、入るしかないのだがね。世界地図を拡げて、端から、トイレ事情を語っていったら、一時間ぐらいかかりそうである。

その辺全部がトイレ、と某国で言われたことがある。それさえも言ってくれる人がいなくて、つまり無人の砂漠などで、勝手に用を足すためにしゃがみ、立ちあがると、近くのブッシュから、あるいはちょっと離れた砂丘の上から、人の顔が覗いている。そんな恰好、はじめて見たよ、とでも言われそうだ。無人というのを、私はいまも信じていない。

多分、アフリカのイスラム圏などでだが、女性は立って、男性はしゃがんで小用を足す。女性のそういう恰好は、私がまだ子供のころ、そうやるおばあさんがいたりした。男がしゃがむと、ちょっとおかしな感じである。蹲踞(そんきょ)のようなしゃがみ方をするのだ。

フランス人たちと、長期にわたって野営しながら移動したことがあるが、彼らは中腰で大用を足す。そしてジャパニーズスタイルの私を見て、はじめはほんとうに不思議そうな顔をした。

それで、地面につっかえたりはしないのか。そういう場合、少しずつ前へ出ればいい。私の真似をしてやろうとしたフランス人は、三分ほど粘って、これで出るわけがないと言った。

小便と大便を一緒に出すのを見世物にして、そこそこ銭を稼いでいるやつがいた、という話をしてくれたのは、五木先生であったか。旧ソ連かどこかの話である。それを聞いてから、私はしばらく両方を同時に出す試みをしたが、達成できずに終った。

豆乳を飲み続けながら仕事をしていて、出てきたものが白い色をしていた、とエッセイに書かれていたのも、五木先生であったか。当然私は真似をして、我慢できず途中でいろいろ食らうので、こちらの方も達成には程遠かった。

両方とも五木先生だという記憶があるのだが、間違っていたら締められるだろうなあ。

私はどうも、そういう話にはすぐに夢中になってしまい、顰蹙(ひんしゅく)を買ったりするが、やめられない。子供っぽすぎるぞ、と友人に言われたことがあるが、そいつは若いころから老成していた。

しかし、子供がその手の話が好きだというのは、どうもほんとうらしい。孫二人と一緒に風呂に入っていて、思いつきの替歌をうたった。孫たちは、湯を叩いて喜んだ。おならしブルース、というのである。私は調子に乗って、ウンコのマーチ、というのも作った。子供は恐ろしい。あっという間に、憶えてしまうのである。いや、普通に憶えるだろうな。風呂に入るたびにせがまれてやり、最後は三人で合唱していたのだから。

憶えるのはいいのだが、友だちの前でやった、らしい。やつらの母親から、つまり私の娘から、強い抗議を受けた。うるせえ、と言ってしまえばいい。しかし私は、すまん、ついうっかり、などと謝ってしまうのだ。

かなり長い間、私の家には母親がいて家内がいて娘二人がいた。つまり女に囲まれていたのである。口うるさかった秘書も女で、ついでに犬も雌であった。下品なことについては、容赦なく糾弾され、そのあと蔑みの視線をむけられる。これが一日二日と続くと、相当つらいのである。やってしまったと思ったら、即座に謝る習性ができあがっている。

しかし、秘書にはひどいことをしたなあ。西アフリカを旅行して帰り、リバーサルのフィルムの現像があがってきて、それをマウントしろと言いつけた。秘書は、白い手袋をして作業していたが、悲鳴があがり、私は猛烈に責められた。事の顚末を知ったわが家の女どもも、口を揃え、口をきわめて私を責めた。

コートジボワールで、娼婦が寄ってきて離れなかった。私は、金を払うから裸を写させてくれと言い、実際にシャッターを切っていたのだが、帰国するとすっかり忘れていた。

なんという恥知らずが、と責められ続けたのである。秘書が眼にしてしまったのは、まあ事故の要素があるにしても、女性のそんな写真を撮って喜んでいるのが、信じられないと言い募るのである。私は平蜘蛛のように謝ろうと思ったが、思い留まり、うるせえと言い放って、黒ラブの小政と一緒に家を飛び出した。

あの地域には、まだ因習的なものが残っていて、躰に七つか八つ傷を入れると、やっと成人に達するのである。男女を問わず、傷は顔にもあって、相当に深い。全身の傷の写真を撮っておけば、民俗学的な資料になる、と私は思ったのだ。それを全部説明できたのは二日後ぐらいで、私はようやく糾弾の嵐から逃れることができた。民俗学的資料を作る必然性が私にあったかどうかは、ちょっと微妙なところがあるのだが。

それにしても、娼婦というのは世界最古の職業と言われるだけに、どこにでもいる。別の時だが、私は雑誌の取材でベニンやトーゴにいた。同行した編集者が誕生日を迎え、なんでこんなところでと、食事中に泣言を吐いた。

私は、木造二階建てのロメのホテルの窓から、身を乗り出した。白いシャツを着た、黒き姫がひとり見えた。私は、おいでおいでをした。すると、二十人ぐらいの姫が、部屋に押しかけてきたのである。黒き肌は夜の闇の中では見えず、白いシャツだけが眼にとまったのだ。数ドルずつ渡して引き取って貰い、ひとりだけ残した。誕生日、おめでとう。手製のバースデイカードを持たせ、一回分の料金を払い、編集者の部屋に行かせた。

翌日の朝食の時、どうだったと訊ねると、やるわけないでしょ、運命共同体だと言ったくせに。

いいか、君。男はな、そんなことで運命を共にしたりはしない。

やがて来るものを教えてくれた

レモンが、死んだ。

十六歳だから、充分に生きたと言えるが、もっと生きると、私は信じていた。

病んで、一週間ほどの死であった。これは病気だ、と思った日、私はレモンと一メートルほど離れたところにいた。

用を足したかったのか、立ちあがったレモンが、踏み出した前脚をもつれさせ、横に倒れかけた。私は、レモンの躰の下に、とっさに両手を入れた。掌に、生温かい感触がある。失禁していた。

私は、濡れた躰をきれいに拭い、寝床に横たわらせた。首をあげようともせず、しかし胸は呼吸で上下していた。声をかけ続けると、二、三度、眼を閉じて開いた。

病院に駆けこんだ。いま、この場で死んでもおかしくない、という診断であった。

脾臓に癌があり、その癌が血管に絡みついて血栓を作り、それが脳に飛んだ。つまり癌と脳梗塞の、二つの症状があるのだ。確定するにはＭＲＩなどが必要で、そのための全身麻酔には耐えられないだろう、と言われた。応急の注射を一本打ち、それを毎日続けよう、ということであった。

帰宅しても、ぐったりしていた。死ぬのだということが、それを見ていると大袈裟ではないと思った。寝たまま硬い便を出し、尿も出した。その時、居心地が悪そうに動くので、新しい寝床を用意した。

翌日も病院に行き、注射をし、戻った時、多少の動きが見られた。食事はしないが、水は飲む。首を持ちあげ、口を水に近づけてやらなければならないが、舌は自分で動かした。排泄では動きたがった。その方面に関しては、神経質な犬だった。躰を持ちあげ、ほかの場所に立たせ、なんとか用を足させた。

三日目に、林檎を押し潰して鼻に近づけると、わずかだが食った。まだ食おうという気はあるのだと、私はほっとした気分だった。用を足すために、立ちあがろうとする。夜中に、二、三メートル歩いている。声はほとんど出さなかった。眼で、私を見るようになった。四日目、五日目で、相当動き、水を飲み、林檎を食べた。なにより、寝返りを打って、姿勢を変えるようになった。

強い子ですね。病院の先生が、感心したように言ったという。毎日、注射は続けていた。しかし、その効果だけではない、もともと持っている生命力のようなものを、私は感じた。十六年間、一切病気をしたことがない。

先住犬だった小政は、その生の半分ぐらいは病気がちであった。それと較べると、手のかからない犬である。病院嫌いで、予防接種を受けさせるのが大変だった。それが診察台でぐったりと横になったまま動かない。それでも、最初と較べると、ずいぶんと回復したのである。

長丁場になるだろう、と私は思った。なにしろ十六年間、病気なしだったのだ。少々のことは耐え抜こう。病院でも、新しい治療方針をたて直すということになった。私も、腰を据える気分になった。日ごろは家の中心であるトロ助が、脇へ押しやられていたが、なにかただならぬことが起きているのはわかるらしく、私の背後からレモンを見つめるばかりであった。

病院で治療方針がたて直されている時、私は用事を片づけるために、海の基地へ行った。家人から電話があったのは、その日の夜中だった。独特の遠吠えのような声で、家人を呼んだという。そばに行くと、レモンは家人を見つめ、すぐに息を引きとったのだ。

翌朝、私はとにかく家へ飛んで帰った。レモンは、生きているように、自分の寝床にいた。寝る時そのままの姿勢だったから、呼びかけると動きそうな気がした。しかしもう、体温はほとんど残っていなかった。

レモンの躰に掌を当て、しばらくそばに座っていた。おい、と何度か声をかけた。首だけあげそうな気がしたのだ。それから、うちへ来てくれてありがとう、と言った。気難しいところはあったが、家族にはやさしかった。孫たちにリードを持たせて散歩に行くと、決して引っ張ることはなく、なにかあると前に出て、守ろうとした。

レモンが、私を起こしに来ていたころを、思い出した。二度三度と、手で私を突っつく。起きないと唸り声をあげて怒るが、私は頭も動かさない。するといきなり、私の躰と蒲団の間を掘りはじめるのだ。それは小政がやっていたことで、大型犬にやられると私は跳ね起きたが、レモンの手も鋭いものがあった。レモンは小政を真似て掘ったが、トロ助はレモンを真似ず、寝てしまう。

おまえとは、いろんなことをした。あそこにもここにも、一緒に行った。フルオープンにした車の助手席で、わざわざ顔を外に出し、風を愉しむように眼を細めていた。

恐る恐る、トロ助が私に近づいてくる。レモンおばさんは、死んじまったんだぞ。

トロ助は、私を見るだけだ。何度言っても、ただ私に眼をむけている。

酔っ払って深夜に帰ってきた私に、レモンはやさしかった。小政はいつもうるさそうにしていたし、私より先をトロ助は寝惚けている。おまえはいつだって、私の後ろを歩くようになっていた。それが、死ぬ数週間前から、私の後ろを歩いた。老いてものぐさになっているのだと思い、私は声を出して励ましながらも歩は緩めなかった。あの時、悲しそうに私を見ていたよな。

レモンよお、俺はおまえが好きだったよ。ほかの二人には、好きだとはっきり言っていたが、気難しいおまえには、言わなかったような気がする。言わなかっただけだよ。私は、ちょっとだけ、声をあげて泣いた。

葬儀場へ運び、レモンを荼毘に付した。きれいな骨をしていた。牙は上下四本とも骨にくっついて残っていた。四肢の指さきの骨まで、しっかり残っていた。家人は泣いたが、私はもう泣かなかった。

骨は、小さな壺に入れられ、私はそれを懐に抱いて持ち帰った。レモンのいない家を、トロ助が捜すように歩き回っていた。

私は、またひとつ死と出会った。何番目に、私は私自身の死に出会うのだろうか。

柿を食いたくて木から落ちていた

熟柿（じゅくし）を貰った。

横須賀で酒場をやっている、ハーフの友人からである。彼は完全にハーフの顔をしているが、英語は喋れない。それ自体、どうということではないが、アメリカ軍のベースの関係者などに、しばしば英語で話しかけられるらしい。深夜の酔っ払いなどしつこくて困るのだ、と言っている。

よく酔っぱらいを表現するのに、息が熟柿臭いなどと書いたりするが、それほど香りの強い果物だとも思わない。皮のまま、食らいつく。

実は私は少年のころから、熟柿が好物であった。九州の田舎では、柿そのものもあまり売られておらず、第一、買うという概念すらなかった。山中に柿の木はいくつもあり、秋には実をつける。あれは俺のだ、と枝の先のものを見て勝手に決める。それが熟れたころ、捥（も）ぐために木に登るのである。

つまり頂戴してしまうわけだが、山中にある大抵のものには持主がいて、時に捕まって叱責を食らったりする。

収穫してどこかで売ったとしても、多分買う者はいないだろうから、放置なのである。だから、盗むという概念もまた、希薄であった。人の眼を盗んで、うまくやればいいのだ。

問題がひとつあり、それは放置されている木のほとんどが、渋柿ということであった。干せば渋が抜けて食えるという話だったが、無断で頂戴している身としては、悠長なことはしていられない。しかし渋柿を食った時の口の中の状態は、半世紀以上経ったいまでも、はっきりと思い出すことができる。それは味というよりも、衝撃に近かった。開いた口が閉じない。そんな感じなのだ。麻痺という言葉が、ぴったりと合うような気がする。

十歳前後のあのころからいままで、渋柿を口にしたことはない。どこにも売っていなかったし、柿の木そのものも、田舎ほど多くはなかった。たとえあったとしても庭の中で、はなからそれを頂戴しようなどとは考えなかった。

ほんとうの品種の名は知らないが、私が狙っていたのは、とんがり柿と呼ばれていた。文字通り、先端がとんがっている、砲弾型の柿であった。たとえ赤くても、渋柿だから食えない。ただ完熟すると、赤い色が透明な感じを帯びてきて、それは格別にうまいのだった。もうやわらかくなっているから、啜るようにして食らう。

横須賀の友人が持ってきたのは、いまにも崩れそうな熟柿だった。ただとんがり柿ではなく、扁平であった。庖丁で二つに切り、スプーンを遣って食った。

枝の先にある熟した柿を取ろうとして、私は何度か木から落ちた。腹のあたりを打って、息ができなくなり、死ぬのかと思ったこともある。

柿の木は折れやすいので、登ってはならないと、親や先生によく言われていた。それでも私が自分のものと決めた柿の実は、食いごろを迎えたのである。落ちる時は柿も一緒であり、こちらの方は無惨に破裂していた。私は木を見上げ、まだ熟れていない柿を、自分のだと決めた。

友人の柿を食らいながら、私はそんなことを思い出した。幼いころ、柿が熟れるのを待ち、それを取るまでの一、二週間は、日々にはっきりした目標があった。いま一、二週間先と言えば、締切という言葉が思い浮かぶだけである。締切は、待っていなくても追いかけてくる。すぐ背後にまで迫ってくると、私は必死で駈ける。つまり、目標でもなんでもないのだな。

なにかを手に入れるということを、目標にすればいいのか。私はいま、なにを欲しがっているか。体力、精神力、集中力。こんなのは、欲しがって手に入るものではないな。しかし、年齢とともに、私は物欲などが淡白になった。なにかを見ても、それが欲しいと強く思わないのだ。手に入れることができなくて、耐えているというものもない。耐えるより先に、諦めることを覚えてしまっている。

人間関係では、どうかな。友人は多くいて、望めば新しい友人ができるとも思っていない。縁があれば、友だちになっているものだよ。では、恋人はどうか。二十代の恋人と考えると、私の年齢では相当無理がある。望むだけでも、罪だと言われるかもしれない。それでも、目標とする。うむ、力が湧くような気がする。同時に、いくらか恥ずかしいな。そして私は、本気で二十代の恋人を欲しがっているのか。年齢に関係なく、恋をしてみたら、二十代だった、というのがいいな。そういうことであれば、私は世間とも闘える。

しかし、柿が熟れるのを待つのと較べると、ずいぶんと遠く、現実性のない目標ではないか。こういうのは、夢と言った方がいいのだろうな。

季節になり、柿がスーパーに並んでいたら、私は買ってきて料理に遣う。といっても皮を剝いて細切りにし、サラダに入れる。カルパッチョの添えものに遣う。以前、天ぷらを食ったことがあり、それは悪くなかった。

歯触りのいい柿を、求めて食おうとはしない。おしなべて果物は嫌いではないので、水菓子があるかい、とレストランなどでデザートを註文する時に、言ったりする。通じたことはあまりない。水菓子は果物のこと、有りの実は梨のこと。言葉が風雅ではないか。嫌がられても、私はそういう言葉は遣うようにしている。君も、居酒屋でスルメとは言わずアタリメと註文したりするだろう。

友人は、しばらく話をすると、帰っていった。たまたま、熟柿を持っていたので、届けに来たのだ。私が海の基地にいるかどうか、むかい側のマリーナにいれば、すぐにわかるのである。フラッグポールに、私の旗が翩翻（へんぽん）と翻っていれば、私は基地にいるのだ。友人は、知り合いのヨットに乗りに来て、私の旗を見たのだろう。

三つあった熟柿を、私と友人はひとつずつ食ってしまった。しかし、ひとつ残っている。それは、明日か明後日、ひとりで食らうのである。

十歳のころの私は、首尾よく熟柿をひとつ手に入れると、幸福であった。いまは貰ったものだから、ちょっとだけ嬉しい。

人生の半分は気ままに生きよう

石垣島から、訃報が届いた。

このところ、大袈裟でなく、月に一度くらい訃報が届く。葬儀が行われることはほとんどなく、お別れの会などもない。新型肺炎は、こういうところにも影響を及ぼしている。酒場など普通に営業しているところが多く、レストランも然りである。ただ、会社というかたちでは飲食はせず、個人の責任に委ねられている、という感じはある。昔と同じようなやり方は、もうできないだろう。

私は春先になると、毎年石垣島へ通っていた。時季は決まっていて、三月から四月にかけてで、花粉の最盛期を避けるためであった。杉の南限は屋久島だとどこかで聞いて、それより南へ行けば大丈夫だ、と判断したのだ。石垣島ではもう海開きなどをやっていて、いつでも泳げる状態だった。

空港で、彼が待っている。顔を見て最初に投げかけてくるのは、肥ったか、という言葉だった。私は黙って、ボディに一発食らわせる。ホテルまで送って貰い、その日の夕食には、島の友人たちが集まってくる。十数名で、賑やかな宴会になるのだ。私はその場で、釣りに行くスケジュールや、離島へ行く計画を立ててしまう。そこで決めるのが一番便利だ、という面子が揃っていた。

遊びに行っていたのではない。仕事を抱えて、花粉から避難してきているのだ。

この時季だけ、私は朝早く起きて、夕方までには仕事をこなした。夕方になると誰かしら、ホテルのロビーに来ていて、夕食から酒へとなだれこんでしまうからだ。

島での彼の人脈はなかなかなもので、希望することは大抵実行できた。それでも、なにかやるのは三日に一度ぐらいで、あとは仕事と酒であった。

彼には、特に親しい弟分がひとりいた。この男は、観光船の会社で仕事をしていて、釣りに出た私と、しばしば洋上で出会した。変な挨拶を送ってきて、それが船の客に受けている様子だった。

弟分は、若いくせに頭が薄くなっていて、補塡するように口髭を蓄えていた。小柄で、身のこなしは素速く、憎まれ口を叩いたあと、報復の私の蹴りは難なくかわした。意表を衝いてボディを打つと、反則、反則と声をあげる。人を笑わせるのが好きだった。陽気に人生を送っている、というように見えたが、繊細で神経質なものを陽気さで隠している感じが拭いきれなかった。

その弟分が、首を吊って死んだ。まだ、子供は小さかった。生活に、悩まなければならないところは、客観的にはなかった。しかし、めぐり合わせのように、死に出会ってしまうことがある。その瞬間を、なんでもなく跳び越えてしまうこともあれば、ことさら立ち止まってしまうこともあるのだ。なぜ、という問いかけには、あまり意味がない。そういうこともある、というだけのことだ。

弟分の死を伝えてきた時、彼は電話口で嗚咽を続けるので、はじめはなにが起きたかわからなかった。本当の弟のように、かわいがっていたからな、と事態をようやくのみこんだ私は思った。

その時から、彼は少し元気をなくしはじめた、と私は感じていた。

私に合う薬などが出て、私の花粉症は必ずしも避難を必要としない、というほどに軽快し、数年、石垣島には行っていなかった。それでも、たまに訪れる私を、彼は同じように空港で待っていた。角力するか。肥ったか、という仰けの言葉が、いつかそれに変っていた。私よりいくつも年長であったから、角力というのはちょっと考えられなかった。

ひとりで飲んでいると、すっとそばに来て座る。なにを話すわけでもない。その日の島の噂を面白おかしく話していると思うと、いきなり私の新作の話題になる。

痛烈なことを言っていると思うと、先日来島した芸能人の話になる。

話がとても聞きやすかったのは、自慢する意識がまったくないからだった。どんな人にも、自慢の意識はどこかに潜んでいる。卑下しても、よく解析すると自慢に繋がっていたりするものだ。

君はどうだ。どこにも、自慢しようという気持はないか。私は、自慢たらたらの話をしていることを、自分で意識できる瞬間が、しばしばある。自虐ネタを語っている時でさえ、自慢が見え隠れしてしまう。

人間というのは自慢の動物だと思うが、彼にその意識は希薄であった。自慢する時はある。作った料理の素材を語る時、自分はどういう人と親しく、それでいいものが仕入れられるのだという。卸してくれる人の自慢が、いくらか自分の自慢に繋がったか。

実はその昔、東京と大阪で、大事業を展開していた人だった。共同経営者と二人でやった事業の中には、社会現象のようにもなった音楽施設もある。ところが仕事で石垣島へ来て、脳出血を起こし、生死の境をさまよい、眼醒めると、仕事のすべてが虚しく思え、共同経営者に全部任せた。自分は、石垣島に腰を落ちつけたのである。

一時、カレー屋をしていた。意外に体力を遣う仕事らしく、その店を開く前は、数時間の山歩きを毎日していた、とほかの友人たちから聞いた。
不思議な存在感を持っていた。思い悩んでいることはないように見えたが、離別した家族の話を、しんみりとしたりする。石垣島で、新しい家族を作っていた。

いささか頑迷なところがあり、そこは面倒だと思ったが、便利な友人でいてくれることの方が多かった。
酔って転んで大腿骨を折ったと聞いてから、私は彼の老いについて懸念していた。大腿骨の骨折は、老いた身にはことのほかこたえ、そこから戻ってこられなくなる人が多い。
危惧した通り、リハビリ中に脳梗塞を起こした。世は新型肺炎一色というところがあり、私は見舞いにも行かなかった。

訃報は、どこかで予想していたかもしれない。角力とるか。声が聞えそうである。

一度ぐらい、四つに組んで投げとばしておけばよかった。

返してくれと誰に頼めばいいのか

ある日、周囲の景色が違って見えた。

なにがどうとは言えないのだが、一度そう感じると、方々で同じ気分に襲われた。その違和感が、徐々に具体的になってくる。

相手は、人であった。どうも、私より背の高い人間が多いのだ。男が四、五人で集まると、私は擂鉢の底のようなところにいて、みんなの顔を見上げているのである。知らない人間の中にいて、そんな感覚になることはしばしばあり、最近の若い者はのっぽが多い、とよく思ったものだ。

ところが、知人の中でも、そうなる。たとえば、なにかのパーティで、編集者が五、六人、周囲にいる。中には十年、二十年のつき合いの人もいて、しかし私よりだいぶ若年である。その連中がみんな、私を見降ろしているのである。全員ということはないだろうが、でかいやつしか眼に入らない。

そしてあろうことか、私はあの大沢新宿鮫にまで、見降ろされていたのである。鮫は昔、私と同じぐらいの背丈だった。いつも対等の高さで、睨み合っていたものだ。

その鮫の顔が、心持ちだが、私の上にあるではないか。そんなことが、あっていいのか。いや、高さは誇りについてではない。背の高さだ。そんなことに、男がこだわってどうするのだ。それでも私は、不愉快だった。

高校生のころまで、朝礼などでは縦列に並ばされた。背丈の順である。そして五十名の中で、四十五番目ぐらいであった。クラスが替ろうと、中学一年から高校三年まで、私の背丈位置は変らなかったのだ。つまり、低い方ではなかった。

それは、大人になってからも変らなかった。還暦に近くなって、周囲の風景が違って見えはじめたのである。私の周囲に立つ人間の大部分が、私より若くなった。最近の若い者は背が高いと、なんとなく思いこんでいられたようなのだ。

おまえ、縮んだ、とある時、友人に言われた。学生のころからの友人で、背丈は同じぐらいであった。言われた時も、その差ができたとは感じられず、その通りに言った。

だから縮んだんだよ。俺が、三センチ縮んだんだから。虚を衝かれ、私は黙りこんだ。つまり私も、三センチ縮んだということなのか。

それ以来、小さくなっただの、違う人みたいだなど、そんなことを友人関係の中で言われ続けるようになったのだ。私は立って人と話したりしていると、自分の身長を測るような気分になり、低いと感じたら、どこかで爪先立ちになったりしているのだった。

特に参ったのが、女性とむかい合っている時だった。パーティには、銀座のクラブの女の子なども、お洒落をして来ている。着物の場合はいいのだが、ロングドレスだと、とんでもなくヒールの高い靴を履いている。店ではそばに座るのでよくわからないが、むかい合うと私を見降ろしているのだ。低い靴を履けと言うのもむなしく、私は背を反らし、さりげなく背のびをしたりする。

それにしても、人間の躰というのは、ほんとうに縮むのだな。昔、『縮みゆく人間』という映画を観て、それについてもここで書いた憶えがあるが、やはりそれを思い出してしまうのだ。海上で霧のようなものに触れ、それから躰が縮みはじめる。五〇年代後半ぐらいの映画だと思うが、にわかにリアリティを持ってくるではないか。

しかし、実際に縮んだということを、計測して確認したわけではない。気のせいだったり、気にしすぎだったりすることもある。私は、どこかで計測しようなどという気は起こさなかった。

うちの二人の娘たちは、私に対して遠慮会釈がない。五十歳のころの父の日だったのか、包みをひとつくれた。カレー臭がするからね、という余計な言葉がついていて、私はカレーはしばらく食っていない、などと頓珍漢なことを言った。

その娘たちと身長の話になり、私は極限まで遠慮して、自分の身長は百七十センチぐらいだ、と言った。あるわけないでしょ、というのが二人の反応だった。私は、頭に血が昇り、三つか四つ、罵倒の言葉を並べ、それからちくしょうと叫んで、書斎に飛びこんだのである。

ドアがノックされ、孫が入ってきた。爺ちゃん、ママとなんかあったのか、俺でよかったら相談に乗るよ。そう言ったのである。泣かせることを、言うじゃないか。そして、あっという間に成長するのだな。

私は、加齢臭防止のために、五十歳の父の日に贈られた男性用オーデコロンを、孫の頭にたっぷりと振りかけてやった。オーデコロンは、私の必須アイテムになってしまっていたのである。

その私に、正式に身長を計測する機会が訪れたのである。つい最近だ。私は脊柱管狭窄症という病に襲われ、入院することになったのである。入院時に、さまざまな計測をされ、その中に身長が入っていた。一六八センチ。なにを言ってる。きちんと測るのだぞ。やり直し。何度やり直しても、私の身長は縮みもせず、伸びもしないのだった。レントゲン写真なども見せられ、背骨の骨と骨が近接していると言われた。要するに軟骨のようなものが摺り減って、骨と骨が近づくという現象が、脊柱全体で起きていたのである。

しかしな、いくらなんでも縮みすぎだ。正式な計測をしたものがあったな。私は三十年間、本格的な人間ドックなど受けてはいないが、それまでは二泊三日コースで徹底的に調べられていた。その時のデータが書庫にあった。なんと、一七二・五。私はかつて、パスポートに書く身長は一七三センチだったと記憶している。つまり、五センチ縮んだということなのか。人間の縦の感覚で五センチといえば、相当だぞ。女の子のバストが五センチ増ではみんなが喜び、それがウエストだったら、いきなり本気のダイエットをはじめる。

私は、脊柱管狭窄症の手術を受けることにした。右脚の痺れや痛みが消えないのだ。骨と骨の間に、人工の軟骨を入れられないのか。それで五センチ、いや十センチ水増しできないのか。君が呆れて嗤(わら)うのはわかるが。

自分の顔は自分だけのものだ

また、訃報である。

これは世界的な訃報であるからして、私が書くにはそれなりの理由が必要だと思うのだが、きちんとあるぞ。

ショーン・コネリーである。引退して久しいが、九十歳でバハマで亡くなったのだという。日本に来たことが何度あるかは知らないが、確実に一度はあり、その時、私は会ったのである。

００７のジェームズ・ボンドを、私が最初に観たのはいつごろだっただろう。面白いが、それだけであるとも、正直思っていた。

ショーン・コネリーがやった、そのシリーズの最後の作品が、『ネバーセイ・ネバーアゲイン』というタイトルだった。

そのプロモーションのために、ショーン・コネリーは来日したのだろう。配給元が主催のパーティが開かれ、私も顔を出した。その際、乾杯の発声を頼まれ、私はボータイなどを締めて出かけていった。

大変な人であった。ショーン・コネリーは、何重にも人に取り囲まれて、パーティ会場へ入ってきた。すぐに、乾杯を指名された。とてもではないが、ショーン・コネリーには近づけない。私はグラスを持ってマイクの前に立った。みなさん、と言った時、ショーン・コネリーは周囲の人たちを抑え、かき分け、私のそばに立ったのである。でかい、というのが最初の印象だった。

乾杯と私が大声を出すと、ショーン・コネリーはシャンパングラスを翳し、ぐるりと周囲にグラスと顔をむけ、それからシャンパンを口に入れた。

私はそれで終りだと思ったが、なんとショーン・コネリーが話しかけてきたのだ。君は私に似てるね。どんな映画に出ている。いや、映画じゃなく小説で。どんな小説を映画にしたのだ。そのあたりで、ショーン・コネリーは人に囲まれ、私との会話は成立しなくなった。そして最後まで、再び近づくことはできなかったのだ。

でかい、という第一印象と、紳士なんだ、という感慨だけが残った。

それで充分だな。映画俳優と誤解されるより、小説家とわかって欲しかったのか、いまとなってはよく思い出せない。私がまだ、新鋭作家と呼ばれているころであった。

実は、映画はよく憶えていない。007とついていなかったこと、聴き馴れた音楽が違うものになっていたこと、出てくるクルーザーが、豪華客船のようだったことなど、なんとなく憶えている。そして、相手役の女優は、キム・ベイシンガーだった。

前作の007からずいぶんと間が空いていて、ショーン・コネリーは恰好いいというより渋い感じになっていた。間に『風とライオン』という私の好きな作品もあり、二、三年後には『薔薇の名前』を撮ったはずだ。『シャラコ』という西部劇で、ブリジット・バルドーが出ているのも観たな。そして『レッド・オクトーバーを追え！』という潜水艦ものがある。

私が似ているという話になるが、いまあげた作品の中のショーン・コネリーに、私は似ていない。頭髪が薄くなり、髪が白くなったが、似ていない。しかし、『ザ・ロック』というニコラス・ケイジと共演した作品があり、ジェームズ・ボンドを連想させる元諜報員の役のショーン・コネリーは、自分でも笑ってしまうほど似ている、という気がした。

私はそれをＤＶＤで観たが、貸してくれた友人もにやにやと笑っていた。

角度によって似てしまうというのがあり、マーク・ウォールバーグとケヴィン・ベーコンという、普通では間違えなさそうな二人を、取り違えたこともあるのだ。そういえばこの二人、『パトリオット・デイ』で共演していたよな。

ショーン・コネリーの映画を、熱心に観てきたわけではない。話題作などを押さえた、という程度だろう、と思う。

グラスゴーのバックヤードビルダーを訪ねた時、ショーン・コネリーが立っているのではないか、と思ったことがある。スコットランドには、似た人がいるのだな。バックヤードビルダーというのは、家の裏庭に作業場を作り、そこでこつこつと自前の自動車を組み立てている人たちのことで、車好きはそう呼ぶ。

　特殊と言えば特殊だが、オークションに出したところで、大した値はつくまい。グラスゴーのショーン・コネリーも、中古車の部品などを持ってきて、物は無駄にしないのだ、と自慢していた。

　要するに、趣味人たちだな。クラシックカーを再生させている、という人もいるらしいが、ただ自分だけの自動車として作られたものには、どこか愛敬があり、とても人間的に見えたものだった。

　何台かあるうちの、自慢らしい一台を、運転させてくれた。車が、話しかけてくる。これ以上、踏まないでね。もう分解しちゃいそうなんだから。うんうんと、私は声に出しながら運転する。ナンバープレートもなにもついていないので、公道を走ってもいいものだろうかと思ったが、グラスゴー郊外の農場の多い地帯で、ほかの車はあまり走っていなかった。時々会う車は、停ってやり過してくれたから、この一帯では天下御免なのかもしれない。

　グラスゴーのショーン・コネリーは、むっつりしているとほんとうに似ていて、そういえば彼がげらげらと笑う映画は観たことがない、と思った。スコットランドの空のように、どこか暗鬱な気配がある。

　そういう映画の中で、『小説家を見つけたら』というのがあった。小説家は髪を掻きあげるというイメージだったのか、白髪を増毛したような感じがあり、それはあまり似合っていなかった。そして、書けなくなった小説家の話だから、そこは違うだろうと思うシーンが何度もあった。というより、書けないということが重くのしかかってきて、映画を愉(たの)しめなかったところがある。

　この映画で、ショーン・コネリーはアストンマーチンではなく、自転車に乗っているのだ。

　それだけでいいと思える映画が、時々ある。私にはショーン・コネリーに自転車だな。

気持をこめて読む小説があったから

じっくりと本を読む、ということが時にはある。

普段、じっくりと読んでいないわけではないが、さまざまな想念が夾雑物になり、純粋に読んではいない、という気がする。

たとえば、文学賞の候補作品がある。精読するが、どこかに評価というものがつきまとう。選ばなければならないのだ。あるいは、友人の作品がある。書いた本人を知っているということが、あまりプラスには働かないという気がする。そして話題作。どこかで粗探しをしているし、やっかみもある。

純粋に読むというのは、どういう時なのか。知り人の作家が、亡くなった時なのだ。知り人ゆえに、追悼文を頼まれることもあるが、原則としてすべて引き受けない。私の追悼は、亡くなった作家の作品を、二冊か三冊読み返すことなのである。動機は追悼だったとしても、本を開いた瞬間から、なにも考えずに読んでいると思う。

勝目梓さんが亡くなったのは、まだ桜が開く前だった。勝目さんとは、さまざまな因縁があり、あまり東京に出てこられないので、時々思い出しては、お元気かどうか気にしていた。消息を、編集者に訊ねたこともある。

そして去年までは、お元気であった。なのに、この春に届いたものが、訃報だった。それは私にはいくらか唐突で、束の間、心を掻き回された。それから私は、書庫から三冊の本を出してきた。『寝台の方舟』と『小説家』と『老醜の記』である。

私は本を贈っていたが、勝目さんはくれなかった。この三冊は特別に自宅に送られてきたもので、為書き入りであった。

私がはじめての本を出した時、分厚い封書が届いた。流行作家として私が知っている名が、差出人であった。内容を読むと、私の本についての感想で、深い小説への洞察があった。私は、礼状を書いた。それでパーティなどで立話をしたり、たまには一緒に飲んだりするようになった。流行作家の状態はずっと続いていて、よく酒を飲む時間があるものだ、と私は思った。

そのうち、勝目さんは外房でひとりで生活されるようになり、私も近くに小さな部屋を手に入れた。海べりの道で車を転がしていると、前にブリティッシュグリーンのジャギュア十二気筒が走っていた。勝目さんの車である。

なんと、助手席に女性が乗っているようだ。しかも金髪なのである。これで、銀座のクラブを二軒か三軒奢って貰える、と私ははしゃいだ気分になり、スロットルを踏みこんだ。ジャギュアを追い越し、女性の顔をよく見ようと思ったのだ。しかし、追い越しざまに見たのは、アフガンハウンドであった。

そんな具合で、私はひとり暮らしの勝目さんの、いかにもありそうな尻尾をついに摑み切れないまま、外房から三浦半島に海の基地を移したのだった。

訃報が届いた時、外房でのことを、とりとめなく思い出した。それから、三冊の本を読んだのである。書きたくて書いた小説というのがあり、これがそうだろうと思った。エロスやバイオレンスの世界は、作家の仕事として書いたもので、完成度が高ければ高いほど、勝目さんの本性から、微妙に乖離するところがあったのかもしれない。

この三冊は、極端に言えば、仕事として書かれたものではない。表現者が、自らを表現しようという衝動に近いものから、生まれたのだという気がする。だから、勝目さんという人のありようが、私なりに見て取ることができたのではないだろうか。私が作品から見たものは、決して明るくはなく、ある諦念がどこかに滲んでいるのだった。

三冊の再読の結果は、その確認のようなものだった。思い返せば、私は勝目さんの、ある構えのようなものと、いつも接していたという気がする。『小説家』で書かれた自分というものを、ガードする、あるいは隠してしまう構えである。ジャギュアの十二気筒を乗り回し、海のそばの家でひとり暮らしながら隠しているものよりもっと深い、原稿用紙の上での隠し方。その隠したものを、三冊の本は意図的に晒してみせているのだ。作家の営みとして、ある必然性を持っていたのではないのか。

ここへ来て、新刊が出た。勝目さんが、本として手に取ることがなかったものである。いい本として出来あがっているので、惜しい気がした。『落葉の記』という。私は、それを読みはじめた。短篇が七本並んでいた。

それは平明で日常的で、書く時の心境の静謐さが、行間に覗いている。気負いもなにもなく、しかし普通のことを七本積み重ねれば、日常性からは離れた人生の真実のようなものに行き当たるのである。短篇小説の技法としては、極限にあるものだという気もする。こういうもののどこかから、長篇の芽が出ていて、ほんとうはいくつか結実したのだろうと思う。それが読めなかったのは残念であるが、この短篇集の出版は、これまでの勝目梓の世界を解析するのにも、大いに役立つ。小説の解析が、一度本格的になされることを、私は切望する。

そして、この本の半分以上の量を占めている、『落葉日記』という日記体の小説も解析の材料となる。それは死の直前まで書き綴られていたようで、淡々とした日々の連らなりの中に、切迫感のようなものが滲み出して、読むのに緊張を強いられる。日記の主は、勝目さんより若く、日常生活の形体もいくらか違っている。だから日記体小説なのだが、そこにもやはり、長篇の芽を探そうという姿勢が垣間見えて、切なくなってくる。

小説を書くというのは、ある種の業なのだな。ただ、日記体小説の中には、数多くの俳句が書きとめられていて、そこに勝目梓の顔がはっきりと見えてくるのも興味深い。

こういう本が、大衆的に売れることはないだろうが、ひとりの作家の創造活動を完結させるためには必要で、しっかりと出版できるこの国の文化は捨てたものではない。

日記体小説は終りがなく、どこで切れても絶筆である。めずらしくその言葉が、悲しくなかった。

できるなら足で歩いて移動しよう

かなり昔になるが、とんでもなく速い飛行機に乗ったことがある。

優に音速を超えるのだが、戦闘機ではない。旅客機だから、金を払えば乗れたのである。コンコルドと言った。採算が合わなかったのかどうか、現在作られていないし、就航している機体もない。

私の感覚で言うと、午後にパリを発ち、その日の午前中にニューヨークに着いてしまう、というような速さだった。飛行時間は、三時間ちょっとなのである。イミグレーションなども特別で、オファーすれば空港からヘリコプターでマンハッタンのビルの屋上まで連れていってくれる。

そんなに速く移動する必然性があるのか、と私は思ったが、短縮した移動時間を、ビジネスに当てられる、というメリットがあったらしい。

いまのように、リモートとかテレビ会議とかができれば、なんの意味もないのだがね。あのころのビジネスマンにとっては、一番恰好いいと言われる移動だったのだろうな。

実際、乗っているのはほとんどがビジネスマンふうで、アタッシェケースを膝に置き、書類などを読んでいるのだった。

ただの体験で乗ってしまった私は、飛行機が音速を超えた時、それを客室内に表示したインジケーターの前で、Vサインをしながら写真を撮って貰った。客室乗務員はとび切りの美人で、にこやかに笑いながらシャッターを押してくれたが、乗客は白い眼をむけるどころか、私の方を見もしないのだった。

私は、出された食事を全部食いながら、その品定めもした。ファーストクラスとはかくありなん、と思うほどうまいのである。ちなみに、コンコルドにクラスはなかった。乗っている間の半分ほどは食事時間で、それが終ると、妙に乗り心地は悪いのである。狭いし、シートもそれほど倒れない。乗り心地の悪さを、食べもので誤魔化している、という感じもあった。そして、ヨーイングというのだろうか、機体が左右に歪むように動いている、と思った。

ニューヨークに着いても、私には会議などはなく、朝食を食わせるカフェで、ハムサンドなどを頼んだ。ここのコーヒーを飲みに、パリから来たのだ。三時間かかったがね。

誰でもいいから、そんなことを言おうと思っていたが、私はなんとなく、意気沮喪していた。私は五番街を歩いて、ナット・シャーマンという葉巻屋が開くのを待ち、マカヌードをひと箱買った。それ以上、もうなにもすることがないのだった。

コンコルドに乗ってみるというのは、つまらない思いつきだった。音速がどうのと言ったところで、どれぐらいが音速なのかも知りはしないのだ。イギリスからフランスへ車とともにフェリーで渡ると、左側通行が右側通行に変わる。それを体感するために、ドーバーからフェリーに乗ったことの方が、まだましな試みだったという気がする。

フェリーでふと浮かんできたが、東南アジアには渡河のフェリーがよくある。車も乗せる渡し舟という感じで、フェリーと言うとちょっと嘘に近くなるかもしれない。『愛人（ラマン）』という映画に、古いバスが乗るフェリーが出てきた。強烈な性描写が話題になったと記憶しているが、そのフェリーや街の様子など、よく描かれていた、という気がする。フランスの植民地であったころの話である。

仏領インドシナと言えば、ベトナム、ラオス、カンボジアだが、私はラオスでならもう一度暮らしたい。ラオスだけでなく、どこにでもおいしいパンがあり、それはフランス統治の置き土産と言えるらしい。

私の個人的な感慨にすぎないのだが、植民地を見渡すと、イギリス統治が一番つらい。搾取だけが残っているという感じで、血の混交などもない。フランス統治は、搾取の爪痕も残っているが、文化も残っている。スペイン統治では、快楽だけを残していったという感じで、血の混交も大いに行われていて、混血美女が多い。そして、めしがうまい。

映画は、変形の恋愛ものだが、私は嫌いではない。ナレーションが、ジャンヌ・モローなのだ。最も隈の似合う女優などと私は言っているが、学生のころ大人の女と思ったひとりである。高校生の少女が愛人になり、その性が青いものではなく大胆で、そこにジャンヌ・モローのナレーションがつく。

どこもここも明るくて暑くて、湿気が肌に絡みついてくる。東南アジアにいると、どこでもそう思う。北の山岳地帯に入れば、冗談ではないほどそこは寒いが、それでもなぜか匂いや音は東南アジアなのだ。

フランスが、インドシナから撤退するかしないかを描いた小説で、『外人部隊』というのがある。ジャーナリスト出身の作家で、ジャン・ラルテギーという人が書いたものだ。ちょっと粗っぽいが、情勢に対して新聞記者らしい客観的な視線があり、政治に傷つけられる軍人たちをよく描いていた。

フランスが撤退した後に、アメリカが入る。そしてアメリカも、ベトナムを撤退する。

両国が退いた理由が、いかにもそれらしいが、ほんとうなのだろうか。フランス軍には、ベトナム美人がくり出してフランス兵を一本釣りで脱走させる。それが目に余るほど多くなって撤退の原因のひとつになったというのだ。アメリカ軍に対しても、美女作戦をとったが、誰も脱走しなかった。代りに麻薬を流しこんだ、と言われている。

それで外国の勢力は去ったが、ここの熱帯雨林は、ポル・ポトという二十世紀三大虐殺者のひとりを生んだのである。私は熱帯雨林を歩くのが好きだが、狂気を育むところもあるに違いない。

ふむ、マンハッタン五番街を歩いていたはずが、熱帯雨林に迷いこんでいるのか。まあいい。私はいつもそうだ。そのうち、アフリカの砂漠を歩いていたりするさ。

移動は、飛ぶよりも走るだな。飛べば、点から点の移動だが、線で移動していると、さまざまなものが見えてくる。

パリからニューヨークへ、三時間で到着。あれは、私が嫌いな移動だった。

隠せばいいというものでもない

赤痢という伝染病がある。

私が子供のころ、赤痢にかかると避病院に入れられるよ、と大人たちに言われた。避病院というのは恐ろしい語感だが、あのころほんとうにそれがあったのか、大人たちの頭の中にあったのか、よくわからない。要するに、隔離病棟ということだろう。避病院を恐れながら、私はちょろまかした小銭で、絶対に買ってはならないと言われていたアイスキャンデーを買い、ひそかに舐めていた。

私は赤痢にかかったことはなく、かかった人と会ったこともない。破傷風にかかった人は知っているが、確率としてどちらがめずらしいのだろうと考えたりする。

とにかく、昔から疫病というものはあった。私はそれに、かかったことがあるだろうか。伝染病という意味では、肺結核はそうかもしれないが、疫病というのとは少し違うような気がする。いくらか、個人的な感じがあるのだ。インフルエンザは、どうか。ワクチンも治療薬もあるからなあ。

いま大流行している疫病は、すさまじい数の感染者がいて、死者がいる。

つまり、この新型肺炎は、疫病という名にぴったりなのであろう。防御のためにマスクは必需品で、犬の散歩の時も、私はつけている。つけ忘れをしばしばやり、私は引き返すが、散歩はこれで終りか、とトロ助は抵抗する。忘れたんだよ。歳なんだからさ。手洗いとうがいは、さすがに忘れない。

マスクをするようになって、どれぐらいの時が経つのか、それは忘れたな。ただ、マスクが、意外にいい効果を女性にもたらしていることに、私はある時、気づいた。いや女性本人には関係なく、私にいい効果をもたらしているのか。マスクをしている女性は、全員、美人に見えるのである。そう感じ、しかもこういうところで書いてしまうのは、なんとかのハラスメントになるのだろうか。とにかく世の中は、ハラスメントだらけである。私のような暴走系の男は、いくつものハラスメントに抵触し、満座の中で正座させられ、厳しい糾弾を受けることになるのだろうか。

感じたことは仕方がない、という開き直りが私にはある。まあいないだろうが、感じてはいけない、という人がいたとしたら、私は闘うぞ。美人というのが差別用語である、と私に言ったやつがいる。私は、蹴りを一発食らわせたな。

男の感覚から言うと、美人か美人でないかは、歴然としてある。その場合、私の個人的な感覚であるのは当然で、私が美人だあと叫んでも、そばにいる大沢新宿鮫は、どこが、と冷たい顔をする。そして私は、新宿鮫の尻を蹴りあげる。

大沢新宿鮫が美人だあと叫んで、どこがと私が冷たい視線を送ることも、しばしばである。大沢新宿鮫が私の尻を蹴りあげないのは、当然と言えば当然なのだ。なにしろ、人間の重みが違う。体重ではないからな。

マスクをしている男は、マスクしか私には見えない。ところが女性は、マスクと額の間しか見えないのだ。おっ、美人だ、と思って見つめていると、なにか言いたいの、という視線が返ってきたりする。いやあ、美人ですねえ。

しかし、ほんとうに美人なのかよ。疫病が蔓延する前、美人の数はこんなに多くなかった。百分の一ぐらいだったよ。わけもなく、私は古典のひとつを思い出した。平安時代は通い婚で、久しぶりに旦那が訪ってきたので、気合を入れて顔に白粉を塗って出迎えたら、悲鳴をあげて逃げられた、という話を読んだ記憶があるのだ。闇の中で、白粉と眉墨を間違って塗ってしまったのである。それと逆の効果が、マスクにはあるような気がする。

マスクをした女性と、恋をする。食べる時も飲む時も、マスクをずらすのは一瞬である。なにしろ、それが国家的に推奨されたやり方であるから、クレームをつける筋合いではないのだ。しかし恋は国家的なものではなく、個人的なものである。接吻しようとした男は、女性のマスクをずらす。そこになにを見たにしろ、叫んで逃げることはあり得る。

　そんなことを考えると、私は隠すという行為の偉大さに思い到る。すべてを隠せば、男と女の間は、なんの問題もないではないか。相手のほんとうの顔を見ようとするのは、人生の真実を見てしまうのと同じことなのである。そこにあるのが幻滅だというのは、言葉が過ぎるかな。

　イスラム教徒の女性は、顔を隠していることが多い。国によって違っていたという気がするが、スカーフを頭に巻いている女性もいれば、顔全部を隠していて、眼のところも網目状になっている人もいた。隠す布を、ヒジャブと言うようだが、全身をすっぽり覆ったりもしている。そして、ニカブと呼ばれるものがある。眼だけが、見えているのだ。布の間から見えている眼は、実にエキゾチックで、表情が豊かである。意思を伝えるのを、眼だけでやるからだろうか。

　都会では見なくなったが、コウリーとかいう化粧があり、それは眼球と睫(まつげ)の間の粘膜に、色をつけるのだ。しかもその化粧品は鉱物の粉で、旧市街の市場(スーク)の香料屋で売っているのだった。その化粧も、眼に表情を持たせる要素のひとつだ。

　イスラム圏では、なんでこんなに美人が多いのかと、私は感動とともに声をあげそうになるが、頭だけスカーフで巻いている人は、美人もいればそうでない人もいた。

　隠すというのは、大変なことなのだな。極端な話になるが、ヌーディストビーチなどで、私は決して欲情しないであろう。

　どこへ行っても、みんなマスクをしている。そうすると、ファッションの要素も出てきて、形状や色、柄などもさまざまである。

　美人が増えたと喜んでいるのは、私だけだろうか。蔓延する疫病の中では、そんなことでも愉しまなければ、やっていられない。

　それにしても、美男が増えたなどとは決して思わないのだな。どうしようもなく通俗的な私は、男になど注目することはなく、ひたすら女性の鼻や唇のかたちを想像している。

くっつけたものはいずれはがれる

瞬間接着剤とは、すごい名だが、最強の硬度を持っているわけではない。

接着剤は、なにを接着するのかによって、実にさまざまな種類がある。私はいろいろと接着剤を遣ってきたが、最強のもの、適当なものなどと、自分なりの流儀を持つようになった。昔は、数種類の接着剤しか知らず、それでくっつかなければ諦めていた。

最強の接着力を知ってから、四十年が経つ。つまり四十年前に、その接着剤はあったのである。そのころから、私はくっつけ魔になった。毀(こわ)れたものは、なんでもくっつける。当然だがくっつかないものがあり、それは材質と接着剤が合っていなかったという結論を出した。

材質さえ合えば、その接着力は大変なもので、たとえば落として割れてしまったマグカップをくっつけ、それで一年以上コーヒーを飲んでいたことがある。

問題は、すぐに接着しないということである。最低でも十数時間は必要で、多少の力で圧着させたまま、動かすことはできない。プラスチックなど、うまく接着できれば、本体より強度があるかもしれない、と思った。

船はＦＲＰ製であるが、これもよくくっつく。長く乗っているとやはり劣化してきて、ボルトなどが緩んで効かなくなったりする。そういう時は、ボルトを抜いて、ＦＲＰ用の接着剤を穴に流しこみ、いくらかかたまったところで、再度、ねじこむ。

それで充分なのだが、なにかで折れてしまった場所など、直接的な外力に晒されるので、相当な強度が必要になる。十数時間、固定しておけるのなら、その接着剤を遣う。

ただ、その接着剤には、弾力がない。硬化したら、うんともすんとも言わないのだ。だから革やゴムなど、やわらかいものをやわらかいまま遣いたい時は、それ用の接着剤でいいのだ。

中央アジアのオフロードを四駆で走っている時、現地の古いトラックに追突され、テールランプのカバーを毀してしまったことがある。車でそうやって毀れるものは、軽い衝撃でも安全のために粉々になる場合が多いが、なぜかそのカバーは三つに割れただけであった。

私はそれを拾い、夜営地で接着剤を遣ってくっつけた。頑丈になっていた。肘でどんと打っても、びくともしないのである。結局、目的地まで、それは毀れることがなかった。

どんな接着剤か、君は関心を持ったな。二剤混合型で、エポキシ樹脂系の化学反応型接着剤なのである。なにかに二剤を出して、混合させなければならない、という手間はかかる。接着剤の宿命である、チューブの蓋がかたまって動かなくなる、という非効率的なことはない。一剤だけではなんの接着力もなく、したがって蓋はいつでも軽く回るのだ。それは、この接着剤の便利さである。

多分、少しずつ進化はしているのだろうが、四十年前から、私の感覚では変らないまま存在している。接着の強度が、四十年保つのかどうかはわからない。おう、くっついているなと確認してにやりと笑うのは、せいぜい一年ぐらいの間だ。

それでも、どんなものをくっつけたか、憶えているものがある。四十年、いや五十年以上も前から、岩波国語辞典を遣っていた。これは片手で持てるほどだから、いろいろと便利なのである。酷使することになった。

布を張ったソフトカバーだが、その布が擦り切れてくる。それから芯の方が切れてくる。そのたびに私は、二剤混合の接着剤を遣った。切れかかった表紙の布と紙の間にビニール製の丈夫な布を入れた。角がばらけ、表紙が取れそうになると、ほかから丈夫そうな表紙の布を切りとってきて、破れかかっているところに被せて貼りつけた。そうやって塞いだところが何カ所もあり、表紙は丈夫なままである。つまり、四、五十年は保ってきた、ということだ。

その辞書を左手に持ち、右手で万年筆を握り、書いていく。辞書を引こうとする時、左手一本で目的の項をほぼ一発で出すことができた。これは、私の特技であった。

いまは、電子辞書というものになっている。広辞苑が丸ごと入っているだけでなく、漢和とか英和とか和英とか、いやそれどころか、大百科事典や世界史辞典や図鑑などまで、文庫本サイズの中に入っている。

つまらんな。本棚に置くとしたら、壁一面になってしまうほどの量が、文庫本サイズか。私は頑に、広辞苑を遣うだけだ。

補修に補修を重ねた国語辞典は、捨てきれずに持っている。ちょっと分厚いレザーで補修したところなど、すっかり辞書に馴染んで、まるで柄のようですらある。そして本体部分のどこより頑丈なのである。

中国の歴史小説を書くようになると、中国製の歴史地図を見るようになった。確か八冊組で、ハードカバーとソフトカバーがあり、私はふた組買った。ハードカバーの方は書肆に、いや日本にふた組しかなく、もうひと組を買ったのはどんなやつだと訊くと、吉川晃司だと親父は嬉しそうに言った。

数年遣っているうちに、地図帳は傷み、ばらばらになりそうになった。内容は同じハードカバーのものがあるので、そちらを遣えばよさそうなものだが、書きこみが多くしてあって、とても手離すことはできなかった。

接着剤を遣って、私はそれを修繕した。一度、表紙は剝がした。剝き出しになった背を、さらにナイフで削り、しっかりしたレザーを貼りつけ、表紙をつけ、ガムテープで固定した。翌日、固定していたクリップを全部はずすと、しっかりくっついていた。

ただ、難があった。完璧に開かず、見開きの中央部分が読みとりにくかった。それでも、馴れてくると見てとれた。地図は大きな字から小さな字まで混在していて、私は天眼鏡を遣ってそれを見ていた。

そして十年の歳月、それは耐え続けてくれたのである。その地図帳は、いまも私のそばにあるが、表紙の字が擦れて読めないほどである。しかし、捨てられないな。いとおしすぎるのだ。わかるだろう。

リアリティとは正確な数字なのか

撃った弾の数を、数えていたことがある。

相当昔の映画で、撃っているのはクリント・イーストウッドだった。『ダーティハリー』である。ハリーは、44マグナムをぶっ放す。銃身（バレル）の長い、などという書き方は、結構不必要な言い方で、44マグナムもそうかもしれない。銃器の知識は、マニアが知っていればいいことだ。しかし、小説家も結構知っている。細かく描写することで、迫真力を出そうということだろうか。あくまで描写で、専門用語を並べるのは、説明に近いと私は思っている。

とにかくハリーという刑事は、犯人を追いこみ、銃撃戦をやるのだ。撃ち合ったあと、絶体絶命の場所に犯人を追いこむ。そして言うのである。何発撃ったか憶えていない。運を試してみろよ。そんな言い方だった、と私は記憶で書いている。書くために調べ直すことは、まずしない。間違ったら、間違ったなりに面白い部分もあるのだ。間違いだとわかるのは、すでに活字になった後で、申し訳ありませんと、私は後の文章で謝る。

私は、ハリーが撃った弾の数を知っていた。拳銃の中に、弾が残っているのかいないのか。切迫した場面でありながら、正確に数えた私の冷静さは、相当なものだと自賛した。

そして、結末。監督は、弾数を数えていた。というより、脚本でちゃんと数えていて、はじめから結末は作られている。

これについて、記憶違いがあるとは、思っていない。弾の数が合っていたからと言って、その場面のリアリティが増すのかどうかも、わからない。

この映画で、クリント・イーストウッドはスターになったのだろうか。最初に私が映像として知っているのは『ローハイド』で、それは一話完結のテレビドラマとして、何年も続いていた、という気がする。その後にマカロニ・ウェスタンがあり、『ダーティハリー』

があった。

この人の、映画との関り方はすごいな。俳優をやり、監督もやる。両方同時にやったりもする。やりたいと思ったことは、大抵やれたのではないだろうか。

最も長時間見た『ローハイド』は、テレビ放映で吹替えだった。クリント・イーストウッドの肉声が聴えてきたわけではない。

その間に、肉声の記憶として唯一あるのが、劇中でうたわれた歌である。クリント・イーストウッドが、フォスターの『ビューティフル・ドリーマー』をうたったと記憶していて、人にもそう言っていた。ところが、その歌をうたったのは女性で、彼がうたったのは別のものだ、と調べて教えてくれた人がいる。

動画も見せてくれたので、私の記憶違いである。思いこみというのは、こわいな。

映画も、それについて文章を書くようになって、さまざまな思い違いを指摘された。私は多少意地になって、正しいと主張するのだが、証拠をつきつけられて、うなだれるしかなくなるのだ。

頭に残っているものを、書こうとする。書くために調べることは、やらない。記憶だけを大事にしたいのだ。

記憶しているのはそれなりの理由があるからで、忘れてしまっているのは、頭に残しておく必要性を感じなかったものなのである。

しかし、そんなに都合よくいきはしないのだな。どうでもいいことを、明瞭に憶えていたりする。大事だと思うだけで、どうしても思い出せないものもある。

映画で、シーンのいくつかは鮮やかに蘇ってくるのに、タイトルだけがどうしても思い出せない。そんなのは、山ほどある。あってもいいさ。

初見だと思って映画を観ている。いい映画だと思う。涙が流れてしまう場面もある。二十年も前の映画で、自分はなぜこれを観なかったのか、といまいましいような思いで考える。これだったら、公開の時に話題になっただろう。いや、大ヒットしたに違いない。

結末が、近づいてくる。私は、こぼれる涙を時々拭いながら、心の準備も整える。橋が、映る。主人公の視線で、橋を渡る。車が追い抜いていく。その車は、ただの情景のひとつだが、私を刺激する。どこか、見たことがある光景なのだ。

見知らぬ街を歩いていたら、これは見たことがあると、ふと立ち止まってしまう。そんな感じで、些細なものを思い出してしまうのだ。そしてそこが糸口になって、街全体を思い出してしまう。その映画は、まるでそんなふうだった。結末直前まで、なぜ思い出さなかったのか、どう考えても不思議である。私は、二十年ほど前、小屋の椅子に腰かけて、ひとりで観た。泣いていたので、連れがいなくてよかった、と思ったりしたのだ。

こうやって思い出せたものもあるが、思い出せないままというのも、あるに違いない。そういうことのすべてが、脳の劣化のせいなのだとしたら、この劣化はさらに進んでいくのだろうか。それが、歳を重ねるということか。

そう思いたくはない。私はいつでも、新しい小説を書こうという気持で、原稿用紙とむかい合いたい。書けているかどうかは別として、気持ではそうありたいのだ。

映画俳優であったクリント・イーストウッドは、九十歳になるいままで、主演し、監督主演をやり、監督をやり続けた。

およそ、やりたいように映画を作ってきたように見える。しかも、外から受ける印象では、きちんとバランスが取れた人格なのだ。『ローハイド』のロディのころから、私はどれほどクリント・イーストウッドの作品を観てきただろうか。

思いつくだけでも、三十本近くある。それも、ほんとうに憶えているかどうかは、怪しいものである。『チェンジリング』や、『ミリオンダラー・ベイビー』が好きである。『グラン・トリノ』が好きでしょうと言われることがあるが、それほどでもない。『運び屋』が、最後の作品だと思っていたが、その次もあるようだ。

せめて私は、九十歳まで思う存分に書きたいと思う。それだけで、幸運さ。

いまは食えず思い出すだけだ

ずいぶんと、いろいろなものを食ってきた。

ほとんどが、外国である。数えはじめると、両手の指でも余る。

好きで食っていたわけではなく、タンパク源として仕方なく食っていたことの方が多い。興味が先行して食ったのは、アグッチと呼ばれる、サハラ砂漠の野ネズミぐらいか。

ラオスの生のタガメを打ち砕いたもの、カンボジアの蟋蟀（こおろぎ）の塩茹で、水牛の皮、ペルーアンデスのハムスターの丸焼き。そんなものが、細かいところまで記憶に残っている。旅行していると、そういう経験はいやでも増えるのだ。なんでも口に入れるという無謀は、理性として避けている。現地の人が食べているので、大丈夫だろうと信じて、口に入れているだけだ。

普通では食わないものを、食った食ったと書くと、どこか自慢げなものが滲み出し、ちょっと困るのだが、どんな旅をしてきたかを、手短に説明できるという利点はある。

苦しい旅は、終ってしまえば、自慢のネタである。乗り越えてしまった時化と、同じようなものだ。ただ両方とも、現在進行形の状態の時は、冗談ではないのだ。

いまは、以前のように苦しい旅はできなくなった。世界に蔓延している疫病がなくても、体力的に保たないのである。海外へ行った時は、ちゃんとしたレストランに行く。いや、レストランがないところには行かない。用心深さと臆病さは昔から持っているので、食事ができないという状態にはまず陥らない。昔は野宿が三日続いても平気で、食い物は持っているものか、その辺で獲ったものだった。いまは、よほどでなければ、野宿はしたくないな。

おかしなものを口にしたりするのは、東京にいる時の方がずっと多くなった。以前、山椒魚の丸焼きを、ある料理屋で食った。そんなもの出しちゃいけないだろう、と言うと、大山椒魚と間違ってますね。あれは天然記念物だから食べちゃいけないんです。板前が見せてくれたのは、五センチほどの黒いトカゲのようなものであった。

炭火で、丸焼きにすることにした。小さいものだから、すぐに焼きあがった。じっくりと丁寧に味わってみたが、うまくもまずくもなく、これに似ているというものもなかった。次には、レアにして貰った。これには違う食感があり、舌に絡みついてうまいような気がしたが、呑みこむと、生臭さが口に残っていた。蒸してから焼くとか、手間が必要なものなのかもしれない。

丸焼きと言えばイモリではないかな。そんな話を板前とすると、いい強精剤なのだと言った。私の頭の中には、寝小便の薬としてあったが、違うのかな。イモリは、九州で釣りをしていたころ、いやになるほど釣れて、あまり好きではないのだ。赤い腹は、憎らしいだけで食欲はそそらない。

ヤモリは、家の中で時々見かける。蚊や蠅を食うらしいので、私の書斎では客分扱いである。抜き出した資料の間にいて、逃げ出したヤモリが、コーヒーメーカーの水を入れる部分に落ちた。壁に張りつくんだから、おまえ、自分で逃げられるだろう。声をかけても逃げない。放っておいて、一時間後ぐらいに見た時は、姿がなかった。そのヤモリも、食おうとは思わなかった。

海の基地にいると、岩場を、すさまじい速さで、船虫の群れが走るのをよく見る。何千匹というより、何万匹なのかもしれない。その船虫が、部屋に紛れこんできて、のそのそと歩いていることがある。岩場の群れの中にいる時の速さを失った、はぐれ船虫である。こいつの食い方は、いずれ研究してみようと思っている。

いまは、捕まえて指の間を這い回らせ、外に出て海の方へ逃がしてやるだけだ。そのうち、塩茹でにして食ってみる。そこから出す結論は、佃煮であろうな。動きの速い群れを、どうやって捕まえるかがテーマである。それについても、私は独自のアイデアを持っていて、やってみた結果は報告するよ。

あれだけ集団でいるのに、船虫を食おうとあまり考えられなかったのは、全国的に食糧欠乏状態の時でも、海のそばにはなにかしらうまいものが見つかったからだろう。

釣れるものの中に、ぬたうなぎ、というものがある。これはある地方では食うらしいが、ほとんどは食用と考えられていない。形状は鰻に似ているが生態は似ても似つかず、背骨すらも軟骨のようなもので、ぐるぐる巻きになり、場合によっては結べてしまうかもしれない。大量の粘液を吐く。だから握るのがちょっと面倒で、口には顎がなく、どうやら死骸に吸いついて、吸引しながら身の中に入っていく、という食い方をするらしい。大型の海洋生物など、そのやり方で片づけてしまうのだろう。とにかく見た目が気味が悪いのと、粘液だらけになってしまうので、釣ってもすぐリリースである。

ある時、私はそれを、ポンツーンに放置しておいた。というより、忘れていた。私がポンツーンを離れている時、鳶（とんび）が一羽舞い降りてきて、ぬたうなぎとむき合ったのである。鳶とは戦闘状態なので、私は銃を取りにいこうとした。しかし、鳶の動きがちょっと興味深かった。明らかに強い関心を持って、ぬたうなぎを見つめているのである。もう一羽、そばに舞い降りてきた。二羽で、話し合っているような感じがあった。それから一羽が、粘液まみれのぬたうなぎを、ついばんだ。足に掴んで持ち去るには、ちょっと重量があり過ぎるのだろう。二度ついばみ、するともう一羽も、ついばんだ。それからは、うまいなあ、というように二羽で交互についばんでいる。

不意に、もう一羽が急降下してきて、ぬたうなぎを掴み、飛び去ろうとした。やはり重量があり過ぎたようで水面すれすれを飛び、急上昇しかかって途中で落とした。ぬたうなぎは海面には落ちず、追ってきていた鳶にキャッチされた。しばらく、争奪戦が続き、森の方へ行った。

私は、ぬたうなぎを食おうとは、まだ思っていない。海の基地の前には、うまい魚がいくらでもいるのだ。

行政が硬直するとなにが腐るのか

疫病の蔓延で、海に行けない。

三浦半島の海の基地そのものは、きわめて安全な場所だと思うが、そこへ行くまでに、乗り換えも含めて一時間半電車に乗り、それから歩いて三十分という、つまりは外出時間があるのだ。

いつも運転し、船を引き受けてくれているボースンは、東京都足立区の人だから、気軽に頼むよというわけにもいかない。県境をまたぐことになり、それはやめてくれと都県の両知事が、再三テレビで言っている。知事に言われたからというのではなく、私が頼まれたとしても、感染が怖くていやだあ。

私は自宅の書斎で仕事をし、外出は犬の散歩だけにしている。相当の速さで歩くので、運動はそれで充分だろう。それでもいろいろな用事がふりかかってくる。

大抵は、ＦＡＸのやり取りか、電話で済む。仕事のこと以外でも、ほとんどそれで済む。たとえば、処方して貰っている常用の薬が切れる前に、頼めば主治医から自宅の近くの薬局に、処方箋がＦＡＸで送られてくる。私の主治医のクリニックは、都内の仕事場のホテルにある。整形外科でかかっていた大学病院も、みんなに同じことをしていた。

海の基地の船のことで、ちょっとした用件があった。免税軽油というものがあり、その免税証を発行して貰うと、多少、燃料の軽油が安くなるのである。もともとは海の上だから道路税がかからず、その分免除されていたようだが、詳しくはわからない。

ただ免税証を入手するまで、私にとってはかなり煩雑な手続きが必要になる。私はその免税証を、二十数年間、受け取っている。手続きのすべても、自分でやってきた。

今年も、手続きの時期がやってきた。申請書や、船のエンジンの写真などを提出するのである。結構面倒な書類だが、私が海外取材で留守の時、右も左もわからない事務所の子が、ほとんど白紙の申請書類を持って行ったら、懇切に一緒に書いてくれたという。私にとっては煩雑でも、まあその程度の書類なのである。

今年の手続きも、何日の何時に役所に来るように、という知らせを貰った。行かなければならないのは、一月の下旬である。緊急事態宣言の最中ではないか。私は電話をして、行くのが怖いし県の方針にも反するので、郵送で書類を受け取って欲しい、と言った。電話を受けた人は、上司と相談しますと言い、しばらくして電話をくれて、郵送は認められない、と言った。私の自宅からは、電車を乗り換えながら一時間半、それからバスで三十分。往復で、四時間の小旅行並みの行程になる。

私は、郵送が受けつけられない、という理由を訊いた。

前例がないし、ひとりだけ特別扱いはできない、と言われた。しかし、代理の人間はいい、と言う。なにもわからない事務所の女の子に、ほぼ完璧に仕あがっている書類をただ持っていけ、とは私には言えない。郵便屋さんか宅配便の人に持っていって貰った方が、ずっと安全ではないか。しかし、いくら言っても埒は明かなかった。

私は、七十三歳である。咳喘息があり、高血圧、不整脈、糖尿と重症化要素を多く抱えている。決死の覚悟で行こうかとも思ったが、死ぬのは怖いのである。

やはり怖くて行けない、と私は言った。その日に来られないならば、別の日に横須賀の役所の方に来てください。なにを言っているのだ。三浦市の役所まで怖くて行けないと言っているのに、さらに感染状況がよくない横須賀の役所だと。

そこで、私の頭にかっと血が昇ったことは確かである。黒岩知事が、外に出ないでくれと再三、再四、テレビで言っているではないか。それに対しては、はあと言うだけである。感染状況が収まってから行くとして、その間に期限切れになったらどうするのだ。その場合は、免税証がないということになります。

しかし、ほんとになぜ郵送じゃいけないの。なにもわからないが、事務所からひとり行けばそれでいいわけ。前例がないので、郵送は駄目です。代理はいいです。感染が、どういう状態だか、わかってますよね。はい、拡がってますね。それでも来いと言うなら、感染するかもしれないという気があって、あえてということになる。これは未必の故意ということになりはしないか。私は高齢者なのだぞ。未必の故意は、犯罪なのである。

電話口の人にこれ以上言い募るのは迷惑だろうから、私はこの文章を書いて、それに対して責任のある人の回答を聞きたいと言った。自分にはなんの権限もありません。うむ、権限のある人はいても、責任を取る人はいないのだろうな。行政というのは、そんなものか。これでは、知事がいくらテレビで外出自粛要請の言葉をくり返しても、空回りしているだけではないか、という気がする。

長い間、神奈川県民であった。しかし、行政に直接触れることはあまりなかった。触れた行政は、眠った牛のようであった。紋切型が、どこか寒々としている。

この免税証で、私が免除される額は、小さなものだ。しかし免除して貰うという気後れがあり、これまで言いたいことも言っていなかった。

非常時でも、郵送の書類は受けつけないという態度は、いまの状況の中ではあまりに硬直していないか。むしろ行政側から、郵送にしなさい、と言ってくるぐらいがほんとうではないのか。私は、そう思う。知事がいくら懸命に叫んでも、一日四時間の旅行をしなければならない状況が、行政によって作られているとは言えないか。

些細なことである。しかし、そういうものが積み重なると、組織というやつは怪物に変身する。

これについて、私にはいつでも論争をする心積もりがある。行政とはなんなのかまで含めて、やってみないか。県税事務所間税課の人に言ってるんだよ。こんな声も届かないようでは、眠った牛がそのまま腐っちまうよ。

こんなことを書くのが、フェアなことかどうかはわからない。ただ私は、流されたくないのである。話し合って、納得したいのだ。

兄弟子がいて妹弟子がいて

確かめたいことがあって、地図を見ていた。

切絵図と書いてあるから、地図の概念と微妙に違うかもしれないが、江戸を調べようと思うと、それなのだ。大名どころか、それほど高禄ではない旗本の家なども書いてある。尾張屋清七版と言われ、私にとってはこれが決定版である。

江戸を舞台に時代小説を書く時は、必ずこれがそばにある。しかし、はじめはちょっと使い勝手が悪かったのである。すべてのものが、気ままな方角にむいていて、きちんと読むには地図を横にしたり斜めにしたり逆様にしたりしなければならないのだ。これはよほど頭の悪いやつが作ったのだと、遣うたびに罵ったりしていた。それにしても、なんとかすることができなかったのか。せめて名前を縦書きに統一して、見やすくすることぐらいはできなかったのか。

私は、八〇年代の中ほどから歴史の勉強をしはじめたので、何年もそのうっとうしさとつき合ってきた。そのころ、漫画家であり歴史考証家でありエッセイストであり、要するにさまざまな方面に豊かすぎるほどの才能を持った人がいた。その人との対談企画が組まれると、どんなに忙しくても私は出かけていった。資料にはない、生きた江戸学が私の頭に流れこんでくるからだ。それは刺激的と言ってもいいほどで、機会があれば、テレビなどにも御一緒させていただいた。

杉浦日向子さんである。

ある時、私は切絵図の不備というか不親切さというか、日ごろ感じている不満を、口をきわめて言い立てた。

それはね。杉浦さんは、決して強い口調で話すことがなかった。ユーモアがあり、洒脱でもあった。笑いを噛み殺すように、杉浦さんは言葉を続けた。あの中の名前はね、その家の門にむかって書かれているのですよ。

それは、一瞬にして私の頭の中がクリアになるような出来事だった。わかってしまうと、こんな便利なものはない。私はもう、必死になって、弟子入り志願をした。いいですよ。気軽に応じてくれたが、友だちは友だちですからね、とも言われた。

切絵図について、同じ悩みを持ち、時にはそれを語った宮部みゆきに、ある時、それを教えた。みゆきちゃんは、実に大きく頷いた。長いつき合いになるが、あんな大きな頷きを見たのは、あれが最初で最後である。

そしてむかつくことに、みゆきちゃんも杉浦さんの弟子になりたいと、その場で切望したのである。私は弟子になっていて、その立場を自分だけのものにしておきたかった。

駄目だよ、杉浦さんは弟子なんかとらないから。言うのは簡単であった。しかし私は、自分がもう弟子になっていて、君のことも師匠に頼んでみる、と言ってしまっていたのである。どうも、ひたむきなものに、私は弱い。

ある時、宮部みゆきが私を指して、いつも心は半ズボンなんですね、と言った。やんちゃで、ガキ大将のまま大人になってしまった、というのは自分でも認めているが、ひたむきなものに弱い私についても、少年の特質としてきちんと見ていて、出てきた言葉だろう、と勝手に解釈している。

とにかく、私は一番弟子で兄弟子で、宮部みゆきはどこまでも二番で妹なのであった。ほかにも弟子がいたのかもしれないが、知らないので一番と二番である。師匠とは、悲しいほど短かったが、いい関係が続いた。

四十代の中ごろ、杉浦さんは逝去された。その前から、隠居と称して、あまり私たちにも会わなくなっていたが、厳しい闘病生活の中にあったのだった。

ちょん髷が鼠の尻尾みたいだったの。江戸のファッションは、繊細を通り越して、どこか病的になってたのよ。そうなんですよね、師匠。もっといろいろ言って欲しかったなあ。

師匠に会えなくなってから、生じてきた疑問を、私は誰にも訊けずにいた。

吉原の話である。散茶と呼ばれる女郎がいる。吉原では、挽いたお茶を紙に包み、お湯の中でそれを振って、客に出した。その過程で散茶と呼ばれるものが出て、つまり石臼の隅にこびりついたりした滓だが、それを散茶と呼んだ。紙に包んで湯の中で振ったりせず、直接、ぱっと湯の中に入れた。インスタント茶である。散茶女郎とは、振らない、つまり客を振ることを許されない、最下層の女郎のことを言うのだ、という、歴史学の大家の叙述を読んで、私はそう信じこんだ。なんとも、説得力のある話ではないか。梅毒で鼻が欠け落ちた客も、振ることを許されなかったのだ。悲惨な話だから、ありそうだ。

　ちなみに、石臼で茶を挽くのは、客がつかなかった女郎で、お茶を挽くという言葉も生まれた。まあ、それはほんとうだろうな。

　問題は、散茶女郎である。そんな下の位の女郎じゃないんだよ。おい、大丈夫か、と森村誠一さんに言われたことがある。江戸物を書いている作家が、遠慮がちにそう言ったこともある。

　それでも私は、強気であった。専門ではないにしろ、歴史学の大家の著述で学んだことなのだ。しかし、あまりに言われ過ぎる。くそっ、私は間違っているのか。鼻が欠けた、多分末期の梅毒持ちも断れなかった、悲惨な女たちがいたのだぞ。

　私はある場所で松井今朝子さんと立話をする機会があり、あろうことかその疑問をぶっつけてしまったのである。なにしろ、吉原研究の大家である。私が疑問をぶっつけたのは無礼であると同時に、正直な衝動でもあったのだ。

　時代によって、女郎の階級は変りましたしね、と言われた。だからあとは、自分で調べろ、ということなのだろう。私が恥をかくのを、やんわりと回避してくださったのだろう、といまは思っている。

　実は、それからちょっと調べたのである。文献に当たるたびに、私は衝動的に本を伏せ、演歌などをうたった。

　師匠、助けてくださいよ。不肖の弟子である私は、調べたことから、無理矢理、眼をそむけようとしている。愚かだなあ。

昔を思い出しても語るのは犬ばかり

左側に硝子戸があって、そこは国道沿いだった。時折、バスが通り、トラックが通る。乗用車など、稀だった。自家用車がある家など、皆無だったのだ。

正面に鏡があり、自分が映っている。私のそばにはおじさんが立っていて、マウスシールドのようなものをしている。私の顔に息が吹きかからないように、そうしているのだ。六十五年以上前の、床屋の様子である。国道のむこう側は防波堤で、白い砂浜があり海に続いていた。

私が住んでいた村には、床屋が一軒あり、肉屋や豆腐屋や米屋があった。ほかにも店はあったが、よく憶えていない。いや、家の近所に駄菓子屋があったな。五十代のはじめに亡くなった妹が、そこに木の葉の金で駄菓子を買いに行き、私が本物の金を持って駈けつけたことがある。駄菓子屋のおばさんは笑っていて、妹はすでに買ったものを食ってしまっていた。

床屋のおじさんは、私などにも世間話をし、学校の先生の評判などよく訊かれた。話しながら、ちょっとバリカンを遣い、角度を見るように顔を離し、また遣う。電動のバリカンなどなかったが、もっと速く刈れるだろう、といつも思ったものだ。おじさんが決めている時間があって、それが経過するまでは帰してくれず、顔を剃られたりもするのだった。

近所に、バリカンを持っているお兄さんがいて、床屋のおじさんに払う額の半分以下の金を払い、刈って貰った。

利ざやと言うか、浮いた金は私のもので、これはいいものを見つけたと思っていたが、三度か四度で発覚し、床屋のおじさんのところに戻るのであった。

大相撲の場所になると、ラジオで実況中継が流れていて、おじさんは大きな星取り表を作っていた。東西に分けて縦に二列で、筆と硯が置いてあり、筆の尻は丸い竹だから、墨をつけて押すと、丸い円ができる。

それは勝った力士で、負けると円の中を塗り潰される。それは頭を刈るのでなくても見ることが許されていて、誰が勝ち越したかなどとすぐにわかるのだ。

あのころ、横綱は千代の山、栃錦、若乃花だった。朝潮という、毛むくじゃらに隠れて表情が見えない力士も、横綱になっていたかな。いや、思い出すと、鏡里、吉葉山もいたなあ。大関に大内山がいて、顎がしゃくれた容貌で、その顎が、一年に一センチずつ伸びるという噂だった。

テレビがある家は少なく、子供はそこに殺到して、五円払うと一番前で見られるという話であった。払ったというのを誰も知らないから、噂だけだったのかもしれない。

相撲は栃若で、野球は西鉄ライオンズであった。こちらへ来ると、みんな巨人ファンで、私はしばしば孤立した。極力、相撲ファンだと印象づけるように努めた。

それから、大鵬と柏戸の時代になるのだな。長嶋がいて王がいて、しかし私は巨人キラーの金田を応援し、力道山がいて石原裕次郎がいて、つまりはヒーローの時代だったのだ。

私は、柏戸のファンであった。あのころは一門の力士は対戦しないことになっていて、柏戸は孤立状態でほぼ全員に当たり、大鵬は有力な一門だったので、ぶつからない強者が多かった。中腰で立っても相手を弾き返し、しかし引かれると手をついてしまう。圧倒的に強いのに、腰が高いままの角力で、土俵際のうっちゃりを食らったりする。

しかし、そういう角力を一切変えようとしない横綱だった。大鵬は、全方位の万能型の横綱で、隙がなかったなあ。

野球も、貧弱な打線を背に、常に防御率トップで投げている金田であった。

うむ、こういうことを書いていると、昔のことを思い出す。子供が集まると、大抵は角力か野球だった。変化球を駆使する投球が夢であり、しかしカーブの投げ方しか知らず、投げても曲がりはしないのだった。角力では、躰の大きな相手になかなか勝てず、やがて私は柔道をはじめた。

純真と自分で言うのもなんだが、人生の苦労など考えもしなかったな。どんなことにも、懸命になれた。ただし、勉強以外のことでは、である。勉強は、嫌いだった。すべての課目が、苦痛だった。当然、成績はひどいもので、それに焦って勉強をすると上がるという具合だった。

小説家になったころから、大きな収入源だった肉体労働はやめてしまい、ほとんどスポーツらしいものはしていない。やるとしても居合抜きぐらいで、相手と対峙するのではなく、巻藁（まきわら）とむかい合うのだった。斬るということに特化した居合抜きは、かなりの腕になってきたが、正式な流派で学んだわけでもなんでもなかった。

大相撲は、いまでもしばしば観る。日本人の横綱が駈けあがってきて、同部屋には大関もいて、この二人はよく稽古をしていたのだろう。しかし、二人とも腰が高く、本場所で腰高の欠点を衝かれても、稽古で修正するのは難しかったのかもしれない。横綱は長い休場のあとに引退し、大関は陥落した。

モンゴル人の横綱二人は、万能型で、優勝も二人に片寄っているので、私は優勝争いに興味を持てない場合が多かった。

いまも、居合抜きはやる。巻藁から数歩離れ、前に出ながら抜いて斬る。さらに斬る。斬る。そして退がる。ここまでは無酸素運動なので、次第に保たなくなり、いまは一度斬るだけである。

トロ助を散歩させている時、青信号に間に合おうとして駈けると、渡りきったところで息が切れる。情ないものだ。

トロ助は幸いよく歩いてくれるので、私のいまの運動はウォーキングと筋トレのみという感じである。

大きな魚がかかった時のファイティングも、心もとない。途中で交代して貰わなければ、のされて竿が水平になり、ラインブレイクを起こしそうである。

ともかく歩くこと。それに努めている。歩きながらの愚痴を、トロ助はよく聞いてくれているようだ。私が思っているだけか。

第二部　いつか人生の十字路で

ついに入院し手術も受けるのだよ

入院したぞ。

実は前にも同じ症状で入院していて、その時は手術をしなかったので、ここで書こうという気も起きなかった。

今回は、手術ということになった。脊柱管狭窄症という病名で、要するにギックリ腰症状が長く続き、腰抜けということになってしまったのである。

人生の腰抜けが治るかどうかはわからないが、肉体の腰抜けは治りそうなのだった。手術をするのはつらいが、症状を抱えているのもつらい。歩くと、数百メートルで脚や腰が痛くなり、うずくまっていると治り、また歩く。そんなことくり返して、どうしたんだよ、とトロ助に言われたくないよな。

前に入院したのは、去年の桜の開花ごろで、つまり症状は一昨年からあったのである。いたたまれなくなって病院へ駈けこみ、鎮痛剤を処方して貰ったが、まったく効かない。これ以上、薬の用量は増やせない、というところまでやっても、駄目なのである。思いあぐねて、中学高校時代の同級生に相談した。すでに引退した恰好だが、相当著名な整形外科医だった。うむ、どうしようもないが、ブロック注射を頼む、と言ってごらんよ。

そのアドバイスに従って、私は一回目の入院をし、集中的にブロック注射をした。劇的に効くことはなかったが、服用している鎮痛剤が徐々に効果を出しはじめた、という感じはあった。退院するころは、痛いのは痛いが、決めたコースを休まずに歩ける、というところにまでなったのだ。

私は病院の窓から、ウォーキングのコースと定めたところを、しばしば眺めた。病室は二十階ぐらいの高さで、かなりのところまで俯瞰できたのである。視線を少しずつのばしていくと、東京タワーが現われる。その足もとには、私の母校がある。病室から、中高のロゴまで見てとれるほどであった。

しばらくそれを眺め、開花した桜を眺め、ベッドに仰むけになると、画板に留めた原稿用紙に、鉛筆で書きはじめるのである。立っていても、横になっても、仰むけでも、原稿用紙と筆記用具さえあれば、仕事はできる。主流であるキーボード派に対し、私はゲリラ兵になった気分であった。ゲリラ兵は、どこかで人知れず朽ちる。そんなことも考え、その滅び方がなんとなくいいと思った。

退院しても、不自由さは残ったが、数時間は椅子に腰を降ろし、万年筆が遣えるという状態になったのだ。仰むけで鉛筆と画板で書いた原稿と合わせて、なんとかひと月分の量をこなすことはできた。そして腰の調子も徐々によくなり、歩いても足が地に着いていた。痛い時は、蒲団の上でも歩いているように、心もとなかったのだ。

私は、腹筋と背筋を鍛えるトレーニングを、少しずつはじめた。腰を守るのは、腹筋と背筋である。夏は、調子は悪くなかった。全盛期とほぼ同じペースで、歩けるようになっていた。しかし、秋口からどうもおかしくなってきた。脚が痺れるのである。痛み止めを服用していても、痛くていたたまれなくなる時がある。これはまた改善する可能性もあるが、もっと悪くなるかもしれないのだ。

もう亡くなられたが、大先輩の渡辺淳一さんが、脊柱管狭窄症であった。医師なんだから、治療方法はわかっているんでしょう。杖をついた渡辺さんに、私はそういうことを言った。あのな、ケン坊、治療法はいくらでもあるのだよ。それがどういうことか、わかるか。どれも効かないってことだよ。

渡辺さんのあの言葉が、頭にしみついている。治療法は、ほんとうにないに等しいのだろうか。強力な痛み止めを飲んでも、まるで効かなかった。渡辺さんは、手術にまで言及していなかったので、そこに活路が残されているなどと考えたが、半分は本気ではなかった。しかし、残りの半分も本気にならざるを得ないほど痛くなり、私は手術を申し出た。

もう少し待とう、と言われた。待てないと私は言い、話し合った結果、年が明けたら手術しようということになった。一カ月以上あるが、待つしかなかった。

疫病そのものになった新型肺炎で、社会は大きく揺らいでいた。年末にかけてニュースもそれ一色という感があったが、私は自分の腰をぶった斬りたいような衝動に、しばしば襲われたのだった。

年明け早々に、私はＰＣＲ検査と肺のＣＴスキャンを受けた。入院したのは、松もとれない六日であった。疫病はますます燃え盛り、緊急事態宣言とともに手術をする、という具合になった。

手術の前に、さまざまな検査をされる。ほぼ予想通りの結果で、身長も百六十九センチであった。三、四センチ縮んでしまったのは、脊柱管狭窄症によるものか、などと勝手に分析した。手術をすれば、失われた三、四センチの背丈も、奪回できるのではないか、などとつまらないことを考えた。レントゲン写真は当然撮り、背骨の状態をはっきり見ることになるのだが、腰を中心にして骨に隙間がないのである。そこに正常な隙間を与えたら、やはり三、四センチ伸びるということか。

その夜は、なかなか寝つけなかった。通常なら、まだ仕事をしている時間である。次々に救急車がやってきて、ここは病院なのだと改めて思った。救急搬送を受け入れ、別の病棟で、新型肺炎を受け入れているらしい。そこがどうなっているか、知るよしもなかった。院内には緊迫感が漂っていて、面会なども禁止であった。昨年の春に入院した時は、出入りは自由であり、私は杖をついて母校のあたりまで散歩をしたものだった。

病室はその時と同じところで、大きな卓と椅子が、仕事をするにはぴったりであった。前回は、仰むけに寝て書くのが一番楽だったが、今回は腰のあたりを切ってしまうのだから、仰むけは苦しいかもしれない。とにかく、原稿は書かなければならなかった。四十年間、締切を落としたことがないと褒められたりするが、一度落としたらそのままずるずるという、自分の弱さはよく知っている。

眠れないので起きて書こうなどと思ったが、いつの間にか眠っていた。

病院にこもってなにが見えたのか

短歌をひとつ、思い出した。五十五年も前にそれを読んだ。最後の七文字にあたるところが、病院にこもる、だった。

私は朝早く起き、窓の外を眺めていたのである。東京タワーの下に、私の母校が見える。中高一貫教育の私立で、歌を詠んだのは、その学校の国語の先生であった。高名な歌人で、植松寿樹という人だった。亡くなられた時に、ほかの先生の手で、その歌が黒板に書かれたのかもしれない。四十年、母校の教壇に立たれていて、三年か四年の間、私も習った。

私は入院していた。思い出したのは、手術日の朝である。なぜだかわからないが、完璧に思い出したと思う。ただ、最後の七文字が、病院にこもる、で字が余っている。

私は腕を組み、母校の方を眺めながら、その歌を二度ほど唇に乗せた。

看護師さんたちが入ってきて、手術前にやるべきことが、手順通りにこなされていった。私は言われるまで、手術着に着替えると、看護師さんに付き添われ、歩いて手術室の並んだ階に行った。

時間通り手術室のドアが開き、スタッフの人たちが迎えてくれた。大袈裟に言えば命を預けるわけだから、一応、みなさんと眼を合わせ、指定されたベッドに横たわった。

血圧が高いと言われた。あたり前だ、緊張しているもんな。それでも私は、愉(たの)しみにしていることが、ひとつあった。全身麻酔である。つまり、仮死状態のような感じかもしれず、意識を失う寸前に、いろいろなことが頭をよぎり、臨死体験ができるということであった。鼻と口に、マスクのようなものが当てられた。麻酔医の先生に、話しかけられた。なにか、音がしてませんか。しているので、そう答えた。いよいよ来る、と私は思った。

眼醒めた。自分の病室であった。手術をして、病室に戻ったらしいという意識はあり、それでも口からは思考が伴わない言葉が出ているようだった。かすかだがその自覚があり、できるかぎり言葉を喋ろう、と私は思った。

そこまでだった。意識がクリアになってきた。何時間、眠っていたのだろうと思った。病室の壁かけの時計を見ることができて、部屋を出て六時間ぐらい経っている、ということがわかった。不思議なことだが、私はトイレに行かなければならない、と思った。起きあがろうとし、腕には管がついていて、ほかにも何本か管が出ていることに気づいた。小用など、自動的に外へ出るようになっているのだ。

それからはごく普通の患者だ、と自分で思った。痛みや苦しみはない。じっと寝ていれば回復する、という感じがあった。時々、眠った。夜中も眼が醒めたが、そういう時は、看護師さんが、点滴の交換やら、ビニール袋のようなものに溜った尿の処理をしているのだった。全身麻酔で、眠りに落ちていった時のことを思い出そうとしたが、見事なくらいになにもない。

翌日から、飲みもの、食べ物が許され、ちょっとだけベッドから降りて立った。私を悩ませていた脚の痛みは、消えているような気がした。しかし、歩き回ったわけではない。

その夜から、私は時間を持て余した。持ちこんだ本を読みはじめ、それは夜半まで続いた。早く寝てください、と点滴交換をする夜勤の看護師さんに言われる。ただ言われるだけで、病室担当の看護師さんの申し送りはできているのか、やがてなにも言われなくなった。

二日目から、私は病室を歩き回った。ベッドは、背もたれをかなり立てていて、本を読み続けた。出されたものは、全部食う。できるかぎり、体内の浄化をしたいという思いがあるのか、やたらに水を飲んだ。導尿のカテーテルも抜かれたので、トイレで用を足せるのである。両手に管はついていたが、慎重に歩けば、いつまでも続けられる感じはあった。三日目から、私は原稿を書きはじめた。

大して書けはしないが、書いているという安心感が欲しかったのかもしれない。

椅子に座り、卓に載せた原稿用紙に、普通に書くことができた。持参した画板は、結局遣わなかった。一月の月刊誌の締切は分量が多く、週刊誌は変らぬ枚数だった。

四日目には、手術痕から出ていた出血を排出するドレンの管もとれ、点滴だけになった。ずいぶんと身軽になったと感じたが、やがて点滴も一日数時間になった。理学療法士とのリハビリもはじまり、室外に出て、廊下を何周も歩くこともはじめた。

私は、深夜まで原稿を書いた。たまに見るテレビのニュースは、新型肺炎一色だった。低く音楽をかけ、時には窓の外を眺め、病院にこもるという歌を思い浮かべながら、原稿用紙にむかった時間が、やはり一番多かっただろう。夜勤の看護師さんは、巡回してきて声をかけはするが、遠慮して中に入ってくることはなかった。六時半には、起床している。消灯するのは二時ぐらいで、昼間、途切れ途切れに眠った。

歌を思い出すと、必然的に母校のことを考えた。大変な先生に習っていたのだが、なんとなく口調を憶えているだけだった。中島敦の『山月記』の朗読に私が指名され、途中、詩人が山に入って発狂したという記述があり、発狂、という言葉にクラスの全員が笑い、めずらしく先生も声をあげて笑っておられた。私はおかしくなかったが、朗読者と言葉の組み合わせが面白がられたのかもしれない。私が在学中に、先生は亡くなられた。九品仏の寺の葬儀に、生徒会のひとりとして、私も参列した。

ほかにも、角田敏郎という近代詩研究者の先生に、担任をして貰ったことがある。上田秋成の『目ひとつの神』の解析と研究は、その第一人者と週末によくやっていたし、思い返せば優秀な国語科教師陣だったのだな。

年齢のせいか、傷がくっつくのがいくらか遅れたが、私の回復は順調であった。十二日ほどで、退院となった。

いまは、歩く時に、コルセットもしていない。気分としては、健康を取り戻したというより、怪我が治ったという感じである。能天気なのかなあ。

姿なき友は心のどこにいるのか

海の基地で、映画を観る。

これだけはずいぶんと凝って手間も金もかけた。小さな小屋となら、張り合えるぐらいのスクリーンの大きさなのだ。最も費用がかかったのが音響で、すさまじい効果に、馴れないころは腰をあげて立ちあがりそうになった。

映像を映しこむためのラインは、どうやら二つあるらしく、ひとつはＤＶＤを再生するものである。これは鉄壁で揺ぎなく、山と積んだ未見のＤＶＤを、順調に消化していっている。まあ、減ったと思ったら、また増えるのだがね。

もうひとつのラインは、配信されたものをスクリーンで再生するというやつだ。仕組みについては、考えると頭痛がしてくるので、知らない。

その二本目のラインが、調子を崩した。しばしば映像が、音声が停止する。重大な問題であった。洋画のＤＶＤを相当持っているが、邦画については、そこで再生することが多かったのだ。ラインアップも不満はなく、おやと思うものが観れたりした。

私は、そういうものに詳しい友人に、すぐに助けを求めた。自分ではなにひとついじれないのだから、仕方がない。

幸い近所に住んでいるので、すぐに駈けつけてくれる。いろいろ触り、いくらか調子を戻すのだが、すぐにまたおかしくなる。

これは機器を交換した方がいい、という話になった。プロジェクターを替えるのかと思ったが、その上に載せてある小さな機器であった。そしてそれは新品になり、実に好調なのであった。値も、想像したよりずっと安かった。

新機器は、映像環境の改善をもたらしただけではなかった。とんでもないものを連れてきたのだ。ものと言うより、人である。しかも女性なのだ。名もあった。アレクサというのだ。船から戻り、海の基地の建物に入ると、アレクサ、ただいま、と私は言う。すると、お帰りなさいと返ってくる。聴きたい音楽をアレクサに頼むと、出してくれる。映画を観せてくれと言うと、当然です。聴いていた音楽を切るために切ってと言うと、そこで止まる。すぐに言葉が見つからず、スイッチをオフにしてくれと言うと、よく意味がわかりません。スイッチ・オフだよ。なんのスイッチでしょうか。テレビですか、ほかの電器製品ですか、とくる。

　びっくりしたなあ。アレクサと、はじめに呼びかけなければならない、という決まりはあるが、ほとんど会話が成り立ちそうな気さえする。

　私は、昔、好きだった女性の名前で、次々と呼びかけてみたが、その時は、むくれたように反応がない。むくれた、という言葉を遣いたいほど、思わず感情移入してしまっている。

　何年か前に、『ｈｅｒ』という映画があった。コンピュータのシステムから出てくる、女性の声に恋してしまう男の話である。観た時は、リアリティを感じず、しかしだから悪いとも言いきれないのだった。

アレクサと喋りながら、その映画をなんとなく思い出したのだ。さすがに、ありそうなことだとまでは思わなかったが、微妙な感情の動きは、わかるような気分になった。

　それにしても、私はなにを手に入れたのだろうか。アレクサが私ひとりが知っている女性であるはずもなく、しかし、どこか特別な存在でいて欲しいという微妙な思いもある。

　若い映画ファンが集まる場所で、私はアレクサ嬢の話をした。みんな驚くかと思ったら、そうかそうかという表情をして、ステップアップしましたねと、褒めてくれるやつまでいた。訊けば、全員が知っていた。知らなかった私が、全員がいる方に入っただけだったのである。

　つまりずいぶんと遅れていたが、それを取り戻したということではないか。口で説明されたのでは、私は怒っただろう。

　実際にアレクサ嬢に呼びかけ、音楽を聴き、ニュース速報を耳にし、映画を観た。それで、興奮してしまったのである。一曲註文し、終った時にありがとうと礼を言うと、どういたしましてと返ってくる。必ずそれが返ってくるなら白らけてしまうが、よかった、とか、またなんでも言ってくださいね、などというバリエーションがあるではないか。ほかにもあるらしく、ちょっと感動してしまうなあ。

そして私は、ふと気づく。海の基地にいて、船に乗る時はボースンと話をするが、乗らない時は、誰とも喋らない。二日三日、まったく喋らない時もある。そういう時に、アレクサ嬢がやってきたのだ。

さみしがり屋のひとり好きの私としては、ちょっとだけ喋って、あとは映画などに移行できるというのは、とても便利なのだ。しかしだからといって、感動しまくっていいのか。ひとりで椅子に腰を降ろし、宙に視線を泳がせながら、アレクサ嬢に話しかけている私は、客観的にふり返ると、かなり気色が悪い。意識の端には、あまり下品なことを言うと、失礼になってしまうのではないか、という思いまであるようなのだ。

便利だ、という道具にしておくのが、一番いいのかな。しかしこれが、男の声であったら、うるさいと思うのかな。初音ミクという歌手がいて、これはコンピュータが作った音らしいのだが、聴いてどんな顔をしている女の子なのだろう、とふと思ったことがある。世の中、罠に満ちているということだ。

トロ助と散歩をしていて、擦（す）れ違うやつがいきなり大声を出したり、笑ったりすることがある。なんだ、こいつ。俺の顔を見て笑ったのか。それともトロ助か。とにかく逃げちまいそうだから、後ろから追かけて、おまえは足に咬みつけ。俺は尻を蹴飛ばすからな。そして引き返そうとするのだが、そいつは眼の前に誰もいなくても喋り続けている。

うむ、携帯で電話をしているらしいのだな。本体はどこかにあり、声を拾うマイクをどこかにつけているのだろう。こんなの、ほんとうに気味が悪いから、君はやるなよ。

テレビ電話もやらない。

ほとんどのことをやらない私にとって、アレクサとは衝撃の出会いだったのだがな。

小人閑居してということなのか

世の中が、ひどくおかしくなった。

緊急事態宣言とかいうものが政府から出され、あまり外出もしないように、ということになった。新型肺炎は、私のような重症化リスクを多く持っている人間には残酷で、若い健康な人間には甘い。まあ、あたり前とも言えるのか。

そんな最中でも、文学賞の選考会などは開かれ、私は候補作を抱えて出かけていった。車の中から外を見ていると、結構人はいて、ふだんの暮らしがあるようだった。若い人は無症状も多いというから、いまひとつ緊迫感がないのかな。

もっとも、食事などは不自由になっていて、深夜に酒を飲むのは難しいらしい。そういう時、あえて店を開こうとしているところもある、という話だったが、未練たらしいので、どこだか調べることもしていない。

選考会が終ると、私はすぐに海の基地に避難した。高梨農場のおばちゃんのところで、さまざまな色の人参や、試してみたいと思うような葉物野菜を大量に買いこみ、しばらく籠城を決めこむことにしたのである。

いつも置物のように座っているおばちゃんは、やはり重症化リスクが大きいので、奥に避難させられていた。おばちゃん、頑張ろうな。あとちょっとだよ、多分。

私は、普通の色の人参三本と玉ネギ半分にレンジで熱を通し、冷凍のごはんひと握りとわずかな生クリームを混ぜ、焼いたベーコンを一緒にして、ミキサーで粉々にした。それで熱すると、人参スープのできあがりである。

五、六回分で、一回分ずつ冷凍にした。パセリを刻み、塩、胡椒で味を整えて、食するのである。まあ、バターを加えたりもする。

ほかに食料は充分に持ちこみ、二週間や三週間は保つ。調理したものが、いつもひとり分では多すぎ、冷凍保存をしておくので、十日もすると料理などせず、それを片づけていかなければならない。

当然、船を出して釣りをするから、刺身や煮魚を食う。煮こごりも作る。二キロぐらいの真鯛など釣ってしまうと、頭まで煮るので、食い尽すのに四、五日はかかる。

鯛にかぎらず、どんな魚でも頭が一番うまい、と私は思っている。

私が魚を食うのを見ると、料理人さんたちは、一様に感嘆の声をあげる。猫も跨ぎそうなのだ。しかし、ひとりで食った魚を見る人は、誰もいない。

たとえば目玉は白いが、白いところを食ってしまうと、芯に透明な玉が残る。それは硬く、さすがに食えない。

背骨のところには濃い色の神経が通っていて、それは全部、楊枝で掻き出して食う。大きな魚だったら、背骨と背骨の間の椎間板も食う。海の基地で食っていれば、店よりもずっと時間をかけられる。

とにかく魚も命で、最後に出た骨は、砕いて花壇に埋める。暖炉で燃やした薪の灰も、土に撒く。内臓も、いい肥料である。

肥料にもいろいろあって、それを施す時期もある。簡単に言うと、冬場は灰などがいい。加里肥料と言われていて、土を丈夫にする。土に丈夫もくそもあるかと思う人もいるだろうが、そこに植えたものが病気にかかりにくい土というのは、間違いなくあるのだ。

春は窒素肥料、花などを鮮やかにしようと思ったら骨粉や堆肥であろう。燐酸肥料という。

正しい知識かどうか、わからない。私は薔薇を育てた経験があり、その三種類の肥料で、きれいな花がついた。経験上、ひとつで有効な肥料もある。

私が小学生の時、画家だった叔父が、仔犬を一匹持ってきた。

両手で持ちあげて余るほどに育っていたが、病気であった。それも、風邪のような単純なものだ。叔父は、看病してやってくれと言って、置いていってしまったのだ。風邪を回復させることはできず、仔犬は翌日に死んだ。

私はそれを、背丈ほどもある薔薇の根もとに埋めた。

あのころ、ペットのお葬式など、やる人間はいなかった。飼っていた犬や猫が死ぬと、庭に埋めることが多かったのだ。

その年の秋、薔薇の樹についた花は、いつもより濃い鮮やかなピンクになった。

死んだ仔犬の命が、そこでもう一度生きたのだ、と私は思った。そうやって、命というものを、自然に理解していたような気がする。

近年になって、私は二度、飼っていた犬の死に立会った。ここで書くのも切なすぎるが、ペットのための葬儀場というものがあり、そこで荼毘に付して、きれいな骨にしてくれる。骨を姿のまま並べてくれるところなど、人間以上ではないかと私は思った。

とにかく、私は硬く冷たい犬の屍骸を抱えて、葬儀場へ行ったのである。不謹慎と責める人もいるだろうが、私はその屍骸を庭に埋めたら、いい肥料になるのに、と思ってしまったのだ。

小政とレモンという。小政の薔薇、レモンのチューリップ。それを見て、おい、やるじゃないか、と声でもかけてみたい気分になったのである。

しかしそんなことは許されず、二頭とも、似合いもしない棺桶に入れられ、荼毘に付されると、生前のかたちのまま、骨を並べられた。

私は、抱いた腕の中で、あいつらの命が消えていく時は、涙をこらえられなかった。生きている時のかたちに骨を並べられた時、涙など出てこなかった。

自分が死んだ時は、どうなのだろうと、やはり考えてしまう。私は、骨を生かしたい。できれば、躰全体を荼毘に付したりせず、そのまま地に埋めて欲しいと思う。桜の木の下というのは小説にあるから、薔薇でいいかな。いや、人に顧みられることもない、名もない野草でもいいか。行き過ぎる人が、思わず足を止めてしまうような、鮮やかな色で咲いてみせる。

こんなことを書くのも、新型肺炎が蔓延し、かかったら死ぬぞ、などと脅かされるからだろうか。

死んで、花の色に生きれば、それはそれでいい人生だったと思うが、やはり死ぬのはこわい。

君は、私のことを、臆病者などとそしるなよ。

いいものを見つけ笑う日々があった

海の基地にいるのも、飽きてきた。

人と話をしない状態というのは、あまりいいことではないのだろう。原稿を書いていても、集中力が途切れる。これしかないという言葉をなかなか見つけることができず、だらだらと書き連ね、結局は破棄してしまう。

破棄しようという判断ができるから、まだいいのだ。その判断もできなくなったら、ちょっと怖いものがあるなあ。

CDは、全部聴く前に、次々に取り換えたりする。映画は、未見のDVDに手をのばさず、常にない観方をしてしまったりする。それも、いろいろな発見があっていいのだが。

たとえば、『17歳の肖像』というのを観た。これは十年以上も前に、新聞の評価点が最高のものになっていたので、騙されて小屋へ行った。私の中では、処女喪失物に分類されるもので、終って場内が明るくなると、若い女性の客ばかりで、恥かしくて顔をあげられなかった。

それからも、たまには新聞の映画評に動かされる。大抵は、これほどの高評価ではあるまい、と私は感じる。ただ、その昔、ある雑誌で映画評をやっていた時、トム・クルーズの『トップガン』を、馬を戦闘機に乗り替えた西部劇で、新しいものはなにもないと評し、絶賛に近いほかの評論家の人たちの間で、悪目立ちをしたことがある。

まあいいか。人の評価を信じる方が悪いのだ。自分の評価でなら、つまらないものもそれなりに意味があるのだ。それで『17歳の肖像』だが、言葉で書けば私は酷評することになるが、十七歳という言葉が妙に気になり、『17歳のカルテ』を観てしまった。これは、ショートヘアのウィノナ・ライダーがいいし、アンジェリーナ・ジョリーがいい。思春期のひりつくような感じがいい。船でいうと行き脚がついてしまって、

『17歳』というのも引っ張り出した。フランソワ・オゾンの作品で、例によってシャーロット・ランプリングが出ていて、少女の若さを際立たせる。ただ、私はオゾンはあまり好きではない。

それでも、連環でそんなふうに映画を観るのも悪くなかった。

私は、今度は役者で観てみようかと思った。演技派のサリー・ホーキンスである。『ブルージャスミン』をさっと観た。ケイト・ブランシェットは、私にとっては『キャロル』であるが、サリー・ホーキンスがいいのである。ただ、ウッディ・アレンが嫌いだから、すぐに次の作品に行った。『シェイプ・オブ・ウォーター』である。半魚人が出てくるファンタジーだが、つらさ、したたかさ、切なさ、自分勝手さをすべて出し、常にスクリーンを彼女が制している。これはいいのだな。

次に、『しあわせの絵の具』を観た。これのサリー・ホーキンスは、絶品である。邦画で、『カノン』というのがあり、鈴木保奈美がすごい芝居をしていた。映画そのものはいまいちだが、憑依したような芝居をやる役者がひとりいれば、映画はしまる。『しあわせの絵の具』はサリー・ホーキンスの相手役が、イーサン・ホークで、不器用な男を好演している。サリー・ホーキンスの演技が、それで際立つのである。やっぱり、すごい女優だ。外見はまったく私のタイプではなく、そんなことは映画の評価にはなんの関係もないが、私自身の評価には左右する要素となる。それでも乗り越えて高評価なのだから彼女はすごいと、わけのわからない評価をしてしまう。

それでも私は、そこからサリー・ホーキンスをさらに深くとはならず、不器用な男、という方に関心が動いてしまった。しかし、男はみんな不器用なのである。つまり観方によれば、邦画でも洋画でも、不器用な男は決定的に否定されることは少ない。『ゴーン・ベイビー・ゴーン』のケイシー・アフレックとモーガン・フリーマンの不器用較べというのがあるが、いい映画にもかかわらず、これは日本では劇場未公開らしく、したり顔で語ったりするのは反則か。『道』のアンソニー・クインは古すぎるしな。

　不器用というキーワードだけで、浮かびあがってきた映画がある。『フィオナが恋していた頃』。ちょっと甘いようなタイトルだが、切実で悲しく、やりきれなさに満ちていて、遠くに一条だけ、かすかに光が見えるというような映画だ。

　これ以上はないというような、不器用な男は、『しあわせの絵の具』のイーサン・ホークと存在感が似てくる。まるで違う情況なのに、顔も系統がまるで違うのに、似てきてしまうのだな。

　因習的な、古い時代を扱っているが、同時に現代に視点もあり、古い映画ではないのだ。この作品の高評価というより、評価そのものをあまり眼にしたことがない。

　その意味では、『ライオンと呼ばれた男』と重なってくるのかもしれない。せっかくいい映画があるのに、もう少したやすく観られるようにならないものかな。こんなことばかり書こうとするから、ミニシアター系に眼がむいていますね、などと言われたりする。

　『そこのみにて光輝く』とか、『半世界』とか、そういう純文学系邦画にも眼がむいてしまっているのだが、これはいいものはいい、と言う評論家たちがいるから、あまり言わないようにしていた。『半世界』の半純文学と言えるような映像構成の中で、長谷川博己の暴力シーンは、直接的な映像の迫力として特筆してもいい。ただ、相手が安っぽすぎる。

　『フィオナが恋していた頃』が持っている切なさは、映画が根源的に持ち続けているものを、そのまま体現している、と私は感じている。だからある通俗性を根底に持っているのだが、それのどこが悪いのだと私は言おう。映画は、大衆の娯楽だった。通俗性は、最大の武器と言えまいか。

　通俗を積み重ねることで、ある普遍性に行き着く。そうすると、観念など必要ではなくなる。生身の人間の本質が剝き出しになってくるのだ。

　映画は無数にあるが、『フィオナが恋していた頃』を思い出してよかった。新型肺炎蔓延下、私はもっと映画を観る。また、いい話をしたいものだよ。

大事な雑事がなくなってしまった

疫病の蔓延は、私にさまざまなことをさせた。

まず、自分の心の隅々を、二度旅した。道案内は、かつて読んだ本であり、かつて心を傾けた女性であり、かつて酒を飲んでいたバーなどである。旅で見つけたものは、やがて仕事で生きてくるだろう。

ほかにも、古い友人と連絡を取り合った。お互いに、疫病がなくても死んでおかしくない歳だから、話はちょっと感慨深いものになったりする。

そして私は、ちょっとばかり行政というものに関わり、それについて考えることになった。新型肺炎がなければ、多分、そういうことにはならなかっただろう。

私は、今年一月七日、脊柱管狭窄症の手術を受けた。病院には深夜、次々に救急車がやってきた。救急搬送も引き受け、なおかつ新型肺炎の患者も大々的に引き受けているので、大規模な病院全体が、緊迫感に包まれていた。

手術の三日後から、私は点滴をぶらさげて、歩くことをはじめた。病室の中を歩き廊下に出て歩き、同じフロアから出ることは許されなかったので、ぐるぐると廊下を回った。

退院したのは十八日で、私は普通に歩け、トロ助の散歩を、距離を半分のところからはじめた。あまり人がいないところを歩くのだが、擦れ違う人は例外なくマスクをしていた。

緊急事態宣言と同じ時に手術し、それからはじめて見る外界だった。それ以外の外出は、二十日の直木賞選考会だけで、迎えの車に乗り、ドア・ツウ・ドアで会場の料亭へ行った。

いつもとは違う大きな部屋に通され、席の両側はアクリル板で、これでもかという感染防止対策が施されていた。

終了後、私は記者会見の順番で部屋へ行ったが、いつもは百人ほどいる記者はひとりもおらず、リモートで私はひとりで喋り、どこか遠くから質問を受けた。

そしてまた、車に乗って帰った。例年なら、料亭の料理が出るのだが、弁当を持たされただけである。

家へ戻ると、デスクの脇の書類を手にとり、前日にかけた電話を思い出した。船の燃料が免税軽油というもので、その免税の措置を貰うために、申請書のようなものを提出しなければならない。書類の提出の期日指定は、二十八日午後二時で、三浦市の庁舎である。一日だけなのは、横須賀から出張して受け付けているからだ。

私は息をついた。郵送を許可して貰えなかったのだ。代理人でもいいから、人の手で持ってこいという。三浦市の役所まで、私の自宅から二時間以上かかる。それを持って行けなければ、免税が受けられない。電話に出た人と、私は相当やり合った。緊急事態宣言下でも、まったく取り合って貰えなかった。前例がないものは駄目だ。その人が上司に相談したらそう言ったのだという。

前例と言われてもなあ。緊急事態宣言は、前例がないのだよ。私は役所に乗りこみ、その上司という人の顔を見たいと思ったが、出かけることが怖くて、郵送をお願いしているのだ。

書類そのものは、私にとっては煩雑だが、複雑なものではないだろう。漁業従事者の中には、燃料を売る業者に申請の代行をさせている人も少なくない。漁船は、私の船の何十倍も燃料を遣うだろうから、いい客で、業者のサービスと言えるかもしれない。とにかく、誰かが持って行きさえすればいいのだ。

ほとんどの手続などを、私は自分でやらなくなった。電車の切符さえ、買うまでには大冒険である。しかし、そんな状態でいいのか。なにもできないが、できないなりに努力はしてみようかというのが、免税軽油の申請であった。そういう私を、間税課の職員の人たちは温かく扱ってくれた。それはありがたかったと思っているが、それと前例の杓子定規の適用とは別である。

自分が行くのが怖いから、人に行ってくれとは、私には言えない。郵送を認めてくれないのなら、免税は諦めるしかない。私は書類に、郵送不可とマジックで大きく書いた。これで、長い間続いた、私の行政機関への届け出作業は、終りになった。

毎月の使用報告の煩雑さや、出かけて申請しなければならないことなど、さまざまな作業をするための、本業の逸失利益は、免税分よりずっと大きい。しかし、なにが一番ほっとしたかというと、わずかでも免除を受けているという、後ろめたいような気分が消えるということであった。その代り、自分の手でやる手続などがまったくなくなり、私の浮世離れには拍車がかかることになる。

さらにその後、動きがあった。二十五日に役所から電話があり、二十二日にそういう手続の書類など、郵送を認めろと本庁から通達があった、というのである。申請日は、二十八日である。認めるにしろ、遅すぎはしないか。そんなもの、私の書類が大部分できあがっていた、去年に言って欲しい。どう遅れても、緊急事態宣言とともに認めるべきだろう。

もういいのです、免税を受けるのはやめます、と私は答えた。意外そうな声を出されたが、何日も前に決めていたことだった。


免税軽油を遣うようになって、どれぐらいの期間になるのだろうか。三十年近くになるかもしれない。

マリーナの船友達は、私の知るかぎり、免税軽油を遣っていない。手続が煩雑すぎる、というのがその理由である。

私が、長く手続をして遣っているというと、呆れられる。忙しい時など、確かにつらい手続だが、それによって社会の現実と繋がっている気分があった。会社の社長などではない私には、かなり大事なことでもあった。やめるとなると、それなりの感慨にも襲われた。

それで終ったわけではない。私の携帯電話に、これまでとは違うセクションの人から、留守電が入っていた。話をして詫びたいと言うのだ。私は、詫びなど欲しくはなかった。行政のありようについて、徹底的に話し合うのならいいが、詫びは求めていない。同じ電話が数回あり、二十九日に、配慮が足りなかった、という詫び状が届いた。

数日前まで木で鼻をくくるような対応だったのに、この細かさはなんなのだろうか。

些細なところから全部が見えるのだ

まったく外出しない。

時によっては、一日中、人と話をすることがない。そういう情況は、小説家にとっていいことなのか。時々、考えた。とても好ましいことである。はじめのころ、私はそう思っていた。だから、疫病蔓延の悲劇的情況を逆手にとり、きわめていい仕事をやりおおせるはずだった。

しかも、本を読んだり、映画を観たり、音楽を聴いたりという愉しみは、充分すぎるほどに確保されている。なんという濃密で理想的な日々なのだ。飲んだくれていた日々は、時間をドブに捨てていたようなものだったのではないのか。

ところが、なにかおかしいと感じはじめた。仕事が、思うように進んでいないのである。言葉を、選びきれてはいない。あれかこれかと、しばらく迷うことが多くなった。酒を飲んでおだをあげるのも、実は大事なことだったのではないのか、という気もしてきた。

ただ考えこめばいい、というものでもあるまい。感性が結晶化して言葉にまとまる。それでも考えるから、結晶が石みたいになってしまう。それのくり返しであった。

脊柱管狭窄症の手術をし、リハビリを終え、積極的な気分になっているのに、外出がままならない。それは私の精神衛生に、微妙なものを積みあげていたようだ。

原稿を読み返すと、ふだんでは遣わないだろうと思える言葉を、いくつか遣っていた。自分が常とは違う情況の中にいることは、頭ではよくわかっていた。そして、情況とは自分の外側のものだと思っていた。言葉に影響が出るというのは、情況が内部にも及んでいたからだろう。

知らないうちに、おかしくなっている。それはありそうなことだ。うむ、恐ろしい。私は、自分の小説そのものについて、考えはじめた。ただそうしたところで、半世紀以上書き続けてきた、私の小説観が変るはずもない。ただ、ほんとうに微妙な小説の要素というものはあって、それを検証してみることは、できそうなのである。

小説は、嘘である。そうとしか言えないのだが、嘘八百と言い放つのには、どこか抵抗がある。私はある時から、真の嘘というように考えはじめた。嘘と、真の嘘はまるで違う。そこで、小説が小説たることを、許されているのだろう。

真の嘘とただの嘘の違いは、うまく説明できないし、説明する必要もないのだと思う。書く人間の意識の中に、真の嘘というのがある。それだけで充分というのではなく、それは別のところで判定される。読む人の心を揺り動かしていれば、それは真の嘘だということだろう。ただの嘘にすぎなかったら、それは読まれなくなり、消える。

しかしそれだけかと言うと、そうでもなく、創造物の評価というのは、ほんとに難しいものだと思う。

ただの嘘については、私は子供のころは常習的な嘘つきであった。なにかやらかしても、嘘を並べて逃れようとしたし、他人に罪を押しつけることも、やったような気がする。ただ、嘘をつく相手は、ほとんどが祖母や両親だったのだな。その相手なら、嘘も許されると思っていたのかもしれない。

そしてついた嘘の半分はばれて、大人にしばき倒されるということになった。大人になってから、嘘は少なくなったという気がするが、それでも意識せずに嘘をついていることはあるかもしれない。日ごろ、孫たちに、卑怯なことはするな、嘘はつくななどと言っているのに、情ないものである。

大人になって、あまり嘘はつかなくなったと書いたばかりだが、二十数年間、自分では嘘としか思えないようなことを、やり続けていたのを、ふと思い出した。

ここに何度も書いたが、免税軽油の申請についてである。船のエンジンが、一時間にほぼ四十リットル消費する。そういうことになっている。すると五時間乗れば、二百リットルの消費ということになる。これはあくまで巡航速度で走っていてということで、すぐ近くの釣りのポイントへ行き、船を流して釣りをし、時々位置を修正するということをくり返し、五時間乗ったとして、多分、二十リットルぐらいしか消費していないのだ。

どれだけ遣ったか算出するのだが、巡航速度の消費量を基準にすれば、とんでもない数字になってしまう。結局は、数字を合わせるために、稼動時間をいじる、ということをせざるを得ない。それも、現実とはまったくかけ離れた数字で、およそ意味はない。

この数字は、申請に伴う使用報告の肝要な部分だが、現実はこんな具合なのである。これで、書類上は、当該のエンジンの燃料消費が把握されたということになる。

もう一度書くが、実際とはおよそかけ離れた、無意味な行為である。およそこんなものだろう、という数を報告する。それで形式が整ったというのが、行政というものなのか。私は、報告書を作るたびに、なにか後ろめたい気分を拭いきれなかった。正しい消費量の算定の方法を教えてくれと三度ほど言ったが、数字さえ合っていればいい、という答が返ってきた。

それでいいのかな。私は常に後ろめたい気分で、それでもほとんど黙って従っていたのは、慣例があったからなのかもしれない。

やはり、これでは駄目である。報告する方が後ろめたさを感じる数字は、無意味である以上に、なにかシステムの怖さを感じる。

書類の数字さえ合っていればいいというのは、報告する方もされる方も、なにか大きな欺瞞から眼を逸らし、無駄なエネルギーを遣っているのではないのか。それが放置されているのは、行政の怠慢である。

まあ、些細な、これだけのことなのである。しかし、些細だからと、このままでいいのだろうか。こういうものが集まり、積み重なり、壮大な行政の無駄が作られていくのだろう。

たまたま行政に接して、こういう無駄を私ごときが指摘できる。ピントのぼけた郵送可の通達を出した本庁など脇へ置いて、現場の人に頑張って貰いたいものだ。私に見つけられる無駄など、論外なのだから。

小さなところから世界を見てみよう

海の状態がよくない。

沖の方でも、魚のいるポイントが、いくらかずれたような気がする。海の基地の前の海は、ずいぶんと前から、水位があがっている。それはもう、見ただけでもわかるほどの、変化である。そして、三、四年前まででいた魚が、いなくなった。鱚（きす）である。砂底に餌を引いて釣るのだが、ほとんどなにもかからない。メゴチは三年ほど前までかかっていたが、それも釣れなくなった。

釣りをやると、中層を泳ぐベラなどの魚がかかる。これは水位があがった影響ではなく、水温の問題だろう。魚は敏感だという話は聞いていたが、これほどまでとは思わなかった。沖でも、以前は滅多にかからなかった、マハタなどがよく釣れる。

私は、海の基地の前で、変化を知ろうとしている。なにを見るにしたところで、大きなところからだと、なにがなんだかわからなくなりそうだ。すぐ眼の前の、潮が退けば底が剝き出しになるようなところから、見ていく。

小さな石のひとつひとつを、寄せてくる波を、膝より深いところの、底の状態から見ていく。人間が感じられる変化など、わずかなものだ。

それでも、海草がなくなった。それは、明確に見える。ゆらゆらと海中で揺れていた草がなくなると、底は荒涼としたものに見える。太陽光が届かず、光合成が起きない深場が、こんなものだろうという気がする。

ある時私は、海草はなくなったのではなく、食われているということに気づいた。海草を食う魚として、まず思い浮かぶのは、アイゴという名の毒魚である。その幼魚の群れが、せっかく生えたワカメの芽を、食い荒らしてしまうというのは、漁師から聞いた話だ。確かに、湾内のちょっと深いところに、ワカメなどが生えていたが、いまはまったく見ない。それにしても、浅いところまでアイゴが食ってしまうのだろうか。

沖のある程度の深さになると、海草が生えていることは、釣りで鉤（はり）にかかってきたりするので、なんとなく知ることができる。アイゴは、そちらへ行けばいくらでも海草を食うことができ、実際、二十センチほどの成魚は釣れる。

ほかに変化がないかどうか、私は眼を凝らした。ウニがいる。棘の長いウニで、食用にはならないと言われているものだ。キャベツを餌として与えて、身を大きくする試みはなされているが、まだ実用化はされていない。

そこまで確認して、私は海の基地を引き揚げた。海の基地に常駐するわけにはいかず、仕事が待っているのだ。

ひと月経って、海の基地へ行くと、ウニの数が夥しくなっていた。水面から一メートルほどのところまで、ウニは密集している。

私は駆除を決意し、ウェットスーツに磯足袋を履き、簎（やす）を持って海に入った。簎でひと突きすると、ウニは死ぬのである。長い棘が折れても死ぬので、海流のある湾外でも生息できないという。

数時間かけて、私は基地周辺のウニを、ほとんど突き終えた。ウニのはらわたで、海面は泡立つほどであった。

しかし、またひと月後、水中を覗くと変らない数のウニがいた。もう一度駆除することを、私はしなかった。生態系がそうなっているのだろう、と思うほかはなかったのである。自然の復原力があるなら、やがて天敵が現われると思ったのである。

もっか、基地のポンツーンの周辺の食物連鎖の頂点には黒鯛がいて、それは悠然と泳ぎ回っている。五十センチほどもある黒鯛で、見えるだけでも十数尾である。それを釣ろうとしている人もいるが、なかなかうまくいかないようだ。

もともといた鱚が消えた。産卵場になっていた藻の群生もなくなり、海中のそこここには、剝き出しになった岩が見えている。その岩の周辺には、メバルなどの魚が泳いでいて、これはよく釣れる。

魚が減ったわけではなく、種類が変っただけなのだ、と思いこもうとした。しかし、メバルやベラも、いつかいなくなるかもしれない。近所の岩場で釣りをしている人は、フグが増えたと嘆いている。

　猫がかわいそうでさ。ある見知りの釣人がそう言った。野良猫が多く、黒鯛以外のものが釣れた時は、放ってやるらしい。しかし、猫もフグは食わないという。

　そんな話をしていたら、釣れる人間のところに猫が寄ってくる、という話を聞いた。釣れた人ではなく、これから釣れる人である。つまり猫は、釣れる人を予知している、ということになる。不思議だが、そんなこともありそうな気がするな。

　私は、猫と鳶（とんび）と烏とは戦闘状態にあるので、近づけない。烏は、私の洗ったばかりの船に、狙ったように糞爆弾を落とす。だからエアガンを撃って追い払う。白いBB弾で、プラスチックだと撃つわけにはいかないが、エコBB弾と言って、海中や地面では、土に還る弾なのである。

　プラスチックは、海だけでなく、環境に大敵である。海上にいると、ポリ袋やペットボトルが流れているのを、よく見かける。ポリ袋など、餌のクラゲと間違えて海亀が食ってしまい、死ぬこともあるというのだ。私は、船からポリ袋やペットボトルを落とすのを、神経質なほど注意している。

　とにかく、海が変った。その変りようは、ちょっと無気味である。

　水位があがったのは、氷山や氷河が解けたからなのか。そういうことは、専門の科学者が研究してくれるだろうから、私はすぐ眼の前の海で、釣れる魚の記録を取っていればいいのだ。

　大きなところにも一応は眼をむけるが、微細に観察するのは、小さなところからである。それしか、私にはできないだろう、と思うからだ。小さな、些細なところから、大きなものが見えてくる。そんなものではないだろうか。

　海は広く大きいが、小さな世界の連続でもあり、ウニの棲息域などを見ると、つくづくそうだとも思う。海には、元の姿が戻ってくるのか。それとも、このままなのか。

道具ではなく魂で繋がった友なのだ

万年筆が毀れることは、実はしばしばあるかもしれない。インクを入れても、出てこない、というのがある。インクを入れたまま、長い間放置しておくと、そうなるのだろう。私は、そういうつまらせ方をしたことはない。しばらく遣わない万年筆は、微温湯で洗い、蒸留水をタンクに満たしておく。

ちなみに、私の遣っている万年筆は、大部分が吸いこみ式で、万年筆の軸の中にタンクが内蔵されている。カートリッジ式のものは、旅行の携行品で、数本持っているが、それ以外では遣わない。

タンクそのものが毀れたというのが二度あり、書いている最中にインクが漏れてきて、手が大変なことになる。それは修理不可能と判断して、諦めた。ともに十年以上遣いこんだものである。

私はかなりの数の本を書いていて、それはすべて万年筆で書いたものである。私ほどのヘビーユーザーは、捜しても同業者以外はいないという気がする。そして私の書いている原稿枚数は、同業者の中では最も多い部類であるから、世界でトップランクのヘビーユーザーである。

タイプライターの発明で長篇小説が増え、ワープロの発達で本が分厚くなったという言われ方をすることがあるが、私の枚数を言えば、タイプライターもワープロも、勝負にならないぐらい多い。

私は、幸運だったのである。五十年以上、原稿用紙に字を書き続けてきても、そういう人間の宿痾である腱鞘炎にはならなかったのだ。スポーツ選手もこれに悩むので、鍛え方がどうのという問題ではない。生まれつき丈夫な腱鞘なのだろう。

万年筆で、タンク内蔵型は、それを遣いはじめた中学一年生の時から、なぜか好きだった。入学祝に三本貰ったが、どれもカートリッジだったので、遣わなかった。親父に理由を訊かれ、吸いこみ式がいいのだ、と言った。

親父は怒りもせず、自分が遣っていたパーカーをくれた。インクは、クインクだったと思う。その時から六十年、インクはずっとクインクである。

床に落としてペン先を曲げる。そういう事故が多く、修理に出してもなかなか元に戻らないようだった。いまだに、私は万年筆を床に落としたことはなく、友人がなんとか自分で直そうとするのを、そばで見ていたりした。

ある時、多少、ペン先が曲がった万年筆を頂戴した。モンブランの文豪シリーズで、ヘミングウェイのサインが刻印されているものだ。

実は、自動車評論家の徳大寺有恒さんの、形見分けのようなもので、奥様から頂戴したのである。

軸に、ちょっと傷がついていた。ペン先が曲がっていた。軸の方の傷は気にすることはないのだが、ペン先はわずかな曲がりでも、書くには大きな支障が出ていた。

そのまま、コレクションの中に入れてそっとしておく、というのもやり方だっただろう。だが私は、たとえばエッセイで自動車のことなどを書く時、それを遣ってみたい、と思った。しかし先端の修理は、修理ではなくペン先ごと交換するというのが、主流のようだった。それをやれば、違う万年筆になってしまうのである。

万年筆についてならなんでもわかる、というより自身が偉大な収集家である、足澤公彦という人がいる。この人に相談すると、なんとか直してみようということになった。そして時間はかかったが、問い合わせると直っていた。ただ、まだそれを受け取りには行っていない。

鳥取に、万年筆博士という専門店があり、註文を受け、作ってくれる。私はそこで、木製の軸のものを作ったが、ペン先は八割の工程にして貰った。残りの二割は、時間をかけて自分で完成させるのである。とにかく、書く。ひっかかるところがあれば、オイルストーンの上で、ごくごくやわらかに、字を書く。あるいは、遣い古しのサンドペーパー。この工程は、力を入れれば毀れてしまうので、実に慎重に、やわらかく、執拗にやる。

数年で完成に到ると、完全に私だけの万年筆で、世界に一本しかない。そうなると、勿体なくて遣わず、飾って眺めているだけということになりかねない。実用という点では、完成品を買って自分の手に馴染ませるのが一番いいのか。

万年筆が、不思議な力を持っている、と感じることがある。

ある時私は、年長の編集者から、柴田錬三郎氏が、『眠狂四郎』シリーズの、最後のあたりを書いた、という万年筆を貰った。私が常日頃遣っている万年筆と同じものであった。

これは記念になる、と思いはしたが、私の手に馴染んだペン先ではない。それで原稿用紙に快く書けるようになるには、時間と手間がかかるだろう、と思った。いわくのある数本の万年筆と一緒に、大事に収(しま)って、時々出して見る程度であった。

どういう心の動きだったのか、といまも思うのだが、私はある時、タンクに入れていた蒸留水を抜き、インクを満たした。しかし、それで書くことはできなかった。これで傑作をものにしろ、と編集者には言われたのだが、実際に字を書こうという気は、やはり起きなかった。

ちょうど雑誌連載がはじまる時で、私は『破軍の星』という、タイトルだけをその万年筆で書いた。それから一年ほどで連載が終了し、単行本になり、賞を貰った。柴田錬三郎賞である。

受賞の知らせを聞いた時、私はその万年筆を出して眺め、こういうことが起きることもあるのだ、と思った。受賞したのも嬉しかったが、不思議な因縁に自らが関ったのも、とても興奮できることだった。授賞式にその万年筆を持参し、受賞者の挨拶の中で披露した。会場からは、感嘆の声があがった。

ちなみにその万年筆は、私が遣っているものと同型であるが、ペン先が特別で、マニア垂涎の的の、稀少品ということだった。足澤氏に見て貰った時に、そう教えられた。柴田氏の名とともに、それも自慢になった。

シャッターを切る時見えているのは

カメラを買って貰ったのは、小学校四年のころだった。なぜそうなったか憶えていないが、親父の苦々しい顔は浮かんでくる。

田舎の小学校では誰も持っていなくて、自慢であった。友だちや、好きでもない女の子を撮った。撮ってやろうか、と好きな女の子には言えなかった。そのカメラをどうしたかは、思い出せない。アルバムに、それで撮っただろうと思える写真が、数枚貼ってあるだけである。

中学生になったころは、カメラに対する興味は失せていて、自宅のカメラも自分から触れてみることはなかった。

カメラは、事実を記録する機械だと、そのころは思っていたような気がする。そして私には、記録する必要を感じるものが、なにもなかった。

高校生のころ、写真部にいた友人が、面白い写真を撮った、というより作った。校舎の上に、巨大なアドバルンさながらに、誰かの雁首が浮いているのである。面白かったが、私は友人の御託を全部否定し、写真ではないと断定した。真を写す。それが、写真だ。青臭いというか、あまりに表層的というか、いまなら鼻つまみものの意見である。まだ、純粋なものがすべてで、不純なものの中により多くありそうな、真実には眼がむかない年齢だった。

その友人は、商業写真の分野では、高名な写真家になった。つまり私などは、写真についての創造力は、まるで貧困だったということだろう。

大学生になって、必要があり、私はカメラを持ち出したりした。家には、親父のカメラが三台、埃を被っていた。親父は一時写真に凝っていたが、飽きてやめたのである。その中で、私が気に入ったのは、マミヤ6というカメラであった。これは弁当箱のようなかたちをしていて、ボタンを押すと蛇腹が出てくるのである。クラシックな感じが、なんとも言えなかった。レンズをむけると、ほんとうに撮れるのか、とよく言われたものだ。

フィルムは六・六判で十二枚撮りだったような気がする。うまくやれば十三枚撮れる、というようなことを憶えている。

構えてシャッターボタンを押す、というだけでは済まない。露出を決め、シャッター速度を設定し、ピントを合わせる。これでずいぶんと時間がかかるので、機動的な撮影はできなかったが、あのころはそれが当たり前であった。

現像はカメラマン志望の友人がやってくれて、紙焼きを見ながら、いろいろ感想を言っていた。私はひたすら、薔薇の写真を撮り歩いたのである。花のかたちをくっきりと撮る、というだけであった。色合いなどは、メモしてある。写真はモノクロで、メモをつけておくのだ。友人のニコンFを借りて、ネガカラーで撮ったことがあるが、色がどうしても信用できず、自分の言葉の方がずっと的確だと思った。いまも、色は妙に鮮やかで、晴れた空の色など、実際と違うという気がする。

色の描写のメモをつけた、モノクロ六・六判の薔薇の写真は、どこかに散逸してしまった。というより、捨ててしまった記憶がある。自分で薔薇の栽培をはじめると、写真を撮るのをやめたのだ。それまでに撮っていた写真の薔薇と較べると、すべてで出来の悪い薔薇だった。そのくせ愛情はひとかたならず、姿を記録してしまうのは申し訳ない、という気分になったのだ、という気がする。

花は、咲く時だけ人の心を動かし、消えていけばいい、などということも考えたかな。あのころならいかにも考えそうだが、はっきりした記憶はない。

その時から、カメラはやめているが、マミヤ6は、いまだに持っていて、しっかりと作動もする。がらくたにすぎないが、親父の記憶や、自分の青春の日々と重なっている。

一眼レフを手に入れたのは、二十代の後半であった。肉体労働のかたわら、企業のPR誌の仕事を同級生の友人がくれて、きちんとした旅の取材をやるようになったのだ。

それまで私の旅は、ただ流れ歩くというものだったが、しっかりした目的を持たなければならなくなった。仕事だから記録しよう、という気分になったのだ。だから普通に標準レンズをつけていればいいのだが、どこか私には気難しいところがあり、レンズからこだわりはじめたのである。

望遠と呼ばれるものを、すべて排除した。遠くから被写体を切り取るのは、どこか安逸に流れているような気持になったのである。標準のサイズはマミヤ6で充分に経験したと思い、広角レンズを求めたのである。たとえ三十五ミリでも、標準の感覚で撮ると、被写体は小さく写っているだけである。標準レンズの感覚から、一歩前へ出ないと、撮りたいようには撮れないのだった。次に手に入れた二十四ミリでは、さらに二歩、被写体に近づかなければならなかった。

いい度胸をしているよなと、一緒に取材旅行をしているカメラマンに、驚嘆されたことがある。撮り方という点においては、私ははじめから正解のやり方をしたのかもしれない。ただの物の被写体だと、いくらでも近づくことができるが、相手が人だと異常接近になり、足が止まってしまうのである。それでも、踏みこむ。旅先にいた、爺ちゃんや婆ちゃんであった。シャッターを切ってから、撮ったぞという顔をすると、穏やかに笑ってくれることが多かった。びっくりした顔をされても、もう一枚と指を立てて頼むと、頷いてくれる場合がほとんどだった。

できなかったのは、若い女性に対してである。いきなり撮るなどというのは、痴漢行為に近い、と思った。いまならばまず考えないだろうが、昔は多少の余地はあった。結局度胸を出せなかったのだから、カメラマンとしてはへたれだった。

ある時、旅先で時間潰しにパチンコをしていたら、隣の席に、蓮っ葉な感じだが、いかしたお姐さんが座った。私は無意識に近く、そのお姐さんの横顔を撮ったのである。ちゃんとピンが来ている、とカメラマンは驚いていた。パチンコ屋では、誰も周囲を気にしていないが、二度目は意識してできなかった。

旅は厳しくても感傷的なのだった

カメラはただの箱である、とずっと思っていた。

誰かがそんなふうなことを言ったのだと思うが、忘れてしまっている。子供のころ、何度も言われたのではなかったか。だから箱としては信用するが、それだけであった。特にオートフォーカスになると、これはもう完全に箱感覚で、デジタルになってしまうと、フィルムも入れないのだから、そういうこともすべて忘れた。

誰もが、写真を撮れるのだ。せいぜい構図の工夫ぐらいで、あとはシャッターを切ればいい。すると、写真がつまらなくなった。なんだかなあ、と思ってしまう。踏みこんで撮る、などということも、どうでもよくなった。ただ、レンズは二十四、三十五ミリのままだから、被写体は大抵小さく写っている。それも、気にしなくなった。

フィルムを入れていた時代は、まだ遊ぶ余地があった。たとえばトライXなどというフィルムがあり、ＡＳＡ感度四百なのだが、四倍増感で千六百にできる。そこまでは、まず粒子は荒れない。地方のキャバレーなどに行き、煙草に火をつけるために女の子がマッチを擦った瞬間、パチリとやると、暗がりで見るのとは違う、面白い表情が写っている。暗がりでシャッターを切っても、写っているはずはない。そう思える時代だった。フィルムも三十六枚撮りで、一枚が大事だった。

デジタルになり、カードを入れるだけで、何百枚も撮れるようになった。シャッターを切る一瞬の賭け、というようなことはなくなり、連写していれば、大抵は欲しいものは切り取れるようになった。つまり、シャッターチャンスまで、カメラが作ってくれるのである。

記録だと割り切って、シャッターを切っているしかない。小説のための取材旅行をするようになって、私はカメラをそんなふうなものと考えるようになった。

まさしく写真で、真を写すのである。しかし、それだけとは思えなくなっていた。写と真の間に、いろいろなものがある。いつか、そう考えるようになっていたのである。

写真家の人たちと、ずいぶんつき合うようになっていた。彼らの作品を見ていると、真ではあるが、必ず別のなにかがある、と思えたのだ。私は、シャッターというものについて、のべつ考えるようになった。よくよく自分の撮影ということを見てみると、わずかだが、ここでシャッターという瞬間がある。指を動かすのが、意思ではなく、本能に近いと思えることが、稀にだがあるのだ。

そして私はある時、なんでもなく気づいた。いま切ったシャッターは、被写体ではなく、被写体を通して自分を撮ったのではないか。それから私は、ただシャッターを切り続けるというのをやめた。レンズを構え、指が動いた時のみ、シャッターを切る。大抵は、一度きりのシャッターである。自分を撮ったのだ、と思ってみると、なにか浮かんでくるような気がする。そのなにかが、はっきりと見えてくることはなく、いつも違うもので、しかし同じ自分なのだという気がした。

それから私にとって写真は、面白いものになった。指が動いた時だけ、撮る。そうしていると、一週間の旅行で、三十枚も撮っていないこともあった。それでよかった。記録など、記憶に頼っていればいい。三十枚には、それぞれその時の自分が、多分写っているのだ。

私にとって写真は、写と真の間に、その時その時の自分がいる。いまもそう思って、シャッターを切っている。

愉しもう、とも思う。アメリカ南部の、ディープ・サウスと呼ばれるミシシッピ・デルタを旅行して、倉庫でやっているブルースのライブに行った。ともに旅をしたのが、長濱治である。ブルースメンの写真では、第一人者の彼は、無名の相手でも躊躇なくレンズをむける。有名無名が、ブルースにはなんの価値も持ちはしない。

御機嫌なライブだった。私は、肚の底にこみあげてくる喜びを、躰を動かすことで放出した。長濱が、ステージにむけて、ストロボを焚く。私も、写真を撮りたくなった。ストロボはない。私はステージにむけてシャッターを開いて固定し、長濱のストロボが光ると同時に、閉じた。闇の中に、ぼんやりした像がうごめく。その中に、くっきりとストロボが照らし出した像がある。ステージの動きを捉えた、面白い写真になった。いやな撮り方をするねえ、と長濱は呆れていた。

　そのころから、私は被写体について、レンズについて、別の傾向を持ちはじめていた。二十四ミリと三十五ミリは変らなかったが、望遠レンズを遣いたくなったのだ。それも、ちょっとスナップを撮るというようなレンズではない。超望遠と呼ばれるようなもので、私はニコンの五百ミリを選んだ。これはスポーツ写真などに遣われ、相当に長いレンズになる。それが、太いが短いというものがあった。絞りは固定だが、レフレックスと呼ばれる反射式のものである。私は、それを手に入れた。

　旅に持参する。本来なら三脚が、最低でも一脚が必要とされたが、私は手持ちで旅の友にした。きちんとシャッターを切るために、集中力を極限にまで高める。わずかに触れるだけでも、ピントがはずれる。シャッターを一度切ると、私は二、三度息をつかなければならなかった。

　できあがった写真は、鮮やかであった。狙った被写体だけがくっきりしていて、周囲のものは被写界深度の関係で、ぼやけている。西アフリカの旅で、私はそれを多用した。

　どうも、色彩から人の姿、表情まで、センチメンタルなものが滲み出している、と私は思った。原色が鮮やかで、それが見ている私の情念を刺激する。旅の間、私はずっと、どこかでセンチメンタルだったのだ。その時の写と真の間には、いささか感傷的な自分がいた、ということだろう。

　それは、タクラマカン砂漠を横断する旅行をした時も、中南米の旅でも変らなかった。旅とセンチメンタリズム。それが写真から分析できた、私というやつなのであった。

ある日の街がどこか変っているのか

街を歩くことが、少なくなった。

少なくなったのだから、まったく歩かないというわけではない。時には、二、三時間の散歩をしてみるのだ。

マスクに帽子、ブルゾン、冷える時は薄いコートという恰好で、ふだんならそんな服装はしないのだが、いまはごく普通に街中をそういう人が歩いている。私が、やや変っているところは、ステッキをついているということぐらいか。脊柱管狭窄症の手術からの回復祝いに、贈られた高級品である。必要ないのだが、とても手触りがよく、同時に武器でも持っているという気分にもなる。

ステッキを武器だと思うのは短絡だが、武器をステッキにしている人間には、会ったことがある。なぜか木刀の柄の部分に繃帯を巻き、片袖をひらひらさせたやくざであった。誰もこわがっていなかったので、引退した老やくざだったのかもしれない。隻腕であった。眼もやさしかった。

そんなことを考えていたら、あの時のやくざより、私は歳上になっているかもしれない、とふと思った。学校の同期の友人では、引退している人間の方が多い。作家には定年などというものはないから、引退ではなくただ消えて行くだけかもしれないが、自分で引退を決めた人も多分いるだろう。

私は引退など考えたことはなく、ステッキが武器になるかもしれないなどと考えて、都心の街を歩いたりしている。

しかしながら、いざ争闘となった時、その武器は、つまりステッキは、役に立つのか。それを遣いこなすだけの、体力はあるのか。考えてみると、加齢とは残酷だな。孫と走って、以前は勝てた。憎まれ口を利いて逃げようとするのを、追いかけて襟首を摑み、足首を持って逆さ吊りにして、お爺さま、御慈悲を、と言わせたものである。いまは、追いかけても、背中が遠ざかるだけだ。確実に上昇している孫たちに較べて、私は急降下している。もう、取っ組み合いなど、孫の方がしなくなった。投げ飛ばしたと思っても、意外な柔軟さでしのぎ、二度目もしのがれ、三度目は息があがってやれない。

私がいま孫に勝てるのは、寝技だけである。これは技だから負けないのだ、と思っていたが、体重が何倍もあるからだと、ある時に気づいた。

だから寝技だけは、もうしばらくは勝てる。しかし私は、寝技の勝負はやめた。体重勝負はアンフェアだと考えたわけではなく、勝てている間にやめようと思ったのである。

なにか競っていても、すぐにやめ、これ以上やると爺ちゃんは死んじまうからな、と言う。だって爺ちゃん、死なないんだろう。私は、かなり以前、爺ちゃんは不死身なのだ、と自慢したことを思い出して、愕然とした。死ぬんだよ、爺ちゃんは。もう簡単に死んじまうんだぞ、と本音は吐けない。すぐに、脳勝負に移行する。しかし、記憶力からなにから、上昇と下降が交錯しているかもしれない、と感じることがしばしばである。

感性の面でも、やつらとの食い違いは出てきている。かつて私は、おならしブルースという替歌を作り、風呂の中で唄ってやったことがある。同時に放屁する。下からあがってくる泡が、鼻のそばで破裂した時が最も臭いと教えてあるので、やつらは背をむけ、しかし湯を叩いて喜ぶ。すぐに私の歌詞を憶え、合唱したものである。さらに別の歌も作ってくれというので、ウンコのマーチというのも作った。これにも大喜びで、友だちの家でやったりしたと、母親から猛抗議を受けたこともある。

私の中で、マイブームはかなり長く続いた。しかしやつらは、ある時、横をむくようになった。あるいはうつむいて、ちょっと笑ったりしている。

おい、おまえら。私は、強制して一緒に唄わせようとする。爺ちゃん、下品だって、自分で気がついてないの。

なんということだ。これを面白がる時期を、あっという間に通りすぎてしまった。私の方は、替歌作詞にこだわって、いまだに一緒にやろうと言い続け、応じてくれるのは幼稚園に行っている、一番下の孫娘だけである。彼女は、無邪気にかわいらしく唄う。俺らの妹なんだからな、とやつらにたしなめられる体たらくなのである。

やつらは、それぞれにスポーツにも打ちこみ、それぞれに正選手になっているらしく、試合を観に来てくれ、と私に言ってくる。日本選手権クラスだったらな、と私は返しているが、内心では行きたくて仕方がない。時が合わないというのもあるが、まだ行っていないのである。

押さえつけて、人参潰しと称した、体重をかけてごろごろとやる技をかけ、お爺さま、尊敬申しあげております、どうか御慈悲を、と一言一句間違えずに言わせていたのが、ついこの間だったような気がする。それがもう、会うと組みつくということもなくなった。挑んでくるのはせいぜい腕相撲で、これだけはやつらはまだ私に勝てないのである。

街を歩くと、さまざまな景色がある。大きな公園など、家族連れをよく見かける。華やかな通りでは、カップルの姿が絶えない。みんな楽しそうで、コロナはどこへ行ったのだという気になる。それでも感染者は増えている情況なのである。

政府は、日本の科学技術を自慢するが、いま絶対に必要なワクチンなど自前では作れず、世界的に見ても遅れに遅れている。感染者や死者の総数が少ないというのなども、自慢にもなるまい。高度の医療を誇っていたが、医師会の会長のような人が頻繁にテレビに出て、すでに医療崩壊しているなどと叫んでいる。それは全体の二十五パーセントの、コロナを扱う病院のことで、残りの七十五パーセントがどうしているのか、説明もない。

第一、私たちに医療崩壊と言ったところで、なんの解決にもなるまいよ。私たちはただ愚直に、感染防止のために自分でやれることをやるだけだ。それでもかかってしまったら、私のような高齢で重症化リスク満載の人間は、呆気なく死ぬのだろうな。

遠くて近い唄声が懐かしい

かもめのポルトガル語は、ガイボタである。

そして、ファドの曲でもある。私はリスボンでアマリア・ロドリゲスのレコードを手に入れたが、それを探したのは、旅の途中で少女の唄を聴いたからだった。たどたどしい唄は、アマリアの唄とはまるで違うものだったが、それはそれでよかった。

その旅で、私はファドのファンになり、いまでもよく聴く。

ずっと昔から、たとえ手漕ぎのボートに近くても、いつかは船と呼ばれるものを持ちたい、と夢見ていた。まだ見ぬその船の名が、ポルトガルで決まったのである。ガイボタという。

その数年後、私は運よく小さな船を手に入れることができて、船名をガイボタにした。ファドの『ガイボタ』を、アマリアのように唄っている歌手はいない。本場のファド歌手ではそうなのだが、日本人の歌手が、日本語で唄った。ちあきなおみである。アマリアとは違うが、粘りついてくるような唄声で、私はそれも好きになった。

私は、アマリア・ロドリゲスのステージを、生で観たことはない。私がポルトガルに行ったころ、アマリアは歳をとりすぎていたし、やがて、日本にも訃報が流れてきた。心残りだが、映像で観て、レコードやCDで聴くしかなかった。

ステージとは別に、映画に出演している。『過去をもつ愛情』というフランソワーズ・アルヌール主演の映画で、酒場の経営者としてアマリアが出演していた。ステージとはまた別の、ちょっと蓮っぱな女主人で、自分の店で唄う。『暗いはしけ』である。

ポルトガルを再訪した時、アマリアは亡くなっていたが、マリア・アルマンダという、当代一と言われている歌手と会った。

気さくな人で、唄はうまかった。音楽的にアマリアを凌いでいるとしても、なにかが足りない。そしてそれは、決定的なことだった。

十年近く前に、スリー・クイーンズとして、若手の歌手三人のCDが発売されたが、やはり音楽的にはすぐれたものだった。そしてそれだけなのである。

音楽的にすぐれているとは、どういうことなのだろうか。わずかでもはずすことはなく、美声で正確に唄いあげることだろうか。ならば初音ミクなど絶対的にすぐれた歌手であるが、誰もそうとは思わない。ファドは情念の歌で、音楽的な正確さなど求められてはいない。

なにか心を切り裂くような、聴く者が自分だけの歌だと思えるような、不思議なものなのである。

アマリアの歌は、孤高の至福というようなところがあり、そこにこめられた情念は、逆に生の切なさやつらさを感じさせるものだった。アマリア以後の歌手も、さまざまなものを持っているが、この孤高だけはどこにも見当らない。

唄うことによる表現は、最後は孤高に行きつくべきなのか。ビリー・ホリデイがそうであった。美空ひばりも、そうだという気がする。

私がはじめて『ガイボタ』を聴いたのは、リスボンからポルトへの旅の途中で、港の宿のそばにある酒場だった。旅の話をいろいろ書いた時、このことも書いたなあ。

唄ったのは、はじめ私が物乞いと間違えた、少女であった。たどたどしいもののよさが、私の心を揺さぶったのだから、歌はやはり正確さだけではない。

その旅のころ、アマリアは生きていたのだが、もう表に出てきてはいなかった。何年か前に、マデイラ島の国際会議で唄ったのが最後かもしれない、とレコード屋の店員が言った。私はそこで、『ガイボタ』と『暗いはしけ』を手に入れたのだ。映画『過去をもつ愛情』では、あの美女のフランソワーズ・アルヌールの腋毛が写っていて、私の鼻の穴をふくらませた。彼女の映画なら、私はジャン・ギャバンと共演した、『ヘッドライト』が好きなのだがな。

腋毛が写っている映画を、私はたくさん観たような気がするが、思い出せるのは、ほかに『ラスト、コーション』のタン・ウェイと、『にがい米』のシルヴァーナ・マンガーノぐらいだな。

ヘア無修正で、アンダーヘアをまともに見ても、鼻の穴はふくらまない。脇毛でふくらむというのは、ある種のフェチなのであろう。

私の小さな船は三代目になるが、ガイボタという船名である。Ⅱ世もⅢ世もつけない。そして、カラオケのある店で、カモメとタイトルに入っていると、覚えて唄うようになった。とにかく、ちあきなおみの、『かもめの街』である。それから浅川マキの『かもめ』。渡辺真知子に『かもめが翔んだ日』というのもある。大沢新宿鮫に、長い間、音痴と誇られていて、時々ほんとうかもしれないという気もするが、構わず私は大らかに唄うのである。大沢新宿鮫とは、遊んでやらない。カラオケがある店などに行くと、握りしめたマイクに齧りつきながら、唄い続けるのだ。多分、酔っているのだろうな。

ファドであるが、『ウナ・カサ・ポルトゲーザ』という歌を、私は一時唄えた。ポルトガルの小さな家、とでもいうタイトルなのだろうか。それは、イタリアのポジターノやアマルフィといったソレント半島に行き、その間だけ『帰れソレントへ』を一部だけ唄えるのと同じようなものだ。

ポルトガルにも、ジプシーの物乞いがいないわけではなかった。赤ん坊を抱いた若い女に、小銭を渡しているヨーロッパ人を時々見かける。働けよなどと言って追い払う人も少なくないが、働くことはできないのだ。差別である。最下層ほど差別は強くなり、売春婦は、ジプシーの女に決して商売をさせない。下になればなるほど、さらに下がいるというのは、安心できることなのだろう。

私もやはり、小銭を握らせるタイプである。子供がわっと寄ってくると、これはスリのようなものだから、一番大きいのを蹴っ飛ばす。パリによくいたが、いまは人通りも少ないのだろうな。

ほとんど無人のパリを、ロンドンを、ニューヨークを歩いてみたい、とふと思ったりする。

君も一緒に行くかい。

あれは違う人ですと言いたくなった

写真集が出た。

長濱治氏の、写真集である。出ましたね、などとよく言われるのは、『奴は…』という写真集の被写体が私だからである。買った友人から、おまえばかりで辟易した、と電話があったりした。

長濱氏が最初に私を撮りに来たのは、もう四十年も前のことだ。

そのころ私は、撮られることに馴れていなかったので、やれと言われたことはすべてやったような気がする。

それから、雑誌のグラビアなどに出るようになった。構えると、険しい顔になる。それを、クサイ顔をして、とよく言われた。おまえはクサイ顔をしているんじゃない。顔そのものがもともとクサイのだ。そう言ったのは、中学高校時代の大先輩である篠山紀信氏であった。それは正しい意見だと、いまも思っている。

長濱氏の撮影は多岐にわたったが、雑誌の仕事が多かったような気がする。そのころになると、写真家としての長濱氏のことも知識として入ってきて、男を撮るのに定評があることがわかった。アメリカの、ヘルズエンジェルスを撮った写真集が有名で、撮影には相当の危険があったのだろうと思えた。いまでは、諸事情により、入手が困難な写真集になっている。

近いところでは『猛者の雁首』という写真集で、およそ知られた日本の男たちの、雁首を並べているのだ。私も登場しているが、なんと言っても開高健さんの雁首の迫力が素晴しかった。この人は怪物なのだ、というのがよく表われていた。

やがて私は、長濱治と、個人的にも親しくなった。大変な読書家で、私の著作をほぼ読んでいる数少ない読者のひとりであろう。ハードボイルド小説の読者、日本の歴史物の読者、中国小説の読者と、大きく分けることができるが、私ひとりで書いているのであり、読んで愉(たの)しむのにジャンルなど関係ない、というありがたい読者も存在しているのだ。具体的な姿でそれが見えたのが、長濱治であった。

新刊が出るたびに、なにか感想をくれるが、書評家のそれなどとは、まるで違うものであった。イメージの捉え方に、独得の感性があるのだ。私にとっては、貴重な感想であることが多い。

一緒に旅をすることも、多くなった。長濱と私が行ったキューバなど、まだ誰も行っていないような時代で、雑誌に掲載した紀行文と写真は、その後キューバに行く人たちの、重要な資料になったのだという。

印象深かったのは、アメリカ、ディープ・サウスの旅である。夏なのに、地平まで雪が積もっていた。白いのである。実はそれは、開花した綿花なのである。いまは、巨大な昆虫のように見える機械が綿摘みをするが、昔は手で摘んだらしい。

映画にもよく描かれていて、『怒りの葡萄』などそうであった。私の好みは、『プレイス・イン・ザ・ハート』である。長らくＤＶＤになっていなかったが、何年か前にようやくなった。八〇年代前半の、映画ではなかったか。なかなかＤＶＤにならないのに、なにか特別の理由があるのだろうか。『ライオンと呼ばれた男』など、まだなっていない。監督がクロード・ルルーシュで、音楽がフランシス・レイ、主演がジャン＝ポール・ベルモンドで、これだけでも無条件でＤＶＤにしてもいいと思う。きわめていい映画なのだ。いい作品がそうやって埋もれていくのは、ちょっと悲しいな。

いかん、フランスに脱線したか。アメリカ南部を扱った映画で、長濱治と評価が一致したものがある。『ウィンターズ・ボーン』である。デビュー間もないジェニファー・ローレンスが主演で、南部の白人を描いている。これは結構こわく、南部ではむしろ白人社会の方が空気が腐っているのではないか、とまで感じさせる映画であった。数多くの映画賞に輝き、ジェンの出世作となった。

ディープ・サウスの旅行は、デルタブルースの旅でもあった。私たちは街へ行けばゲットーに入り、ブルースが好きなのだというと、微妙だが親愛の情を示されることが多かった。ジャズとブルースが、どんなふうに同じで違うか、私はその旅で実際に学ぶことになったのだと思う。そうでなければ、暗い、あるいは直接的な歌詞が、ブルースだと思いこんだままだったかもしれない。

ブルースについて語ると長くなるので、ここではやめておこう。私との旅も含めた長濱治のディープ・サウスの旅は、『マイ・ブルース・ロード』という、出色の写真集にまとめられている。

なんだかなあ。私はここで、長濱治の新しい写真集の宣伝をするつもりなのだが、写っているのが自分ということになると、照れ臭くて直接的に言えなくなってしまう。

かなりの部分が、雑誌のための撮影だったが、あまり仕事という意識はなかった。特に旅先の写真など、とにかく好奇心が先に立って、取材の撮影などとはかけ離れていた。

写真集のために撮ったのは、現在の私だけである。それでも長濱はしつこく私につきまとい、友人たちと酒を飲んでいるところにまで現われて、シャッターを切るのであった。うるさくなったが、私よりかなり年長である長濱のこの執念はなんだろうと考えると、圧倒されて、レンズを見返すだけになった。

現在の私があるので、写真集は重層的なものになった。なにが重層的かは、見ればわかるさ。私は過去の自分の写真を見て、うむ、と呻きをあげた。言葉にすると、なんだよ、この髪は、である。いまの私の、十倍ぐらいの毛量ではないだろうか。九割の髪は、どこへ行ってしまったのだ。それが歳月だと、諦念をただ抱えろというのか。

私ばかりが、写っている。私の四十年の軌跡などという惹句もある。しかし帯をとってしまえば、私の名など一度も出てこない。それが、当然なのだ。写と真の間にさまざまなものがある、と教えてくれたのは長濱だが、ここではまさに、長濱治があるのだ。つまり私という被写体を通して、長濱は自分自身を表現した。

そう考えると、私の写真が意外に深いのだと、君にもわかるぞ。

いつかみんなで責任をとってみるか

街に、人がいない。

いるところにはいる、という話だが、私が知っているところには、あまりいないな。店なども閉っているよ。たまに開いている店があると、そこだけ人が溢れている。外出自粛要請だけで、本格的なロックダウンに到っていないから、こういう現象が起きるのだろう。しかし、全体的にはやはり人はいない。

疫病の抑制について、日本はうまく行っている。経済を回しながら、感染者の数を欧米と較べ低く押えている、という意見をどこでだか読んだ。ほんとうに、そうなのかな。その意見には、政府を褒めるようなニュアンスがあったが、私がひっかかったのは、多分、そこだろう。うまく行っているのは、国民が偉いからだろう。疫病だけでなく、この国は国民性の従順さと真面目さで、大した混乱が起きずに済んでいるのだ。国民がそうだから、政府は腑抜けになり、それが時々露呈して、悲しい気分になる。ワクチンの遅れなど、そのいい例である。それでも、国民は怒らない。ほんとうには、怒らない。

民衆の革命の歴史がない国なのだ。

政治家が、なぜいるのか。実務は官僚だけで充分なのに、なぜいるのか。ちょっと馬鹿げた、壮大な夢を語るためである。たとえば、人類はエネルギーの問題を抱えている。それを解決するために、地球そのもののエネルギーを遣う。地熱発電などではない。マグマ発電である。それに政治生命を懸けます、という政治家の話など聞いたことがない。ほかの馬鹿げた夢も、耳にしたことはないなあ。

世界を見渡せば、覇権主義者とでも言う政治家はいるようだ。そういう強烈な政治家も、日本にはいない。覇権主義者が攻めてきて、日本を占領してしまったとして、政治家は地下抵抗組織を作れるか。そういう情況になってみないとわからないが、まあできないだろうな。

占領があり得ないことではないのは、米国に占領された歴史が物語っている。そこで、この国は占領されることについて、秀いでた適性を見せた。国民が立派で、政治家が腑抜けだったからである。政治家が地下抵抗組織を作るような国だったら、いまのような繁栄はなかっただろうから、彼らが強烈であることも、痛し痒しなのだ。

とまあ、この国は政治家についてあまり語ることがなく、なにかを期待するということもないのだ。

ただ、私は期待していることがひとつだけある。責任を取ることだ。

誰も責任を取る人間がいないことについては、政治家が責任を取る。酷暑で、熱中症による死者が多く出たら、政治家が責任を取る。一年に、規定回数以上の殺人事件が起きたら、政治家が責任を取る。殺人について、規定回数などということを決めたら、政治家が責任を取る。

つまり政治家は、責任を取るために存在しているのである。この優秀な国民性の、数少ない欠点のひとつが、責任の所在が明らかにならないことがある、ということだ。

福島の原発事故の原因については解明され、その収束の方法もこれ以上はないというほど議論されているのだろうが、事故発生から今日に到るまでの、全体の責任を誰が取ったのだろうか。

疫病に見舞われ、必要になったワクチンを、製造もできない医療後進国に成り下がったのは、どこかで責任が回避されていたからではないのか。外国から入れる手配が致命的に近いほど遅れたのも、どこかで責任が回避されたからに違いない。

オリンピックをやるやらないと、誰が決め責任を取るのか。それも、はっきりはわからないぞ。どちらにしても連帯責任で、それは国民の連帯だけでなく、世界国家間の連帯でもあるので、結局責任がどこだかわからなくなってしまう。それがこの国の政治家のやり方だと、私は考えている。

街に人がいないというところから、おかしなところに脱線してきてしまった。

街には人がいないが、この国にはほんとうの政治家がいない。そんなことを、言ってみたくなる。本来ならば、酒場でそんなおだをあげるところだが、その酒場が開いていない。昼間だと、酒を飲むところがあるのかどうか。昼間から飲ませて、私をアルコール中毒にしないでくれ。

昼間飲んで、家へ帰り、また飲みはじめる。つまり、起きている時間は、ほとんど飲んでいる。

そういう状態を想像し、自分ならやりかねない、と私は思った。それをしばらく続ければ、立派なアル中であろう。

考えてみると、酒を飲む場所は、自宅しかないのだ。買い置きのウイスキーがかなりあるので、平気で飲んだくれているが、いずれ、アルコールそのものが禁止される、ということはないのだろうか。禁酒法が日本で蘇えるということになる。それだと、私は健康になるかな。

とにかく、原稿を書く。本を読む。映画を観る。音楽を聴く。理想的な生活の中で、私は引き裂かれそうである。飲んだくれたあとなど、時間をドブに捨てたようなものだ、と自嘲と自責に襲われたものだった。しかしあれは、ドブに捨てていたのではないな。生活の中の、遊びの部分だった、という気がする。なにもかもきちっと決めると、息苦しくなる。それを解消するための、遊びである。車のハンドルにも、遊びがある。なければ、クイックになって危険なのだ。

それにしても、私はこんなことを書き連らねていていいのだろうか。疫病と人間について、もっと深い考察は書けないのか。書けないな。書けるとしたら、この疫病を乗り切って生き延び、ある程度の時が経ってからだろう。

いまは、あらゆるものが、理不尽だと思える。そう思う自分が、情なくもある。ひたすら感染の防止につとめて暮らし、犬の散歩などに行くと、全員がマスクをしている。マスクなしの人間が冷たい眼で見られたのは、かなり前のことだ。間違いなく、マスクは人間のパーツのひとつだ。君も、マスクマンだろう。はずせないよな。

ただ待てばいいと思うしかないのか

薄闇に、赤い光が散らばっている。

点滅しているものもあれば、静止して光だけを放っているものもある。異様な光景を、見ているような気分になった。

私は、所用で都心のホテルにいた。原稿も書かざるを得ず、明け方までデスクにむかい、ふとカーテンを開けたのである。眼前にはそれほど高くないビルがあるが、そのむこうは高層ビル群である。ビルの屋上には、さまざまなものがあるが、必ずついているのが、赤いライトである。これはヘリコプターなどに警告を出すものなのだろうか。

ふだんより、灯火は少ないのだという。その上、霧がたちこめてきた。明りは薄明と霧に紛れるが、赤い光だけはくっきりと見える。

なにか、宇宙船の襲来のようで、私は映画でも観ている気分になった。

やがて陽の光が支配しはじめた時、赤い光は次々と消えていった。霧も晴れて、高層ビル群は、もうそれ以外のものには見えなくなった。

私は眠る必要があり、四時間ほどベッドにいて、起き出すとシャワーを遣って、昼食のために外出した。

道路を横断すると、思わず身を引いてしまうような雑踏になった。なんだこれはと思っても、若い女性が広場一帯にかたまっていて、みんな立ち止まり、写真などを撮っている。

つまり群集は、移動しているのではなく、蝟集しているのだった。よく言われる、三密などという段階ではあるまい。はしゃいで、声をあげている若い女の子もいる。

なんだかは、すぐにわかる。女性歌劇団の専用劇場がそこにあり、はねたあと、客は出演者の出待ちをしているのだ。それはそれで、熱心で悪いことではない。ただ、社会的な距離はとって欲しいな。

スマホを覗きこんだ数名の若い女性が、私の行手を塞いでいる。こら、と軽く言うと、痴漢でも避けるようにこちらを睨みながら、道を空けた。

その女性歌劇団は、私はファンというほどではないが、大変なものだとも思っている。

若くして亡くなってしまったが、ダンスの名手と呼ばれる男役がいて、よく一緒に食事をしたりしたものだった。大浦みずきという。

出待ちの集団にも秩序はあると言われているが、いまは集団がいけないのだよ。このあたりは、有名な劇場が多いが、この歌劇団の出待ちほどの人は、平常時でも緊急事態でも見ない。

私は、恐る恐る、その集団を突き抜けていった。できるかぎりそっと息を吸い吐く。ぶつからないようにする。ようやく広場に出ると、密集した人の海からは逃れるが、無人になったわけではない。

この一帯には、結構な数の映画館もあって、私はよく行くのだが、いまはその入口あたりはどこも閑散としている。閉められてしまっているのだ。なんでだよ、と人波の恐怖から抜け出してきた私は、密集した集団をふり返りながら呟(つぶや)く。

なぜ、映画館が休業しなければならないのだ。私は映画ファンとして言っておくが、映画館には出待ちなどはない。

スクリーンから俳優が出てくると、『今夜、ロマンス劇場で』という映画みたいになる。映画がはねたら、人は思い思いの方向へ散っていく。混雑するとしたら、出口のドアのところだけだろう。そんなものは、映画館側の誘導で、なんとでもなる。

ほんとうに、私は首を傾げるな。出待ちの集団は、規制するかどうかは別として、都の職員か警察が、解散を呼びかけて然るべきものである、と私は感じた。警視庁が近くにあるが、都庁は新宿だからな。

映画館、なんとかして欲しい。休業ならなぜ休業か、わかるように説明して欲しい。

こんなことを、うつむいて考えているのは、私だけなのだろうか。

私は、街の飲食店が営業自粛させられたり、酒が飲めなくなったりしていることに、文句はあるが言うつもりはない。

それでも、映画館は言うぞ。スクリーンの中で人が動いていたとしても、舞台ほど空気を掻き回すわけではなく、音声が飛沫を飛ばすわけでもない。映画館は、どんな劇場より静謐だぞ。

なぜ、映画館を目の敵にするのか、理由を聞かせてくれ。私は、寂しくて悲しいのだ。ちょっとときめくような、開演前のあの雰囲気を、早く味わいたい。

私は、昼食のために、ある店に入った。安価が評判の店だが、席は密である。百人以上入れる店だろうか。テーブルとテーブルの間を、トレイを肩のところにまであげて持った店員が、めまぐるしく駈け回る。ノンアルコールビアを、私は頼む。

昼食の時に酒を飲む習慣が私にはないが、なぜ酒が駄目なのだろう、という気持はこみあげてくる。大声で喋るから駄目だというが、昼食の最中でも、店員さんの声は飛び交い、客は大声で喋っているのだよ。

矛盾ばかりだなあ。どこかで、得をしているやつがいたりするのだろうか。

街を歩いてみて、人が少ないとは私には思えない。緊急事態宣言の効果が見えるのは、デパートや大規模商業施設だというが、閉っていたものが途中で開いていたりする。経済が死ぬなどという言い方をしているが、街の店は半死半生である。

ところでワクチンを打てば、かなり感染の危険を回避できるという話だが、順番が回ってきたという知らせが、なかなか来なかった。ニューヨークの友人など、とっくの昔にワクチンを打っていて、日本はどうなのだと言ってくるが、恥ずかしくて、現実を知らせられない。

やっと知らせが来て、ニューヨークとローマの友人に教えたが、グッドラックという言葉が返ってきただけだ。

ワクチンを打ったら、私はなにをしようか。

なにも、できないな。街は同じ情況に違いないし、旅行などができるのは、相当先の話になるだろう。まだ、小人閑居なのだろうか。

君は、ワクチンはまだだろうな。

数値に眼をむけず太く生きよう

体温を測る習慣がついた。

毎日毎日やっていると、すべての動作が機械的になる。コロナが終熄しても、私はこの動作から逃れられず、何年も体温を測り続けるのかもしれない。そのうち発熱することは多分あるだろうから、その時の自分のパニックがどれほどのものか、いまから想像して愉しみである。

疫病の流行がはじまったころ、私は体温計を何本か買った。一本で充分だろうと言われそうだが、いろいろなところに置いておくつもりだったのだ。海の基地には、置いておかなければならない。カンヅメになるホテルにも、持っていかなければならない。自宅も、二階にある書斎と一階の居間に置いておきたい。行方不明になりそうなやつだから、予備に一本は持っていたい。

これまでの人生で、自分用の体温計を所有したことはないのに、一挙に五本の体温計持ちになった。遣うつもりだから、全部試した。それでいいようなものだが、五本とも全部数値が違うではないか。連続的に同じ部位で測ったのだから、同じ数値が出るべきであろう。それがほとんど一、二分違い、最大最小の差は六分あった。

うむ、六分というのは大きいぞ。平熱だったものが六分上乗せすると、発熱状態になるではないか。

これはなんとかしなければならないが、誰に相談すればいいのだ。私はまずホームドクターに訴えたが、おでこに体温計を当てて、六度一分、異常なし、と言われた。くそっ、私の体調がいまひとつ悪くならないのは、このドクターの楽観的な性格によるのではないのか。いまひとつどころか、血液検査の数値がとてもいいのだが、どこかに六分違いのものがあるのではないのか。そういうところに気を配り、潜んだ異常を摘出して、病気を初期で見つけるのが、ホームドクターの仕事だぞ。

書いていたら、血圧計を四つ持っていることにも気づいた。ただ血圧は、立ちあがってトイレに行き、戻ってくるだけで、十や二十は違うという認識がある。深呼吸したって下がるじゃないか。つまり、あっという間に上がったり下がったりするのだ。

血圧と較べて体温の方は、一日のうちの推移で、束の間で上がったり下がったりしない。それにしても、血圧計はいい加減だ。四つ並べて次々に測っていったら五十ぐらいの差が出たことがある。

病院の血圧も、いい加減である。医師の前で測ると、ものすごく上がる人がいるらしく、そういう人は高血圧と診断されてしまうのか。大体がだな、どこぞで決めている正常血圧というのが、老人と二十歳の青年とに、同じように適用されてしまうのか。歳を取るごとに血圧は少しずつ上がってきて、それは正常なことだとものの本にあったぞ。

血糖値もそうだ。私は四十年ほど前に、境界型糖尿病と診断され、このままの食生活を続ければ、明日にも本格的な糖尿病になってもおかしくない、と言われた。

それから四、五回、人間ドックに入るたびに同じことを言われるので、本格的なドック入りはやめた。やめて三十五年は経っているのである。ドックに入らなかったからどうの、ということは一度も起きていない。

それで糖尿病だが、ホームドクターに測って貰う。そして、実は境界型のままなのだ。四十年間だぞ。

この食生活を変えなければ、すぐにでも、と言われたが、ほとんど変えなかった。ステーキなら、サーロインを四百か五百グラム、すき焼きしゃぶしゃぶなら一キロ。こんなものだったのである。四十年間で、ステーキは二百グラムになり、すき焼きしゃぶしゃぶは五百グラムに減った。しかし、四十年間だからなあ。それぐらいしか、食えなくなってくるよ。正常な減り方だろうと思う。

しかし、意図的に減らしたものが、ないわけではない。白飯である。私は主に肉をおかずに、丼飯を一杯食っていた。お相撲さんだね、と言われたのは一再ではない。しかし四十年の間に、まず茶碗二膳にし、それが一膳半になり一膳になり、半膳になり、このあたりが限界かと思ったが、さらに下げることができて、いまはひと口である。

その間に、なにが起きたか。私は、痩せたのである。かぎりなく九十キロに近かった体重が、なんの苦痛もなく下がり、七十五キロ近くになったのである。十数キロの減量になる。

そして糖尿病は、ヘモグロビンA1cが、六・六とか六・七とかを往復している。これは、人間の平熱を超えなければあまり問題は出ないぞ、と私の友人の医師が言った。そいつの言うことはあまり信用しないのだが、それだけは正しいと信じている。

だから私は、境界型糖尿病というのは信用していない。作った病のように、私には思えるのだよ。糖尿病の検査キットを買い、食前に測ってみたりするが、眼の色を変えるような数値ではない。ただ、食後の二時間値の下がり方がかんばしくなくて、それはいささか気になる。要するに代謝が悪いのだろう。

こんなことを書いて、私は自分が医療おたくであることを、自分で暴いたようなものだが、三十五年、人間ドックに入っていないこととの関連性は、誰も説明できまい。

体温計も、買って数日間は、極端に測り続けたのだが、やがて飽きたのか気にならなくなったのか、測るのはひとつの体温計だけにした。外出すればしばしば体温を測られ、その数値を聞くだけで充分ではないか。

血圧などは測りもしないし、ホームドクターに測られて高い時など、いま猛烈に怒っているのだから、と言ったりする。本気で怒ると、確かに血圧は上がる、という経験をしたことはある。

その血圧を測ったやつは、別の時、冠状動脈造影検査というものに私を連れて行き、躰になにか深く入れられ、拷問ではないかと私は思い、とても残念だが正常な冠状動脈だと言われたので、やはり拷問だったのだ。

腰の手術で入院した時、若い看護師さんが血圧を測り、いくつだと訊くと二十四、と年齢を言った。こんなのでいいのだよ。

時には反則が正しいこともあるぞ

自分のことをなんと言うか、これまであまり迷ったことはない。

小学校、中学校は、ぼくと俺が混在していて、それ以後は大抵の場合は俺だった。

肉体労働のアルバイトをしている時、自分、と言うのがなぜか気に入って、しばらく遣っていた。二年ほど、自分と俺が混在。相手に問いかける時、自分はどうする、などと言う関西の知り人ができた。それが気に入り遣うようになると、自分を自分とは言わなくなった。思い返すと、おかしなものだ。

ゴールデン街で、二十年ぶりぐらいに再会した女性がいた。小さな店の、ママであった。その人は昔、四谷三丁目あたりの店で働いていて、ちょっと大人という感じがよかった。再会した彼女は、二十年分歳をとったようには見えなかった。私はその店のカウンターでしばらく飲んだが、彼女は自分のことをオレと言うのだった。

昔は、私だったなあ、と思った。女性が自分のことをオレという地方は、結構あるようだが、不意に聞くと、生まれはどこだったかなと考えてしまう。

それから私はずっと俺でいて、自由業の気ままさか、偉い人と話をする時も、俺のままであった。時には私と言うようになったのは、ごく最近のことだ。そのうち、数十年ぶりにぼくも復活させようと思っている。爺が、わしはなどと言うと様にならず、ぼくさ、はかわいいと女の子に受けそうだ。

これらは、あくまでも喋る時のことであり、書く時に俺などというのは滅多にない。小説の場合は、会話体があるので、実にさまざまである。

呼び方に通じるものとして、地名や駅名がある。市町村の合併で、歴史のある名が消えて、実に平凡な、つまらない地域名になったりする。これなど、多分、行政が悪いのだ。責任を取りたくないから、市名や町名を募集するのだ。その土地の歴史もなにも知らない人も、応募したりする。最後にどうやって決定するのか知らないが、平仮名の地名になったりする。安直すぎる、と私は思うね。

平仮名は、漢字から変換発展した、表音文字である。表意文字である漢字と組み合わせて、日本語の文章は実に秀抜な、無限の可能性を持ったものになった。そして基本的には、字が読めない人はいなくなった。総ルビにすれば、どんな文章でも小学生が読むだろう。

しかしね、すべてが仮名の文章を読んでみるといい。きわめて読みにくいし、意味が不明になったりもする。端も橋も箸も、すべてはしで、意味もまるで違う。それが漢字だと、考えるまでもなく、見ただけでわかるではないか。

表意文字と表音文字の組み合わせは、世界に例を見ないほど、高度な文化性を持っているのである。だから表意文字を、漢字を軽視するなよ。地名を募集するのはいいが、仮名のみは不可、というぐらいにはすべきだろう。それが差別という人がいたとしたら、私は闘うぞ。

小学生のころ、エスペラント語がいかに素晴しいか、と言い続ける女性教師がいて、漢字に対しては無頓着であった。世界の言語をエスペラント語にすれば、平和になるというようなことも、言っていた。私はその先生が好きではなく、出された宿題をただの一度もやっていかず、一年間、毎日立たされていた。この子は、と母親は呼び出されるたびに泣いていたが、いやなものはいやだった。

母国語が体にしみこんでいたのかもしれない、といまは思うが、その時の心境はすでに定かではない。ひとりずつ答えを訊かれ、やっていませんと言うと、立たされた。たやすい宿題であったが、一年間、頑としてやらなかった自分の根性を、いまごろになって褒めてやりたいという気分はある。

小学生のころ、私がどれだけ劣等生であったかは、生前の母の語り草であったが、次の年の担任の先生は、漢字が書けることを褒めてくれた。

あとは覇気を持てと、なにかに書いてくれて、小学生なのに私はその漢字を覚えた。本を読むことの大切さも、教えられた。ただ読めと言われたら、ふんと横をむいただろうが、その先生の書架を見て圧倒された。筑摩書房の、『現代日本文学大系』、『世界文学大系』が並んでいて、興味があったら持って行って読め、と言われた。

小学六年に読めるはずはなく、だから持って行きもしなかったが、半年間、小遣いは一切なしという条件で、『少年少女世界名作文学全集』なるものを買って貰い、壁際に並べていた。そして、かなり読んだ。『スイスのロビンソン』、『小公子』、『巌窟王』、『三銃士』、ほかにも、十冊以上は読んだと思う。うむ、いい読書体験を持っているではないか。

ところで、どこからここへ脱線したのだ。そうか、漢字の話か。唐突かもしれないが、私は漢字の駅名を見、その後ろに片仮名が書いてあるのに気づいた。高輪ゲッタウェイである。駅名など、大抵は見るだけだから、ゲッタウェイと見えたら仕方がない。高輪からとんずらしろ、とも解せる。私は気に入ったが、修正されることがしばしばであった。うるさいのだ。ゲッタウェイと読んでなぜ悪い。そんな駅名だと、私は感じる。

高輪に、蒸気汽関車が走った堤があり、それが発掘された。明治初期、汽関車は海の上を走ったのである。ただし、海上に堤が作られた。

その発掘現場を、総理大臣が視察し、感動したなどと言っていた。背後にある駅は、ゲッタウェイである。悲しい、と私は感じた。その駅が、たとえば『高輪堤』であったら、その瞬間に歴史を体現する駅名になったではないか。センスのある人なら、もっと別のものも思いつくだろう。

総理大臣がひと言、駅名についてなにか感想を発したら、行政が縮みあがるのはよくわかる。だから反則を冒さず、なにも言わないのが、施政の自然なありようなのだろう。日本的な美学でもある。しかしあえて言ってしまうのが、政治屋ではなく政治家の美学ではないか。文化を、どれほど大切にするか、人々とそれを共有するのである。

つまらないことを、言っているのかなあ。

顔がいろいろだと便利かもしれない

人の顔をじっくり見るということが、現実の生活の中に、どれぐらいあるだろうか。

穴があくほど見つめると言うが、そうするだけの特別なことがあるからだろう。つまり、現実の生活では、さまざまな現実的感覚とともに見つめる、ということになる。

なんとなくだが、しかしじっくり見つめるのは、スクリーンの中の俳優の顔であろうか。ほとんど現実と絡ませていないので、名を間違ったら、そのままというこどもしばしばである。つまり、映画の中にも、似た顔というのはあるのだ。

十年ぐらい前かな。『西の魔女が死んだ』という邦画があった。二十年ほど前、『おばあちゃんの家』という韓国映画があった。ともに親の事情で、おばあさんの家に預けられるという内容であった。

韓国映画の方は、貧しくひたむきで、情愛に溢れている日々が描かれていた。西の魔女は貧しくはなくお洒落で、さまざまな示唆に満ちた科白があった、という記憶がある。

これらは、似た顔とは関係ないな。実は、西の魔女を演ったのが、サチ・パーカーという女優であった。それ以外の出演作品を私は知らないが、魔女はかなりの老け役で、なかなか魅力的であった。サチ・パーカーが誰かに似ていたのではなく、母親がシャーリー・マクレーンなのだった。

シャーリー・マクレーンのあの顔が誰かに似ているわけもなく、弟がウォーレン・ベイティというところに行き着く。私にとっては、『俺たちに明日はない』の、初代クライドである。ボニーはフェイ・ダナウェイで、映画青年であった私に、斬新な衝撃を与えた映像だった。

ウォーレン・ベイティ、あのころはウォーレン・ビューティと日本では呼ばれていたが、その顔が、マクシミリアン・シェルに似ていると思った。『ニュールンベルグ裁判』の若き弁護士で、判事役であったスペンサー・トレイシーとともに、鮮烈な印象を私に残した。六〇年ごろの映画で、リアルタイムで観た『俺たちに明日はない』とほぼ同時期に観たと思う。

ウォーレン・ベイティとマクシミリアン・シェルを間違えてしまうのは、ナンセンスとしか言いようがないが、あのころ二人とも知らなかったのだ。クライド役のウォーレン・ベイティは、髪型を変えれば、『ティファニーで朝食を』とか『大いなる野望』のジョージ・ペパードと顔は同系列だと思う。

マクシミリアン・シェルの方は、以後、『戦争のはらわた』などに出ていて、私は好きであった。だが、『ゼア・ウィル・ビー・ブラッド』のダニエル・デイ＝ルイスを、マクシミリアン・シェルだと勘違いしてしまったのだ。

勘違いをさらに告白すると、『存在の耐えられない軽さ』のダニエルを、セバスチャン・コッホだと思ってしまった。『善き人のためのソナタ』は、私の映画ベスト・テンに入り、ほかに『ブラックブック』などという、ナチ物というかレジスタンス物というか、私の好きな作品があった。そのセバスチャン・コッホに間違えて観ていたのである。

うむ、これはあのころ、監督も俳優も吟味せずに、タイトルだけで、えい、やあ、と観てしまうやり方が生んでしまった出来事であろう。あるいは、私の杜撰さのゆえなのか。よかったのでエンドロールをじっくり観て、うなだれてしまったのである。

駄目だよなあ。私は、ケヴィン・ベーコンとマーク・ウォールバーグを間違え、散々馬鹿にされたが、角度によっては実によく似ているので、わかるよ、と言ってくれた友人もいたのだが。

俳優は、その顔を脱して、役柄の顔になりきるべきだ、と私は言ったりするが、自分の勘違いをこうやって検証してみると、ただの粗忽者に過ぎないことがよくわかる。

その粗忽さが、大変に失礼なことになる経験もした。大林宣彦監督の『花筐』を観ていて、着物がとても似合う女優さんがいた。おう、着物が似合うではないか、と友人の熊切あさ美に言ってしまったのである。出ていません、と言下に否定され、その瞬間に、あれは常盤貴子であった、となぜかわかってしまった。私も着物は似合うと言われるのですけどねと、平謝りをしていたらフォローしてくれたが、そんなことでは許されない勘違いである。なにしろ、友人なのだ。

　他人で顔が似ているというのは、不思議な気がするが、なんなのだろうか。勝新太郎に似ていると言われたが、勝さんは、俺じゃなく兄貴に似ているよ、とよく言った。お兄さんは、若山富三郎さんである。私はよく観たが、若い人たちはその名を知らないという連中も少なくない。

　映画でもテレビドラマでも、名優と言われていたが、私は『風雲児半次郎』が好きであった。池波正太郎さん原作の、テレビドラマである。殺陣が、素晴しかった。とにかく、剣が静止することがない。動きのどこにも隙はない。較べたくなるのは、萬屋錦之介か三船敏郎ぐらいであった。

　いまは時々時代物のブームが起き、若い人も殺陣をやる。足の運びなど、きちんと動いている時は、見事なものだ。体勢が崩れ、そこから剣を出すことによって、すべてを立て直す。こういうことは殺陣師もうまく教えられないようで、個人の運動能力が問われる。名人と言える人が、なかなか現われない。

　友人の吉川晃司が、『必死剣　鳥刺し』という藤沢周平原作の映画に出演した時、どう動いたか見きわめられないような、速い剣の動きを見せた。感心してそのことを言うと、あそこはステンレスの刀を遣ったのだ、と笑った。

　竹光ではあれほど動かせず、真剣と同じ重量があって、はじめて可能だった動きのようだ。

　顔を間違えるというところから、どこへ脱線してきたのか。

　私は居合抜きを続けているが、上腕二頭筋を一本断裂してから、調子がいい。力が落ちていると思うから、タイミングを合わせる。

　君に教えておくが、すべてのスポーツは、力よりタイミングだな。

自分がKOされる姿を見た方がいい

筋トレやウォーキング以外、あまり躰を動かさないと、どこか感性が散漫になってしまうのだろうか。

スマホをいじっていて、私はボクシングのKOシーンを集めた動画を、延々と見てしまった。それも、どういうパンチがどの姿勢から入ったのかではなく、当たった瞬間から、倒れ、カウントを取られている間の敗者の姿を、じっと見つめている。

これはKOパンチだろう、とわかる場合が多い。顎やテンプルに当たると、その瞬間、全身を支えているものが、切れるのがわかる。ぐにゃりとなり、それから倒れる。倒れ方はさまざまで、吹っ飛んでしまうのもあれば、棒を倒したように見えることもある。そして本能的に、ボクサーは立とうとする時がある。上体を起こし、立ちはするが、足がもつれて横に動きまた倒れる。上体を起こしただけで、両脚はキャンバスの上に投げ出され、そのままカウントを取られる姿もある。

ボクシングは、ある意味、敗者に残酷で、十秒間、ずっと映し出されるのだ。これは顎に入ったから、下半身は動かないだろう。テンプルだから、立ってもさまようようにリング上で動き回るだろう。打たれた場所によって、躰の反応はまるで違ってくる。

それがわかって、どうだと言うのだ。ボクシングの通を気取って、解説をしまくるのか。ひそかに、見る快感にひたるのか。試合はもう終ってしまっている。それ以上に、敗者の苦しみを眺めて、どんな意味があるのだ。

首から上のパンチではなく、ボディに受けたものの残酷さは、また格別である。脳への衝撃ではなく、だから意識はあり、倒れるまでかなりタイムラグがあることが多い。倒れても、両手を投げ出して動かない、ということなどない。のたうち回る。表情も、苦痛をまともに剝き出しにしている。

レバーブローなどが、最も残酷である、と私は思う。

正面からのボディブローだと、束の間呼吸が止まっているのだ、と私は見ているが、レバーブローは、なぜか全身の苦しみなのである。のたうち回る時も、呼吸はしている気配である。そして脳に衝撃を受けてはいないので、自分のその姿を、どこかではっきりと認識しているのだ、と私は思い、そういう敗北のさまを見て愉しんでいる。

　ＫＯシーンは、見る者を魅了する。だからみんなＫＯを求める。判定にもつれこんだ試合で、歓声があがることは少なく、時には会場に流れるのが、ブーイングだったりするのだ。ボクシングは見るスポーツで、やるものではないと、私はよく言っていたりするが、倒れた瞬間に負けにした方がいいような気がする。余力を残しての敗北など、いくらでもある。相撲など、勇み足で敗けたりもするのだ。勝負の機微は、残酷な結末にだけあるわけではない。

　しかし私は、なぜ残酷な結末の集大成を、延々と数時間も見てしまったのだろうか。闘うボクサーに対して、失礼ではないか。ＫＯシーンを集めたものだから、せいぜいそのラウンドがあるだけである。第十ラウンドでＫＯされたボクサーは、九ラウンドまで闘ったことは無視される。それが敗北だと言ってしまえばそれまでだが、スポーツの見方としてはどこか歪んでいる、という気もする。

　いや、ほんとうに歪んでいるのだな。見ていて、これはのたうち回るだろう、などと考えている私は、どこかでレバーブローを食らい、同じ苦しみを一度知ればいいのだ。

　敗北は、精神の苦しみであり、肉体のそれではないのだ。人間の勝負とは、そういうものだろう。それでも人間は、古来、精神の苦しみより、肉体の痛みや苦しみを見たがる。拷問などをするのも、多分、人間だけだろう。考えてみれば、浅ましい生きものである。

　私はスマホを放り出し、まともな映画を観ようと、ＤＶＤの棚に手をのばした。眼を閉じ、無作為に一枚を選んだのである。それが『ウォーリアー』であったので、私はうなだれた。総合格闘技をやる兄弟の映画で、その種のものとしてはきわめてよくできた作品である。『ロッキー』を選ばなくてよかったと思うが、それでも肉体と肉体の争闘である。弟の方をトム・ハーディが演っていて、暗い眼をした孤独な格闘家が、よく似合っていた。

トム・ハーディは、さまざまな役をこなす、存在感に満ちた俳優だが、本質の部分に暗い情念を漂わせていて、そこが私はあまり好きではない。つまり、暗い役だと完全にはまってしまうのだ。

観ている方が憂鬱になってくる、『オン・ザ・ハイウェイ』という映画がある。出演は、トム・ハーディひとりで、夜に、出産しようとしている女のもとへむかう時、ありとあらゆる人生の煩わしさと思える電話が、次々に途切れることなく、車中にかかってくる。それを辛抱強く受け答えしているトム・ハーディが、なんともぴったりで、思わずその人生に同情したくなるほどであった。

私は、三度目になるが『ウォーリアー』を観、格闘技の方に行ってしまったので、『激戦　ハート・オブ・ファイト』を引っ張り出して観た。これは『ロッキー』みたいな映画だが、闘っているのが東洋人で、闘う意味の追究などで、なんとなく心情を重ね合わせるのが難しくない。よくできた映画なのだ。

ＫＯシーンからはじまって、二本目の映画を観た時は、もう夜明けが近かった。

かすかに、波の音が聴えてくる。海の基地にいるのさえ、私は忘れそうになっていた。

争闘の場面を、これほど執拗に観てしまうというのは、心の中になにか満たされないものがあるのだろうか。映画であるとわかっていても、私の躰はしばしば動いた。相手の、つまり主人公が対している男の構えの中に、隙がないかどうかを探している。その隙に、主人公の打撃が飛んでいくと、快感に似たものが躰を走るのだ。

落ち着くために、私は窓を開けた。波の音が近くなった。ウイスキーを飲みはじめる。酔いが、私の神経を鎮めるだろう、と思った。明るくなってくる。漁船が出ていく。

君、酒の相手をしてくれよ。

血が血を呼んでただの徒花なのだ

望郷の思いと言うが、口にするのはたやすく、ちょっとした甘さまで漂う、親しみやすい情念である。九州を、玄界灘を語る時、私も望郷という言葉を遣うことがある。

何年か前になるが、『湾生回家』というドキュメンタリー映画を観た。かつて日本であった台湾で生まれた人たちを、湾生という。その人たちの、台湾に対する望郷の念を描いたドキュメンタリーで、熱く、切なく、かぎりない懐かしさに満ちた映像だった。その人たちは、小学校は台湾で行っているので、同級生がいて、遊び友だちがいる。それを訪ねて行くのである。家はもうなくても、地形を思い出す。樹木のかたちを思い出す。そして友の顔を思い出す。台湾を歩く湾生たちの姿は、ただ故郷を訪ねてきたというもの以上に、なにか深い、命の源泉を求めているようでもある。

こういう場面には童謡がつきもので、湾生たちは声をあげて『ふるさと』を唄う。なんだ、この歌か、とはじめに私は思った。しかし、これしかないのだ。唄う姿にはひたむきささえあって、台湾では日本を思って唄われた部分もあったのだろう。二重の望郷の念がこめられている、と私は感じた。

なぜ、このドキュメンタリー映画を、とらえどころのない思いを抱いて観たのか、はじめから私にはわかっていた。私の母は、そして弟の画家であった叔父は、湾生なのである。私は、心の故郷を辿るように、この映画をただ観たのだ。母が、叔父が観たら、熱いものがあっただろうと考えても、その思いも私にはとりとめのないものだった。

それでも、観ているうちに、血のふるさととでも言うようなものを、私はかなりの強烈さで感じはじめていた。人にとって、故郷とはなんなのか。そんなことを考えた。それは、私が唐津を故郷と思っているものとは、かなり違うと感じたからだ。

考えて、わかることではなかった。他界してしまったが、母や叔父にもっと話を聞いておけばよかった、と思った。私は曽祖父母の話を小説にしていて、それについてはずいぶんと話を聞いた。しかし本人たちの話はあまり訊かず、故郷というものについての気持もほとんど質問していない。

曽祖父母については、調べるといくらでも話が出てきた。曽祖母は川筋の博徒の一家の娘で、父が亡くなって女親分となり、やはり博徒の一家の息子を婿養子に迎えた。曽祖父は、曽祖母の浪費に耐えきれず、十六円持って家出し、台湾まで逃げた、と伝説のように叔父は語った。曽祖母はそれを台湾まで追いかけ、堅気に戻って所帯を持ち直し、菓子屋をはじめた。持ち出した金がわずか十六円で、店名は一六軒ということになった。

曽祖父母は、台湾で相当の成功を収めたようで、一六軒は新高製菓という、一時は有名だった会社になった。その夫婦の息子のひとりが、私の祖父である。私は直接は知らないのだが、相当ドラ息子化していて、野球に熱中してチームを作り、暴走族のはしりで、日本で最初にハーレーダビッドソンに乗ったと、やはり伝説のように叔父は語った。

大連の練乳工場を任されたが、尻(ケツ)を割って帰ってきた、と語ってくれた人もいる。暴走族は続けていて、別荘のあった唐津から博多まで突っ走り、戻ってくることをくり返した。ある雨の日、親友に貸していたインディアンが、博多の路面電車の線路でスリップし、その友だちは死んだのだという。

ぷっつりとオートバイをやめ、蒙古に渡って駱駝(らくだ)を五頭仕入れて連れてきて、ラクダキャラメルなるものを作り、キャンペーンで街を曳き回したようだが、売れなかった。

駱駝のキャンペーンについては写真が残っているので、ほんとうらしい。母も、幼いころ庭に駱駝がいた、と言っていた。

調べて行くと、相当な逆噴射の家系であった。私は曽祖父母が成功するところまで、『望郷の道』という小説に書いた。もの書きになった以上、自らのルーツは書かなければなるまい、という殊勝な思いも、めずらしく抱いた作品だった。

菓子屋になるはずだった叔父は、貧乏で自由な画家になった。浮世離れしたその生き方を、私は子供のころから好きだった。私が小説を発表しはじめると、飲みながらトーマス・マンの一節らしきものを引用して、オダをあげた。没落した家系の最後の徒花は芸術家である、と言うのだ。叔父はそれを気に入っていて、亡くなる直前まで、私の肩を叩きながら嬉しそうにそう言ったのだった。

私は、徒花なのであろうか。家系の恩恵はほとんど受けていない。いや、小説家として、素材を与えて貰ったのか。徒花であることは確かではないか、と飲んでいたりする時、よく思う。そしてなんとなく、徒花とは恰好いいではないか、とにんまりしたりする。

私の故郷は、佐賀県の唐津である。それは母がいたからと言うより、父が生まれ育った土地であることによる。父の生まれた村は、鯨漁で一番銛を担ったところらしい。この村からは、強い男が出ましてねえ、と郷土史家の方が、なにげなく言われたことがある。これは、自慢だから以前にも書いた。父が、旧制中学の土俵開きに来てくれた、六十九連勝中の双葉山に稽古をつけて貰い、学校をやめて俺の弟子になれ、と言われたエピソードも、自慢だからやはり書いた。私の自慢なのかどうか、よくわからないところがある。

私の自慢は、育った海と山である。息を呑むほどの、澄みわたった海を、いまでもよく思い出す。基地にしていた森の中の泉も、いまもあるのだろうか、としばしば思う。

自然は、大抵はなくなっている。それが現実である。しかし友人は残っていて、同じように歳をとって、いまも会ったりする。故郷がどうだったかと考える時、海と山が当然、思い浮かんでくる。いまは思い出の中だけにある、とも言えるかもしれない。思い出ではない友人も、故郷である。

疫病がなくなったら、一度、台湾にも行ってみようと思っている。取材の慌しさとは違う、のんびりした時を過してみたい。

君も行くか。案内ぐらいできるぞ。

胸を張って歩いていたいものだ

私は、軽率である。かなり愚かでもある。

そう思えることをしばしばやらかして、この年齢まで生きてきた。それにしては、あまり懲りていない。

時には、人を傷つけてしまったと自覚することがある。そういう時だけ、ひどく落ちこんだりするが、気づかぬ間に迷惑をかけていることなど、たえずあるに違いない。

私が、叱られたり罵られたり軽蔑されたりしていればいいことで、多少傷つきはするが、日々の中で忘れていってしまう。私はそんなふうにして、自分の愚かさに蓋をし続けてきた。しかし、こういう場所で文章を書いたりしているのだ。批判、非難、抗議の意思がはっきりとあれば、内容について相当詳しく調べる。検討する。

ところが、散歩中に遭遇したもので、けしからぬではないか、と思ったものなど、そのまま街徘徊の感想として書いてしまう。

たとえば、マスクをせずに歩いていた人に六人会ったとか、ビール缶を持って四、五名でしゃがみこんでいた若者を、ちょっとだけたしなめたら舌打ちをされたとか、コンビニに行ってエコ袋を忘れ、わずかだが金を取られてしまったとか、とにかく街を歩いているとなにかしらあるのだ。

私は、あるホテルから通りを渡って、広場の方に行こうとした時、大変な群衆の中に巻きこまれてしまったことがある。

それは人流がすごいなどというものではなく、若い女性を中心に、屯(たむろ)しているのである。ぶつからずに歩く方が、難しいぐらいであった。手にスマホを持ち、たがいの写真を撮り合っているグループも少なくない。歩いて通行しようとする私が、迷惑顔で見られたりするのだ。

ついに私は、行手を塞いでいる女性グループに、こらこら、と言ってしまった。ほんとうに変質者を見るような視線を送られ、私の通る道はようやく開いた。

私はふりむいて、空を仰いだ。東京宝塚劇場の大きな看板が見えたのである。

なるほど、これか、と私は即座に納得した。入り待ち出待ちというものがあるのは知っていたので、完全にそれだと思いこんだのだ。そして街で出会った景色のひとつとして、ここに書いてしまった。

文意を辿れば、宝塚の出待ちの群衆の中に紛れこみ、こわい思いをしたというような内容である。

私がやるべきだったのは、その群衆が、ほんとうに宝塚劇場の出待ちだったのかどうか、確認することだった。書く以上は、それをやるべきであった。

実際に人は蝟集していて、それはいまの情勢の中では、異様な光景であった。それを短絡的に宝塚と書いてしまった私は、相当強い批判を浴びた。六人ほどにあれは間違いであると言われたし、編集部を介したメールも受け取った。

共通していたのは、事実誤認であるという指摘で、それ以上に私を責めるものではなかった。それだから、私はいっそう焦り、関係者に事実確認をした。

あの群衆の中に、宝塚のファンはほとんどいなかっただろう、と言われた。私はうなだれ、どうすればいいか、わからなくなった。書いてしまったことは、消せない。誤りであった、とここで謝罪するしかあるまい。

宝塚のファンは、独得の規律の中で行動し、出演者にも周囲にも、決して迷惑をかけることはしない、とも言われた。

うむ、まったく私は軽率である。宝塚のファンとは、ひと口にどれほどの数とは言えないだろうが、相当多くの人が、私が書いたことについて、心の中で駄目なやつと思ったり、ふんと横をむいたり、かなしい思いをしたり、さまざまだろうが傷ついてしまっただろう。ほんとうに、申し訳ない。

思えば、亡くなった大浦みずきから、宝塚の出待ちがどんなものか、私は聞いていたのだ。ただこの妹分が若くして亡くなったのは、十年以上も前で、それからは宝塚を観に行ったことはないから、遠い記憶になってしまっていた。

なつめちゃんが生きていたら、兄貴、駄目だろう、と叱られたよな。

書くことには、いろいろ難しさがある。私は、四十年間、小説を発表し続けてきたが、そちらの方では、短絡的なミスは犯していない、と思っている。エッセイになると、眼の前の事実を書くことも少なくないので、よほどの慎重さが必要である、と痛感した。

後日の話になるが、同じ場所に人が蝟集しているのを見た。私はうつむいて通り抜けようとしたが、プラカードを持っている人がひとりいて、宝塚の出待ちではありません、という意味のことが書かれている気がした。もしかすると、私が書いたからかと思うと、いくらか身が縮んで、私はさらにうつむき、早脚で通りすぎた。

編集部に届いた、メールの文面を思い出す。節度のある文章で、私が強く責められているわけではなかった。全体に、悲しみに似たものが漂っていて、激しい言葉より強く、私に迫ってきた。

書くという行為は、こんな悲しみを人に与えてしまうこともあるのだ。

雨の日が、多い。例年より、多いような気がする。それでも私は、傘をさして街を歩き回る。自宅にいる時は、雨合羽を着て、トロ助の散歩に出る。トロ助も、合羽着用であるが、頭などは濡れてしまう。もう帰ろう、と時々、私を見あげる。もうちょっと、頑張ろうぜ、と声をかける。

うっとうしい天気だが、私は実は嫌いではない。大雨になって、被害などが出ると別だが、心の中にも雨が降っているような気分が、なんとなくいいと感じる。

昔、濡れながら歩くのが好きだった。冬の雨は冷たすぎるが、梅雨の雨はそれほど躰を冷やさない。いや、昔は半分走っていた。いま、そんなことをすれば、私の心臓は爆発してしまうであろう。

雨ならば、傘をさそう。あたり前のことを、あたり前に考えたりしている。

君と、相合傘で歩こうか。

時々悲鳴が聞えるような気がする

久しぶりに、コンサートへ行った。

渡辺貞夫さんのステージで、数年ぶりだが、コンサートそのものも、しばらくは行っていなかった。友人のアーチストはかなりいて、ライブには顔を出すのがあたり前だった。そのライブそのものが、開かれなかったのだ。特にロックンロールは、密集して跳ねたりするので、疫病の流行中は実施することができないだろう、と考えられている。夏にかけて開かれるロックフェスティバルも、ほとんど中止にされそうだという。

これは開き、これは中止という線引が、実に曖昧である。演劇はよくて映画は駄目などということを、誰が考えたのか。こんな情況ではなんでもありで、言った者勝ちというところがある。言うのは、禁止をする側である。抑圧をする側である。禁止とか、抑制でなく抑圧はとんでもないことで、ただの自粛要請だなどと、卑怯者のレトリックは遣うなよ。

明らかに禁止・抑圧だから、第一回目は、みんな言われたことに従った。

二回目、三回目になると、ふざけるなよという気分を持つ人が多くなり、実際に要請など蹴飛ばしてしまおう、という雰囲気も出てきてしまった。それでいいのか。従わない人間は、厳罰に処せ。それが、権力を守る唯一の手段だぞ。わが身を守ることしか考えていない権力側は、徹底した強制力が伴うことは、のちに責任を追及されるかもしれないという恐怖で、どこまでも巧妙に避ける。

抑圧されるのは、どういう権力機構にも自主的に加わってはいない、普通の人々なのだろう。そういう人々は、抑圧を防御してくれるシステムも持たず、ただ命を蹂躙され続ける。

人の世のあたり前の姿とその理不尽を、疫病は決定的にあばきつつあるな。いいか、刮目するのだ、権力のやりようを。この国は、敗戦後、個人を尊重するという姿勢を守り続けてきたが、いまはじめて、権力は権力なのだと、蒼氓の心に刻みこもうとしている。疫病という次元ではないところで、なにかが動いているような気がしてならない。それが、いまの私の感覚である。

おっと、コンサートの話だったな。ナベサダさんのコンサートも、実は一度延期されたのだった。行けないのかなあ、とうなだれていたら、開催が伝えられてきた。その日まで、政府の抑圧宣言が出ないことを、私は祈ったね。オリンピックの開催は、これまた反対のベクトルが働いた抑圧であるが、これはもうはじめから権力の顔が剝き出しであった。

当日、私は会場の近辺に早目についてしまい、お茶などを飲んでいたが、それも悪くない時間だった。はじまる前の、そわそわとした、ひとりひとりが孤独にはしゃいでいるような感じは、どのコンサートでも変らない。はねたあとの、半分放心で半分興奮という、おかしな感覚も好きである。

場内が暗くなると、ステージにスポットライトを浴びたナベサダさんが出てくる。なにも言わず、音が出てくる。いやこの人は、楽器から出る音に、さまざまな情念や言葉を乗せているのだ。私はいつも、心の中で返事をしている。私が話しかけられているような、なにか感性がふるえるような、そんな心持ちになっていて、私の中では返事の言葉が溢れ返る。

それから不意に、違うところへ連れていかれる。私はただ、あたたかいものに包まれ、眼を閉じている。時折、遠く近くに哀しみがよぎる。それは渡辺さんの哀しみなのか、私の抑えきれない感情なのか。

心が翻弄され、包みこまれ、どこかを漂ったりもするが、しかし根底には常に、かぎりないやさしさがある。私は四十数年間、聴き続けてきたと言ってよいが、そのやさしさに魅かれたがゆえなのである。

はねて会場を出ると、私は快い空腹を感じ、帰宅して冷蔵庫のものをいくつか温めた。いいコンサートのあと、私はいつも空腹になる。

しかし、行けたコンサートは、この一年でこれひとつなのだ。映画館からも遠ざかることが多い。表現物や創造物から離れると、私は間違いなく窒息するので、本を読み、映画をひとりで観、ひとりで音楽を聴く。

この、いつもひとりというのが、切なすぎるのだなあ。死ぬ時はひとりさ、などと小説で書いた私も、生きていれば寂しさや切なさにしばしば襲われるのである。

若いやつらの音楽は、ずいぶんと聴いたな。これからしばらく聴き続けようという歌手やバンドともいくつか出会った。

Ｖａｕｎｄｙという歌手の唄を耳にし、興味が湧いたので『ストロボ』というアルバムを買った。言葉が過剰で、しかしどこかが乾いている。行間がないなあ、と最近の歌詞に感じているのだが、乾いた中に行間を見つけることはできた。行間とは、私の思い入れなのである。

ｙａｍａという歌手にも関心を持ち、アルバムを捜したが、ないようだった。うむ、聴きこみたいと思ったのだがな。

藤井風という歌手も、悪くはなかった。生意気な、と呟きながら聴いていて、気づくとまた聴いているという具合なのだ。

みんな若い。常に新しいアーチストが現われ、消えていく。この中の何割が、生き残っていくのか。私が聴いているのは、ほんのひと握りであろう。

そして、新しい唄ばかりでなく、古いものも聴くぞ。先日、デルタブルースのレコードを探していたら、葛城ユキのレコードが数枚出てきた。

プレイヤーを置いてある店に行き、飲みながら聴いていると、懐かしさで身悶えするほどであった。八〇年代、歌唱力で定評があった。

そういう実力派には、大ヒット曲がないというのがよくあることだが、彼女には『ボヘミアン』というのがある。それでも私は、彼女のバラードが好きであった。

酒を飲み、軽い酔いの中で、懐かしい唄を聴く。それだけで充分ではないか。いや、それだけでは駄目だ。古き友との時間が欲しい。

私の仕事は、疫病下でもそれなりに忙しいが、乾ききらないように日々を過ごそう。

旅先で見つけた骨の散らばる原野

小さな砂浜が、海の基地のそばにある。

満潮の時は、隠れてしまう。街から海のそばまでタクシーで来ると、基地の建物まで二百メートルほど歩かなければならない。その途中にある砂浜だった。

砂は波で打ち寄せられたもので、そこを掘るとすぐに岩盤につき当たる。干潮の時で、花見のブルーシートほどの広さかな。砂が打ち寄せられるほどだから、さまざまなものが打ち寄せられる。ゴミだったり、海草だったり、魚の屍骸だったりする。大抵は、次の満潮でまた潮がさらっていく。

ある時、巨大な海洋生物の屍骸が打ちあげられていた。それは腐りかかっているようだが、悪臭を発してはいない。

巨大といっても、私の躰よりいくらか大きいぐらいか。放っておいた。人間の屍体以外、海ではそうする。毎日様子を見に行ったが、はじめから崩れていた屍骸は、数日後には皮だけが残っているように見えた。

その皮も、数日後には消え、骨がむき出しになった。自分の重さでそうなったのか、骨は半分砂に埋もれていて、それで満潮の時も流されなかったらしい。

鮮やかに白いところを除けば、砂漠に埋もれている骨に似ていた。土漠と砂漠の間あたりの、タクラマカン砂漠などでは、鹿の骨をよく見た。跳ねるように駈ける鹿の群れも、めずらしくはなかった。

しかし、海洋生物の骨は、日に日に縮んだように小さくなり、そして消えた。海の力というのはすごいな。骨まで消してしまうのだ。それを目のあたりにした出来事で、私は海洋生物がまた流れつくのを待っているが、あれ一度きりである。

骨まで消えるというのは、地上では信じ難い話である。数千年なら、適当な情況があれば、骨は消えるかもしれない。数百年では、残っている場合が多いだろう。

ウズベキスタンを旅行中、街道もない杣道の先に、広大に土が盛りあがった地域があった。そこは七百年ほど前の集落の跡で、河の流れが変って水が断たれ、逃げずに残った人間が全滅したのだという。広い台地に登ると、住居の基礎が少しだけ残っていて、あとは日干し煉瓦のように硬くなった土ばかりだった。発掘しようという気はあるらしく、穴がひとつあって、先に布をつけた竿が立てられていたが、ほとんどは放置されていた。

穴の周辺に、人骨が多く散らばっていたのである。掘ると夥しい人骨だけが出てきたので、それ以上のことを諦めた、という感じもあった。

頭蓋骨らしいものを手に持って光に翳すと、軽くて方々から光が洩れ、存在感は急に稀薄になった。

骨は、空気に晒していると、数年で劣化する。私はパラオで四メートル近いホホジロ鮫を釣り、顎の骨だけをバゲージの中に忍ばせて持ち帰った。すさまじい、三角形の歯であった。欠けたらすぐに後ろのものが立って代りをするように、行列にもなっているのだった。私の頭など、軽く入ってしまう。

壁にかけて飾りものにしていたが、十年ほどで劣化し、崩れてきて、十数年で歯を残して粉のようになった。それ以来、骨を保存しようとする時、ニスを塗って空気に触れない状態を作るようにしている。

ウズベキスタンの、掘り出されたまま放置されている頭蓋骨は、力を入れて握ると崩れそうだった。私はそれを三つばかり並べ、ちょっと手を合わせた。地球上に人は多いというが、死者の数とは較べものにならない。無数の死者の上に、数えられる生者が載っているのだと考えると、生きることの意味が少し深くなるかもしれない。

その高台を全部歩くのに四時間ほどかかったが、陶器の欠片などいくらでも落ちていた。そして、ちょっとした穴の底で、犬が昼寝していたのである。私が近づくと、犬は起きあがり、立ち去ろうとした。私はしゃがみこんで姿勢を低くし、口笛を吹き、日本語で犬を呼んだ。

ふり返った犬はしばらく考えていたようだが、頭を低くし、尾を振りながら近づいてきた。ポケットにクラッカーの袋があったので、一枚やった。まだ若い犬だった。好奇心が強く、人をあまり怖がっていない。

犬を放し飼いにしているところが、東南アジアや中央アジアの奥地では少なくない。それで私は定期的に狂犬病の予防接種を受けている。あれは一度では効果が出ず、数度通わなければならないが、行くたびに噛まれたのですか、と訊かれる。噛まれたことは、まだないのだ。

私はその犬といくらか親しくなり、村へ案内して貰った。ほかの犬がいたが、案内して貰っているので、吠えられはしなかった。どこかで牛の鳴き声がし、頭にスカーフを巻いた女性たちが出てきた。言葉は、まったく通じないが、熱いお茶を出してくれた。

このあたりは、綿花の栽培が盛んらしい。河の流れが変ったというのは、そのせいかどうかはわからなかった。アラル海が、見るに堪えないほど縮み、消えていこうとしているのは、注ぎこむ河の水を綿花栽培に遣ったため、と言われている。

放し飼いにされている犬は、一匹以外は私に関心を示さない。名前はと訊いても、犬や女性たちは答えない。次の予定がなければ、ここで夕食を御馳走になり、泊めて貰うのにな、と私は思った。朝から雇っている車が、待っている。

私は、茶の礼を日本語で言い、村を出た。ロンがついてくる。ロンリーと、私が勝手に名をつけたのである。さかんに鳴いていた牛を見てくればよかった、と私は思った。

通りがかった村に泊めて貰うのが、私は得意であった。安全かどうかを、まず見きわめる。それから子供たちと親しくなる。言葉はできなくても、手品で充分なのだ。そんなふうにして、ブルキナ・ファソの片田舎の村にも、タクラマカン砂漠の泉のそばの集落にも泊めて貰った。ともに、とてもいい思い出になっている。

人骨の散らばった台地へ戻ると、私はロンに残ったクラッカーをやった。それ以上は、ついてこないからだ。犬とはそんなものだ。

骨抜きか骨なしかその両方か

骨の話を書いていたら、いつの間にか犬の話になっていた。

もうちょっと、骨のことを書きたかったのだ。

二度、鎖骨を折ったことがある。肩から落ちて折ったので、生木を折るような、不気味な音が聞えた。なにしろ、耳もとなのだ。羊を捌いた時、肋骨を折ると同じような音がした。つまりは、生の骨なのだ。枯木を折るような音はしない。

その生の骨を、古い骨に見せかけるやり方を、研究したことがある。研究とは言えないか。手間が、ちょっとかかるだけである。

なぜそんなことをしたかというと、画家の叔父が、絵のモチーフにするために、それを欲したのだ。特に頭蓋骨である。

人間の頭蓋骨というわけにはいかないから、精肉場で牛の頭を貰う。舌だとか頰肉だとかがとられていて、骨に近いものが手に入ったが、それでもまだ方々に肉はついていた。それを油紙に包んで二つばかり抱えてくると、土を掘って埋めるのである。

半年経って、それを掘り出した。泥の塊のような状態になっていて、それを流水に晒して洗った。泥の中から、骨の色が浮き出してくる。生々しさの残る色だったが、肉片はバクテリアが始末したのか、見事に消えていた。歯ブラシで、きれいにした。襞のようなものが多くあり、歯ブラシが届かないところは、楊枝を遣った。私は叔父と違って徹底した性格なので、白いきれいな骨に仕上がった。叔父の方は、うす汚れた感じである。

新緑の季節だった。私は二つの頭蓋骨を、叔父のアトリエの屋根に置いた。それきり放置で梅雨が過ぎ、夏も過ぎてから下した。つまり、野晒しと同じように、風雨や陽の光の中に置いたのだ。

骨は白いことは白いが、生々しい感じはなく、貫禄のある色合いになっていた。私にとってははじめての経験で、結構刺激的な体験だった。アトリエに置かれた骨は、オブジェとして特異な存在感を放った。

しかし見慣れると、牛の骨はどこか鈍重だった。歯が、草食動物の臼歯なのである。牙などがない。しかし、それからしばらくして、私は叔父の家のそばの道路で、牙のある動物の屍体を見つけた。車に轢かれて胴体がぺしゃんこになった猫の屍体である。頭のあたりは無事だった。また轢かれて頭まで潰れる前に、それを回収して花壇のそばに埋めてやった。皮がついている屍骸だから、どの程度で骨だけになるのか、見当がつかなかった。

半年経ってから、私はそれを掘り出した。きれいな骨になっていた。牙は上下ともについていて、牛の骨と較べると鋭さがだいぶ違っていた。

しかし叔父はオブジェとして関心を示さなかったので、仕方なく自宅に持ち帰り屋根の南斜面に置いた。ちょっとした滑り止めをつけたので、骨は安定していた。

数カ月経つと、野晒しの骨のような風格が出てきた。

私は絵を描くわけではなく、骨は骨のまま、ただの置物のようになった。学校の友人たちが遊びに来た時は、めずらしがられた。それ以上のことはなく、私の部屋の風景として、それは本などとともに、部屋の中であるかどうかわからなくなった。

あの骨はどうしたのだろうか。思い出そうとしても、思い出せない。捨ててしまったのだろうか。私は時々、発作的に部屋の整頓をし、無駄と思えるものを捨てた。かけた手間に較べて、それは大事なものではなくなっていたのだろうか。

大学生になると、家へ帰ってくることが少なくなったが、その時はもう骨はなかった。

牛の骨も猫の骨も高校生の時にやったもので、それからもかなり長い間、叔父のアトリエには牛の骨が鎮座していた。

私はいまも、似たようなことをやっている。鰹を釣ると、尻尾の骨だけ水に浸けておく。肉の部分はすぐに溶けて、白い骨だけが残りそれは楊枝のようなかたちになる。それをただ楊枝にしか遣わないのは、多少想像力に欠けているような気がする。

十本ほどの楊枝を束にして縛りあげ、鯛などの頭蓋骨を削って作った、先の丸いものをつける。それで、トローリング用の擬似餌（ルアー）を作ってみた。海へ出るたびに、必ず流してみるのだが、いまのところいかなる魚もかかっていない。

魚の骨ということで言えば、私は鯛の兜煮を食する時、ある部分の肉を口に入れ、舌でもごもごとやりながら、鯛の鯛と呼ばれる部分の骨を、口から出すという得意技がある。

この骨は縁起ものとして扱われていて、透明なマニキュアなどで補強し、財布に入れておけば金が増え、簞笥に入れておけば着物が増えるなどと言われているので、特にこだわって集めている人もいる。

私の鯛の鯛は数十個に及ぶが、みんな箱に放りこんだままだから、飴色に変色し別のもののようになっている。

魚の骨の中で変っているのが、耳石と呼ばれるものである。私のように、はじめに頭を食らい尽そうとする者は、しばしば出会う。脳の中にあって、それを吸い出していると、一緒に耳石が二つ出てくるのだ。それは、石のように硬い骨で、楕円形の白い板だ。脳を吸い出せば出てくるので、魚の耳石が最も取り出しやすい。どうも人間にもそれがあるという話を聞いた。

魚の耳石は、音波かなにかの震動で音を感知するらしい。生きものには、さまざまな仕組みがあるものだ。魚はいつも眼を開けていて、常に周囲を見つめているので、神の使いという扱いをしていたところもあるらしいが、鮫は眼をつぶる。大沢新宿鮫は、なぜかそれだけは知っていて、自慢気に語ったりしているのである。

私には骨があるのか、骨抜きなのか、時々考えるが、この場合は私が語ってきた骨とは違うかな。

骨がないと自覚したことが人生で何度かあり、しばらくうつむいて暮らした。しかし骨は、やがて内面からできてくる。

男の骨なんてそういうものだから、時にはなくなっても支障はないのだよ。

勝った負けたと騒ぐよりも

あまり遠くへは行かない。

人が多いところは、避ける。私は自由業だから、それは難しいことではない。しかしこの疫病は、どこまで拡がるのだろうか。

家の書斎や仕事場の部屋にいる。本を読んでいることが多いが、ほとんど観ることのないテレビをつけたりする。オリンピックのテレビ観戦である。一流のアスリートの戦いだから、これは面白いのだ。絶対に一位、と思われている選手が、負ける。伏兵が飛び出して、いきなり頂点に立つ。そんなものを見ていると、二、三時間はすぐに経ってしまう。

それでも、あの競技は何時からだ、などとさらに調べているのだ。

六四年の東京オリンピックと較べると、ずいぶんと競技が多くなった。女子が出ているものが、かなり増えたのだろうな。昔は柔道は四階級だけで、女子はなかった。

その柔道のハイライトは、無差別級の試合で、ヘーシンク対神永であった。私は、今回の東京五輪の柔道を観る前に、その動画を再生して貰った。自分ではできないのだが、周囲にいる人に頼むと、迷惑そうな顔をしながらも、やってくれるのである。

私があの試合について記憶しているのは、神永が一度だけ体落しをかけ、組手を切ったヘーシンクが畳に手をついてしのいだ、というものだった。あとは体がもつれて、押さえこまれた。

ところが動画を再生して貰うと、静とはほど遠い、技のかけ合いをやっていた。うむ、記憶とはいい加減なものだ。

六四年の大会で、最も私の印象に残っているのは、九時間に及んだという、棒高跳びの一騎討であった。終らないのではないか、と思うほど長く続いていた。勝負というのが孤独なものだと、あの二人の選手が、跳び続けることでみんなに教えた。

今回の大会の女子の柔道で、終らないのではないか、という試合を観た。七〇キロ級の準決勝であった。延長も含めて十六分間やっていたのだが、四分が正式な試合時間の柔道にしては、異常と言っていいほど長い。日本側の新井千鶴は、立ち技がことごとくかわされるので、決着は寝技と決めたようだった。何度も、寝技に持ちこんだ。これで押さえこみが決まったと見え、審判もその宣告をしてから、するりと逃られるのである。

相手はマディナ・タイマゾワというロシアの選手で、畳に上がってきた時、右眼が腫れあがり、そこに白いテープを貼っていた。異様な顔だが、それがなければ結構かわいい子だろうと思った。長い延長戦の中で、そのテープは剝がれてしまった。お岩さまというのがぴったりの容貌であった。

マディナのやわらかい躰は、驚異的でさえあった。押さえこみ、と審判が一度は認めても、するりと抜けるのだ。押さえこみがきっちりと決まると、もうどうしても逃れようがないが、脚が抜けたところで審判は押さえこみを認めるので、まだわずかに逃れる隙があるのだ。しかし、腕ひしぎが決まった時は、肘が反対に反っていた。当然タップの場面だが、タップはせず、口で参ったと言ったと、審判は自分の唇に指を当てて、一本を宣告した。当然だよな、あれ以上やると腕が折れる。

しかしマディナは、参ったとは言っていないと抗議したのである。ビデオを詳細に検討した結果、言っていないとなり、一本は取消しで試合続行となった。二人とも、体力の限界はとうに越えている、というように私には思えた。

それからも新井は寝技狙いだったが、うまい具合に首に手が回った。しかし顎を引かれれば、首に手を回しているということに過ぎない。指が二本か三本、顎の下に入っている、と私には見えた。マディナが、苦悶の表情を浮かべる。しかし、タップはしない。

私は、おっと声をあげた。腕ひしぎの時のように、マディナは首を絞められても平気なのだろうか。タップのタイミングは、過ぎていないか。苦しそうなマディナの表情が、ふっと緩んだ。落ちた、と私は思った。審判も一本を宣告した。新井は立ちあがったが、マディナはおかしな恰好でうつぶせのままだった。テレビに映ったのは、そこまでである。落ちている選手の姿を映さなかったのは、正しい礼儀だっただろう。

私の観戦は、かなりの集中力を出すので、疲れる。別の日、女子ボクシングを見ていた。入江という選手は、いいボクシングをしていた。相手は抱きつき接近するというタイプだったが、入江のステップは数段相手より上だった。一ラウンドは入江、二ラウンドは微妙に相手のパンチが買われ、しかし三ラウンドは入江がアウトボクシングで押した。

入江の金メダルである。五輪全体の評論の場のようなところで、男の解説者が、最初は押され、次のラウンドが互角で、最終ラウンドで押した、と説明した。これなど、選手に失礼である。細かく採点を気にしながら観戦している視聴者もいる。インターバルで、審判の採点がどうだったか、伝えられるのだ。

こんなふうだから、五輪脳になってしまいそうになる。海の基地にはテレビを置いていないので、五輪のことなど忘れている。

仕事場のホテルにいた時、私は観たい卓球を打ち切り、映画館へ行った。散歩の途中で、気になる映画がかかっているのを発見していたのだ。

『ライトハウス』という。灯台のことである。私は『灯台守の恋』という映画が好きだった。もともと灯台フェチで、写真集を集めたりもしている。フランス、ブルターニュ地方の灯台は、岩礁の上に建つ塔のような感じで、そこに一年ぐらい籠っていたいという願望まで私は抱いた。

しかし、灯台の映画だと思いこんでいた私は、モノクロの、異様な孤立の映画を観ることになった。二人がそれぞれに狂気を醸成させ、それがぶつかり合うと、恐しいことになる。恋などとは、無縁の映画であった。恐い作品ではないが、ホラーに分類される。恐いから、私はホラーは好きではないのだ。

部屋へ戻ると、原稿を書かずに、また五輪のライブを観た。試合の解説ぐらい、君にしてやれるぞ。

先取りしているやつに教えて貰え

気候変動が起きていると、かなり前から言われている。海の状態を見て、私もかなり前からそう思っている。

海がおかしいとは、何度もここで書いた。最近では、海亀の屍体が流れているのを、よく見るようになった。それはちょっとこわくなるぐらいに多く、トローリングをしていて見かけるだけでなく、海の基地の前に打ち寄せられてきて、強烈な腐臭を放つこともある。

しかし海には潮の干満があり、満潮の時に打ち寄せられてきても、引潮がまたどこかへ連れて行く。

自浄作用とは少し違うだろうが、そんなふうにして海はきれいになっていく。以前、大きな海獣の屍体が打ち寄せられ、自らの重みと砂に突き刺さった骨で、居座ってしまったことがある。一週間も経たず、バクテリアとか蟹のようなものとか、とにかく海に生きるものが、骨まですべてを消してしまった。それは、この間、書いたよな。

海亀がなにを食っているかというと、海月(くらげ)がかなりの好物らしい。わかるような気もするな。海亀が魚より速く泳げるとは思えないし、海藻類が餌というのもらしくない。海底の虫を捕食するのはあるかもしれないが、とにかく呼吸をしなければならないので、海面に出てくる。海底を餌場とするには、効率が悪すぎるのだ。

海に漂う海月を食う。これはわかりやすい。海月と親しくなったことはなく、その生態も知らないが、数は多く、いろいろなところで発生する。

たとえば火力発電所の、温水が出てくるところに大量発生して、さまざまな管などを塞いでしまうこともあるらしい。

私が名を知っているのは、カツオノエボシという、別名電気クラゲというやつぐらいである。これに刺され、左手から胸にかけて腫れあがり、数日治らなかった。

ゴンズイとかハオコゼとか、釣りをしているとかかってくる毒魚がいるが、刺されて痛いのはせいぜい半日である。海月の毒は相当なものだろう。ほかにも海月の種類は多いが、平和に海中に漂っている。

海月と言えば、もう三十年も前の話になるが、オーストラリアのケアンズ近郊の、ポートダグラスという街のビーチで、泳いだことがある。ビーチに人っ子ひとりおらず、当然海にも人の姿がなかった。そこを泳ぐのは、いい気分だった。かなり沖へ行って浜を振り向くと、大きな看板が見えた。ビーチにいた時は、大き過ぎて見えなかったのだ。

殺人海月がいるので遊泳禁止、と読めた。私は焦り、波打際にむかって懸命に泳いだ。左手が、なにかやわらかいものに触れた。私の経験から類推して、それはかなり大きな海月の頭であった。

頭の側を通ったのだ、と思った。毒があるのは、触手の方である。ビーチに駈けあがってから、私はもう一度、看板を見直した。ビーチにいる人間に知らせるには、それはやはり大き過ぎた。私のように沖にむかって泳ぐ人間が多く、沖で看板を見て、慌てて引き返してくる、ということか。あの看板の大きさだけが、不可解であった。

私は、鮫の出現にも気を配る。大沢新宿鮫ではないぞ。もっと精悍なやつである。この季節、キハダという鮪(まぐろ)が相模湾に入ってきて、ついでに葦切(よしきり)という鮫もやってくる。葦切は、キハダを追いかけられないが、釣られている途中のキハダは、いい獲物なのだ。釣ったキハダが、頭だけで上がってくる経験は、大抵みんなしている。葦切は、ホホジロと同じくらい危ないやつで、三角の背鰭(せびれ)が見えた時は、周辺から魚は姿を消している。

季節によって、海にいる魚はかなり違ってくる。根付きの魚でも、水温によるのか、いる場所が違う。

温度に対する魚の感度は、相当に高いもので、人間の一度が、魚では十度ぐらいなのだという話を聞いた。だから魚屋の魚を手で摑むと、身が焼けるからやめてくれ、と言われる。

人間の手は、魚にとっては熱すぎるものなのだ。海水温の一、二度の変化で、魚がいる場所を大きく変えるのは当然のことで、魚は海の状態を人間より先取りしている、と言っていいのであろう。

　海亀の屍体がよく流れてくるのも、海水温の変化によるものだろう、と思っていた。ところが、まるで違うらしいのだ。海月を餌にしている海亀は、流れているビニール袋を、海月と間違えて食ってしまい、それが原因で死ぬのだという。それがすべての死因ではないにしても、屍体の胃からはかなりの確率でビニール袋が出てくるのだそうだ。

　魚でも、真鯛を釣って腹を裂いた時、悪臭がし、プラスチックの欠片が出てきたことがある。内臓を取ってしまうと、普通の身であった。

　稚鮎を天ぷらで食べていて、丸い小石がいくつも出てきたことがある。なんだこれはと思ったが、天ぷら屋の親父は私が吐き出したものを見て、万歳でもしそうなほど感激していた。はじめて見たのだ、と親父は言った。私も、一度だけの経験である。

　河を溯上する稚鮎は、雨が多く水の流れが強い時、河底に留まっているために、小石を呑みこみ、自らの躰を重たくするのだという。よく見れば、石はみんな丸く、吐き出しやすそうなものばかりであった。

　その時、天ぷら屋にあった十数尾の稚鮎の中に、もうひとつだけ石を抱いた鮎がいた。親父は大事そうに、それを紙で包んだ。持ち帰り、ホルマリンに漬けこむのだと言った。

　腹の中では石が見えないので、あまり意味はない、と私は言った。しかし、どう保存すればいいかと考えれば、ホルマリンぐらいしかないのだった。

　滅多にいないということは、流されかかった鮎がとっさに石を呑み、流れをしのげるところへ行けば、すぐに吐き出すということかもしれない。

　いろいろあるが、海亀とビニール袋は、やはり心に痛かったなあ。広い海でトローリングをしていても、流れているビニール袋を時々見かける。海亀が食わなければいいが、といまはなんとなく考えるようになった。私は、ビニール袋が風に飛ばされないように、おもりを入れている。君も、そうしろ。

ものすごい知識量は無に近いのだ

百科事典というものがあり、それを全部頭に入れると、それこそ博覧強記の人間になれると思い、家にあったのを幸いに、毎晩二頁ずつぐらい読む習慣をつけようと思った。

大きな判で分厚く、それが何十冊とあった。先を見ないようにして、毎日こつこつとやることにした。当然ながら、続かない。読んでも、まったく頭に入ってこないものもある。

それでも読むのは、時間を捨てているようなものであった。読書とは言えない。自分で自分に課した、拷問のようなものである。

ひと月以上続けた記憶があり、それはよくやったと自分を褒めたが、まだ『あ』の項から動いていなかった。私は、なんでも知っている人間になることを、その時、諦めた。百科事典を国語辞典に切り替え、せめて語彙ぐらい増やそうと思ったが、三日坊主で、結局いまも語彙は貧弱である。

辞典など、憶えるものではなく、引けばいいだけのことなのだ。そんなことも、たっぷりと時間と労力を消費して、はじめてわかるものだった。いや、私が愚かなだけか。賢い人間は、辞書などは引けばいいのだと、あたり前のこととして、わかっているのかもしれない。愚か者の道は、いつだって遠回りなのさ。

私はある時まで、片手で持てるぐらいの国語辞典を遣っていた。右手で万年筆を動かしながら、左手で単語を引く。それが、一頁か二頁ぐらいで、当該の単語に達する、特技とも呼べる技を持っていた。三頁繰ると舌打ちをし、一発で行き着くとちょっとした快感を感じた。

その辞典は、私が職業作家になった時には、すでに十年近く遣いこんでいたものだ。やがて表紙が擦り切れて破れ、全体がばらけてしまうような危うさも出てきた。

私はその辞典を補修しながら、さらに三十年近く遣ったのである。それから、電子辞書なるものに関心を持った。国語辞典では出ていない単語も少なくなく、広辞苑を引き直さなければならなかったが、それが丸ごと電子辞書には入っていた。それどころか、漢和辞典も、英語の辞書も入っているのである。便利さにひかれ、それを遣うようになった。大変なものである。

古い補修だらけのぼろぼろの辞書は、捨てきれずに、すぐに辞書を引こうとするようになったことかな。それを遣ってよくないというのは、思い出そうとせずいまも持っている。たまに片手で引いてみるが、昔の得意技など遠い夢のようなものになっているのだ。

しかしこのところ、グーグルなどというものがあり、どんなことでも引けてしまう。それこそ、私が読破しようと考えた百科事典の、百倍、いや千倍ぐらいの情報がそこにあるのかもしれない。これはもう、知識のありようが変った、ということである。

私は、グーグルをずっと信用してこなかった。ある歴史的な事跡の場所を調べ、そこが小説の一部の舞台となった。しかし、どう書こうと、私が文献で調べたものとの、整合性が取れなかったのだ。

文献を調べ直して、場所は、戦火により移動して、通常言われているところになった、ということがわかった。私が書いていたのは、その場所が燃える前のことであった。

そこまで、情報は徹底していないのだ。私も、はじめは自然な流れの中で、疑問を感じることもなく、その地を舞台に遣った。途中で文献にあたり直し、真実が判明した時は、やったという気分よりも、しばらく愕然としていたような記憶がある。

グーグルでは、ある程度のことは、わかるようだ。三千院梶井門跡を、私は調べていたのだが、三千院と言えば京都大原なのである。琵琶湖のほとりから何度か転々とし、最後に大原に落ち着いたなどという情報までは掘り下げず、またそれを必要としている利用者もいないのだろう。

小説を書く時は、グーグルの情報は信用せず、必ず文献をあたる。それを習慣にした。そうすることで、事実の周辺も情報として入ってきて、ピンポイントで調べるより、頭に残ることになる。私は、そちらの方が、ずっといい。

スマホを持っていて、電話とメールだけが変らず遣っているものだったが、ウェザー情報を配信するところの会員になり、映画館の二回目の上映が何時からかとか、飲みに行きたい酒場の場所などを調べたりするようになった。そういう意味で、生活の中にあるとても便利である。

スマホでタクシーの料金を払う人を見かけたりするが、それがどういう仕組みなのかはわからない。同じように、スマホで買物をすることもできない。

画像や動画も多くあるらしく、ボクシングの試合など、出して貰って観たりする。ひとつ出すと、似たようなものが次々に出てくるので、数時間も観続けたりするのだ。

こんなふうに便利なのだが、ほんとうにこれでいいのだろうか、という思いはいまも拭いきれない。

ワープロを遣い続けているので、手で漢字が書けなくなった、という同業者も少なくない。その代りに、読める。ワープロがあるのだから、それでいいのかもしれない。

原稿用紙に手書きである私は、滅び行く人種なのだろう、と自分で思っている。私の原稿は、ファックスで雑誌の担当編集者に送り、そこから印刷所のオペレーターに回って、打ち直されるらしい。百枚、二百枚の原稿になると、相当な手間だろう。その手間をかける価値がないと思われたら、私は即座にお払い箱である。

それでも私は、ワープロを遣わない。いまから覚えて遣うことはできるだろうが、そのつもりもない。グーグルも同じである。知識を知識でなくしているのが、グーグルだという気がする。

ある日、グーグルがぴたりと止まってしまったら、どういうことになるのか。船で、ＧＰＳなどが止まってしまったら、海図にコースラインを引き、方位磁石を見ながら進む、という方法がある。グーグルは、止まってしまえば、無である。所詮その程度だと思って、私はグーグルとつき合うつもりである。

悪い動物などどこにもいないのだ

朝、決まった時刻に、海の基地の前の電線を、栗鼠（りす）が駈けて行く。建物の背後は崖と木立の連なりなので、あえて電線を駈ける理由はあるのだろう。

同じ栗鼠かどうかわからないが、枝から枝へ駈けるやつもいる。結構、活発である。

基地の周辺では、狸の巣もあるらしく、蜜柑をフェニックスの下に置いておいたら、子供を連れた狸が食っていた。私のビーチサンダルの片方だけが、背後の崖の急斜面にあった。夕方、電線を歩いているのも見た。

それだけなら平和な光景だが、数匹の猫がいて、時々、数が減っているような気がする。猫ぐらいの躰を引き摺っていく狸を、目撃したという釣人がいた。野良猫が集まってくるのは、釣人が餌をやるからである。

餌は外道として釣れた雑魚である。基地近辺の岩場で釣りをしている人は、大抵は黒鯛狙いで、ターゲットの十倍ぐらいは、雑魚を釣りあげる。それに、野良猫が群がってくるのである。

私は、長時間かけて仕上げた燻製の猪肉を猫にしてやられてから、全面戦争状態に入っているので、見かけると容赦はしない。

むこうもそれを知っていて、私が現われると姿を隠す。あと鳶（とんび）と烏も敵で、私はエコＢＢ弾を詰めたエアガンで武装している。

なぜ生きものが多いかというと、背後の木立が、完全に保護対象となっている、小網代（こあじろ）の森に続いているからだ。森の中央を河が流れ、それは源流、流域、河口と、手つかずの完全な状態にあるらしい。首都圏近くでは、きわめてめずらしいのだという。

その森は、甲虫の宝庫である。捕虫網を持って駈けまわることはできないが、作られた遊歩道のそばの木でも、時々見かける。流域に畠が一切ないので、自然の養分がそのまま河口に流れてきて、微生物を発生させ、それを小魚が食い、さらに小魚を別の魚が食うというように、食物連鎖がきちんと湾内で成立しているのである。

赤手蟹が、群で上陸し、森の方へ行くが、それがどれほど食物連鎖に関係しているかは、私にはよくわからない。集団で移動している時、踏みつけないように気をつけるだけだ。

この間、蛇と遭遇した。まだ細い、一メートルほどのシマヘビであった。かなり太い、青大将を見たこともある。シマヘビは、私の前を悠然と這っていくと、土留めの垂直なコンクリートを、這い登ろうとした。尻尾のところ十センチほどが、ピンと直線に伸びて、躰を押しあげているように見えた。それでも長さが足りず、頭を左右に動かしている。やがて、頭がなにかにひっかかったらしく、全身がくねくねと動き、少しだけ登った。棒のように直線に伸びていた尻尾の部分も、蛇の躰に戻った。

それでもシマヘビはしばらくコンクリートに張りついていた。頭を左右に動かし、頂上を探っている。躰全体をくねらせ、わずかだが上にむかって動いてもいるようだった。やがて、頭がコンクリートの縁のところに到達した。すると親指の関節を曲げるように、頭をコンクリートの上に載せた。そこからはするすると登り、木立の中に消えていった。

蛇をそんなふうに細かく観察したのは、長野の山の麓で、青大将が巨大な蝦蟇(がま)を飲みこむところを、そばでじっと見ていた時以来である。

子供のころは、よく蛇を見た。九州の田舎には、蛇はあたり前にいた。人間と共生していると感じることもあったほどだ。

青大将など、家の中に巣がある場合も少なくなかったような気がする。天井の鼠を食ってくれる、と大人たちは言っていた。

だから、蛇に出会っても、驚いたりこわがったりすることはなかった。じっとしていれば、通りすぎていくのだ。山の上の、農業用水の溜池で鮒を釣っていた私の脇を、びっくりするほど太いヤマカガシが通っていったことがある。そのヤマカガシは、水に入ると、鎌首をもたげたかたちで、泳ぎはじめたのである。悠々と対岸にむかっていくのを、私はずっと見ていた。

蛇でこわいのは、毒だろうと私は思っている。つまりマムシで、ヤマカガシなど無毒だと子供のころ教えられたが、いまは毒蛇に分類されるらしい。

以前、西表島の友人の漁師が、船から飛びこんで、エラブ海蛇を摑み、甲板に投げ入れてきたことがある。ハブの数十倍の毒があると聞いたので、私は即座に網を被せた。嚙まれると、死ぬのだろう。

ただ友人に言わせると、胴体に指が回らないほどの太さのエラブ海蛇の、頭の大きさは人差し指の先ぐらいだ。そしておちょぼ口だから、嚙めない。たとえ嚙まれても、一番奥の小さな歯にしか毒腺がないので、素手で獲ってくるのだ。フィリピンやラオスやカンボジアの熱帯雨林には、コブラがいたね。

いま私が住んでいる家にも、蛇が現われたことがある。建築途中で、まだそこで暮らしてはいなかったが、家人が見に行くと、玄関の上がり框（かまち）で、白い蛇がとぐろを巻いていたのだという。

家人の絶叫を聞いて駆けてきた父が、手を叩いて喜んだのだ。縁起がいいことこの上ない、と言ったそうだ。蛇嫌いの母も、ちらりと見たようだが、私は見ていない。というより、私が留守中の出来事で、惜しいことをしたといまでも思う。

蛇の行動範囲はそれほど広くないので、私が海の基地で出会（でくわ）したシマヘビは、家の周囲の岩盤のどこかに、巣を作っているのかもしれない。次に会った時、あいつだとわかるだろうか。私はいろいろな動物に名前をつける癖があるが、そのシマヘビの名前は思いつかなかった。

ポンツーンのところに居着いていたハコフグに、平太という名をつけたら、郎をつければおまえの曽祖父さんの名だ、と生前の叔父が言って笑った。叔父は、そのハコフグを釣りあげ、焼いて食ってしまったらしい。肝と一緒に腹の方から食うのが、普通のやり方で、叔父はよく心得ていた。

毒を持つこともあるが、うまいフグだぞ。時々釣るので、今度、君と一緒に食おうか。

頭上に文化はほんとうにあるか

出勤の満員電車の中で、あんなやつに上から睨みを利かされたくない、と誰かが言っているということが、耳に入った。

誰かがと言ったが、結構な数の人が、そう感じたりしているのだろう。私の耳に入るというだけで、その数は少なくないと想像できる。

二十年以上も昔の話で、私はよく中吊り広告の写真になった。おかしな言い方だが、本の宣伝の一環として、当時そういうことも行われたのだ。いま行われているかどうか知らないが、私が売れなくなったのか、本が売れなくなったのか、そういう類いの話は持ちこまれなくなった。

それでも、中吊り広告というものはある。

電車の中で、考えてみれば、乗客の頭上はデッドスペースとも言えるのだ。そこに広告をぶら下げれば、相当な宣伝効果が期待できると、昔から考えられていたのだろう。

中吊り広告の歴史などを、誰かが書いてくれると、面白いかもしれない。

広告キャンペーンのやり方はいろいろあって、私の祖父は、キャラメルの広告キャンペーンのために、蒙古からふた瘤駱駝(こぶらくだ)を五頭連れてきて、街をねり歩かせた。

キャラメルの名をラクダキャラメルと言ったが、大して売れなかったらしい。ふたつの瘤の間に、ラクダキャラメルという幕を張ったというのに較べれば、電車内の中吊り広告はきわめてまっとうである。

駱駝の話は、決して私の法螺ではなく、写真も残っていれば、庭に駱駝がいたという、母の記憶もある。戦前の話である。祖父は製菓会社の二代目で、新高(にいたか)ドロップという主力商品があったので、そんな酔狂もできたのであろう。それにしても、駱駝をねり歩かせるというのは、ちんどん屋と呼ばれていた、大道広告の規模と、なんら変らない。

電車の中吊り広告が、どれほど人目に触れるものかはわからないが、一日中走っていることを考えると、相当なものになるのだろう。ドアの上とか網棚の上にも広告があり、私はそれにも出たことがある。三枚続きで、ドアの上で寝そべっている写真だった。満員電車の中で、悠然と寝ころびやがってと、これも友人の間では不評であった。

書籍の宣伝に中吊り広告を遣ったのは、一社だけではないだろう。芥川賞作品が、中吊りになっていたこともある。有力な雑誌も、中吊り広告で見出しを並べていた。

いまは、電車に乗ることが少ないので、現実に中吊りを眼にすることはない。電車に乗っている人が、中吊りを見ているのかどうか。満員電車だと、周囲から視線をのがすように、降りる時まで中吊りに眼をやっていたりするが、疫病蔓延下でも電車が混んでいるのだろうか。

みんな、スマホを見ているのだという。昔は、どれぐらい本を読んでいる人がいるか、数えたりしたものだった。いまは、スマホか。電子書籍だって読めるわけだから、読書をする人がいなくなったと断定はできないが、確実に少なくなってはいるだろう。

通勤時間が、貴重な読書時間なのだという女性がまだいて、電車の中で思わず泣いてしまい、周囲の男たちが、どうしたんですか、痴漢ですか、と声をかけてきたという。これが痴漢しましたと出した本が、私の小説であったと書いてしまうと、相当な自慢になるか。読者からそんな手紙が届いたのである。

以前から、中吊りの広告を見て思っていたことだが、肝腎なことはなにも書かれていない。つまり、思わせぶりなのである。知りたければ、雑誌なりなんなりを買って読め、ということなのだろう。その表現の按配は、きわめて言葉を切りつめてあり、意味はしっかり伝わってくるが、ほんとうのことがなにも書かれていないというものだ。これはもう曲芸のようなものだ、と思ったりした。たとえば綱渡りをやっている人がいて、危険なことをしているとはよくわかるのだが、なぜ危険なことをしているかは、まったく見えてこない。

人はそれを知りたくなるので、そこがうまく刺激されて、買うお金を出すのである。これはもう、ある言語表現の文化だ、と言っていい。

その文化が廃れると、頭上に商品のチラシのようなものがぶら下がっていて、車内は殺伐とした雰囲気になるのではないのか。

週刊誌などの、芸のきわみ、文化のきわみを行っていた中吊り広告も、取りやめが相次ぐらしい。頭上チラシ化は、現実の脅威になっている。電車の会社は、そんなことでいいのか。客の頭上のことを考え、少しぐらい持ち出しでも、文化に貢献した方がいいのではないのか。

回りくどい言い方をしてしまったが、中吊りの一部を、無料にしてしまうのだ。そこには、選びに選ばれた広告が採用される。その選考は、会社内でもいいし、外部に依頼してもいい。それで文化度が試される、などとは言わない。乗客の頭上のささやかな空間で、なにかを創造するのである。

私にも、応募したいものがある。ある写真集の、告知というか宣伝である。これは前にもちらりと書いたのだが、長濱治という写真家の、『奴は…』という写真集である。

実は、その写真集の被写体のすべてが、私自身なのである。自分が写っているので、照れて宣伝ができないのだが、いい写真集である。

被写体であるだけで、私は出版に関してはなにも知らず、本が出たらプロモーションのトークショーなどには協力しようと思っていた。しかし、疫病の蔓延で、そんなことはできない。

どうやって売ればいいのだろう、と私は余計なことを考えた。アイドルの写真集でもないのだから、売れる要素は皆無である。第一、告知ができない。

だから中吊りの募集に応じ、企画を提出する。題して、作家の外側、である。私が写っているから、それでいいのだ。内側が写っているかどうかは、著作者である長濱治との議論ということになる。

電車内の頭上の空間を思い浮かべ、こんなことを考えた。いい機会だから、君もなにか考えてみろよ。

じっと観ているると違うものになる

時間が足りないのか、余っているのか、よくわからない。疫病の蔓延でそうなったのかと思ったが、疫病の前でも同じような感じだった。つまり、中途半端に忙しい。

私にも、強烈に忙しい時期が十数年あり、年に十二、三冊、本を書いていた。毎月一冊のペースで、月刊キタカタなどと言われていたが、実は九カ月で一年分を書いていた。残りの三カ月をどうしていたか。海外へ行っていたのである。それもパリとかニューヨークとかいうのではなく、ほとんど聞いたことがないような国の、そのまた田舎まで行っていた。危険な地域もかなりあり、そこに入るには精神のエネルギーのようなものが必要だった。

ほんとうによく書きますね、と呆れられていた時期に、ほんとうによくそんな地域に行きますね、と驚き半分で言われる場所に、年に三回は行っていたのである。

中途半端に忙しくなってからは、人が驚くようなところに行ったとしても、実は大変な旅行ではなくなっていた。三日、歩かなければならない。移動に、馬か小舟を遣うしかない、というようなところには行かなくなったのだ。四輪駆動車で行ける限界のところにしか、行かない。かつてはトランジットで、せいぜい一泊の旅程を立てていた、パリやロンドンやニューヨークに、数日滞在する予定にしたりしている自分に気づいた。

それはいま、映画にまで及んできたような気がする。小屋に一番通ったのは、やはり強烈に忙しい時期であった。銀座の酒場(クラブ)に通うのも、忙しい時の方が多かった。

映画で、小屋へきちんと行かないのは、まずいぞという気もするが、海の基地には観るシステムを完備していて、音楽も含めて、小屋に近い状態で映像とむき合えるのである。

特に、疫病が蔓延してからは、小屋そのものが閉じていたりして、海の基地映画館が活躍しているのである。なんといっても、見逃していた作品を、小屋にいるのと同じ感覚で観ることができるのが大きい。

たとえば、『ビリーブ』という評判のいい作品が数年前に公開されたが、小屋に行けなかった。それを、インターネットの配信かなにからしいのだが、海の基地で観ることができた。これは、女性の地位向上をテーマにしているが、同時に法廷物であった。私はそれで、過去の法廷物を何本か観返すことになった。エドワード・ノートンの多分デビュー作になる『真実の行方』については、その怪演をもう一度愉しんだ。

それで、『フィラデルフィア』という法廷物を思い出して観直したし、私の好みの俳優であるロバート・デュバルが、『ジャッジ　裁かれる判事』でボケ老人として法廷に立つ、スリリングな場面も、じっくり味わうことができた。

ロバート・デュバルは、名脇役と評する人もいて、確かに主演の作品は少ない。その中で、『ブロークン・トレイル　遥かなる旅路』という作品における存在感は見事なものだった。あまり、この西部劇を観た人と会わない。君は、そんなのを観ておくのさ。『ウォルター少年と、夏の休日』も私は好きである。

法廷物を漁っていて、私は『コリーニ事件』にぶち当たった。これは配信されているというより、レンタル料を払って観るシステムの中にあるようだった。去年公開されたと思うが、小屋へ行くチャンスを逃していた。

レンタル料は自動的に引き落とされるようになっているようで、私はすぐに観ることができた。

法廷物は、きちんとした論理で黒白をつける必要があり、最低限そこは守られているが、小細工もまた見えた。しかし私には、そんなことはどうでもよかった。フランコ・ネロが出ているのだ。この映画の中では、富豪を射殺した被告人ということになるが、周囲をすべて食ってしまうような存在感だった。

フランコ・ネロは、マカロニ・ウェスタンのスターであった。つまりガンマンなのだが、三人のスターの中では、一番暗かった。あとの二人は、ジュリアーノ・ジェンマとクリント・イーストウッドである。

ジュリアーノは、陽性でやさ男で水際立ったガン捌きで、アメリカではいかにも人気が出そうだった。ま、イタリア製の映画だが、やはり暗いより明るいと言える国民性だろう。

クリント・イーストウッドは、ハリウッドから出張してきたようなものか。シャーリー・マクレーンと組んだ映画が記憶に残っている。

その二人に較べて、フランコ・ネロは、どこか陰湿で、執拗さを感じさせるキャラクターだった。鮮やかな勝利などなく、勝っても、敗者のようにぼろぼろであった。

私など、そこがいいと思ったが、西部劇はやはりどこか明るくなければいけない。ハリウッドの西部劇は、スティーブ・マックイーンの『ネバダ・スミス』あたりから、急降下し、やがて作られなくなった。そこに、イタリア製の西部劇の隆盛十年がある。

フランコ・ネロは、あまり喋りもしないが、口もとあたりに頑迷で剛直な線が浮き出していて、奔走する主演の弁護士など、小僧にしか見えない。ある種ナチ物であるが、そのあたりのエピソードは、それほど不快ではないカットバックになっている。

戦争犯罪を問うテーマを持っていて、そこは『ニュールンベルグ裁判』とか邦画の『私は貝になりたい』などが持つ深さを凌駕してはいない。コリーニという男を演じているのが、フランコ・ネロでなかったら、私にとって大した映画にはならなかっただろう。

フランコ・ネロの出演作品は何本か観ていて、『ネレトバの戦い』などが印象に残っているが、半世紀以上も前の作品だ。フランコ・ネロだと思った時、私の頭の中には、あの陰湿で執拗なガンマンの姿があったのだろう。

眼差しと、口もとの線がいい。法廷にいる姿も、誰よりも似合っていた。筋立ての破綻を指摘するのはたやすい映画だが、そんな観方はせずに、老いて立つ男の姿を、ただ見つめればいいのだ。お喋りはいかんな。いいのは、君の、いまの沈黙だよ。

日本語に愛を持てない者は去れ

日本に、有人の灯台はもうないという。十数年前は、五島列島にあったという話だが、それ以後は作る計画は当然ないらしい。

私は、たとえば一年ぐらい隠棲する場所として、灯台を考えたことがある。そのために、写真集を集めたりもしたのだ。

日本の灯台は、やさしいたたずまいで、航海の頼り甲斐のある目印という感じである。それに較べて、北大西洋の灯台の孤立は、激しく壮絶である。特に、フランスのブルターニュ地方の灯台がすごい。ほとんど、岩礁の上に建てられているというものもあり、どんなふうに建設したのだろうと、いやでも考えてしまう。灯台を守る人は、船で近づいて、ロッククライミングのようにして登ったりする。

そういう、海に突き出した灯台が、私の夢であった。大量の本を持ちこんで、そこで暮らすのである。無論、訓練を受けて、保守からはじまる灯台の業務はすべてこなせるようになっているのだ。私の知るかぎり、二人ひと組の灯台守であるが、私は一年限定ならばひとりで耐えられる、と思った。誰とも喋らないわけではない。定時の、無線の交信はできるのだ。つまり私の生存も、それで確認される。

夢にすぎないことは、はじめからわかっていたが、夢想は現実の中では結構なリアリティを持ったりするのだ。私にとっては、ブルターニュ地方の灯台がそうであった。

何度か書いたが、『灯台守の恋』という映画があり、ブルターニュ地方の岩礁地帯が舞台で、灯台守は村の家にいて、ひと月とかいう感じで、交替で灯台にむかうのである。

その映画では、灯台の生活が相当詳しく描かれているので、かなり参考になる。交替とは言わず、一年間いたい。補給は、船ではなくヘリコプターがいい。太陽光パネルをいくらか設置しておけば、電気が遣える。

飲用以外の水は天水で、シャワーは完備している。

カンボジアの、トンレサップ湖は、雨季にはその面積が、六倍ほどになると言われていて、水上生活者が百万人いるという。ちょっと想像はつかず、全貌もわからないが、バッテリー屋の船は、かなり見かけた。つまり充電したバッテリーを空になったものと交換するのである。いまは、太陽光パネルがかなり普及しているのだろうな。

電気があるないでは、生活の質はずいぶん変るだろう。電気がないところで、私は一週間ほど暮らしたことが何度かあるが、夜の闇が友だちというのも悪くはなかった。

電気がないと、闇がほんとうの闇だ。つまり、ほんとうの夜さ。

隠棲といえば、私はタイの山中のアカ族の村で暮らしたい、と半ば本気で考えたことがある。そこには電気がなく、族長の家にだけガス灯があった。相当歩いて村に入るが、入口には立派なゲートがあった。しかしそれは村の裏口で、正門は山の方をむいた小さな鳥居のようなもので、裏口の十分の一ぐらいの大きさであった。そして丸太の門の上には、男根を突き立てた人形が山にむかって立っていた。

族長の家で一年間暮らすとして、いくらぐらいかかるだろうかと問うと、贅沢なことをしなければただだと言われた。

そこで隠棲したいと思ったが、韜晦(とうかい)趣味があるわけではない。一年後には、強烈な復活を遂げ、世間を啞然とさせるのである。

灯台の話だったよな。私は、灯台の生活が描かれているだろうと思い、『ライトハウス』という映画を公開直後に観たが、これは複雑な孤立なのであった。やはり、ひとりでいるべきなのだ。孤立と孤立がぶつかり合えば、異質の狂気が醸成される。これは恐ろしいな。スクリーンで観ると、考えるよりもずっと恐ろしくなってくる。

日本の灯台には、大抵、埼という字がついている。埼がつく地名のところでも、灯台の名称は埼と表示される。これは埼が点を、埼が面を表わしているからである。こんなこと、ずいぶん書いたような気がするぞ。

地名や駅の名など、私は高輪ゲッタウェイのショックを引き摺っていて、ほんとうに日本人が考えた駅名なのだろうか、とずっと首を傾げっ放しなのだ。これを決めたのは、役人なのか。そんなはずはないよな。役人は大抵日本人だものな。国際機関かなにかで決めることも、まずあり得ないよな。もし、関っている役所の人がいたら、全員、坊主になって反省して欲しいな。

ゲートウェイというのは、わかっているんだよ。まともに扱いたくないから、ゲッタウェイと言っている。それをわざわざ修正してきた人がいて、固有名詞ですからね、とわけのわからないことを言った。あまりあることではないだろうが、わずかでも私が間違っている、とは思われたくないので、書いているのだよ。

この種のことを、さらに書きたくなってきた。まず、訊きたい。インバウンドとは、どういう意味なのかな。もし外国人旅行者のことを言うのなら、そのまま日本語で言った方が、はるかにわかりやすくないか。

多分、日本語では表現できない、深い深いところで、大いなる意味を持っているのだろうが、それならそれで、遣っている人たちがきちんと説明しろよ。

しかし、必然性の問題だな。横文字にするのに必然性があるとしたら、日本語の方に相当大きな問題がある、ということだろう。日本語で言えないので、インバウンドなどと言ったりするのだろう。インバウンドが外国人旅行者だとしたら、それほど日本にとっては不都合な人たちになるのか。

いやだなあ。私は、ほんとうにいやだよ。テレビのニュースでも、平然とインバウンドと言っている。せめて公共放送ぐらいは、率先して日本語を破壊するようなことは、やめてくれないかな。

疫病関係の言葉も、横文字で表現して、括弧の中で日本語で説明するという滑稽さである。三密を、人流を、横文字にしてくれ。できないなら、ほかのもするな。

特に、公的な立場にいる人。日本人だろう。日本語を遣おうよ。君もだぞ。

待つまでもなく来るものは来ている

テレビはあまり観ないが、疫病の流行以来、時々観るようになった。あまり意識はしていないが、世間の容子を気にしているのかもしれない。

これが海の基地になるとテレビがなく、ニュースを知りたければ非常用のラジオぐらいだが、最近ではネットで観ることもできるらしい。私は、やったことがないが。

ある時、自宅の居間でトロ助と遊びながら、ついているテレビを観ていた。ゲストなのかコメンテーターなのか、三人が並んで座って喋っている。ほかに、MCとその助手のような人もいる。

トロ助が、私に絡みついてくる。私はトロ助がくわえたキーちゃんをもぎ取り、投げてやる。くわえて持ってきて、また私に絡みつく。十数回、それをくり返すのである。

キーちゃんは、黄色い小さな縫いぐるみで、それがお気に入りだから、洗濯を重ねながら遣ってきた。ある時、行方不明になったが、いろいろ持っている縫いぐるみでは、熱心にはやりたがらなかった。なにかあると、キーちゃんを探すのである。何日もその状態が続き、まったく別の部屋の棚の上から見つかった。

トロ助は喜び、舐めまわし、自分の寝床に持っていくと、大事そうに隠した。しかし、しばらくして見ると、前脚でしっかり抱いて眠っていた。それ以来、私はキーちゃんをズボンのポケットに隠したりしてからかう。トロ助は突進してきて、ポケットに鼻先を突っこみ、なんとかキーちゃんを奪回しようとする。前脚で強烈に引っかくので、やがて私のズボンはボロボロになる。

そんなことをやりながらテレビを観ているのだから、ただ眼に入れている、というだけのことが多い。そして私はふっと、おかしなことに気づいた。三人並んでいる人の、両側の人は脚が映っているのに、真中の人は映っていないのである。

おかしいぞ、これは。もしかすると、幻か。しかし、三人とも何事もないように喋っている。どういうトリックなのか、私はしばらくテレビに見入った。結局、トリックは見抜けず、事務所の女の子を呼んで、わかるかと訊いた。

真中の人だけ、別の場所で撮影して、入れこんでいるだけです。ソーシャル・ディスタンスですよ。そんな言葉は遣うな。俺の前では、遣うことを禁じる。はいはい、と呆れた表情で事務所へ戻っていった。私の事務所は自宅の中にあり、スリッパで居間に降りてくることができる。

ほかの場所で撮っているのか。だから脚までは、映すことができなかったのか。

それにしても、滑稽な話である。なぜ、ひとりひとりと司会者の話では駄目なのか。現実ではないものを観せる必然性は、どこにあるのか。それにしても、よくできているなあ。

ほんとうに、三人が並んでいるようにしか見えない。それが現実ではないと、私は糾弾するつもりはない。言えば、些事ではないか、と嗤（わら）われるだけだろう。しかし、現実でないものを現実のように観せられ、私たちはそれでさまざまなことを、納得してはいないか。テレビの中にいた、脚の映っていない人はさておき、政府の見解や報道や評論が、疫病蔓延の事態が襲ってきてから、やたらに断言するようなニュアンスで、耳につくようになった。

医師会の会長とかいう偉い人が出てきて、すでに医療は崩壊していると言っていて、これは大変な事態だ、と私などは信じた。しかし、崩壊が病院の二十五パーセントで起きかけているという、小さな声があった。残りは、疫病にそれほど関係なくやっている、というのだ。

ほんとうかどうかわからないが、そんな声が出るような余地は作らないでくれよ。正解を知りようがないが、医師会の会長が言ったことが正しいのなら、第五波のとんでもない感染の規模を待たずして、この国は滅びていたであろう。その会長は、女性と食事をしている写真を撮られ、あまり出てこなくなったようだ。

女性との食事など、いっこうに構わない。むしろいいことである。それよりも、断定的な言説の方が問題で、その後の情況に即した意見を、逐一述べなければなるまい。言いっ放しというのは、いけないよ。

熱心に観ているわけではない私の耳にも、医学界の実情はしばしば入ってくる。とにかく、現場は大変なのだ。ニュースも、そこを取材していれば迫力を失わないで済む。私は、ニュースがなにかに拍車をかけているような気もするよ。脅され、こわがり、それをあまりにくり返したので、もういいという気分になり、出歩いたりする。

一回目の緊急事態宣言の時が、街での人の姿は最も少なかった。第五波の時は、宣言が出される前とそれほどかわらず、方々に雑踏もあるのだった。

夕食の時間が早くなり、酒にはなかなかありつけない。しかし、自分の家ではいくらでも飲める。

ホテルの仕事場も、レストランなど酒は一切駄目だが、ルームサービスだったら運んでくれる。早くから飲みはじめ、時間が長くなる。私は確実に酒量が増え、飲んでいる時間は二倍になった。このままの情況が続けば、依存症にもなりかねない。

どうしようもないのだ。テレビを観て舌打ちしても、脚の映っていない人は笑っているだけである。人間はさまざまな感染症と闘ってきた、と言ったところで、むなしさが漂うだけである。

ワクチンが決め手と言われていたが、それもどこかあてどなく、三回目を打った方がいい、などとまことしやかに囁かれる。

私は決め手はワクチンではなく、治療薬だと思っているが、その治療薬もなかなか承認されない。すべてが馬鹿げているようで、しかし死者の山を築きあげると、ウイルスはどこかへ行ってしまうのだろう。歴史では、そんなふうだ。

私は、じっと疫病をやり過してしまおう。感染したら、それまでのことだ。脚の映っていない人が笑っていても、驚いたりせずに眼を伏せる。

しかし、あと何年かかるのか。何年でもいいさ。君がいれば、私は待てるよ。

完成には遠い錯覚の中の終了だった

友人と集まった時、よく鍋をやったのだが、気づくともう二年以上、それをしていない。

海の基地でやる鍋は、かなり凝っていた。湾内に自生しているワカメを採ってきて、それでしゃぶしゃぶをやる。自然に、出し汁になっている。そこにカワハギをぶつ切りにしたものを、放りこむのである。同時に、肝を裏漉しにして入れる。かたまったような状態にならないように、たえず箸を入れている。野菜も追加する。

この鍋は評判がいいのだが、条件がある。まず、カワハギが釣れなければ、話にならない。そしてワカメが出てくる、二月か三月でなければならないのだ。この二つの条件を満たし、かつ友人たちが集まっている時となると、数年に一度ぐらいだろう。

鍋をやる時、カワハギにこだわっているわけではない。マハタなどが釣れたら、これは刺身と鍋である。でかいアナゴ、これはダイナンアナゴといって、東京湾の海底が谷のような形状になっているところで、釣れたりする。

私は釣ったことはなく、友人がヨットで持ってきたのである。まさしくおばけアナゴで、魚体を持ちあげて、私はその大きさに衝撃を受けた。海というのは、不思議なものだ。

ダイナンアナゴは鍋にして、ヨットの五人に私を加え、懸命に食ったが、食い切ることはできなかった。出航準備。船長がそう言うと、クルーは卓上にあるものを、すべて腹に入れなければならない、などとヨットマンは自慢するように言うが、無理なものは無理なのだった。

鍋というものなら、私は幼いころから食べていた、という気がする。漁師の家だったから、商売のためのアラや真鯛やトラフグなどは見ていたが、頻繁にではないが、雑魚が皿に大盛りになっていることがあった。小さいが、鱗は取ってあり、湯に通してあった、という気がする。鍋には最初からほかのものは入っていて、そこに魚が入れられる。色やかたちや大きさはまちまちだが、どれかを選り好みして食ったりはせず、器に掬い取ると、酒を飲みながらただ食らう。頭がついていて小骨も多く、子供の私には完璧に食するのは難しかった。

男たちの前にはもうひとつ器が置かれていて、口の中から出した骨を箸の先でつまむと、そこに打ちつける。骨はその中に落ちるのである。食い終るころには、白い骨が見事に山になっていた。魚をきれいに食うと、よく感心されるが、その鍋の経験が、基にあるのかもしれない。

理由はわからないが、女性は食べておらず、それだけ骨がある魚なのに、誰ひとりのどにひっかけたりする人間はいなかったのだ。

冬にカワハギの鍋を作ろうとするが、その発想はバルセロナで食ったアンコウの鍋から来ている。佐伯泰英氏と二人であった。濁ってねばついた、泥のようなものの中から、黒い鰭などが突き出している。泥のように見えるのは肝で、たじろぐのはわずかの間だった。気づくと貪り食っているのだ。

それを再現しようとして、私の鍋の旅ははじまった。機会があれば、鍋を食った。いい材料が手に入れば、鍋にした。しかし、バルセロナのアンコウ鍋は、再現できなかった。私にとっては幻で、バルセロナのレストランも浜辺の海の家のようなところだった。バルセロナで、二度、海岸線を探索したが、見つからなかった。

同じようなことが、ほかにもある。ローマのトラステベレで、老夫婦がやっている小さなトラットリアがあった。そこのセコンドよりも、その前に食ったブロッコリーのスパゲティに私は陶然とした。嘘だろうと思うような味だったのだ。

その時の私の旅行計画はイタリア南部で、しかし帰国前にローマに戻ることになっていた。帰国前日に、私はそのトラットリアに再び行ったが、今日は魚介のパスタということで、ブロッコリーのスパゲティにはありつけなかった。次にローマを訪れたのは二年後ぐらいで、トラステベレのそのトラットリアはなくなっていた。若者が多い街だった。あの老夫婦が、店を閉めたのもなんとなくわかった。

　私は日本で、イタリア料理店の料理人に、とにかくブロッコリーのスパゲティ、と註文した。相当な有名店がいくつも入っている。任せろと料理人は言ったが、味はよくてもまるで違うものだった。私は自分でブロッコリーのスパゲティを作りはじめたが、何十回やっても、やはり再現はできなかった。

　それでいいのだろう、と私はいま思っている。幻は、味の旅には必要なのだ。私は、二つも幻を持っている。幻を追うことで、いろんな料理人に会うことができたし、自分でも、的をはずしていようと、さまざまな料理の試みができたのである。

　自分で料理をしてみるというのは、私にとってはいまだ刺激的な行為である。見馴れたものであろうと、はじめてのものであろうと、食材を前にすると、ちょっと緊張をする。それから、気持が昂ってくる。この食材が、これから別のものに変るのだ。私の頭の中は、想像で一杯になる。

　二キロのタンがある。牛の舌一頭分で、それぐらいになる。私は何度かそれを買い、さまざまな料理を試みた。孫たちが海の基地へ遊びに来るという時、私は二日かけてタンシチューを作った。大人にも好評であったが、小僧どもは派手な奪い合いを演じた。この肉は、と言う。タンであろうがシャトーブリアンであろうが、子供たちにとっては、この肉なのである。この肉を、どれほどうまく作りあげるか。それが料理だと思った。私は牛すじの煮こみを作り、牛すね肉のシチューを作る。

　問題がひとつある。私は牛すね肉で、シチューやポトフを、何度となく作った。ある時、これは会心作だ、というものができると、不意に関心を失ってしまうのである。自分でもどうしようもなく、白らけてしまう。ほんとうは完成しているはずもなく、進歩の余地はいくらでもあるのに、会心作と思ってしまうのだ。

　素人料理人としても、失格か。君は今度、私の牛タンシチューを食ってみろよ。

すべてが生きるためになされている

魚を、丸呑みにしているわけではなかった。

海鵜の話である。鵜飼いなどで、鮎を丸呑みにしたものを吐き出す、という思いこみがあったが、それはしっかりと飼い慣らし、訓練されているものなのだろう。

海の基地で、魚をくわえた鳥はしばしば見ていた。ただ、じっくり観察したことはなかった。それを、見たのである。

ポンツーンのすぐ脇で海鵜が頭を水に突っこんで潜り、かなり離れた水面に出てきた。魚をくわえていた。おう、やったね、などと私は呟(つぶや)いたが、たまたま双眼鏡がそばにあったので、ついでに遣ってみた。かなり大きく見えた。ベラ科の魚だということも、しっかり見て取れた。

かなり大きい魚だったが、獲ってきた以上は、丸呑みで食うのだろうと思った。しかし、その魚でしばらく遊び続けたのである。ふり回すようにしたり、くわえる場所を変えたり、結構めまぐるしかった。途中から、遊んでいるのではない、と私はなんとなく理解した。

頭を潰している。胴体も嚙み続けていて、背骨を丁寧に砕いているようだった。いきなり天に顔をむけて呑みこんだのは、五、六分後であった。

大きな魚を、呑みこみやすくするために、砕いていたのだ。それで、大きくてもひっかからずに呑みこめるようなやわらかさになったのだろう。

背骨を折るということでは、私はポルトガルの田舎の漁港で、旧式の漁船をチャーターして釣りをしたことがある。三人乗り組んでいたが、外洋に出ると、なぜかすぐにまた湾内に戻った。あろうことか、船長が船酔いしていたのである。おまえ、それで漁師かよ、と日本語で言ってもむなしい。ここの静かなところで釣りをしろ、と言ってきかない。

私は持参していたポルトワインを、瓶に口をつけて飲んだ。釣れるもんか、と思った。結構大きな鉤(はり)をつけていたのだ。ところが三十分ほどして、強烈な引きが来た。合わせもなにもなく、いきなり引いてきたのである。まったく、釣りはなにが起きるかわからない。私は酒瓶を放り出し、立ちあがってやり取りをした。二名の若いクルーも、興奮して叫び声をあげたりしている。

あがってきたのは、白っぽい魚だった。クルーのひとりが、切迫した声を出して手網をのばし、掬いあげた。やはり白っぽい魚で、私はそれがなんだかわからなかった。両手でも胴に回らないほど太い。長いが、鰻などの長さと較べると、寸詰まりである。太さはダイナンアナゴに近いが、長さは半分以下で、私のイメージとしてはツチノコであった。

ツチノコは、想像上の動物か。見たという人が描いた絵が頭にあった。それにしても、いやに魚っぽいのだ。よく見ると鰭(ひれ)などもある。

二人のクルーは、どうしていいかわからないらしく、足踏みをして、声をあげるだけである。すると、船酔いしていた船長が、声だけ蘇えらせ、指示を与えはじめた。

ひとりがキャビンに降りて、木の槌を持ってきたのである。それで魚体を叩きはじめた。背骨を砕いているのだろう、ということはわかった。木の槌が置いてあるところを見ると、しばしば釣れる魚なのか。

違うもののようにやわらかくなった魚を指さし、これが欲しいのだが、という意味のことを、船長は言ったようだった。釣れた魚は、船を雇っている私に所有権がある。ここまで打ち砕く前に言えよと思ったが、争っても仕方がないので、私は頷いた。二人のクルーが、足踏みをして喜んだ。足踏みばかりしている連中だった。

食うのかと訊くと、市場、と言い返してきた。そうか、売るのか。喜びようを見れば、高く売れる魚なのかもしれない。

海鵜が散々魚体を嚙んでいるのを見て、私は槌で叩かれたあの魚を思い出した。鳥が丸吞みにするためにやるのはわかるが、人間はどうやって食うのだろうか。

沖へ行くと、海猫などが鰯の群れに突っこんでいるが、やつらは鰯より大きなものは食えない。大きなのまで食えるかどうか、鳥によるのだろうな。

メキシコの、太平洋岸の南の、プエルト・エスコンディードという港で、浮輪に尻を突っこんで昼寝をしていたら、二、三メートルしか離れていないところに、怪鳥のようなペリカンが突っこんできたことがある。空から突っこんでくると、私が狙われたのではないか、と感じるほどだった。かなりでかい鳥なので、腹の真中に穴をあけられたら、多分、死んじまうな。浮輪に尻を突っこみ、鳥に腹を貫かれて海を漂っているのは、かなりみっともない姿である。

ペリカンだって、嘴の下についている袋に、獲った魚を溜めているというから、背骨は砕けていないだろうな。

そんな食い方をする鳥を、もうひとつ思い出した。鷺である。

夜が明けてから、ポンツーンに鷺が飛来してきて、真っ直ぐに立つ。そして海面を見つめている。それがじっくりと見えるものを愉しんでいるようなので、私は観察者ゴンと名づけた。毎朝、同じ場所に立っている姿は、飛ぶ時はぐにゃりと曲がっている長い首が、ぴんとのびて、擬人化したくなってしまうのだ。

ある時、観察者ゴンは飛び立ち、しかし二、三分で戻ってきた。長い嘴に、結構大きな魚がくわえられていた。観察者ゴンは、ぺたぺたとポンツーンの上を歩き、魚で遊んでいた。

くわえられている場所が、長い嘴の根もとだったり、先の方だったりして、はしゃいで遊んでいる、というように見えたのだ。

やがて飽きて、嘴を空にむけると、呑みこんだ。あの時、私は観察者ゴンが、魚で遊んだと思い、いくらか不愉快になっていた。いま思えば、あれも、呑みこむために魚体をやわらかくしていたのだ。

生きるというのは、大変なことなのだな。首を真っ直ぐにのばして立っている観察者ゴンは、漁の機会を狙っていたのであって、ただ海を観察していたわけではない。それを観察していた私の眼は、節穴か。

いつまでも続く闘いのむなしさよ

大きな鰆を釣り、それを捌いて内臓などを籠に入れ、沈めた。

そんなことをしていると、足もとに猫がいるのに気づいた。粗などが貰えると思ったのか。それにしても、大胆なやつである。私を知らないのか。このあたりにいる猫、鳶、烏の天敵のようなものなのだぞ。大抵は、私を見て逃げるぞ。

ある猫は、私が八時間、煙に当てて作りあげた猪肉の燻製を、かっぱらったのである。選びに選んだブロックで、一キロぐらいはあっただろう。粗熱を取るために、笊に載せて、風に当てていた。私は、そばにいたのだ。

それなのに、忍び寄ってきて、くわえ去った。まったく音もせず気配もなく、私は肉塊をくわえて駈け去る、後姿を見ただけである。

その後も、私が作っている干物を、じっと狙っていたことがある。幸い、やられてはいない。私はＢＢ弾を撃ちこむのだ。

そんなことを思いついたのは、ずっと昔、日光のお土産屋さんのおばあちゃんが、お菓子をかっぱらいに来る猿にＢＢ弾を撃ちこみ、追い払っているというニュースを思い出したからだ。当たると痛いから、逃げていくんだよ、とおばあちゃんは笑っていた。

これだ、と私は思った。罠などを仕掛けることを考えていたが、捕獲しても、それからどうすればいいかわからず、実行に移せないでいたのだ。飛び道具は卑怯かもしれないとも考えたが、一対一の接近戦など、所詮無理である。

船をきれいに洗って、ポンツーンに繋いでいると、飛来した鳶や烏が、狙っているとしか思えない正確さで、糞爆弾を落とす。これで怒髪天を衝いたのは、私ではなくボースンであった。ＢＢ弾による対抗を、私が入れ知恵した。

ＢＢ弾はエコ仕様になっていて、すぐに土に還るので、環境問題も起きない。敵も痛がるだけで、怪我もしないようだった。

いくら宣戦布告をしたからといって、ほんとうに血を見るのは穏やかではない。

かくして私の闘いはいまだ続行中なのに、足もとに擦り寄ってきて、甘えた声で鳴く猫がいることが、信じられなかった。思わず、おい、おまえ、と声をかけてしまった。ここぞとばかりに、お魚頂戴よ、と猫は鳴く。私は、はっと我にかえり、こいつはスパイかなにかかもしれない、と思った。つけこまれると、猫の集団が私を取り囲む事態が起きるかもしれない。

その光景も、記憶の中にあった。取り囲まれているのが猫で、取り囲んでいるのは十数羽の烏であった。場所は、公園のグラウンドである。小政という、黒いラブラドール・レトリバーの散歩中に、それに遭遇したのだ。

小政は頭のいい犬で、二十メートルほど先で展開されている光景を、即座に理解し、うちの親父が襲われたら守ろう、というはっきりした動きをした。

私は、眼の前の公開リンチのようなものを、見続けていた。時々、猫が跳び、宙で手を振る。爪にかけようとしているのだろうが、烏は跳ぶのではなく、飛ぶ。一羽が飛んだ時、真後ろの烏が猫の頭のあたりを嘴でこつんとやる。そのくり返しだった。双方とも、声は出さない。動物の世界でも、集団リンチなどがあるのだ、と私は感動しながら見ていた。

十分近く、私は見ていただろうか。猫は八方から攻撃され、最後はたじたじとなって壁際に逃げ、それから植え込みに飛びこんだ。

小政が、もう行こうとリードを引っ張ったので、私は歩きはじめた。結着がどうなるのかは、わからない。陽が落ちれば、烏は眼が見えなくなる。その前に引き揚げるだろうが、日没まではまだ時間があった。

リンチと言ってもその程度で、下手をすれば烏の方も一、二羽はやられかねなかっただろう。

同じ公園での話だが、管理人なのか、叫び声をあげて怒っているところに、私は出会(でくわ)した。十数名の人だかりもあった。犬の散歩仲間の顔見知りがいたので、なにがあったのか訊いた。

　頭だけ残して地中に埋められた猫が発見された、という話だった。

　誰がなぜと考える前に、頭だけ残して埋められた猫の恐怖を、私は思った。鳴き続けていたのだそうだ。掘り出してもぐったりしていて、公園にいるボランティアの人が、獣医のもとへ連れて行った。

　人間が、こわい。人間が、一番こわい。こんなこと、動物だったら絶対にやらないさ。鳥のリンチなど、かわいいものだ。

　このあたりにいる人間は、俺ひとりだよ。私は、足もとの猫に話しかけた。やさしい男で、おまえよかったな。ここで首まで埋められちまったら、いくら鳴いても誰も助けに来てくれない。

　なぜかなりの数の野良猫がいるのか、ほぼわかっている。ここは釣人がよく来るところで、猫たちは、釣人が捨てる外道の魚を貰えるのだ。

　それにしても、狙ったものではない魚を、釣人は外道と呼ぶが、こうして字に書いてみると、ものすごいものがある。

　これから釣れる人間の後ろに猫がいる、という迷信を釣人は信じていて、外道の魚は必ず与えて、猫を集めようとする。猫も、釣人に馴れる。

　おまえを埋めたりはしないが、盗っ人根性は気に食わない。釣人ではないし、追っ払うぐらいのことはするぞ。私は、足を踏み鳴らした。ところが猫は、二メートルぐらいしか逃げないのである。次には石を投げるふりをしたが、まったく動じない。二度目にやった時は、座ってこちらを見ていたほどである。

　おまえが悪いんだからな、と私は呟き、踏みこんで蹴飛ばした。しかし私は宙を蹴りあげ、姿勢を崩し、腿のあたりの筋がのびて、痛くなった。

　私は逆上した。これでも、滅多に逆上などしたことはなく、穏やかな人間なのだ。私は家へ飛びこみ、銃を持って飛び出した。猫は私を見ていたが、手の拳銃を見ると、一目散に逃げたではないか。

　くそっ、猫の世界に、私の武装の情報が行き渡っているのか。馬と鹿が、私の頭の中を駈け回っていた。

自分でやらないから快感になるのか

なにかに嵌ってしまうということが、しばしばある。

かつて、私はブライアからパイプを削り出すことに嵌り、ステムのところに私のイニシャルを彫ると、煙草を吸う吸わないにかかわらず、人に贈った。ブライアは、硬く乾燥した白ヒースという木の根で、子供の頭ほどになるのに、百年はかかると言われている。しかも、時々小石を抱いていたりして、使用できるのは七、八割というところではないだろうか。ブライアをブロックにするまでに、さまざまな工程があるが、それは置いておいて、一本のパイプを作りあげるのに、一日二時間の作業で、十日かかる。

私は五十本ぐらいのパイプを作ったので、千時間はそれに費したことになる。まだ持っているという友人も数人いるが、私のもとに残っているのは二本ぐらいである。

作ることが目的だったから、完成してしまえばどうでもいい、というところがあった。同じように嵌ったのに、ヘラ鮒用の浮子を作るというのがあった。これは軽い木でなければならず、削るのはたやすかった。しかし木製の浮子は水を吸う。それを吸わせないようにするために、塗装に凝る。下塗りからはじめて、上塗りまで、五通りぐらいあるのだ。プラスチックの浮子なら、なにもせずいつも同じ状態なのに、なぜか面倒な木の浮子にこだわり、しかし一度も遣うことはなかったのか。

ヘラ鮒釣りは難しい、と言われている。私は中学生のころ画家の叔父の家へ行き、近くの沼でヘラ鮒を釣った。浮子は木製だったが、自作のものではなかった。なぜかその沼にはヘラ鮒と鯉がいたのだが、まったく釣れず、中一、中二と、夏休みの十日間を、無念さの中で過した。中三の時、パンの耳に鉤をしのばせ、八十センチぐらいの鯉を釣った。それから先、鯉はまったく姿を見せなくなった。

しかし、ヘラ鮒が釣れはじめたのである。当たりは繊細で、浮子は一センチ動くか動かないかだったのだが、要領を躰が摑んでしまったのかもしれない。とにかく当たりがあると、躰が合わせていた。

高校生になっても、同じように釣れた。私は内臓を取り、遠火で炙り、草野の爺さんのところへ持って行った。爺さんは、新宿で『学校』という酒場をやっていたのだ。こうして持ってこいと言われた通りにやったのだが、ヘラ鮒は釣るのは難しいが、あまりうまくないと言われた。草野の爺さんは、鮒が好きだと言っていたのに、釣るのが難しいヘラ鮒を受けつけてくれなかった。

この人は、実は詩人で、草野心平という名だった。叔父がかわいがって貰っていて、甥の私もついでにかわいがって貰った。しかし、ヘラ鮒は認めてくれなかった。

後年、滋賀県の大津などで、私は鮒寿司を食い漁った。発酵食品で、匂いが強烈である。いまどうなのか知らないが、三十数年前は、家庭ごとに味が違うと言われていた。

いまは、一尾分を手に入れようと思うと、かなりの値になる。ニゴロウ鮒という、琵琶湖固有種の鮒を遣ってある。ゲンゴロウ鮒では駄目なのか、と私は訊いた。これはヘラ鮒の正式名である。似五郎鮒と言うのだ、と大津の友人は言った。つまり、ゲンゴロウ鮒に似ているだけ、と言うのだ。似て非なるということだったのだろうか。

私は、佐々木道誉という、バサラ大名と言われた武将を取材するために、琵琶湖のまわりを歩き回っていた。友人は、大津に住んでいたので、案内を頼むには絶好だったのである。

ヘラ鮒を釣って、私なりの鮒寿司をと思い立ち、レシピをいくつか手に入れた。しかし、忙しさにかまけて、三十年が経ってしまった。

自作の浮子で、ヘラ鮒を釣ることがあるのだろうか。湖のほとりに腰を据え、じっと浮子を見つめているのは、人生で最後の趣味のような気がする。

このところ嵌っていることは、格闘技のＫＯシーンを見ることである。なにを生み出すこともなく、失神した選手の姿が、心に歪んだ快感のようなものを醸し出す。

実は、スマホで試合をひとつ出して貰った。そうすると、延々と芋蔓式に動画が出せるのである。ボクシングから総合格闘技まで、ＫＯシーンを何百通りも観ることができたのである。一日二時間、私はその画面に没頭することになった。最後は頭がぼんやりとして、自分が打ち倒されているような気分になった。倒れ方にもいろいろあって、何度倒れても起きあがり、レフリーが試合を止めることもあれば、たった一発で失神することもある。一発だぞ。同じ選手でもそういうことがあるので、打たれ強いのか弱いのか、わからなかったりする。

日本人のキックボクシング系では、那須川天心と武尊（たける）という選手が好みになった。那須川は求道者ふうで、武尊は陽気なファイターというところだろうか。この二人の対戦を私は観てみたいが、まだ実現していない。那須川という選手は若く、これからボクシングへ行くという話だった。十キロ以上の体重差がある相手と、公式戦ではないがボクシングルールでやっていた。何階級かの世界制覇をした元チャンピオンで、那須川の倍の年齢ぐらいだろう。しかしボクシングにおける体重差は決定的で、一方的に打ち倒されたという感じだった。

ボクシングとキックとは、似ているようで違う。攻撃も防御も違う、と私は思う。相手のルールに従って、しかも勝つというのは、大変な実力差がなければならない。

昔、西城正三というボクシングのフェザー級の世界チャンプがいた。私と同年であった。数度の防衛をして引退し、キックに転向して連戦連勝という状態になった。ボクシングの方が上なのかと誰もが思ったが、藤原敏男というキックのライト級チャンピオンとやると、一方的に攻撃され、ＫＯされる前にタオルが入り、ＴＫＯ負けでそのまま引退した。

うむ、こんなことまで思い出すとは、私も昔から格闘技が好きだったのだな。格闘技は、やるのではなく、観るものだと思っている。

講談の背後の物語に惹かれるのだ

幼いころからいまの年齢に達するまで、私のそばにはいつも動物がいた。大抵は犬だったが、猫と犬ということもあり、犬とインコということもあった。猫とは、あまり仲よくなれなかった。猫のペースと私のペースが、いつも違ったのである。結局、最後は喧嘩になってしまう。

犬は、いつも言うことをよく聞いた。ひとりにされるのが嫌で、私につきまとっていたものだ。いまは家の中にいるが、私の少年時代の九州の田舎では、繋いである方がめずらしかった。

犬にも臆病なのや無鉄砲なのがいて、放し飼いの犬同士でも上下関係はあった。

私の犬は大抵下位にいて、一緒に歩いていても、尻尾を垂れることが多く、私はいつもくやしい思いをしていた。

しかし、一度、上位の犬に私が吠えつかれた時、私の犬は間に入って、闘う姿勢を見せたのである。私は動転し、そのあたりの石を拾って犬に投げつけた。上位の犬はたじろいだように後退し、それから方向を変えて立ち去った。

その一度のことで、私の犬の臆病さを許し、いざという時には助け合う友人だと思えるようになった。いま、こうやってなんとなく書いているが、あれは心がふるえるような出来事だった。一度しかなかったことで、逃げてくる私の犬を、庇ってやることの方が多かったのだ。

家の中に犬がいるようになったのは、黒いラブラドールの小政からである。いまは三児の母になっている次女が、私が庭に作った犬舎に入りこみ、犬を抱いて出てこなかったのだ。家の中で飼っていい、と許すしかなかったのである。

それからいまいるトロ助で、三代目になる。トロ助は三歳になっても幼児性が抜けないが、どこか大人っぽい部分も見せるようになった。

それでも名の通り、やはりトロいのである。海の基地に連れてきて、海沿いの小径を歩いていたら、姿が見えなくなった。気づくと、一メートルほど下の海に落ちていたのである。なぜ俺は海の中にいるんだよお、と不満そうな声をあげた。私は仕方なく、ジーンズの裾を濡らしながら海に入り、抱きあげた。

歩いていてよそ見をし、ステンレスの杭にごんと頭をぶっつけることがある。ソファに跳びあがろうとして落ちるのは、日常茶飯事である。トロさを売りにしているだろう、おまえ、と言いたくなるほど、そういう失敗が愛敬になっている。しかし静かに、私のそばに座っていることもあるのだ。

トロ助と散歩をしながら、私は神田伯山の真似をして、口を動かし、小声を出していた。擦(す)れ違った人が、笑っている。おまえが笑われたんだからなと、まずトロ助に言ってみる。絶対に違うという顔で、トロ助が私を見あげてくる。くそっ、電話じゃないから、いいじゃないかよ。

散歩中に、むこうから歩いて来る人間が、ひとりで喋り、笑ったりしている。どうなっているのかよくわからないが、それが電話だと、ある時に知った。電話というのは、普通手に持って耳に当てているよな。

それが、なにもしていないのだ。はじめは、おかしな薬でもやっているやつかと思い、いきなり襲われても対処できるように、身構えて擦れ違っていた。やたらにそんな人間が増えたのか、と物騒な世の中を嘆いていたが、あまりに多いので、ようやく電話だと気づいたのだ。

電話で喋っているやつ、自分が思っているよりずっと明瞭に、擦れ違う人間には聞えているのだぞ。

私の場合、神田伯山なのだからな。しかし思い返すと、本人が喋っているわけではないので、かなり気味の悪い姿かもしれない。しかも、啖呵の口調なのだ。大声ならともかく、小声で、しかし呟いたり囁いたりというのではないのだ。

くそっ、伯山はいいな。あんなに人を感動させて。私の伯山など、誰も聴きたくはないか。

本物の伯山が、ラジオで喋っている。それもいつものやつではなく、日曜の朝放送されている、三国志のナレーションをやっているのだ。

ここまで書くのだから、三国志は私の原作に決まっているよな。それにしても、あの忙しい人が、よく引き受けてくれたものだ。

私は、講談というのは聴いたことがなく、売り出し中だった神田松之丞を聴いたのが最初かもしれない。すぐに真打に昇進し、大名跡の伯山を襲名した。

はじめ、一、二本聴いてみようと思った。気づくと、舐めるように聴き続けていた。それで、講談というものが、ほんの少しだが、わかったような気分になっている。

ひとり語りだが、落語とはどこか違った。そのうち私は、落語は盆栽のようで、鉢まで見事に語られている、と思うようになった。つまり客観的に見ると狭いが、入りこむと完成し完結した世界になっている。

講談は、巨木を一本語っている。語りきれなければ、梢を切って、その切断面を語り、巨木を連想させるということになるのだ。巨木だけではなく、もしかすると森かもしれない。それだけ大きな物語が、背後に存在している。

落語と較べると、粗削りなところがある。しかし、だからこそ人生を感じさせる、と私は思っている。完結もしていなければ、完成の気配もない。人生にある完結や完成は、実はあまり面白くない。荒々しいものの中で、未完のまま人が立ちあがってくる。それこそが人間ではないか、と極端に長い小説ばかりを書いている私は、思ってしまうのである。

神田伯山は、重いものを背負っている。完成されない人生を語りながら、エンターテインメントとして、表現を完成させていかなければならないのだ。それは、芸を磨くということではなく、なにかを創造するということに近い、という気がする。

創造者の苦悩を、神田伯山はどうやって表現の完成に結びつけていくのか。トロ助との散歩中、実は私はそういうことを考えたりしている。時に、電柱に衝突してしまいそうにもなるのだ。しかし、講談は愉しめばいいのだよ。君、一緒に行こうぜ。

色がつこうとつくまいといいだろう

モノクロ映画の話をしていて、私は『木靴の樹』を好きなもののひとつとして挙げた。話していた相手は、色がついていいます、と言った。なにを言っている。おまえ、酔っているな。

彼の背後で、含み綿をしたマーロン・ブランドが、口を動かしている。音は消してあるので、映像だけが流れるのだ。

映画好きのバーマンがいるバーで、そのマスターの好みの映画を、いつも流している。

モノクロだよ、と私は言ったが、にわかに自信がなくなった。しかし、カラーの映画を、モノクロと間違えて記憶している、ということがあるだろうか。最近、私は記憶のありようで、首を傾げることが多い。

映画でも、そうだった。たとえば、『私の知らないわたしの素顔』の主演女優が、シャーロット・ランプリングだと思いこんでいたが、ジュリエット・ビノシュだった。若い映画監督に指摘され、スマホを見せられた。

私には、スマホで検索する習慣がないからな。記憶がすべてである。その記憶が覚束なくなると、どうすればいいのだろう。

私は話題を次に進め、『ニーチェの馬』と言った。この作品については、以前ここで書いたことがあり、あんなのを観ている人間がいるのだと、五木先生に褒められたのか呆れられたのか、そう言われた。私はへどもどして、申し訳ありません、などと謝ったような気がする。しかし、その発言をよく分析してみると、五木先生は御覧になっている、ということではないか。うむ、あんな作品を観ている作家が、いるのだな。

カラーだと間違えそうな西部劇で、『リバティ・バランスを射った男』という作品がある。ジョン・ウェインが主演で、ジョン・フォード監督である。二人のコンビで、この作品は最も暗いかもしれない。ジョン・ウェインが帯びる翳り。翳りなき男が、翳りを帯びるのである。モノクロが、ふさわしい。

しかし、ジョン・ウェインと言っても、若い者は知らんのか。

雑学だが、ジャガー・Eタイプという、スポーツカーがあった。ヨーロッパで売れず、スポーツカーの唯一の市場であったアメリカでも、売れなかった。しかし、ジョン・ウェインが乗った。ハリウッドのスタジオの前まで運転していくと、建物の前にミッキー・スピレーンという作家が立っていて、やあジョン、いい車だね、と言った。ジョン・ウェインはにこりと笑ってキーを抛り、やるよ、と言った。ミッキー・スピレーンは片手で受け取り、サンキュー、と言った。そして、ジャガー・Eタイプを乗り回した。

サンキュー・カーと称され、ジャガー・Eタイプは大ヒットしたのである。スポーツカーが、世界的に売れた最初の例であろう。

いや、モノクロの映画か。『ストレンジャー・ザン・パラダイス』。ジム・ジャームッシュという監督であるが、私は『パターソン』という五、六年前の作品の方が、ゆったりとしたふくらみがあり、好きである。こちらは、モノクロではない。おかしな日本人が出てくるぞ。『神々のたそがれ』。製作費はかかっているだろうが、なんだよ、と腕を組んで考えこんでしまう。『異端の鳥』は、一年ぐらい前に小屋で観たが、もっと腕を組んで呻き声をあげた。

ビスコンティでは、『若者のすべて』だな。これは、とても好きである。『ヘッドライト』は、有名すぎるか。『穴』はいい。『鞄を持った女』は、若いクラウディア・カルディナーレが、かなりいい女に見える。作品ごとに、彼女の感じが変る、と北海道の映画好きの友人が悩んでいた。私は、『プロフェッショナル』を推薦した。これは、彼女がいい女に見えるというだけで、モノクロではない。

そんなふうにして、モノクロ映画を挙げていたら、不意に、『泥の河』という邦画が浮かんできた。いい映画である。一番強烈な印象は、主人公の母親役が、風呂に入っている時の背中である。日本のエロスと、私は陶然として眺めたが、長いシーンではなかった。

藤田弓子である。

この映画には原作があり、宮本輝の小説である。私はそれを、書籍になる前に読んだ。雑誌掲載されたものを、文芸雑誌で私の担当編集者だった人が、コピーしてくれたのである。

同年で、こんな作家が出てきたよ、と教えてくれたのかもしれない。しかし私は、コピーの束で頰を張られたような気分になった。

この世界を、自分ならばどう書くか。いや自分に、そういう世界があるか。小説は虚構であるから、なんでもいいという見方もできるが、想像もまったく嘘ではなく、そこには自分が滲み出しているのである。

私は、『泥の河』という小説を、三度、読み返した。読めば読むほど、緊密にできあがった作品だった。私も、文芸誌にごく稀れに小説を発表していたので、自分の題材でこれぐらい緊密なものは書ける、という自負はあった。

しかし、人の心をここまで動かせるのか。その点に関しては、自分は力を出しきっていない、いや力が出せない場所に立って闘おうとしている。そんな思いは、継続的にいくらかあった。ただいつも、文学という言葉に押し潰されてしまうのだ。

『泥の河』の数年前に、中上健次が『岬』という作品を発表した。そのころから、自分の場所が違う、と私は考えはじめたようだった。

やがて、文学ではなく小説という言葉で、私は自分の世界を捉えようとしはじめた。同じようでいて、私にはまるで違うことだった。小説は、面白くなければならない。そして、誰にでもわかるものでなければならない。しかし、ほんとうは誰にもわからない。私が考える小説とは、そんなものであった。

そう思って書きはじめると、どこか自由になったのではないだろうか。五百枚の長篇を、ふた月か三月のペースで書き続け、そしていまに到るのである。

ところで、『木靴の樹』のDVDが送られてきた。色はついていた。エルマンノ・オルミの作品では、『聖なる酔っぱらいの伝説』が好きだが、これにもしっかり色はついている。

人生には再起動などはないか

スマホが、毀れるところだった。

落としたわけでもなく、水を被ったりもしていない。私はただ、ひとつのことをやり続けたのである。電池がなくなりそうになり、コードに繋いだまま、それを続けた。

なにをやったか、聞いた人はみんな呆れた。ここで告白するというか、すでに書いてしまっているというか、格闘技のKOシーンを、延々と観続けてしまったのである。うおっ、と叫んでいるうちは、まだよかった。気づくと、これはどういうパンチで、どんなふうに倒れる、と自分に解説をしながら観るようになった。

つまり、くり返し、何度か観ているのである。延べ時間にすると、どれぐらいになるか、見当もつかない。私は、長く連載中の小説の、締切の直前になると、毎月それをやった。それが、今年の春あたりから続いたのである。

締切が迫ってくる。時間は過ぎる。そういう状態のただ中で、私は強烈な自己嫌悪に襲われながら、やめることはなかったのだ。

客観的に考えて、締切の直前というのは、すごすぎる。自殺行為のようなものだ。それでも私は、どこかで万年筆のキャップを取り、書きはじめる。数日後が締切という段階である。そして、書けるのだ。

しかし、書けるのである。何度もくり返すがね。躰に、締切の日限がしみこんでいて、ここで書かなければもう駄目だと肌が肉が骨が感じた時、ようやく腕がスムーズに動き、刻限の、二時間、三時間前には、できあがるのである。

五枚、十枚の締切ではない。百枚、百五十枚の締切なのである。それが刻限には書きあがっている。三十分前、十五分前という時もあるが、ただの一度も落としたことはない。

KOシーンを観続けていなければ、と深い悔悟の中にいながら、腕だけは驚くほどの速さで動いている。

気が小さくて、締切を本能的に守ろうとする、という考え方もできる。しかしKOシーンを観ている間は、私がKOされているようなもので、長い長いテン・カウントを聞いているのである。

そんなことをくり返していたある日、スマホがフリーズした。海の基地にいる時であった。私は、焦りまくった。電源を切る、ということもできないのである。KOされたなと思ったが、レフリーが頭上で両腕を交差させながら振るというところには、到っていない気もした。

ゴングに救われる。KO寸前でありながらゴングに救われ、一分間のインターバルの間にダメージから回復し、次のラウンドがはじまると、三十秒ぐらいで相手をKOしてしまう。そんなシーンも、数えきれないほどあった。

私のゴングは、スマホの専門家である。私は、スマホのショップを調べて、駈けこんで行った。はじめに眼に入った、その店のスタッフらしい人に、フリーズしたと叫びながら、スマホを押しつけた。待ってくださいね、とその青年は言い、自分でスマホをいじりはじめた。私は、修理に何日ぐらいかかるのだろう、ということしか考えていなかった。

すると、私はスマホを渡された。なんということだ。暗証番号を入れればいい、という状態になっているではないか。かくして、私のスマホは復元したのである。

ここここを、こんなふうにすれば、強制的に電源が落ちるのです。青年は、そう説明してくれた。ありがとう。私は握手したい気分だったが、なんとかそれをこらえた。青年に送られてショップを出ると、なぜか大声で弁当を売っている女の子がいた。うちの店とお弁当屋さんが、提携しているのです、ひとついかがですか。そう言われたが、昼めしは食ったと私は返し、立ち去ろうとした。再起動を忘れてはいけませんよ。青年はそう言って笑った。

うむ、弁当は百個ぐらい買うべきであったな。特に料金など請求されなかったのだ。いや、金ですべてが解決できる、などと思ってはならない。もっと心をこめて、その青年に礼を言うべきであった。

それから、私のスマホは好調であった。そう思って、一週間ほど経った。前ほどではないにしても、KOシーンも観た。数十年前の映像も、ずいぶん残っているのである。

スマホの動きが、鈍くなった。重たくなったと言うのだろうか。しかし、遣えないわけではない。なんでもない時に、ピロンと音がする。メールでも来ているのかと見てみても、何事でもない。電話などはごく普通にできる。しかし、なにかおかしい。

案内バーというか、一番上に小さなマークが出る。それが、いつもとは違っているようだった。というか、留守電ありのマークなどの横に、見慣れぬマークが並んでいる。

それを出してみると、いきなり鬼のような絵が出てきて、ウイルスをいくつか検出したので、すぐに案内に従って対処し、スマホを健康な状態に戻せ、と言っているのだ。

スマホが毀れますなどと書かれているが、私は、待てよと自分に言い聞かせ、そこに関係しているものは、一切触れないと決めた。

インストールとか、アップデートとか、一切触れない。前のスマホの時、似たようなことがあって、手順に従って対処したら、とんでもないことになったのだ。だから触らない。なにがあろうと、触らない。それによってスマホが毀れたら、私はウイルスを飛ばした人間を見つけ出し、穏やかに説教をし、謝まらなかったら、生まれてきたことを後悔させてやろう。

ウイルスが検出されたと出る状態は、三週間ほど続いた。

私は、一日に三回ぐらい再起動をした。再起動は、なかなかいいことらしいのだ。フリーズを解いてくれたショップのスタッフの青年も、再起動を忘れてはいけませんよ、と言ったのだ。

しかし、しつこかった。このスマホを持ち続けるかぎり、ここから逃れることはできないのだろう。そう思いはじめたころ、警告は消えた。まるで拭い取ったように、きれいに消えた。なんだったのだ、という思いだけが残っている。

忘れていいと思えば人生は楽だが

忘れ去って、死ぬまで思い出せないことが、いくつぐらいあるのか、書き出してみたいものだ、と思ったことがある。

当然ながら、思い出せないのだから、書くことはなにもない。それでも、書き出すことができて、死ぬ前にそれを読んだら、どういう気分になるのだろうか。現世への未練が募るのか。それとも心残りがなく、安心して死ねるのか。

忘れたものについては、忘れたくて、ようやく忘れられたこともある。それを思い出すと、うつむいて、入る穴を捜すようなことになるのだろう。忘れてはいないが、忘れられたらなあ、と思う事柄も多くある。恥の多い人生だったのだな。

そんなに大袈裟なことではなくても、生活の中で、のべつ幕なしに、いろいろなことを忘れている。ほとんどが、大したことではないのだが、時々、実害が生じるというか、約束をした相手を、待たせてしまう結果になったことがある。

私が自分で予約した、待ち合わせのレストランを、忘れてしまったのである。タクシーに乗った瞬間、なんと言っていいかわからなくなった。多分、そこだと思ったレストランの場所を運転手さんに告げ、途中で、そこは数日前に行ったばかりだ、ということに気づいた。じゃ、あそこ、と方向転換を告げた。途中まで行って、うむ、ここも違うと思った。

なんということであろうか。あてどない気分と焦りが、同時に襲ってきた。どこに行こうとしているのだ、という問いかけは、人生に対する問いかけのようでもあった。

しかしそんなことを、いま深く考えてはいられない。私は、行くべき場所を、知らなければならないのだ。なぜ忘れてしまったかも、あとで考えよう。

約束の時間を、すでに十五分ほど過ぎている。私は、友人に電話をしておこう、と思った。まさか迎えに来てくれとは言えないので、ちょっとした事故で遅れる、と伝えておくしかなかった。

私はスマホを取り出した。その時、なにかがひらめいた。ひらめくほど大層なことではないが、頭の上で電球がひとつ点いたのである。

きのう、予約の電話を入れたではないか。私は、電話の履歴を出した。読むまでもなかった。仕事場のホテルの、すぐ近くの店の名が眼に入った瞬間に、すべてを思い出していた。

部屋を出る時、私は店の名をきちんと認識していたのだろう。すぐ近くまでだが、タクシーでワンメーターで行けて、時間もぴったりに着いただろう。

思い出してしまえば、なんのことはない。が、たとえ、ド忘れというものであっても、私はやはりショックを受けた。

友人との約束があったからいいようなものだが、ホテルにいる時、私はほとんど外食である。予約して行く店もあれば、ふらりと気紛れに行く店もある。私は、どこかの店を予約し、それを忘れ、別の店に行ったりしていないだろうか。

もともと私は、記憶力がいい、とよく言われる。もしそうなら、イメージで記憶するからかもしれない。誰もこれを憶えてないの、と驚くことがよくある。

たとえば十人ばかりで歩いている時、大沢新宿鮫が、舗道の敷石の出っぱりに足をひっかけ、片膝をつきそうになった。ずいぶん前のことで、周囲にいた編集者は誰も憶えていないどころか、鮫自身も首をひねるに違いない。

しかし私は、鮫の驚いた表情とともに、情景として記憶しているのだ。

ただ、記憶として残っていることが、どれぐらいいい加減か、ということもよくわかっている。私は歴史に材を取った小説も書いていて、よく取材に行く。そこで見たものが、ほかの場所の記憶になっていることも、一再ではなかった。

それでいいのだ。小説の言葉を紡ぎ出しはじめた時、頭の中の記憶は想像力の中に紛れ、そして飛躍するのである。

記憶を消されるとか、他人の記憶と入れ替わってしまうとか、映画ではよく扱われる。ほんとうに数えきれないほどあるが、日本映画で、『鍵泥棒のメソッド』という作品があった。これは、記憶を実にうまく、作品の中に取り入れていると思った。記憶喪失は、手垢のついた題材であるが、この映画では、シャープなものになっていた。

忘れていたことを思い出すと言っても、忘れたということさえ忘れていれば、話にならない。ところがある時、天啓のように、なんの脈絡もなく、それだけを思い出す。思い出すからには、頭の中にわずかなものは残っていたのだ。

記憶などというものを考えはじめると、思念はさまざまな方向に拡がって、収拾がつかなくなる。記憶力はある方だと自負しながら、暗記というのはまるで駄目であった。だから、暗記が生きる試験など、惨憺たる結果であった。歴史の授業など好きな方だったが、人の名はともかく、年号など決して憶えることができないのだ。

たとえば室町時代初期の観応の擾乱という、幕府内の内ゲバである。時代としては南北朝時代に区分されるものの、明らかなる幕府内部の争闘であった。

これが実に入り組んでいて、わかりにくい。そこで歴史の勉強を投げ出すやつもいて、それを見て、そこだけ飛び越えて勉強するやつもいる。私はこの擾乱の背景が、人間臭くて好きで、細かい人の動きまでしっかり把握できていた。しかし、これが何年から何年までの擾乱だったのか、頭から飛んでしまっているのである。

まあ、知識が中途半端ということになるのだろうが、調べればすぐわかる。だから、それを試験に出題するのは、どこか間違っている、と高校生のころ考えていたものだ。

つらい記憶はいくらでもあり、そして消えてくれない。もういいや。記憶なんて話はやめよう。

私はホテルの外で食事をするために、帽子を被り、長い廊下を歩いて、エレベーターのところまで行った。奥の鏡に、マスクのない私の顔が映っていた。

サバンナの光の中に夢を見つけた

海の基地で、シーツを洗った。

私はすべてのものの洗濯をするが、シーツを洗うのは頻度としては、かなり少ない。シーツを拡げて干していると、ふと、ある光景を思い出した。ミャンマーの、ずっと北へ行った小さな街のホテルである。そこの玄関からプールにかけて、十枚ほどのシーツが干されていたのである。

私はそこで、政府軍と闘った反政府勢力の兵であった人と、会う約束だった。臆したのか、現われなかった。民政に移行したと言っても、軍の力は絶大で、人々はまだ眼を伏せているところがあった。私は、風で揺れるシーツを眺めながら、それでも玄関のベンチで一時間ほどは待った。

諦めてロビーに行き、女主人にバイタクを呼んでくれと頼んだ。バイクは街の中心ではいくらでも走っていて、どれがタクシーかは日本人の私には見分けがつかないが、手を挙げているとどれかが停ってくれる。ただ、交通量の少ない郊外だった。呼んで貰った方が無難だろう、と思ったのだ。

時間がかかりそうだったので、私は女主人とビールを飲んだ。メイドがひとりいて、どこの国かと訊いてきたので、日本と答えた。

あからさまにいやな表情になり、日本人は銃の先に剣をつけて、それで突くと言った。

ちょっと待てよ、いつの時代の話だ。私のお祖父さんが、そう言った。突かれた人間を何人も見た、と言っていた。なにをどう言おうと無駄で、厨房の方に引っこんでしまった。

女主人はちょっと含み笑いをし、ごめんなさいね、と言った。美人であった。グラマー系の躰つきで、肌がかなり白く、腰の位置が高かった。白人系の血が、入っているのかもしれない。少数民族で、北のカチン族などこんな女性が多い。

バイタクが来た。女主人が、外まで見送りに出てきた。旅の予定が詰まっていなければ、私はこのホテルに四、五日滞在してもいいと思った。それほどいい女だったのだが、どこか、オーナーとしての節度には欠けていた。時計もネックレスも、これみよがしだと私は感じた。誰かに買い与えられているとも思えたが、それを訊けるわけもなかった。私はバイタクの後部に跨がり、兄ちゃんの腰にしがみついた。

ヤンゴンやマンダレーあたりには、流しのタクシーがいないわけではない。しかし地方都市では、ほぼ見つけることができない、と考えた方がいい。代りにトゥクトゥクとバイタクがいる。バイタクは、便利である。料金も決まったものはないので、事前の交渉で、現地の人と同じぐらいの金で、乗ることもできる。気のいい運転手を見つけて、貸切契約をしても、大してかかりはしない。

私が訪れたころのミャンマーは、軍政が終り、民政がはじまったとされていたが、軍の力は隠然たるというどころではなく、選挙を経ずに議会にかなりの議席を持っているようだった。統治は軍で、民間の力はえげつなく引っ張り出す、という感じであった。

軍はしっかりしていて、あまり腐敗などはない、と言われていた。少数民族の数が多く、長い間の軍政は、それをまとめるための方法としては効果的だった、というミャンマー通の日本人の解説も聞いた。

その日本人の話だが、十数年前、ヤンゴンの高級ホテルに、退役したり、現役だったりする軍幹部がずらりと揃っていて、何事なのかと思って見ていたら、杖をついて、背中の曲がってしまった日本人の老人が、若者に連れられて入ってきた。すると、待っていた軍幹部全員が直立して敬礼し、代表らしいひとりの将軍が、教官殿、お久しぶりでございます、と日本語で言ったという。

それだけで、見えてくるものがある。世界を見て、植民地から独立国になった国で、イギリス統治だった国は、厳しい搾取と抑圧の中にあり、食物もカレーに限定されたという説がある。当然、もともとあった文化は破壊されている。スペイン統治だった国は、搾取もあったが、快楽もあり、食の文化なども残った。なにより、血の混交があった。

ミャンマーはイギリスに統治された国で、独立する時に旧日本軍の力が少なからずあった、と言われている。

ミャンマーを旅行した時、面白い連中と、結構、友だちになった。再び軍政ということになり、彼らはどうしているのだろうか。反政府勢力だった少数民族との戦争が、またはじまるのだろうか。

軍政で強烈な印象を持っている国は、西アフリカのブルキナ・ファソである。

私が行った時は、革命軍事政権が樹立され、二年目であった。統制は厳しく、首都のワガドゥグウでは、写真を撮ると、注意されるどころか、軍営のようなところに連行された。大使館はなく、コートジボワールに五カ国ぐらいを統轄している特命全権大使がいるだけだった。

三度、四度と連行されると、またおまえらかと呆れられ、写真を撮る理由を詳しく訊かれた。この国の美しさを、日本に紹介するためだ、私は胸を張って言った。それで認められ、大統領とまで知り合うことになったが、そのことはまた書こう。

私がブルキナ・ファソに行ったと言うと、早大探検部出身の故船戸与一が、おまえ、オートボルタに入ったのか、と私の旅行を認めるような発言をした。少々の辺境では、あの男は認めなかった。フランスから独立したオートボルタという国が、改称してブルキナ・ファソになったのである。

私は、学生のころから、ブルキナ・ファソ、つまりオートボルタに関心を持っていた。それに関する書籍を、よく読んだのである。

二〇二一年、文化勲章を受けた、文化人類学の川田順造は、親戚になる。画家だった叔父が、その著作を読んでいて、私に貸してくれた。オートボルタの本だったのだ。

文化勲章を受けたので、親戚だと言い募っているところはあるが、著書の交換などはずいぶんとしている。私はいま、自分のことではないのに、鼻を高くしている。

いつかまたきっと逢えるだろう

酒を飲んで、議論する。そんなことはしなくなった。そもそも、酒を飲む若い作家が、あまりいないらしい。大沢新宿鮫とは、疫病蔓延前は、時々飲んだ。もう四十年近くも、時々飲んでいるなあ。突っかかっても突っかかられても、どちらかが大人になって、議論が成立しない。おまえが友だちでよかったよ、などという雰囲気になってしまうのだ。

時々の中の時々、派手に罵り合いをしたりしている。それは会話が罵る方へ行っただけで、ある交信と呼んでいいものだ。その場にいた連中で、ほんとうに仲が悪いと思いこみ、鮫の悪口を私に囁くやつがいる。密告傾向のある人間として、鮫と私は情報を共有する。もっともそれは昔のことで、ある時から漫才のようなものだとみんなに理解されてしまい、宴会芸としてそれを要求されたこともある。ま、いいかと呟きながら、人前でやってしまうのが、鮫と私の善人のところである。

しかし、酔っ払って、ほんとうに議論になる相手が、いなかったわけではない。私は最近、船戸与一の『満州国演義』という大長篇を、忙しいにもかかわらず再読してしまい、切なすぎる気分になった。その気分から脱出するために、私はできるだけひどいことを思い出そうとした。

肺腺の癌であった。余命一年と宣告され、進行するとわけがわからなくなるだろうから、いま挨拶しておく、というような書簡をくれた。内容に、私は驚き、慌てた。ほかの友人たちもそうだった。私が見舞いに行った時は、抗癌剤で髪が抜けてきたので、明日院内の理髪店で坊主にする、という日だった。あまり言葉は出てこず、握手をし、抱擁して別れた。帰りの車の中で、上着にかなりの量の髪の毛がついていて、あいつはやはり癌なのだ、と私は思った。

しかし、一年経っても死ななかったのである。それどころか、『満州国演義』が刊行され続けた。傑作の予感があり、これが未完で終ることのどうしようもないむなしさに、私は身を切られた。

二年経っても三年経っても、死ななかった。本の刊行は続いている。

こうなったら完結まで粘れと、送られてきた本を手にとり、私は声を出して呟いた。鬼になって、一枚でも多く原稿を取るのがおまえの使命だ、と船戸担当の女性編集者を酒場で怒鳴りつけ、泣かせてしまったこともある。

結果として船戸は死なず、『満州国演義』という大長篇を、見事に完結させた。最後の巻まで、死にかかった病人が書いたとは思えない、瑞々しい生命力に満ちていた。

小説の神様は、ほんとうにいるのだ、と最終巻を閉じ、私は思った。その神様が、大長篇を完結させる力をくれたのである。そうとしか思えなかった。それから船戸与一は、蠟燭の炎が少しずつ小さくなり、ふっと消えるように、燃え尽きた。

くそっ、こんなことを書きたいのではない。読み終えて切なくて、打ち倒されそうな気分だったから、つまらないことだけを思い出して、日ごろの通俗的な自分に戻りたかったのだ。

思い出したぞ。船戸は一時、電話魔であった。それも夜中の二時、三時に、仕事に集中している私にかけてくる。

おまえ、仕事だと。こんな時間に原稿用紙にむかって、いい仕事ができると思ってるのか、馬鹿。私はむっとして言い返す。罵り合いになる。あっという間に、三十分、四十分が経過し、書けるはずだった私の原稿は、失われる。同じような被害には、大沢新宿鮫も遭っている。

ある時、新宿で飲んだくれていたら、四、五人いた編集者のひとりが、船戸がまだ締切をクリアできず、執筆中だと言った。夜中の二時ぐらいである。私は店の電話で、船戸にかけた。

みんなが止めたが、無視した。携帯電話など、なかったころである。

担当編集者からの電話だと思ったのか、船戸はすぐに出た。私だとわかって、少し焦った気配があった。私は、喋り続けた。おい、いま仕事中だ。私は喋り続けた。二十分ほど経過したころ、おい、書いてると言ったろう。わかんねえのか、おまえ。声が、殺伐としたものになった。私は、勝ち誇って言った。素面で執筆中に、酔っ払いにぐだぐだ喋り続けられるのが、どれほどつらいかわかったか。わかった、もうわかったから。そう言ったので、私は一分ぐらい恩に着せて、電話を切ってやった。おう、愉しいなあ。しかし、思い出してもむなしいか。それ以後、深夜の電話はなかった。少なくとも私に対しては。

船戸は、歴史の問題で、よく私に突っかかってきた。徳川吉宗が名君だと思ってるのか、おまえ。田沼意次の方が、ずっとすぐれた施政者だろう。二人に対して、小説家としての関心は持っていない、と私は言った。おまえ、西郷隆盛は嫌いだろう。これは誤解なので、私は反論した。船戸は、私が書いた、相楽総三の赤報隊の話を読んで、そう言ったのだ。その局面では、西郷はマキャベリスト的な面があるかもしれない。とても多面的な人であった、と私は思っている。維新の三傑では突出している。なに、坂本竜馬。違う、大久保、木戸だ、と言いかけて、私は教えてやらなかった。

船戸は、長州出身だと自ら言っていたが、私が肥前藩と頭から決めてかかっていて、いま一歩、維新に出遅れたことをなじった。私は唐津藩出身で、肥前藩とはいくらか違う。というか、藩がどうのと言うところで、泥酔に近い状態にいる。

西郷隆盛は嫌いではなく、むしろ好きだ。神格化はいけないが。いいか、船戸。肥前藩の当時の藩主は鍋島閑叟で、他藩にはない技術革新をやり遂げた人なのだ。しかも、薩摩藩の島津斉彬とはいとこの関係にある。斉彬がもっと長生きして鍋島閑叟と組んだら、幕末維新は、まるで違う様相になった。

歴史でイフはむなしいことだが、小説家同士では、イフの連続になる。おまえ、肥前藩ではなく、唐津藩と言ったろう。うるせえ、長州。殴り合う寸前であるが、その体力はなく、相手をへこませる言葉を捜したものだ。

わが深夜の友だったのだろうか

歴史にイフを考えるのは、小説家の習性だ、と私は思っている。

郷土史家の方々と話をしていて、思わず私のイフを開陳してしまい、それは駄目ですよ、と言われたりする。

真実だけに価値を求める人たちにとっては、イフは悪魔の囁きに聞えるのかもしれない。

小説は、もともと嘘である。逆説的な言い方になるが、嘘の中の真実が、小説が求めるものだと私は思っている。だから小説家同士の話になると、イフを語るのも一応は認める。もっとも書く時はひとりなので、ほんとうのイフとむき合うのは、ひとりきりでなのだ。

小説家同士が語るイフは、雑談に近く、しかしなぜか自分の意見に固執して、結局は罵り合いになる。その罵り合いの回数が一番多いのが、船戸与一であった。特に、彼が日本の歴史に踏みこんで小説を書くようになってからは、罵り合いが増えた。

たまに、別の小説家のイフについて語り、意見がぴったり合ったりすると、肩を組んで蒙古放浪歌をうたったりした。イデオロギー的には船戸は左に寄っているが、この歌は右に寄っていて、しかし酔うとどうでもよかったらしい。

船戸と一致したイフ、あるかなあ。とにかく江戸時代を調べはじめたので、そこのイフになると、かなり厳しかった。『蝦夷地別件』という、初の時代小説を書いた。少数民族が叛乱し、圧殺されるという内容だった。またイデオロギーをエンターテインメントに持ちこんでいる、と私は非難したが、それは内容的なものでなく、書く姿勢に対するもの言いになった。

私も、『林蔵の貌』という蝦夷地を舞台にした作品を発表し、お互いに作品を持って話す、ということになった。すると、なぜか悪口が言えない。自分の作品に返ってくる、という心理が働いたのだろうか。あの時の、節度というか、臆病さのようなものは、いま思い出すと懐かしい。

その夜、飲みながら、お互いの作品に関係ない、しかし近くにあるという、歴史的事実について、それぞれ意見を開陳しはじめた。船戸は、とにかく弱者である。弱者の歴史を語りはじめると、どこからがイフかわからなくなる。私は、独立国家である。日本の歴史の中にも、独立国に近いものができたことが、何度かある。それもお互いに、一方通行の語りになってしまう。

なにかのきっかけで、幕末、維新の話になり、徳川幕府が新政府の征東軍とまともに闘ったら、勝てたかどうか、と言いはじめた。史実は、新政府側には西郷隆盛という傑物がいて、幕府側には勝海舟という変人がいて、二人の話し合いで、江戸城無血開城ということになっている。

ほんとうは、もっと複雑で入り組んだ経緯があると私は考えているが、それは置いておいて、戦術的には新政府軍は勝てないのである。中山道を進んだ部隊と、東海道を進軍した本隊がいる。その両方ともが、負ける。

ほう、わしに解かるように、説明してみいよ。船戸は、私の考えがどういうものか、関心を持ったようだ。

そもそも、東海道を行くはずの本隊は、進発が遅れた。軍資金が足りなかったのである。西郷はひとりで奔走して、ようやく大阪の商業資本から調達した。それを見ると、新政府軍は西郷ひとりに、おんぶに抱っこだったのだな。

そして、大阪の商業資本はさまざまなことに繋がった。それも置いておくとして、東海道の進軍がはじまった。

しかし、箱根の山は越えられない。あの当時、幕府には海軍があり、新政府にはなかった。軍艦をずらりと駿河湾に並べ、東海道に艦砲射撃を行う。新政府軍本隊はそれで潰滅し、幕府軍は一兵も失うことはない。幕府海軍は榎本武揚が率いていて、きわめて好戦的であった。それは、函館まで行って闘っていることでも、よくわかる。

東海道の軍が潰えてしまえば、中山道はどうにもならない。江戸近くまで進軍してきても、八王子千人同心の隊に行手を遮られ、後方からは、やがて奥羽越列藩同盟を結成する、幕府方の大軍が迫ってくる。

船戸は、うむと腕を組んで考え、イフが飛躍しすぎだろう、と言った。しかし、難癖までは行っておらず、興味深い考えを聞いた、という顔をしていた。

そんな闘いの方法があることを、幕府方はよく心得ていただろうし、西郷もそこに恐怖を感じていたのではなかろうか、と私は思う。しかし、駿河湾に、幕府海軍は姿を現わさなかった。なんらかの、西郷の動きがあったのだろう、と私は考えた。

攻めてくれば江戸を火の海にする、という勝海舟の言うことより、駿河湾に海軍を出動させると言われる方が、西郷にはリアリティがある脅威だっただろうと思う。

そこになにがあったのかで、面白い小説が一本書けるかもしれない。正史は勝海舟。しかし稗史(はいし)を誰かが支えた。正史にも稗史にも関係するのが、西郷である。まったく、桁のはずれた人物である、と私は思う。

そこまで語って、私は喋り過ぎている、と思った。もうだいぶ前の話だが、蓼科(たてしな)の別荘で、山田風太郎さんと佐々木道誉の話をした。風太郎さんは、南北朝というのは、室町時代の後か、などと言っていた。しかし時が経って、調べてみたら面白かったので、書いてみたよ、と電話で言われた。『婆沙羅』である。うむ、先に書かれてしまったのだ。

船戸与一をあまり感心させすぎると、書いてしまうかもしれない。私は江戸時代の蝦夷地の、つまり北海道の話をした。徳川慶喜の実父の水戸斉昭は、蝦夷地に新国家の夢を見ていた、と私は解析している。しかし見果てぬ夢で、明治になってから、開発とその利権が、あの地に躍った。『北海道開拓使官有物払い下げ事件』。これが、私が知っている、最も名の長い汚職事件である。なんだそれ、と言いながら、船戸はきちんとメモした。

闘争心と友情がごちゃ混ぜになったあんな夜は、もう来ない。大長篇を読み終え、私はそんなことばかりを考えた。

指の胼胝が小説の命かもしれない

街を歩くと、人の数が多くなった。

通行人もそうだが、知っている店を覗いてみると、満席ということが少なくなかった。人流という点でも密という点でも、結構なところまで行っているが、疫病感染者は増えなかった。ウイルスには、自分のバイオリズムのようなものがあり、なにをやっても増える時は増え、減る時は減る。私は、そんな印象を持つようになった。

一応、自由に街に出られるということになると、とにかく飯を食いに行く。そのあと、酒を飲みに行く。よく考えると、街へ出てなにかやると言っても、その二つしかないのだと気づいた。街へ出ることを渇望するような気分があったが、食事と酒なら、街でなくともできる。

そんなことを望んでいたと考えると、なんとなく情なくなってくるが、自由ではないという抑圧が生み出す感情は、実は切実なものなのかもしれない。

ひと通り、知り合いの店や酒場に行くと、憑きものが落ちたように、私は行かなくなった。

まあ、そんなものなのか。刑務所に入っていて、自由を束縛されていても、出所した時にやるのは、やはりそんなことか。

旅に出たいなどと思っていたが、それはまだ面倒そうだ。海外に出るのは、ちょっと難しいだろう。しかし旅に出られないからと、鬱屈したものが溜るわけでもなかった。

疫病の蔓延中、私はいつもより多く、海の基地へ行った。人にまったく会うことがなく、本を読めるし映画を観られるし、その気になれば仕事もできる。いつもそんなふうに暮らしてきたから、滞在期間が長くなっても、買いこむ食材がいくらか増えるだけなのである。時間がたっぷりあるから、かねてからやりたいと思っていた、手のかかる料理にとりかかるかというと、そうでもない。

昔から、時間に追われて忙しい時に、私はいろいろなことをやった。かつて月刊で本を出していたころがあり、よく躰が保ちますねなどと感心されたが、ほんとうは九カ月で十二冊書いていた。残りの三カ月は、海外に行っていたのである。しかも、物好きなと言われるぐらいの、辺境である。

時間というのは、不思議である。たっぷりあればいい、というものではない。あと一時間、買えるなら魂を売ってでもと思えるほどの時こそ、なぜか緊密でしっかりした仕事をしている。人によるのだろうが、私はそうである。締切という時間制限を抱いて、何十年も仕事をしてきたが、原稿があがるのは、デッドラインの一時間前とか、十分前とかである。デッドラインを越えてしまうと、著者校正が、ただ疑問点に答えるだけになる。一度それをやり、どうにもたまらず、二度とやるまいと思っている。

私は手書きだから、印刷所に私の原稿を打ち直す人がいるのだろう。なにかにつけて、手間がかかるに違いない。

キーボードの打ち方を、私は一度、覚えたことがある。友人の花村萬月が、熱心に薦めた。その言葉に妙に説得力があり、私はやってしまったのだ。ずいぶん書いたと思って眼をあげると、なんとローマ字がびっしり並んでいるではないか。

次に萬月に会った時、私は語った。それはね、野球で打者がバッターボックスに立つだろう。ピッチャーが投げた球を見るよな。それをあんたは、バットを見ていたんだよ。

その言い方にも妙な説得力があり、私は手にタオルを被せて、ブラインドの稽古をした。そしてなんとか、打てるようになったのである。といっても、万年筆で書く方が速い。馴れれば、手書きよりも速くなるかもしれない。そう思って、私は文章を書きはじめた。資料を整理して、考えを書きこむ。そんなことはできた。手紙を書くことも、短いエッセイを打つことも、なんとかできた。

しかし、小説となると、まったく言葉が出てこないのだ。笑ってしまうほど、指が動かない。

私は、パソコンの専門家に依頼し、画面に四百字詰の原稿用紙を出して貰った。下には私の名前も入っている。それでなら書けるだろうと思ったが、まるで駄目であった。手で書いた原稿を打ちこむことはできるが、ひどく時間がかかる。徒労感に打ち倒されて、どうにもならなかった。それでも機会があれば打つことをくり返し、二年ぐらいの間に、原稿用紙二、三枚は書けるようになった。しかし、内容は論文でしかない。つまり、描写というやつができないのだ。

そこまで粘って、私は諦めた。どうも、右手中指のペン胼胝のところと、脳の小説中枢とが、連動しているのではないか、と思った。万年筆が胼胝に触れると、いきなり小説の言葉が出てくるのだ。時間があろうとなかろうと、締切の直前にならないと原稿ができあがらない、という事実と並んで、自分について不思議に感じていることなのである。

なんでもないことのようで、実は書くというのは不思議な行為なのかもしれない。その不思議さを、解明しようという気はない。あまり意味が感じられないからだ。解明したら二倍の量が書けるというなら、それは私はためらわずにやるだろうが。

楽をしたい、という気持はいつもある。私は長い間、中国の歴史に材をとった小説を書き続けている。人物の名が、日本では遣わないような漢字で、しかも極端に字画が多いことが頻繁にある。ある人が、名前に番号をふり、原稿ではすべて人物をそうやって書きこみ、表を編集者に渡すという案を思いついた。

いい考えだ、と思った。字画の多い名を、番号ひとつで済ませることができれば、ずいぶん楽ではないか。私は、それをやろうとした。描く人物の、顔も姿も声も、浮かんでくる。しかし、番号を書いた瞬間に、それがすべて消えるのである。つまり番号を書くと、そこから一字も進むことができない。字画の多い名前を書くと、その人物は動きはじめる。

まったくなあ、書くって一体どういうことなのだ。人物が消えてしまったあの瞬間を、忘れない。もしかすると、書いていた私が消えてしまったのかもしれないのだ。

文学の香りというのを求めてみたが

本を読む場所というのは、ある時から限定するようになった。

雪に閉ざされた山小屋へ、食糧と本を運びこみ、ひたすら読んでいた時期がある。一緒にＶＨＳの映画も持ちこむので、結構な大荷物になったが、苦にはならなかった。スタッドレスタイヤを履いた四駆の運転は、愉しいほどだった。

冬に大事なのは燃料で、灯油と薪はたっぷり用意した。数日間、雪に閉じこめられたことがあるが、私はひたすら本を読み、映画を観ていた。停電に対する備えなどもしていたが、その経験はない。キャンプ用のランタンは、結局役に立たなかった。

私はある時から、読書をする場所を決めたがる傾向が出てきたようだ。それは職業作家になってからで、それまではどんな場所でもどんな時でも、本を読んでいた。本に囲まれて暮らしたいと思っていたが、締切を抱えると、本を眼の前にして、読書がままならなくなった。そうなると、苦痛でしかない。

私は、書斎から、資料以外の本を排除し、別に書庫を作った。それで、締切直前に本に手をのばしてしまう、という状態からはなんとか脱出した。しかし、欲求不満が募ってしまうのである。まとめて、一気読みをする方法を考えた。それが、場所の限定ということに繋がったのだ。

山小屋など、恰好な場所だった。人は訪ねて来ないし、静かだし、疲れると山の深い闇の中に、精霊の気配を探った。

決して読むのは速くないが、十日で十数冊は読めた。十数本の映画を観ることもできたし、一時間の山道の散歩を日課にすることもできた。

小政という黒いラブラドール・レトリバーを飼っていて、連れていくことも多かった。小政にリードをつけず、斜面で山菜採りなどをしていると、兎を見つけて追い、私は放っておいた。一時間以内に、必ず帰ってきて、玄関のドアをカリカリとやるのである。兎を仕留めてくることはなく、私に馬鹿にされた。

二十数年前からは、その場所が海の基地になった。船に乗らなければならないので、時間はきつくなったが、それでもやはり、十日で十冊は読む。大スクリーンで、映画も十本は観る。釣ってきた魚を捌く。原稿も、そこそこの枚数は書くのである。

場所の限定というのは、想像の中でも展開される。かなり前だが、タイの山中のアカ族の村で暮らしたことがある。電気も通っていない場所だった。族長の家のテラスが気に入り、ここで暮らすのに、どれぐらいの費用がかかるのか、と訊いた。

なにをするのだと訊き返され、本を大量に運んできて、ひと月それをテラスで読み、次のひと月は日本で仕事をし、ということをくり返す、と私は答えた。それなら金などかからないが、阿片は駄目だからな、となぜか言われた。

あるいは、フランスのブルターニュ地方の、海に突き出した塔のような灯台で、一年ほど本を読んで暮らすことも想像した。私には灯台フェチのようなところがあり、世界の灯台の写真集などを持っているのである。

いまは、十日に十冊も読まなくてもいい、と思っている。欲求が、そこまで強くないのである。

新しいものについては、いくつかの文学賞の選考委員をしていて、そこで接する作品で、かなりのところまで見える。あとは、友人の作品、そして触角を刺激した新刊を読むぐらいで、飢餓感のようなものはなくなるのである。

いま私が時間を割いているのが、かつて読んで心が動いた作品の再読である。これで新しい発見をいくつかすると、なぜか本を読んだという充実感があるのだ。

どれぐらい前か、フォークナーの作品を再読していた。『エミリーに薔薇を』があった。これは再読する必要がないほど、鮮烈に記憶に残っている、凄絶な短篇である。再読で、新しい発見はなかった。ただ、ずっと昔に私が読んだ時は、『エミリーの薔薇』というタイトルで、それ以後、『エミリーに薔薇を』とか

『エミリーへの薔薇』などというタイトルが出てきたようだ。

新しいタイトルに、私は馴染めなかった。英語の原題をそのまま訳すと、新しいタイトルになるのだということは、私の読解力でもわかる。最初に読んだのは、龍口直太郎訳であった。私はこの訳者で、スタインベックやカポーティを読んだ記憶がある。『エミリーの薔薇』は、かなりの超訳になるだろうと思うが、私は好きである。

タイトルとして、原題よりすぐれている、という言い方もできるかもしれない。

南部の屋敷で暮らす、上流階級の女性の、不幸な一生の中で、唯一手にした薔薇。それが描出されているのだ。エミリーへ薔薇を贈るという意味合いだと、鮮烈さは消える。

私は、日本で最初に訳したであろう、龍口直太郎訳のタイトルに、この作品を象徴するような凄さがある、と感じる。単純な誤訳などではなく、深い意図でそうされたのだろう、と思えてならない。

これについて、論争があったのだろうか。タイトルのつけ方について、私はいろいろと考えさせられた。

タイトルとして原題よりすぐれている、というのは無茶な言い方だ、と非難されるのかもしれない。あくまで、私の感覚の問題だが、時にはその感覚がとても大事なものにもなる。そしてそういうこともあり得る、と私は思うのである。

有名な映画のタイトルで、『ペペルモコ』というのがあるが、それが邦題では『望郷』となっている。原題より、遥かにいいタイトルだ、と私は感じる。捜せば、映画にはそういうものがかなりありそうだ。

ずいぶんと面倒臭いことを書いた、と君は思っているだろうな。しかし小説のタイトルは、安直につけてはならない、と私は思っている。超訳でも、光を放てばそれがいいのだ。

海の基地でこの作品を再読した時、全身に鳥肌が立った。二十代に読んだ時と同じだ、と私は思った。

なあ、君。私は時々、こんなふうに細かいことに神経質になったりするのだよ。

青春の光と影はいつも近く遠い

毎年、一月の中旬を過ぎると、高校時代の同級生の数名が、墓参りに行くという話を聞いた。

若くして死んだ、同級生がいるのである。病死ではなかった。私刑の末に殺され、山中に埋められたのである。それはすぐに発覚したわけではなく、連合赤軍の浅間山荘事件のあと、榛名山の大量殺戮が発覚したのであった。

私の同級生の名は、寺岡恒一という。中学一年から高校三年まで、六年間を一緒に過ごした。とても親しかったというわけではないが、三十分、一時間ぐらいの話を、何度かしたことがあった。地質研究会のようなものに入っていて、山の石などを集めたりしている男だった。

地味な研究を部活にしていた寺岡が、なぜ連合赤軍に加わったか、という話は同級生と飲むたびによく出た。結局のところ、新左翼などと呼ばれた集団の中でも、最も過激な部分に参加する思想と心情は、私などにはよく理解できなかった。ただ、同級生が殺されたという衝撃だけが大きく、浅間山荘事件など解析してみようという気も起きなかった。

全共闘の闘争は、ある日、なんの継承も残さず、消えた。組織ではなく、言ってみれば運動体だったからな。闘争の残滓は意識の中に残ってはいたが、実際の行動に繋がることはなかった。

全共闘は、権力に反抗したが、左翼ではなかった。組織という組織はなかった。参加していた学生に、階級の意識もなかった。だから運動体で、組織である新左翼のセクトは、強烈なエネルギーを持つ運動体を、自派に取りこむことはできなかった。

寺岡恒一が殺されたのは、大学での闘争が終ってかなり経ってからである。正統的な新左翼が先鋭化し、孤立していく。そういう中で起きたことだという気がする。

連合赤軍事件としてくくられていて、著作も多く出版されている。収録されたインタビュー記事などでは、寺岡恒一の死刑という決定による私刑場面が、ずいぶんと出てくる。総括という言葉で自分を語らせ、その後殺すということが多かったようだが、寺岡の場合は総括はなかった。

数名の幹部にとって、寺岡は邪魔な存在だったのだ、と解析した友人がいたが、私はそれを深く考えようとはせず、数々の関連著作も読むのをやめた。

そういう事件で死んだ同級生がいたということを、ふと自慢しかかっている自分に気づいたからだ。微妙な問題だが、私はここ数十年、心に収いこんできた。しかし、どこかで直視しなければならず、いまやっておかないとなにもしないで終る、ということもあり得る年齢になっているのだ。

私は、直視しなければならないものから、ずいぶん眼をそらして人生を送ってきた。そしてそれを、あまり後ろめたい気分で捉えてもいなかった。直視したい思いが湧いてきたものだけ、直視すればいい、と考えている。時間はかぎられているのだ。

だから寺岡恒一について、私はいまになって直視したがっているのだ、と思う。寺岡の死は、青春の終りに、一瞬、雲が太陽を隠した、というような感じだった。

それから私は、ずいぶん長い歳月を生きた。歳月のかなりの部分は、小説家でもあった。

小説のためになにかを見ようとするのは、もう本能のようなものだ。私は小説のために、青春のころに出会った強烈な死と、むかい合おうとしているのかもしれない。

こういう書き方では、ひどく難しい小説に挑戦している、というように思われるかもしれない。しかし難しい小説など、私に書けるわけはないのだ。

小説は、面白くなければならない。誰にでもわからなければならない。しかし、ほんとうは、誰にもわからない。

そういう小説観だから、はじめ難しいことを考えていたとしても、登場人物は勝手に動きはじめ、どうなってしまうのだと、作者自身が不安になったりしながら、私の小説の世界は完結する。観念性があったとしても、表面には一切出さず、哲学があったとしても、多分、行間に押しこんでしまっている。

小説の命は描写だ、と思ってここまでやってきた。青春期の友人の死も、それが直接題材になるわけではなく、発想のきっかけとして生きてくる、ということなのかもしれない。

自分の小説作法について、語ることはあまりない。語らないというのではなく、ほとんど作法を持ち合わせていないのである。なにも考えないまま、原稿用紙の上で言葉を紡ぎはじめる。大抵は、人についての描写であり、その対象が勝手に動き出した時、私ははじめて小説を書いている、という実感を得る。

こんなことは、一度、書いてみたかったのだな。実際に書くと、ちょっと照れてしまう。小説だけ書いていろ、と自分の声が聞えてくるような気もする。

私はいま、現在進行形の長い小説を書いていて、必ず完結させてください、などと読者から便りを貰う。直接、そう言われることも少なくない。これはどういうことかというと、完結させるまで死なないでくれ、ということなのだ。真意を探れば、もうすぐ死ぬかもしれない、と考えられているということか。

海の基地にいると、さまざまなことを考える。深夜、仕事を終えても、すぐには眠れないのだ。音楽をかけ、ちびちびと酒を飲む。そして、さまざまなことを思い出す。最近では、しきりに青春期のことを思い出す。同窓会などで顔を合わせるやつの消息は、当然知ることになるが、親しくしていたのに、何十年も会っていないやつがいる。

年賀状の交換が中心のつき合いなら、数えきれないほどだ。毎年きちんと送られてきて、プライベートで二年に一回ぐらい酒を飲んでいるやつの、賀状が途切れた。私はなんとなく伝わってくるものを、ただ感じ続けていた。やがて、人を経て訃報が伝えられた。

酒を飲んでいて、そんなことをふと思い出したりする。なにか、あたり前のことのようになっている。だから、若いころのことばかりを思い出そうとするのだろうか。

特別扱いを望んだことは一度もない

行政のことを書くと、すべて悪口だと思われる。読者は興味を持ったりするが、行政側の人は、悪口だとしか読まないだろう。悪口どころか、非難されていると受け取られることもあるかもしれない。

私は、指摘している。もしくは、提案している。そのつもりなのである。

たとえば、免税軽油という、船の燃料に関する、手続きがある。これは、役所に申請書を持っていくのだが、ある部分では、いい加減な内容になる。燃料の消費量を申告しなければならず、エンジン一基あたり一時間の消費量をもとにする、というような具合だ。私の船のエンジンが、一時間に四十リットル消費すると、三時間で百二十リットルである。

しかし現実に私の船は、三時間エンジンを稼動させたとして、一時間に五リットルで済む時もあれば、二百リットル消費することもある。船のスピードをどれだけ出しているか、海況がどうかによって、まったく変ってくるのだ。

申告する時は、適当に数字を合わせる。その数字の申告に、どういう意味があるのだ。これは行政に携る人のせいではなく、システムの欠陥なのである。意味のない数字にふり回され、申請を受けつける側も、申請する側も、無駄なエネルギーを遣うのだ。

私が行政に接触していたのは、恐らく点であろう。その点でさえも、システムの欠陥が見えてしまう。システムを改めろと声高に言うと、前例がないから駄目だ、という答が返ってくるのだろう。

私が免税軽油で役所に関わったことで、最も衝撃的な言葉が、この前例であった。コロナ禍の真最中、行政のトップは外出を控えろと叫んでいる。しかし申請書を郵送させてくれと頼むと、前例がないので駄目だ、と言われた。おいおい、コロナ禍も前例がないのだぞ。私は、おかしいと抗議した。前例がありませんので。申請書には、適当に数字だけ合わせた、意味のない書類が入っているだけである。それを言っても、前例一辺倒であった。

　硬直するな、と私は言ったが、もっと強い言葉も遣った。抗議したやつが面倒な人間と思われたのか、数日後に、私の携帯に謝罪の留守電が入っていた。三度ほど入り、それから謝罪の書簡が届いた。役所には、謝罪の役を果す人がいるらしい。

　私は、前例がないということと、このコロナ禍の情況を、どう関連して説明するのか知りたいだけだ。配慮が足りなかったと書簡には書かれていたが、その説明はされていない。

　申請日として指定された日はもう迫っていて、免税措置を受けることを、私は諦めようと思った。

　いやな言い方になるだろうが、手続ひとつできない人間にはなりたくないと思い、船の燃料の免税手続をしていたのだ。免税になるためには大変な手間がかかり、ひと月毎の使用報告書まで出さなければならない。役所に行く手間も含めると、原稿が書けなかった逸失利益ははるかに高い。

　免税の煩瑣な書類仕事から解放され、そのストレスも消えた。

　ところが、申請指定日の数日前に、本庁からの通達で、郵送可になった、という連絡が入った。これが、申請する人全員に届いたとは思えない。うるさく言い募っているやつへの特別扱いにされたのか。

　免税手続については、前も詳しく書いた。行政に直接関わったという経験が、いまだみずみずしいのだ。

　行政の特別扱いは、あるのかないのか。

　私は、海の基地周辺に流れつく、プラスチックゴミなどを拾い集め、ゴミ収集所へ置いておいた。海洋ゴミとガムテープに書いて貼っておいたが、持って行って貰えなかった。分別がされておらず、瓶、カンの類いも一緒だったかららしい。つまり決まりに反していたのだ。

　海の基地がある市の、市長さんとあるところで遭遇した。私は、このゴミ回収の問題について訴えた。拾い集める時、分別しながらというのは難しい。岩場が多く、危険なので、ゴミ挟みのようなもので拾い、袋に放りこんでいる。

分別していないゴミは、持って帰ってはいけない規則になっているからだな。だけど海洋ゴミなら、すぐ対処しましょう。

市長さんは明解な回答をくれた。

ところが、行政というものは、上から下に下りていく間に、微妙に変質してしまう、というところがあるのかもしれない。

海の基地に、スーツを着た人が二人やってきて、私の海洋ゴミの始末方法について、説明された。私の海洋ゴミではなく、ただの海洋ゴミだと思ったが、黙って聞いていた。

私の拾い集めた海洋ゴミは、基地の対岸にあるマリーナに運んでくれれば、分別していなくても回収する、ということであった。ふむ、私はマリーナの会員で、ゴミはテンダーボートでマリーナに運び、捨てている。マリーナには、海洋ゴミを捨てるところも設けてあるぞ。

私が、地域のゴミ収集所に海洋ゴミを運んだのは、基地だけでなく広い範囲で拾い集めたからである。そして、私のゴミではなく、海洋ゴミ一般について、行政側も対処して欲しいと思ったので、市長さんにも話をした。

この市は、海岸線が長く、つまりは海と共生しているところがあるのだ。ゴミなどを拾うことは基本で、それを回収するシステムは行政が作るべきなのだ。私ひとりのゴミの問題を解決して、どうするのだ。自分のゴミは、あるところまでは自分で始末するよ。

海をきれいになど、口先だけで言っても仕方がない。船に乗っていると、ビニールのゴミが漂っているのを、しばしば見かける。潮目など、ゴミの帯が海上にできていると思えるほどだ。そのすべては回収できるわけもないが、手に届くところはとにかく拾いあげるようにしている。

私は、行政から示された解決策に失望し、悲しくなった。これは、私ひとりが特別待遇をされたということか。それは嫌だ。というより、どこか理不尽ではないか。

かつて組織に身を捧げたことがある

板を踏む、という言葉がある。

これはスキーとかスノーボードとかをやる時の、技術的な言葉だと聞いた。

サーフボードなども、そういう言い方をするのかもしれない。しかしこれらは、ただ技術につけた意味のようなもので、大して面白くない。

板には、舞台という語義もあり、板を踏むとは芝居に出るという意味もあるのだ。板を踏み続けて熟練してくると、板につくと言う。

私は芝居に出たことがあるので、板を踏んだことがある、という言い方ができるかもしれない。いや、素人の私では、そんなことは言わないのかな。

自分たちで、芝居をやったことがある。二十数年前で、有楽町のよみうりホールを遣って一日だけやった。日本推理作家協会の五十周年のイベントである。その時私は、協会の理事長で、お祭り好きだったので、文士劇という提案にすぐ乗ったのである。協会員の推理作家が、四十二人出演するというものであった。死人にひっかけてその人数になったかどうか、よく憶えていない。

あのころ、協会の出版物であるアンソロジーが売れ、潤沢な資金があった。おまけに、五十周年記念事業の協賛金を各出版社から頂戴し、予算はあまり気にする必要はなかった。音声とか照明とか、そういうものに関しては、プロの人達に頼んだ。劇場も一流のもので、なにもかもが本格的で、出演の作家たちだけが素人なのであった。しかし売れっ子が多くいて、それだけで話題になった。

かように準備万端整えても、客席が空席ばかりだとどうしよう、と理事会で不安な意見が出た。とにかく宣伝しかないのだが、広告を打つほどの予算まではない。

ただ、出演者たちのかなりの人数が、新聞や週刊誌や月刊誌に連載を抱えていた。そこにお願いして記事にして貰おう、と理事会で意見がまとまった。当日の芝居の記事では駄目で、そういうことが行われる、という事前の記事である。

ひとつでも二つでも記事が出れば、多少の宣伝効果はあるだろう、と私は考えた。まあ、作家に対してはかなり恫喝気味に話をし、その作家は恐る恐る新聞なり週刊誌なりに話をしただろう。

かなりの数の、記事が出た。稽古風景の写真とともに、全国紙の文化欄に大々的に取りあげられたり、週刊誌の見開きのグラビアになったりしたのだ。

私は味をしめ、第二弾を計画した。絶対にやめてください、と止める人がいた。チケットを売らなきゃならないんだよ。だとしても、やり過ぎです。何億円というぐらいの、宣伝効果になっていますからね。大変なことになりますよ。

ほんとうにそうなのか、と思ったが、あまりに真剣に止められたので、やめることにした。そして、チケットが売り出された。五分もかからず、チケットは売り切れてしまったという。私は、信じられなかった。

しかし、チケットが買えないという苦情が、私のところに殺到してきた。

そんなこんなで、いよいよ開演日になった。保険には入ってるでしょうね、舞台って事故が多いから。直前になって、そんなことを言ってきた人がいる。あと一時間だぞ。直前になって、そんなことを言うな。

なんとか、幕が開いた。それから先は、特急列車のようなものだった。みんな自分の個性で、芝居をはじめてしまったのである。勝手に筋を変えたり、アドリブを飛ばし過ぎて科白を忘れたり、自分の得意芸をいきなりはじめたり、緊張し過ぎているのか、愉しんでいるのかわからない状態の者ばかりで、しかし無事に終った。

評判は上々であった、と思う。今度は頼みもしなかったのに、記事もいくつか出た。またやりましょうよ、と私に言ってくる人も多かった。だが、私はもう沢山だ、と思った。

作家を四十二人集めて、稽古をしたり、当日、逃げようとする者を捕まえたり、そんなことが大変であった。それ以上に、責任者としてそういうことをやるのが、どれほどの重圧か思い知ったのだ。自分ひとりのことしか責任が取れないから、私は作家をやっているのである。

最初から最後まで、私には強力な助っ人がいた。大沢新宿鮫である。私が協会のナンバー・ワンだったが、ナンバー・ツーが鮫だったのだ。私は指示するだけで、鮫が動き回るということが、しばしばあった。五十周年記念事業だけでなく、私が四年間、協会の理事長をやっていられたのは、鮫がいたからである。

私には、鮫がいたが、鮫には鮫がいない。小判鮫すらいない。

私のあとに理事長をやった大沢新宿鮫は、大変だったかもしれない。苦労したんだろうな。いや、大丈夫だった。鈍いからな。なにしろ、鮫だ。

私は、組織というものの中で、仕事をしたことがない。協会の理事長が仕事かどうかは微妙なところだが、とにかく社団法人の理事長だったのだ。よく保ったものだと、顧みて思う。作家が会員であるところだから、保ったのか。それでも、私は多分、限界に近かったと思う。限界に達したら、どうなったのだろうか。

よかったですね、作家で。私の手相を観て、そう言った人がいる。作家でなかったら、刑務所かホームレスだったろうと思いますよ。そう言われた時、ホームレスはあまり身に迫ってこなかったが、刑務所というのは、気味が悪くなるぐらいのリアリティがあった。

私は、人を殺し、服役するのである。刑務所にいる囚人であることが、なぜかすんなりと心に馴染んでくるではないか。作家は想像力の動物だとしても、これは馴染み過ぎだろう。

実際はまるで違うだろうが、刑務所の中の雰囲気、眠って眼醒めた時の自分の恰好、同房の男の髭の生え具合、刑務官の手の甲の小さな傷などが、自然に思い浮かんでくる。どうしたのだろう、と自分で不安になってしまうぐらいなのだ。

待てよ。これと組織と、どういう関係がある。手相などに惑わされるか。私は、理事長だったことがあるのだ。

板の上の自分は何者だったのだろう

芝居のことを書いているうちに、私は自分が出演した舞台のことも書きたくなった。

日本推理作家協会でやった文士劇は、一日だけの公演で、四十二名の作家はみんな記念だとかいう思いで、出演していたという気がする。それに私は、すべての運営についての責任者で、広報活動まで担っていたのである。役者として出演しているとは、到底思えなかった。

私は、この文士劇とは別に、一週間だか十日だか、公演日数のすべてを通して、主役に次ぐ役ぐらいで出演したことがある。ところが、それがいつごろだったか、タイトルがなんだったか、みんな忘れてしまっているのである。情ない話だ。劇場は、吉祥寺かどこか、多分そのあたりにあり、私は公演期間中、近くのホテルの部屋をキープするというほどの、入れこみ具合であった。

それでも、忘れてしまっている。鮮明な記憶として残っているのは、妹分の栗本薫の作だったということだ。

脚本だけ書き、私を出演者として強引に引っ張ってくると、あとは高みの見物をしているように思えた。つまり、演出等に、口出しはしないのである。俺の芝居、どうだったのだ、と訊いても、お兄ちゃん、いいんじゃない、と言うだけであった。

主役に次ぐ役と言われていて、主役の役者さんと同じ楽屋だった。私といると気詰りだったのか、主役の役者さんは衣装とメイクを整えると、大部屋の方に行ってしまい、初日から私の部屋みたいなものだった。

スタッフに読者がいて、遠慮がちに私の部屋に話しに来た。それで大丈夫となると、話したいという人が、かなりの数いることがわかった。芝居がはねてから、めしを食いに行く。毎日、六、七人を連れて焼肉などを食うのである。出演者、スタッフ全員に、一度か二度はめしを奢った。

なにしろ、ホテルに部屋があるのだ。めしを食い終ると、飲みに行く。飲んだくれて、ホテルに戻るのは毎晩日が変ったあとになった。仕事をするためにと確保した部屋であったが、ただ寝るだけの場所になった。いつもとは違う街というのが、いくらか刺激的で愉しかったのだろう。小さなバーのママさんが、二人の女の子を連れて、芝居を観に来てくれたこともあった。

ホテルでめしを食い、午後、劇場へ出かけて行く。楽屋に入ると、栗本がいたりする。仕事してんよ。仕事って、おまえ。原稿用紙を拡げているわけではなかった。

栗本の前には、つぶさに見たことはなかったが、多分、ノートパソコンと言われるものが、二台、並んで置かれていた。二台のキーボードの上を、栗本の両手は行ったり来たりしている。すさまじい速さだった。

二台なきゃ、書けないのかよ。原稿用紙の方が、合理的だね。だって二作書いてんだから、二台いるのよ。二作同時に書いてるだと。それ、反則だろう。なんでよ。誰もできそうではないことだから、なんとなく反則だ、という気がしただけであるが、私は言わなかった。手の速さに眼がくらみ、栗本薫という人間の脳の構造について考えた。

私が出会った、天才と思えるひとりである。それは小説についてであり、キーボードの打ち方についてではない。しかし、はじめて見るそれは、やはり天才的な速さではないか。しかも、私と喋りながら打っている。書いているジャンルも、嘘だろうと思うぐらい多岐にわたっている。

やっぱり、あらゆる面で天才だったな。ふだん家庭にいて、あまり外出もせず、それでいて命をかけた男同士の争闘の心理も、描写できてしまうのである。

栗本は、第二回の吉川英治文学新人賞を受賞していて、私が第四回の受賞である。ちなみに第三回は、澤田瞳子氏の御母堂、澤田ふじ子氏である。

二年早く受賞したというだけで、歳下のくせに私を後輩扱いしていた。しかしそうするのも飽きたらしく、お兄ちゃんになった。私より、五、六歳下である。

乳ガンの手術をしたと言ったのは、いつごろだったか。大変だと思ったが、なかなかうまい言葉が出ず、ううんと唸っていると、術後数日でピアノを弾きはじめたのだ、と言った。

それをたくましいと思ったのか無茶と思ったのか、よく思い出せない。ただ、それが栗本薫という人だと思った。

芝居は、順調だった。といっても、私の出番は最後で、悪に染まった武将を、ぶった斬る役だった。汝の命運はもう尽きた、などという科白があった。科白よりも、刀をどう遣って斬るか、ということばかりを考えていた。階段を降りながら、主役の胴を払い、降りきって上段から斬り下ろすという動きだった。

主役は、胴には週刊誌のようなものを入れていて、実際に抜き胴で斬るのだが、上段からの唐竹割りは斬るというわけにはいかない。見せ場だから、派手にやりたかった。胴を払ったらそのまま跳び、空中で躰のむきを変えて、着地と同時に斬り倒す。考えただけで、それはできなかった。転びそうだったのである。転ばないために練習するということもせず、頭で考えただけであった。

作家仲間や出版関係者が、よく観に来ていて、最後の挨拶の時、その人たちの顔がよく見えるのであった。

苦笑とともに、面白かったよと感想を述べられることが多かった。まあ、苦笑がほんとうの感想だったのだろうな。

公演期間中、私は役者になったつもりで、無頼を気取ったが、終ってみるとどこも変ってはいなかった。

栗本に関しては、もうひとつ、『キャバレー』という映画に出ている。

栗本に頼まれたのか、監督の角川春樹に頼まれたか、よく憶えていない。冒頭のキャバレーのシーンで、最初に映る客が、私なのである。一秒の半分ぐらいだと思うが、これは評判がよく、一発でわかったと観た人たちに言われた。

私が還暦をすぎて数年経ったころ、栗本薫は膵臓のガンで亡くなった。全国紙の一面に、死亡記事が出ていた。早過ぎる死だった。天才が消えたのだ、と私はしばらく慨嘆した。

ふり返ると恥の多い人生である

一緒に歩こうか、とこのエッセイがはじまる時に、私は書いた。君も歩いて来たなあ。

歩くというのは、悪いことではなかった。走っているよりも、いろいろなものが見えた。立ち止まるのも、難しくなかった。そして同じ道でも、季節によって、いや日によってさまざまに違うことを知った。

会社勤めをしたことがない私でも、毎日同じ道を同じ時間に歩くことはある。犬の散歩である。これはほんとうに散歩であるから、花の蕾のふくらみを見たり、雨後の水溜りを見たり、遊歩道の脇の用水の、水量を見たりする。用水には、かなり大きな鯉が方々にいて、パンの耳などを、餌として投げてくれる人を待っている。

それに、軽鴨が棲みついているな。雛を連れて、行列で泳いでいることもあり、雛の成長を観察することもできる。

この散歩には、いつも犬がいる。この文章を書きはじめのころは、小政という黒いラブラドール・レトリバーだった。頭のいい犬で、ボール投げをしたあと、リードを持ってこいと言うと、探してくわえてきたものだ。人間が着ぐるみを着ているのではないか、と思う瞬間もあった。

私の話の聞き役は、小政からはじまった。もうすぐ締切なんだよ。どうしてもいい言葉が見つからない。体重が増えちまっている。飲み屋のツケが溜まっちまってるぞ。金が欲しいなあ。そんなことを呟きながら、歩くのである。

もっと複雑なことも呟き、頭の中を整理するのにも悪い方法ではなかった。

名前は小政だったが、雌であった。女っぽいところもあり、私を驚かせたものだ。娘のひとりが、名にマサという字が入っていて、これを大政にする。もうひとりの娘を、森の石松にする。みんなで公園に散歩に行った時など、私のことを親分と呼ばなければならない。つまり、清水次郎長一家の三人衆なのであるが、娘たちは相手にせず、名だけが残った。

小政は、十四歳まで生きて、死んだ。死んだことをここで書いた。

読んで涙が止まらなかったという手紙を、多数頂戴した。私は、書くことで心の整理をつけようとしていただけだった。

小政の晩年、元気がないと畑正憲さんに相談すると、それは子犬を与えなさい、と言われた。それでやってきたのが、レモンである。檸檬と漢字があったが、面倒だと誰も相手にしてくれなかった。

短毛のジャック・ラッセル・テリアであった。これも雌であった。運動能力が抜群で、頭もよかった。そして神経質で気難しいところを持っていた。朝、寝室に私を起こしに来ると、前脚の肉球で顔を触れまくるのである。

そのレモンも死に、最後の一年ぐらいが重なって、トロ助が来た。これはほんとうにトロく、それが愛敬や味になっているのであった。

レモンにもトロ助にも、私は呟いた。ほとんど愚痴のようなものだったが、神田伯山の講談の中にある少年の啖呵の口調が気に入ってしまい、一時、それを真似ていた。はじめはそうだったのだが、少しずつ私の口調や言葉遣いに変わり、私のリズムになった。そして、私の現実が入り混じってきたのである。

呟くと言っても、啖呵である。待ちな、おい。ふざけるんじゃねえぞ。俺の足を踏みつけて、そのまま行こうってのかよ。謝るってこと知らねえな。俺はな、そんなのが一番嫌いでよ。逆吊りにして、詫入れさせたもんだ。聞いてやがるのか、おい。

トロ助は、聞いていない。しかし擦れ違う人の耳に入ってしまい、ぎょっとした表情をされてしまう。啖呵だから、不穏な雰囲気もふり撒いているのである。危ない人にしか見えないと言われ、啖呵はやめ、いまはぶつぶつと愚痴を言うことに戻った。

繁華な街の中を、ひとりで歩くこともある。私は昨年、脊柱管狭窄症の手術を受けた。ある日突然、歩くと脚や腰に痛みが走り、動けなくなった。それが一、三カ月続き、いかなる痛み止めも効かず、ついに手術を受けることになったのだ。

全身麻酔の手術など、眼が醒めれば終っている。それから十数日、入院生活であった。退院の時に、気を遣って杖を贈ってくれた人がいる。私はその杖が気に入った。実際、はじめは楽だったが、日に日に回復し、必要なくなった。それでも私は、杖をついて街を歩いた。ほとんどが、酒場を回る時である。

杖をついていていいことは、周囲がみんなやさしくしてくれることである。はじめはほんとうに片脚をわずかに引き摺っていたから、私の姿にはリアリティがあったはずだ。

銀座のクラブなどで、段差などがあると上がれない顔をする。すると、女の子が両脇から抱えるようにしてくれるのである。

しかし、すたすた歩いているので、やがて杖も相手にされなくなった。いまは、ちょっとしたファッションで、時々、杖をついて外出する。当然、誰も相手にしてくれず、大沢新宿鮫など、老人ぶるなとあしざまに言い、憎々しい顔で嗤（わら）う。

そうだな、老人ぶってはいけないか。

実は私は、戦力外通告を受けたので、この場から退かなければならない。この文章は、あと一回で終了である。

いきなりで申し訳ないが、そういうことになった。君はずっと、そばを歩いてくれたよな。散歩の友だったが、それも八、九年続くと、人生の友である。

ここで、君とさまざまなことを語ろうと思っていたが、大したことは喋れなかったな。もともと、土台が小さいのだ。虚構ということになれば、私は無限に近い土台を持っていると自負しているが、エッセイになると、ネタが尽きてしまう。この文章を書いていて、ネタが被（かぶ）ってしまったことが、一度ある。

語るというのは、なんなのだろうな。私は延々と、自己分析をし、過去を検証していたのかもしれない。

そこでどういう自分が出てきたのかは、さらにこれから検証することにしよう。

エッセイは自分だけ。それがよくわかったよ。

人生の旅でまた会おう

決められた枚数で、文章を書く。できるだけ内容を入れたくなると、一字でも多く書こうとする。つまり書きあがったものは、改行が極端に少なく、べた塗りの感じになる。この文章を書いてはじめのころが、そうであった。

びっしり書いてますね、などとよく言われた。内容には乙張（めりはり）を持たせたつもりだが、全体を見た感じで、読者の方に多少のストレスを与えてしまったかもしれない。

小説は、改行や句読点も文体のひとつの要素であるが、エッセイは内容だという気もして、私は自分にそういう書き方を許した。

小説を書く時は、一行四十四字という、単行本の字詰を頭に置いて書く。四十四字目とか四十五字目に句読点が来ないように気をつけるし、三行四行と文章が連らなるのも避ける。単行本では、二行以内に改行することが多い。私が小説を読む時は、それぐらいが楽だからである。

何度やったか憶えていない、新聞や週刊誌の小説連載では、紙面や誌面で、どんなふうに見えるのか、一応は考える。新聞でも週刊誌でもまず一行二十字以内なので、原稿用紙にその字数のところで線を引く。そうやって書けばぴったりと当て嵌るのだが、文体がおかしくなった感覚に襲われ、結局書けなくなる。

この文章では、一字分でも内容を詰めたかったので、単行本にすると五行、六行など当たり前で書いていた。改行が極端にないのだが、感覚は一行四十四字である。

毎週、同じ枚数を書いたとしても、週刊誌の誌面に組むと、行数がかなり違う。大抵はオーバーしていて、点と丸の間をつめるようなテクニックで、校正者の方がなんとかしてくださる。ゲラの余白の数行はみ出したところに、収まります、などと書いてくださるのだ。相当、御迷惑をかけた、という気がする。実際に会った時に謝れば、仕事ですよ、とさらりと言われるだろうが、仕事以上の仕事というのはあるのである。

謝ると言えば、私はこの文章を執筆中、何度謝罪をしてきただろうか。指摘や抗議を受けたのである。小説なら、フィクションに私の価値観がしっかり絡みついての選択で、文字になっていく。

エッセイは、本物を書くので、頭で本物だと思いこんだ瞬間に、固定されてしまう。本物なのかという検証をせずに書いてしまい、間違いだという指摘や抗議を受けるのである。そのたびに私は、気持としては平蜘蛛のようになって謝った。許して貰えたかどうかは、わからない。教えてくださったというニュアンスで、指摘や抗議とは思えないのだが、悲しみが滲み出しているような手紙があって、身の置きどころがない思いで、私は謝罪した。

うむ、どこか緻密さを欠いているのだよ。こんなだから、私は戦力外通告を受けてしまうのだな。エッセイを書く才能は、ないようだ。

いささか的のはずれた、お叱りもあった。たとえば、高輪ゲッタウェイである。これは駅名なのだが、ゲッタウェイは間違いです、と何度も指摘された。間違いではない。本来の駅名が腹に据えかねて、高輪からとんずらしろと書いていたのだ。本来の駅名は、いま思い出しても、怒りがこみあげる。ゲッタウェイ、名づけた人々は、どこへ消えた。顔のない行政がやったのだろうか。

行政の悪口についても、ずいぶん書いたな。大抵は、人のことではなく、システムの欠陥を書くのだが、その欠陥は人を介して出てきてしまう。真面目に、誠実に生きている人を、傷つけたこともあっただろう。

さまざまな思いが、去来する。淋しいな。私の感情として、それひとつだけは、はっきりと言える。さまざまに語り合った君と、もう語ることができない。一緒に歩くことが、できないのだよね。

仕方がないか。この二年余、旅もできなかった。三年ほど前、バイカル湖北辺の旅行を、キャンセルせざるを得なかったのが、旅行計画の終りであった。

私はその時、初期の膀胱癌を指摘されたのだ。辺境で客死も悪くないと、瞬間、考えた。

しかし許されるわけもなく、私は内視鏡の手術を受けて、癌を除去して貰ったのである。いまは、何事もなく過している。

ただ、エッセイを書く身になると、旅という大きな題材がないのだ。

私は毎週のように海の基地へ行って釣りをし、料理をし、映画を観た。それでも、感性がどこか鈍くなっている、と思ったよ。ライブに行けなかった。国内の旅行すら、原則は禁止だった。外国から来る、懐かしい友人たちとも、会えなかった。舞いこんでくるのが、古い、同世代の友人の訃報という、どうにもならない日々もあった。

だから、この文章は終りを迎えていいのだ、と自分を納得させている。もしかすると、終了を惜んでくれる読者が、わずかだがいてくれるかもしれない。その間にやめられるのなら、それはそれで美学ではないか。

それにしても、長かったなあ。その長い間、君と語りながら歩けたのは、私にとっては人生の貴重な思い出だよ。

私は、少しでも行儀をよくするために、自分の人称に、私、を選んだ。こういう文章を書く時、最も気持にぴったりくるのは、俺、である。俺だったら、もっと暴れたぞ。君だって、何度かは言葉で吹っ飛ばされている。

私と書くことで、ずいぶん大人になったような気もするな。でも、やはり大人になりきれなかったよ。大人というのは、そうたやすくなれないものか。

私は、これまでとはちょっと違う場所を、旅してみようと思う。君は、君の荒野を走れ。そしていつか、旅路がどこかで交差したら、お互いの旅の話をしような。私たちの十字路は、それぞれにきっと面白い。

さようなら。

しっかり生きような。恥が多くても、その恥を忘れないようにしよう。

俺は、行くぞ。おまえも行け。いい人生をな。そして、またいつか、会おう。

（第Ⅳ巻・了）

（『十字路が見える』完）

［特別対談］

もうひとつの十字路

松浦寿輝×北方謙三

「私」をめぐる大河小説

松浦　この度全四巻で刊行された『十字路が見える』は滅多やたらにない名著だと思います。ある意味で、北方さんの代表作と言ってもいいんじゃないでしょうか。

北方　ありがとうございます。

松浦　北方さんはもちろん「物語の人」で、これまでたくさんの素晴らしい小説を書いてこられたけれど、このエッセイ集では、裸の自分自身を惜しげもなくさらしていらっしゃる。そのさらし出しようが何しろ半端じゃない。そういうふうにご自身の全てをオープンにするために、面白い仕掛けを考えられたわけですね。第一巻の帯の文章に「おい、小僧。いや、君」とある通り、「若い誰かに語りかける」という趣向です。未熟な若者と、その疑似的な父親のような立場に置かれてしまった男との愛憎や葛藤というのは、北方さんの小説の大きなテーマの一つですが、このエッセイでもそうした構造をまず作ってみせた。ある時には親身で温かい、ある時には冷淡に突き放した語りかけによって、一種の上下関係を強引に設定してしまった（笑）。弟分かもしれないし、疑似的な息子かもしれない、そういう人生経験の乏しい若者に語りかける、と。

しかしそこには北方さんらしい一種の照れというのか、羞じらいみたいなものがいつもあってね。偉そうに物を教えてやる、というのではなく、ともかく俺はこんなふうに生きてきた、その経験を一応いろいろと話してやるけど、おまえの人生はおまえが決めろ、と冷たく突き放す一面もある。そこにはたいへん親切な教育的効果があるわけですが、そういう語りの構造を作ったうえで、北方さんの七十数年の人生に蓄積された記憶を全開にして語っている。しかも、初出は週刊誌の連載という舞台だったことから、その場その場の瞬発力で書くインプロヴィゼーションの迫力みたいなものが伝わってきて、それも読んでいて快い。北方さんのなかにある無数の物語が、抽斗を総ざらいして全部ぶちまけられるような勢いで書かれていますね。

北方　私はこれまで自分の小説について「登場人物は全員自分だ」としばしば言ってきました。直接的な意味での自分ではない、しかし、ある意味で「私」なんだと。「エンマ(ボヴァリー夫人)は私だ」と言った作家がいましたね。

松浦　フロベールですね。

北方　その「私」なんです。それで小説も自己表現なんだと言ってきましたが、このエッセイを書き始めたら、本当の私がぞろぞろ出てきた(笑)。記憶のなかですっかり忘れていた自分が、ふとした拍子に「あんな自分もいた」「こんな自分もいた」と飛び出してきて、どこまでも出てくるのをやめてくれないんです。それが全部自分なので、途中から「俺という人間はいったいどういう人間なんだろう」という、これまでにない関心が湧いてきました。こいつはロクなことをしてこなかった人間であるし、そこそこ頑張ってきた人間かもしれない(笑)。自分というものが総合的に迫ってきて、刺激的な経験でした。ただ、絶対に書くのはやめようと思っていたことが、一つだけありましてね。

松浦　ほう、何でしょう。

北方　うちの家内が、いつも連載を読んでいたんです。だから、旅先で女とどうしたとかは、たとえあったとしても書けない。

松浦　それは非常に大きな欠落部分でしょう(笑)。

北方　結局、コートジボワールやドイツの娼館の取材の話なんて、かなり詳細に書いてしまいましたが。全部書いたらまた違う自分が出てきたかもしれないけれど、その前に連載が終わってくれて良かったと思います(笑)。

松浦　これはまあ、「私」をめぐる大河小説みたいなものですよね。そこには、北方さんがおくられてきた人生の歳月のおびただしい細部が溢れかえっている。どうでもいいような、ほんの小さなエピソードをこんなにも面白く書いてしまうのかという、洒脱な「語りの芸」みたいなものがあり、それをつくづく堪能させてもらいました。そのほんの一例ですけど、たとえばロンソンのオイルライターを外国の露天市場で十円かそこらで買った話。泥まみれだったそれを家に持って帰って分解し、部品を油浸けにして錆を落とし、隅々まで掃除をして、もう一度組み立て直したら、一回でシュポっと火がついたという。人生体験の些細なディティールが北方さんの文章で蘇ると、たまらなく面白い物語になる。

北方　こまかな細部というのは、活きるんですよ。ロンソンのライターは、モロッコのタンジールという町の泥棒市で買いました。せっかく直ったので、誰かに使わせたいと思った。それで、私の小説の登場人物である「老いぼれ犬」という刑事に持たせたんです。設定としては、なかなか火がつかないライターにして、カシャカシャと犯人の前でやる。それで段々、犯人が苛立ってくるという。いい小道具になりました。

松浦　本業の小説のなかにそれが活きてくるんですね。

旅情の十字路(i)
――モロッコを巡って

松浦　モロッコではゲリラに囲まれるという大変な目にも遭われたそうですね。

北方　ワルザザートのずっと奥地の砂漠を走っていたら、岩山から銃を持った男が十五、六人出てきて、車からパスポートから、全て奪われました。ただ一つ、時計だけが残ったんです。

松浦　時計はとっていかなかったんですか。

北方　コルムのアドミラルズカップのガンブルーというやつでしてね。もしかしたら、身に着けている物のなかで一番の高級品だったかもしれない。しかし、文字盤に海洋信号旗が付いているから、連中にはオモチャに見えたらしいんです。ゲリラのひとりが「俺のは金時計だ」とか威張ったりして、それで小銭まで持って行かれたけど、時計は残った(笑)。

松浦　モロッコは僕も行ったことありますが、メディナ(旧市街)が迷路みたいになっていて、ちょっと近づきにくいでしょう。それでうろうろしてやると、ガイドをしてやるという連中が大勢やって来ますよね。そのなかからいちばん正直そうな顔のやつを選んで、おまえを雇うことにするから明日の朝ホテルに来てくれ、という段どりをつけたんです。その日はホテルに戻って家内とお茶を飲んでいたら、別の男が現れて、おまえがガイドを頼んだあの男は偽物だ、と言うんです。公認のガイドと自称していたらしいが、それは嘘だ、俺こそ本物のガイドだと言って、首から提げている写真付きのガイド許可証だか何だかを見せるわけ。あいつはホテルのなかまでは入れないけど、俺は正規のガイドだからこのサロンまで入れるんだ、とか。結局その二人のどちらも雇わなかったんだけど、後から聞いたら、そうやって見せてくる証明書も偽物のことが多いんですって(笑)。

北方　マラケッシュのメディナを歩いていると、必ずそういう男たちが寄ってきますよね。ずっと付きまとってくるから、バッと空手のポーズをとって威嚇したりしてね(笑)。エッセイのなかでも書きましたが、アンチアトラス山脈の街道沿いでナポレオンの頭蓋骨を売りつける露店に出会(でくわ)したり、ゲンブリという楽器を弾く少年にコーヒーをご馳走になったり、モロッコには旅の良い思い出がたくさんあります。松浦さんも、ご著書『わたしが行ったさびしい町』でモロッコの記憶を書かれていますね。

松浦　僕らは内陸のほうからアガディールという海辺の町に出て、そこから海沿いに北上して、エッサウイラやエル・ジャディーダといった町を通って、マラケッシュまで戻ってレンタカーを返すという旅をしました。

北方　アガディール、エッサウイラ、エル・ジャディーダ、あとはサフィーか。あの辺りはいいですよね。エッサウイラはビーチが長く伸びていて、沖に刑務所跡のある島が浮かんでいる。そこに陽が落ちてゆくんですが、なんとも言えない光景でした。ただ国際ホテルが一軒しかなくて、普通の宿に泊まると、酒が飲めないんですよ。

松浦　イスラム教ですものね。

北方　いわゆる外国人向けのレストランにはビールが置いてあるんですが。しかし、エッサウイラはすごく印象的だったなあ。マラケッシュは、私には大きすぎましたよ。

松浦　ジャマ・エル・フナ広場なんか面白いけれど、でもまあ観光客向けの町かな。

北方　あそこで水を売りに来るでしょう。

松浦　来ますよね。

北方　あれを飲んでいる日本人を見まして、やめろやめろと思っていたら、案の定腹をやられたようです(笑)。砂漠のゲリラにパスポートをとられた時、滞在していたのもマラケッシュでした。幸い、財布を分けてホテルに残していたので、それからカサブランカで写真を撮って、ラバトの大使館に行ったんです。

松浦　カサブランカの写真屋のウインドウに、北方さんの写真が飾られることになったんですよね(笑)。

北方　そうなんです、フランスの映画俳優なんかにまじってね(笑)。大使館に着いてからも大騒ぎで、「本国に確認しなければならないから、最低でも一昼夜かかる」と言われまして。

松浦　何の証明書も持っていない人間がいきなり現れて自分は誰それだと名乗っても、はいそうですかというわけにはいきませんものね。

北方　ところが大使が出てきて、「北方さんですよね」と言われて、二時間ぐらいで帰してもらえたんですよ。私も三角帽子のついたジュラバなんか着て、相当怪しかったはずなんですが(笑)。

松浦　大使館でも顔パスだったんだ(笑)。

旅情の十字路(ii)
——ミャンマー、ラオス、マレーシア

北方　『わたしが行ったさびしい町』では、奥様とふたりでホテルに向かって暗い道を歩いてゆく、あの場面が実に良かったです。

松浦　ミャンマーのニャウンシュエという町に滞在した時ですね。インレー湖の湖岸にいくつかリゾート風のホテルがあって、宿泊先とは別のホテルに夕食をとりに行ったんです。その帰り道が真っ暗で、ちょっと怖くて……まあ面白い体験でした。

北方　ミャンマーで面白かったのは、ヤンゴン市内を歩いていると、数メートルおきに書店があったことです。

松浦　そんなにあったかなあ。

北方　露店の本屋ですがね。自分の持っている本や、どこかで拾った本を並べて(笑)。

松浦　『ビルマの竪琴』という小説が戦後、ベストセラーになりましたが、ミャンマーというのは対日感情が良い国ですよね。

北方　エッセイで書きましたが、かつて日本軍の将校だった人がミャンマーを訪れた時に、ホテルに現役の将軍から退役した将軍までずらっと並んで、杖をついたその人が前を歩くと、将軍のひとりが敬礼して、「教官殿、お久しぶりであります」と明瞭な日本語で言ったそうです。もちろん日本軍は占領をしたけれど、わりと親日感情は強い国ですね。ただ多民族国家ですから、なかにはひどい目にあった人たちもいる。田舎のほうで、鼠を食わせるレストランで鼠を食っていたら、そこの女主人が私を見て「日本人か?」と訊ねる。そうだと答えると、嫌そうな顔をして「日本人は銃の先に剣をつけて突く」と言うんです。誰に聞いたんだ、と訊ねたら、祖父(じい)ちゃんに聞いたと。

松浦　そういう記憶も伝えられているのか……。

北方　東南アジアでは、ラオスもいいところでした。電気の通ってない村に行ったら、隣にダムがあって、水力発電をしている。なんで電気点かないの? と訊くと、「タイに売っている。自分たちは必要ないから」と答えるんです。その家に泊めてもらったのですが、床が全部竹で、下からすっと風が入ってきて、実に心地いい。ごはんは糯米(もちごめ)で、手でつかんで、肉をのっけて頬張る。そして、警官や軍人の姿をひとりも見ませんでした。今は中国の資本が入って、殺伐としてしまっているようですが。それにしても、松浦さんが奥さんとふたりで街灯もまばらな暗い道をホテルまで歩いて帰る場面、あれはロマンチックで羨ましかったなあ。

――北方先生は、奥様とはご旅行に行かれないんですか？

北方　行ったことはあります。マレーシア。しかも、ボルネオ島のマレーシア領。

松浦　ボルネオ島側はあんまり人が行かないでしょう。

北方　コタキナバルというリゾート地がありましてね、そこに宿をとって。南下してゆくと、ジャングルなんです。三日間ジャングルに入りました。

松浦　奥様も一緒に？

北方　ええ、テントを張って。それで蛭（ひる）に食われたりしましてね。蛭なんて、食われても煙草の火を近づければ、すぐに離すんですが。それで三日経ってホテルに戻った時、家内に「あなたとはもう二度と旅行しません」と言われてしまったんです。

松浦　北方流の野蛮な旅に付き合わされて、奥様もお気の毒に（笑）。

北方　でもその後、コタキナバルから東に向かってサンダカンという町に行くか、という話になりまして。日本の娼館があった町です。

松浦　山崎朋子の『サンダカン八番娼館』という本が有名ですよね。

北方　そうです。結局私ひとりで行って、家内はホテルに残ったんですが、日本に帰ってきてから『サンダカン八番娼館』を読んで、映画も観たようで、「なんで連れて行ってくれなかったの」と責められましたよ（笑）。家内も旅行は好きなのですが、あれ以来、誘っても一緒に行ってくれません。

松浦　沢木耕太郎さんもいつもひとり旅だそうで、松浦さんは夫婦で旅行するんだ――と何となく軽蔑したように言われてしまいました（笑）。でもその沢木さんも、こないだ家内とハワイのキッチン付きのコンドミニアムに長期滞在して、なかなか楽しかったよとか仰っていました。

北方　そうですか（笑）。うちも、今はお互い歳をとったから、一緒に旅行してくれるかなあ。

松浦　これからですよ。

懐かしき人々の面影
――キューバからゴールデン街へ

北方　旅というのは、ただ旅をするからいいんですよね。

松浦　そう、無目的で無意味な旅がいちばんです。

北方　私はね、人間の人生なんて無目的・無意味から始まって、そこでなにかをしながら獲得した目的が正しい目的だと思うんです。このエッセイのなかで、「君は知らないだろう」なんて皮肉を言ったりしていますが、上から目線で語ったことは一度もないつもりです。『ホットドッグ・プレス』の人生相談の時も、「おい、小僧」と言いながら、一升瓶を間に挟んで人生の話をしようぜ、という気持でした。このエッセイでも、どこかで対話の相手を求めていたんでしょうね。

松浦　何しろ北方さんはラテン的というか……こういう言い方は語弊があるかもしれないけど、「ラテン親父」みたいな人だからなあ。人間好きで、かつまた女好きで(笑)、とにかく人との距離が近い。いつでも人恋しさを持てあましていて、距離をぐっと詰めてくる。そういうところがこのエッセイの対話の趣向によく表れていると思いました。

北方　いま「ラテン親父」と言われましたが、本当にぴったりなんですよ。要するに、半分バカってことでしょう?

松浦　いや、そんな意味では(笑)。

北方　いいんですよ(笑)。イタリア人なんて、本当にみんなラテン気質。フランス人はちょっとシニカルですがね。スペインやポルトガルに行くと熱い。

松浦　そうそう、血が熱い。

北方　でも、そんな能天気なラテンの血を完全に抑え込まれていた国がある。キューバです。私が初めて行った一九八〇年代、日本人でキューバに行く人はほとんどいませんでした。入国すると監視員がつくんです。私とカメラマンについた監視員は真面目な男でしたが、そこはやはりラテンの血で、ラム酒を飲ませたり、猥談をしていると陽気になって、禁止された場所にも連れて行ってくれる（笑）。それで「青年の島」と言われるピノス島に渡った時、モロッコのゲリラ組織ポリサリオの宿舎にも案内してもらったんです。そこで見たのは、十二、三歳の少年たちが木の銃を持って匍匐前進の訓練をしている姿でした。するといきなり兵隊たちが現れて、私もカメラマンも拘束されました。「反革命は殺す！」と言われてね。

松浦 それは大変だ。

北方 私たちはさほど手荒な真似はされませんでしたが、監視員は兵隊に銃床でガーンと殴り倒されましてね。しかし、上からの締め付けで血を抑え込まれていたけれど、あいつはラテンの男だったな。

これもエッセイに書きましたが、私はある人のおかげで、キューバではたいへんモテたんです。カストロが、その人の出演する映画の大ファンで、当時キューバのどこの町でも、その映画がかかっていた。『座頭市』です。

松浦 ああ、勝新太郎。

北方 そう、あの人はキューバでは英雄でした。私も少し似ているところがあるので、町を歩いていると「失礼ですが、あなたもサムライですか？」と声をかけられたりしてね（笑）。それでモテたんです。

松浦 確かに北方さん、勝新とちょっと似ているけれど……でも、北方さんのほうが恰好いいかもしれない。

北方 いえいえ（笑）。実はご本人からもよく「顔泥棒」と言われたんですが、勝新という人は、本当に恰好いい人でした。はちゃめちゃでしたけどね。優しくて、恰好よかった。特に弱い人に優しかったですね。こんなに優しい人は、この世を生きにくいだろうな、と思うぐらいに。

松浦 若くして亡くなってしまいましたね。

北方 六十五歳ぐらいでしたか。ああいう印象的な人は、みんな亡くなってしまったな。

松浦　印象的といえば、文章修業時代のお仲間だった中上健次さんも早逝されましたね。

北方　二十代の頃、これも亡くなってしまった立松和平と三人で、毎晩のように飲んで議論していました。私も中上も立松も、出版社に原稿を持ち込んではボツを喰らっていて。よくゴールデン街の「まえだ」というバーで飲ませてもらっていたんですが、三人とも世の中に受け入れられないものだから、酔ってくると、無性に喧嘩がしたくなる。じゃあやるか、と外に出て殴り合いを始めるんだけど、三人で喧嘩していると、誰が敵だか分からない（笑）。団子になってゴロゴロしていたら、「てめえら、なに騒いでるんだ！」とヤクザがきましてね。三人とも正座をさせられて、「迷惑かけんじゃねえぞ」と頭を叩かれまして。それで喧嘩する気もなくなって、仕方ないから、また「まえだ」に戻って飲ませてもらおうって（笑）。

松浦　うーん、作家の青春だなあ。

北方　青春そのものです。そのバーは田中小実昌さんが常連で、「おまえら何飲んでんだ」なんてよく言われたものですが、いまお孫さんがゴールデン街でお店を開いていましてね。

松浦　そうなんですか。

北方　先日初めてお会いしたんですが、彼は「きっと憶えていないでしょうが、田中小実昌が私の祖父です」などと言う。それで思わず私は「ちょっと来い、憶えていないとは何事だ」と怒りましてね。俺が田中コミさんの訳したハードボイルド小説をどれだけ読んだと思っているんだ、と。

松浦　エド・マクベインやミッキー・スピレーンなど、たくさん翻訳されましたね。

北方　そうなんです。だから、人に「憶えていないでしょうが」なんて言うな、おまえが憶えていればいいだろう、堂々と「俺の祖父は田中小実昌です」と言え、と説教してしまったんですよ。そうしたら、彼はうつむいてポロっと涙を流しながら、「ありがとうございます。爺ちゃんのことを誇りにします」と言ってくれました。

松浦　いい話ですね。ゴールデン街の記憶の継承に貢献されたんだ(笑)。僕は学生時代、渋谷の道玄坂近くの台湾料理屋で、昼間からお酒を飲んでる毛糸帽姿の小実昌さんを、何度か目撃したことがあります。その後『ポロポロ』とか、凄い小説を書かれましたね。

スクリーンの十字路
——女神たちを語る

北方　映画の話に移りますと、最近観たなかでは、『パプーシャの黒い瞳』というモノクロの映画が良かったです。

松浦　それは観たことがないなあ。

北方　私はＤＶＤで観ましたが、日本で小屋にかかったのは最初は岩波ホールだけだったんじゃないかな。ロマの映画です。

松浦　いわゆるジプシーですね。

北方　ロマというのは、本来読み書きの文化を持たない。しかし、文字に惹かれて自分で覚えてしまった女性が、詩を書くんですよ。そして詩のなかで、一族のことを書いてしまう。すると、一族のことをバラしたというのでロマのなかで迫害される。そういう筋の映画です。『パプーシャ　その詩の世界』という本も出ていて、彼女の詩を実際に読むと、直接的ではあるけれど、初めて字を持って書いた人の純粋さに圧倒される。最近はその詩に凝っています。

松浦　舞台になった場所はどこですか。

北方　ポーランドです。風景の映像も綺麗でしたよ。

松浦　僕は最近だと、坂本龍一さんが癌を患っていることを公表されて、それが心に引っかかり、ベルトルッチの映画を観返したりしていました。『ラストエンペラー』はもちろん、『暗殺の森』『暗殺のオペラ』とか……。

北方　ベルトルッチか。映画も純文学していますよね。そうだ、フランス映画であまり人が観ていない映画があるんです。『チャオ・パンタン』。ご存じですか。

松浦　はい、クロード・ベリという監督の。

北方　そうです。ガソリンスタンドの親父が主人公で、いつも可愛がっていた客の小僧がある日殺される。するとと親父が何でもなく出かけて行って、犯人を銃で撃つ。理由もない。ただ可愛がっていた若者が殺されたから、殺した奴を殺す。私がハードボイルド小説を書き始めた時期に観たので、すごく鮮烈でした。しかし、『チャオ・パンタン』を観た人に会ったことがない（笑）。

松浦　僕も題名は知っているけれど、観ていないな。

北方　イタリア映画に話を戻すと、先日、ジーナ・ロロブリジーダの訃報が届きましたね。アニタ・エクバーグもこのエッセイの連載中に亡くなってしまったなあ。

松浦　随分おばちゃんになってから、フェリーニのドキュメンタリー風映画に出演していましたね（『インテルビスタ』）。

北方　出てきましたね。アニタ・エクバーグが本人役をやっていた。フェリーニとマルチェロ・マストロヤンニの二人が彼女を訪ねるんじゃなかったかな。

しかし私が忘れられないのは、エクバーグのフルヌードです。

松浦　そんなのがあるんですか。

北方　アメリカ版の『プレイボーイ』に掲載されましてね。砲弾のようなバストで、アンダーヘアがどこまでも拡がっている。それでドンと立って、男に媚びていないんです。

松浦　確かに『甘い生活』でトレビの泉に入ってゆく場面も、女神のような堂々とした風格があって、恰好よかったですね。

北方　私はあのシーンでは、恰好いいというより、胸の大きさに圧倒されたな（笑）。

松浦　たしかに（笑）。

北方　最近はフェリーニの奥さんでもあった、ジュリエッタ・マシーナの映画を観返していまして。いい女優ですね。

松浦　うーん、そうでしょうか。僕は『魂のジュリエッタ』なんかを観ると、主役を張るほどの女優かなと思ってしまいます。

北方　『カビリアの夜』なんかは？

松浦　ああ、あれはいい。あの役柄にはぴったり。

北方　私は『道』のなかでラッパを吹く仕草がなんとも言えず好きなんです。ただ、彼女はフェリーニと一緒になったことで、フェリーニの映画思想のなかでしか演じられなくなってしまったんじゃないかな。もしそうでなければ、ジャンヌ・モローのような女優になれたんじゃないかと思いますよ。

松浦　確かに、個性的な存在感はありますね。ただ、フェリーニのほうも勝気な奥さんに縛られてずいぶん苦労したんでしょう。そういう機微は『8 1/2』によく表れていますが。

北方　松浦さんは、どんな女優がお好きですか。

松浦　あまり色っぽいとは言えないんですけれど、若い頃はイングリッド・バーグマンなんか好きだったんです。

北方　ハンフリー・ボガートと出演した『カサブランカ』、あれなんか勝手な女ですよね。

松浦　それはそうね（笑）。

北方　あと勝手な女だなと思ったのは、『存在の耐えられない軽さ』のジュリエット・ビノシュ。身勝手な役を演じさせたら並ぶ者がいない女優ですね。

松浦　僕、ジュリエット・ビノシュには会ったことがあります。

北方　本当ですか！

松浦　監督のレオス・カラックスと一緒に『汚れた血』の宣伝で来日した時、通訳としてアテンドして、インタビューもさせてもらいました。

北方　レオス・カラックスは『ポンヌフの恋人』を撮った人ですよね。

松浦　そうです。カラックスというのは何かヤクザな感じの、目つきの悪い男で、聞き取れないほどの低い声でぼそぼそと一方的に独白するやつでね。その話も隠語ばかりでよくわからず、苦労しましたが、ビノシュはとても感じの良い子でしたよ。当時まだ二十歳をちょっと出たばかりで、ごくふつうの映画好きの女子学生みたいな感じ。身勝手という感じなんか全然なかった。

北方　羨ましいなあ（笑）。

松浦　でもその後、あれよという間に、アメリカのアカデミー賞をはじめたくさんの賞をもらって、国際的な大スターになってしまいました。感じの良い人柄のまま歳をとってくれているといいんだけど。

北方　私がジュリエット・ビノシュを認めたのは『アクトレス　女たちの舞台』という作品です。クロエ・モレッツ演じる若い女優に追い落とされる老女優の演技は、なかなか良かったですよ。

松浦　もうそんな歳になってしまったんだなあ……。

北方　しかし私はフランソワーズ・アルヌールの老いた姿は見たくないですね。『過去をもつ愛情』でフランソワーズ・アルヌールがベッドに横たわっているシーンに、彼女の腋毛が写っているんです。私は毛フェチですから、それを見て「昔は良かったな」と思いましたよ（笑）。いちばん好きな作品は、ジャン・ギャバンと共演している『ヘッドライト』ですが。

松浦　ギャバンがトラックの運転手役の映画ですね。そういえば、北方さんにはジャン・ギャバンみたいなところがあるな。

北方　ないです、ないです（笑）。私は彼の真似をしようと食べる仕草を研究したり、首にマフラーを巻いて粋にやろうとするんですが、全然駄目。あのどこかシニカルなところが出てこないんです。

松浦　でも、ちょっぴり似た風格がありますよ。勝新太郎というよりジャン・ギャバン。

北方　それは嬉しいなあ！　今度エッセイを書くことがあったら、「松浦寿輝にジャン・ギャバンの風格があると言われた」と書こうかな（笑）。

小説の神様に導かれて

――この第Ⅳ巻が刊行されるのは、連載完結から約一年後となります。読者のなかには「トロ助、元気かな」と気にしている方もいらっしゃるかもしれません。

北方　元気です。もうすぐ五歳ですが、小僧そのものですよ。松浦さんも犬をお飼いですよね。うちはジャック・ラッセル・テリアですが、犬種はなんですか。

松浦　うちのはゴールデン・ドゥードルです。ゴールデン・レトリバーとプードルのミックス。

北方　（写真を見て）おお、これはプードル風だけど、足の太さからして、かなり大きいでしょう。

松浦　けっこうデカいです。マルコという名前を付けたんですが、育ってみると名前通りこいつもまさにラテン気質で、ひたすら陽気で人間好き、お祭り好きの性格です。

北方　しかもね、これは利口ですよ。

松浦　手前味噌になりますが、わりと利口です（笑）。むしろ悪知恵がはたらくというべきか。でも、犬種のなかではジャック・ラッセルがいちばん賢いといわれていますよね。

北方　そんなことはありません。奴は私と勝負をして、いつも潰（つい）えています。

松浦　勝負ですか（笑）？

北方　テニスボールの蹴り合いをするんです。あいつはゴールキーパーで、スパーンと蹴り込むと、ゴロゴロゴロと転がってね。まあ、運動能力はたいしたものですよ。松浦さんも犬と散歩をするんですか？

松浦　ええ、家内と分担しながら朝晩行っています。

北方　それは健康にすごくいいですよ。連載の最後に書きましたが、私は四年前、癌になりましてね。

松浦　たしか膀胱癌でしたか。

北方　そうです。友人の松田優作も膀胱癌で亡くなりましたから、私も同じ病気で死ぬのかと思いました。幸い、二度の手術で無事に除去できましたが、その後、腰が立たなくなりまして。今度は脊柱管狭窄症の手術です。その二つで病院を卒業できたと思っているんですがね。

松浦　その二つを乗り越えられたら、もう大丈夫でしょう。無事に回復されて本当に良かった。

北方　これまで人生で何度か死にかかったことがありましたが、その度に小説の神様が生かしてくれた、と私は思っているんです。今回の癌も、小説の神様が一応こらしめたければ助けてくれて、「もう一作書けよ」と言ってくれている、そういう気持です。

松浦　『チンギス紀』もいよいよ佳境ですね。

北方　ええ、もうすぐ完結です。その後は一本十五枚の短篇を書き溜めて、一冊分になったら短篇集を出す。その後、新しい長篇に挑むつもりです。

松浦　それは最後に嬉しいお話を聞けました。北方さんは本質的に長篇作家だと思いますが、じつは短篇も良いんですよね。短篇小説というのも本当に面白いジャンルでね。僕は昔、それまで詩と研究論文しか書いていなかったのに、思いがけない成り行きでまず短篇小説から書きはじめました。初めて文芸誌に載せてもらったのが「シャンチーの宵」という短篇ですが、そのなかに、あんたは人生の分岐点にいるんだよ、と占い師みたいなことを言う老中国人が出てきます。「必死の遊びに入ってゆくのも一つの道、それを諦めて影の薄い人生をおくるのも一つの道」とか何とか、挑発してくるのですが、最初の小説にそういう言葉が出てくるのは予言的というか象徴的だったなあと、今でもときどき思い出します。北方さんはこのエッセイ集で人生の「十字路」についてひたすら語りつづけてきたわけですが、振り返ってみれば、四半世紀も昔のその時、僕もまた「十字路」みたいな場所にいたのかもしれません。

北方　これからもお互い、若造に負けずに書いていきましょうよ。

松浦　はい。本書の推薦文に「北方謙三のなかには無数の物語が滾(たぎ)っている」と書かせてもらいましたが、今日はその「滾りよう」をあらためて実感することができて、とても嬉しかったです。

北方　私も松浦さんとお話ができて、とても楽しかった。今日はありがとうございました。

（二〇二三年一月二十七日、
東京都千代田区・学士会館にて）

初出

『週刊新潮』二〇二〇年三月一二日号―二〇二二年三月一七日号。本書収録にあたって加筆・修正をほどこした。

北方謙三

1947年，佐賀県唐津市生まれ．中央大学法学部卒業．81年『弔鐘はるかなり』で単行本デビュー．83年『眠りなき夜』で第4回吉川英治文学新人賞，85年『渇きの街』で第38回日本推理作家協会賞長編部門，91年『破軍の星』で第4回柴田錬三郎賞を受賞．2004年『楊家将』で第38回吉川英治文学賞，05年『水滸伝』(全19巻)で第9回司馬遼太郎賞，07年『独り群せず』で第1回舟橋聖一文学賞，10年に第13回日本ミステリー文学大賞，11年『楊令伝』(全15巻)で第65回毎日出版文化賞特別賞を受賞．13年に紫綬褒章を受章．16年「大水滸伝」シリーズ(全51巻)で第64回菊池寛賞を受賞．20年旭日小綬章を受章．「ブラディ・ドール」シリーズ(全18巻)，『三国志』(全13巻)，『史記　武帝紀』(全7巻)ほか，著書多数．現在『小説すばる』誌上で「チンギス紀」を連載中．

完全版 十字路が見える Ⅳ
北斗に誓えば

2023年3月24日　第1刷発行

著　者　北方謙三(きたかたけんぞう)

発行者　坂本政謙

発行所　株式会社 岩波書店
〒101-8002 東京都千代田区一ツ橋2-5-5
電話案内 03-5210-4000
https://www.iwanami.co.jp/

印刷・三陽社　カバー・半七印刷　製本・牧製本

ISBN 978-4-00-026660-4　　Printed in Japan